당신에게 잘 자라고 말할 때

LÅT OSS HOPPAS PÅ DET BÄSTA

(LET'S HOPE FOR THE BEST) by Carolina Setterwall

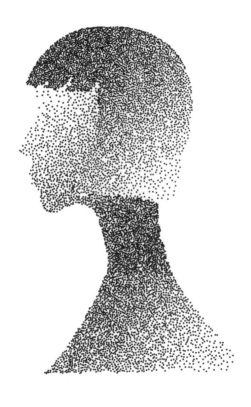

당신에게 잘 자라고 말할 때

LÅT OSS HOPPAS PÅ DET BÄSTA

카롤리나 세테르발 장편소설

방진이 옮김

시공사

차례

프롤로그 ·· 7

2009-2014 ·· 13

2015-2016 ·· 251

에필로그 ·· 381

감사의 말 ·· 395

옮긴이의 말 ·· 397

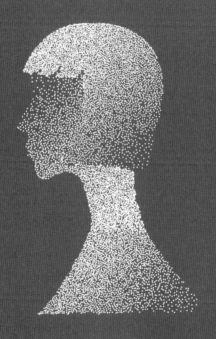

2014년 5월

소파에 앉아서 젖을 물리고 있는데 당신에게 이메일을 받아. 요즘 내가 하는 일이라고는 이게 다야. 젖을 먹이고, 다 먹이면 아기를 안고서 되도록 꼼짝 않고 앉아 있어. 아기가 깰까 봐 두려움에 떨면서. 아기가 또 빽빽 울어댈까 봐 두려움에 떨면서. 그리고 다시 젖을 먹이고, 다 먹이면 꼼짝 않고 그대로 앉아 있어. 샤워를 하거나 뭘 좀 먹으려고 잠든 아기를 내려놓아 봐. 실패해. 다시 소파에 앉아서 젖을 물려. 매일매일, 하루도 빠짐없이. 당신 이메일을 받은 오늘은 이반이 태어난 지 딱 3개월이 되는 날이야. 당신은 일하러 나가서 없어. 프리랜서인 당신이 어느 고객에게 가 있는지는 알 길이 없어. 당신은 고객 얘기는 거의 하지 않으니까. 광고회사에서, 아니면 프리랜서 광고 제작자가 당신의 기술이 필요해서 고용했겠지. 당신은 자기가 하는 일이 워낙 지루해서 내가 당신의 하루가 어땠는지 듣고 싶지 않을 거라고 말해. 예전에는 그래도 듣고 싶다고 조르곤 했지만 이젠 그러지 않아. 당신이 하는 일에 대해서 이야기할지 말지, 당신이 정

9

하도록 내버려둬.

나는 아기에게 젖을 먹여. 매일 퇴근하는 길에 당신은 문자로 저녁거리로 뭘 사 갈지 물어. 이제는 거의 모든 집안일이 당신 몫이야. 일도 하면서 장을 보고 요리를 하고 청소를 하고 고양이와 놀아줘. 이반이 태어난 뒤로는 푸대접 받고 있는 고양이와. 당분간 운동은 쉬고 있고. 나는 아기에게 젖을 먹이고, 젖을 먹이고, 젖을 먹여. 그런데 5월 초 어느 목요일 오후 1시가 막 지날 무렵 당신에게 이메일을 받아.

제목: 내가 죽으면

2014-05-08 13:05

보낸 사람 : 악셀

받는 사람 : 카롤리나

내가 죽었을 때 알고 있으면 좋은 것들.

내 노트북 비밀번호는 ivan2014.

상세한 목록은 '문서' 폴더 '내가 죽으면' 파일에 있어.

다 잘되길!

나는 세 번을 연달아 읽어. 처음에는 무슨 소린지 이해가 안 돼. 그래서 다시 읽는데, 점점 걱정이 돼. 세 번째 읽을 때는 걱정이 짜증으로 변해. 정말이지 당신다워. 당신만큼 직설적이고, 무심하고, 강박적일 정도로 현실적인 사람도 없으니까. 그래, 이메일과 문자에는 딱 요점만 적는 당신다워. 노트북과 휴대폰을 끊임없이 백업하는 당신다워. 비밀번호를 부지런히 바꾸는, 그것도 언제나 대문자와 소문자를 섞고, 숫자와 특수문자를 넣어서 바꾸는 당신다워. 죽으면 땅에 묻히기 싫다는 당신, 꽃과 초를 들고 찾아가야 한다는 의무감을 아무도 느끼지 않을 만한 곳에 당신 재를 날려달라는 당신다워. 당신 말고 이런 메일을 보낼 사람이 또 있을까? 그것도 대낮에, 근무 중에, 집 소파에 앉아서 아기에게 젖을 물리고 있는 여자친구에게. 그래, 당신밖에 없어.

나는 답장을 보내지 않아. 대신 저녁에 밥을 먹으면서 물어. "그 메일은 도대체 뭐야?" 당신은 내가 예상했던 대로 답을 해. "그냥 갑자기 보내고 싶었어. 만일에 대비해서 나쁠 건 없으니까." 무슨 일이 생기면 내가 알아야 하는 정보이기는 해. 나는 더 캐묻지 않고 당신도 더 설명하지 않아. 우리는 그 이메일 이야기를 다시는 꺼내지 않아.

2 0 0 9 - 2 0 1 4

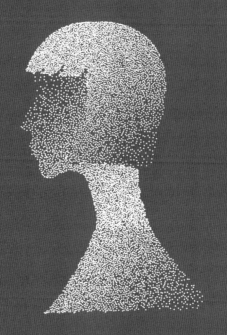

2014년 10월

10월의 어느 토요일이야. 우리는 둘 다 지쳤고 서로에게 그다지 상냥하게 굴지 않아. 나는 잠을 거의 못 잤어. 또 밤새 이반에 게 젖을 물렸거든. 아직 수유하는 중간중간 잠깐씩 눈을 붙이 는 비법을 터득하지 못했어. 이반은 이제 생후 8개월이 되었는 데, 딱히 그쪽 방면으로는 미래가 밝아 보이지 않아. 그래서 나 는 늘 피곤해. 오늘은 짜증까지 나고 나 자신이 한없이 불쌍해. 당신은 압박감에 시달리고 있고 프로젝트를 마무리하려고 애 쓰고 있어. 당신은 다음 주부터 육아휴직에 들어가서 반일제로 일한다는 사실을 아직도 고객들에게 알리지 않았어. 우리는 그 문제로 자주 다퉈. 나는 당신이 일을 줄이기를 원해. 그래야 우 리 삶에, 우리 아이에게, 우리 세계에 쓸 시간과 힘이 있을 테니 까. 당신은 그러고 싶어 하지 않아. 더 정확하게는 그러고 싶 지만 그럴 수 없다고 말해. 프리랜서는 그런 식으로 일할 수 없다 고, 지금의 고객 목록을 쌓느라 고생했는데 6개월이나 일을 쉬 면 다들 다른 사람을 찾을 거라고 말해. 당신도 피곤한 상태야.

당신이 긴장을 풀 때면 얼굴이 슬퍼 보여. 당장 눈앞에 닥친 육아휴직에 대해 생각할 힘조차 없어. 아침에는 이반을 돌보고, 그 뒤로 온종일 일을 하니까. 나도 스트레스를 받고 있어. 저기 압이야. 불안해. 내가 꿈꾸던 가족은 이런 게 아니야. 당신은 내가 아이를 갖기로 했을 때 이렇게 되리라는 걸 알았다고 말해. 나는 이렇게 되지 않기를 바랐다고 말해. 서로를 슬프게 만들고 싶지 않지만 요즘은 그러지 않기가 불가능한 것 같아. 그래도 우리는 계속 노력해.

3주 전에 우리는 이사를 했어. 이사할 시간이 없었지만 그래도 강행했어. 우리는 밤에, 이반이 혼자 자는 짧은 순간을 틈타 짐을 쌌어. 침묵 속에서 짐을 쌌어. 상처를 주거나 말다툼으로 끝날 대화를 하지 않으려고. 짐을 풀 때도 마찬가지였어.

아직 짐을 다 풀진 못했지만 오늘은 잠깐 멈추기로 해. 차가 문제를 일으키기 시작했거든. 당신 부모님 댁으로 몰고 가서 당신 아버지에게 봐달라고 할 거야. 우리는 뒷좌석 카시트에 이반을 태워. 당신은 이반 옆자리에 앉고 나는 운전을 해. 나는 참지 못하고 이미 수백 번도 더 한 말을 또 꺼내. 누구도 속지 않을 쾌활한 목소리로. 당신도 면허가 있으면 정말 좋을 텐데. 당신은 이를 꽉 물고서 곧 따겠다고 말해. 나는 언제 딸 거냐고 묻지 않아. 오늘은 말다툼할 힘이 없으니까. 이 얘기를 꺼낸 것만으로도 죄책감을 느껴. 우리 둘 다 입을 다물어. 이반은 기분이 좋아. 당신은 이상한 소리를 내고 장난감을 들어 보이면서 이반이 지루할 틈 없게 계속 기분을 맞춰줘. 이반이 울면 내가 운전에 집중하기가 힘드니까. 이반을 웃게 만드는 데 당신만큼 재주가 좋은 사람도 없어. 당신 부모님 댁에 가까워지는 동안 뒷좌석에서 둘이 장난치는 소리를 들으면서 나는 생각해. 이 오붓한 가족이 정말 좋다고. 지금 당장은 잠시 힘든 시기를 보내고 있지만.

당신 부모님 댁에서 당신은 당신 아버지와 차를 살펴보고 나는 당신 어머니와 차를 마셔. 당신 어머니가, 조심스럽게, 선을 넘지 않는 한에서, 우리가 어떻게 지내는지 탐문에 들어가. 나는, 덜 조심스럽게, 하지만 여전히 선을 넘지 않는 한에서, 답을 해. 지금 당장은 삶이 버겁다고. 우리 둘 다 수면 부족에 시달리고 있고, 당신이 스트레스를 받고 있다고. 이사하는 게 힘들었고, 이반이 악몽을 꾼다고. 그래서 밤새 젖을 물려야 한다고. 나는 말해. "지금 당장은 우리가 어떤 감정을 느끼는지 생각할 시간조차 없어요." 거짓말이야.

당신 형 차가 집 앞으로 와. 아무도 당신 형이 오는 줄 몰랐어. 부엌 창으로 당신과 당신 형이 서로를 보고 놀라는 모습을 봐. 서로를 안으면서 크게 웃어. 당신 형이 당신 등을 탕탕 두들겨. 당신은 형의 품속에 완전히 파묻히고. 당신 형은 늘 당신보다 컸어. 키는 당신보다 작지만 덩치가 더 크고 힘이 세. 형과 함께 집으로 향하는 당신은 얼굴이 환해지면서 형이 한 말에 웃음을 터뜨려. 당신은 계단을 오르는 발걸음을 재촉해. 어서 부억으로 들어와서 이반을 보여주고 싶은 거야. 당신 형은 이반을 아직 한 번밖에 못 봤어. 관심이 없어서가 아니라 요즘 들어 다들 너무 바빴으니까. 당신 형은 이반을 보며 감탄해. 정말 많이 컸다고, 당신을 꼭 닮았다고. 형은 늘 당신을 '꼬맹이'라고 불러. 당신 형은 커피를 후루룩 마시고, 당신은 콜라를 마셔. 그런 다음 둘이서 당신 아버지와 차가 있는 밖으로 다시 나가. 나는 이반을 아기띠에 안고 따라 나가. 휴대폰을 꺼내서 차 앞에 서 있는 세 남자의 모습을 찍어. 와이퍼가 왜 작동하지 않는지 살펴보고 있지만 아직 뭐가 문제인지 알아내지 못했어. 사진 속에서 당신은 카메라에 등을 돌리고 있어. 한 명은 머리를 긁적이고 있고. 이번 생에서는 다시 만나지 못할 아버지와 두 형제. 하지만 아직은 아무도 그 사실을 몰라.

2009년 4월

아델쇠 섬의 한 폐교에 가는 길이야. 내 친구들이 그 낡은 건물을 빌려서 마치 어느 여름밤의 천국처럼 꾸몄어. 매번 멋진 파티를 여는 친구들이지. 파티에는 수백 명을 초대하는데, 표가 워낙 순식간에 팔리다 보니 운이 좋은 사람만이 버스에 한 자리를 꿰찰 수 있어. 천장이 높고 마루가 삐거덕거리는, 소나무 향이 진하게 밴 폐교의 강당에서 싸구려 와인과 맥주를 팔아. 주

최 측이 음악가 등 예술가 집단이어서 대개 내가 좋아하는 밴드의 라이브 연주를 들을 수 있어. 이런 파티에 참가하는 게 이걸로 네 번인가 다섯 번째야. 그래서 기대에 부풀어 있어.

서른 살인 지금 내 연애 전선은 엉망이야. 며칠 전 스웨덴 북부 출신인 한 남자와 헤어졌어. 한동안은 그가 내가 찾는 운명의 짝이라고 생각했지만 아니라는 사실을 깨닫는 데는 그리 오래 걸리지 않았어. 나는 늘 하던 대로 대처했어. 글로 연애에서 발을 빼고 전부 없었던 일인 양 굴었어. 그의 잘못이 아니라고, 다 내 탓이라고, 현재의 나로서는 이 관계를 계속 이어가기가 어렵다는 이메일을 보냈어. 나는 왜 거절이 이토록 힘들까. 연인에게 작별을 고할 때마다 죄책감이 밀려와. 나에게 불안함을 주는 관계라서 끝내지 않을 수가 없는데도. 그래서 늘 무리를 하면서까지 관계를 끌게 돼. 나 자신에게, 그리고 심리상담사에게 그런 패턴을 깨기로 약속한 요즘은 예전에 비해 더 일찍 끝내기는 해. 그래도 불안감은 전혀 줄지 않았어. 나는 늘 이런 식이었어. 그리고 지금 또 그러고 있어.

이번에는 그래도 큰 문제 없이 잘 끝난 편이야. 만난 지 몇 주 안 되기도 했고, 또 그도 나에게 그렇게까지 푹 빠진 건 아니기 때문일 거야. 얼마나 순조롭게 끝났는지 그는 이 파티 입장권을 취소하지 않고 가기로 했어. 내가 꼭 사라고 했었거든. 그러니까 친구로서 가는 거지, 친구로서.

버스에서 그를 보니 어색하지만 인사를 건네고 한 번 안아줘. 모든 게 정상인 척, 일말의 죄책감도 느끼지 않는 척하면서. 연애의 굴레에서 막 해방된 여자, 어떤 삶을 원하는지 아는 여자인 척하면서 말이야. 물론 진실은 나도 내가 뭘 원하는지 전혀 모른다는 거지만. 꽤 오래전부터 그랬어. 이 사람 저 사람 만나는 건 이제 그만두고 내 짝을 만나고 싶은 막연한 바람만으로는 내 삶을 바로잡을 충분한 동기가 못 되더라. 내 연애사는 몇 년간 꽤 엉망이었어. 하지만 북부 출신의 전 남자친구는 그걸 몰라. 어차피 평생을 함께할 사이도 아닌걸. 버스를 타고서 와인 한 잔을 비울 때마다, 스톡홀름에서 1킬로미터씩 멀어질 때마다 기분이 점점 좋아져. 어쨌거나 이게 꽤 정상인 거니까.

나는 멈추지 않고 춤을 춰. 두 다리가 잠시도 가만히 있으려고 하질 않아. 목구멍이 와인 넘기는 걸 잠시도 멈추려 하질 않아. 나는 폐교 강당의 깊숙한 창틀 안으로 기어 들어가 그곳에서 혼자 춤을 춰. 사람들의 시선을 받으면서도 멀찍이 떨어져 있는 느낌을 즐기면서. 나는 친구들 사이에서 가구, 카운터, 의자, 스피커, 무대, 창틀에 올라가 춤추는 것으로 유명해. 그것도 가능하면 혼자서. 내게는 일종의 의식 같은 거야. 그래서 오늘밤도 그렇게 춤을 춰. 무도장과 창틀을 오가며 DJ를 맡은 친구들과 함께 함성을 질러. 화장실 줄이 너무 길어서 숲으로 나가. 가끔 무리 속에서 북부 출신의 전 남자친구가 눈에 들어와. 그때마다 그는 나를 빤히 쳐다봐. 인사 대신 고개를 까딱하는데 서글픈 강아지 같은 눈을 하고 있어. 친구들은 그를 서글픈 강아지 눈이라고 부르기 시작해. 나는 웃음을 터뜨려. 우리가 못되게 굴고 있는 건 알아. 하지만 신경 안 써. 나는 춤을 출 거고, 술에 취할 거고, 이 모든 게 정상인 거니까.

그런데 갑자기 당신이 나타나. 그전에는 한 번도 본 적이 없어. 나랑 같은 버스를 탔을 리가 없어. 내 지인이기도 한 당신 친구가 소개해주고 싶은 사람이 있다고 해. 나와 '사랑에 빠진' 누군가래. 그리고 갑자기 거기에 당신이 서 있어. 활짝 웃고 있는 당신이. 키가 크고 말랐고 역삼각형 입모양으로 웃고 있는 당신이. 옛날 영화에서 본 카우보이처럼 웃고 있어. 살짝 비틀어지고 입꼬리가 말리고 환한 게 진심이 담긴 웃음이야. 그 웃음이 당신 얼굴 전체를 차지하고 있어. 나도 모르게 당신이라면 아주 멋진 만화 주인공이 될 거라는 생각을 해. 바라보는 것만으로도 기분이 좋아지는 그런 만화 말이야. 당신은 후드티를 입고 있어. 당신을 보려면 고개를 뒤로 확 젖혀야만 해. 당신은 우리의 지인이 당신을 소개하는 말들을 하나도 듣지 못했지만 나는 그런 건 중요하지 않다는 생각이 들어. 아무튼 당신은 그런 것에 신경 쓰는 사람처럼 보이지 않아.

나는 술에 취하면 독불장군이 되는 고약한 버릇이 있어. 거절당할 가능성에 대한 내 나름의 방어기제 같은 거야. 나는 기회가 눈에 띄자마자 얼른 낚아채곤 하는데 그날 저녁에는 당신이 바로 그 기회였어. 나는 당신이 매력적으로 느껴진다고 생각

21

하기로 했어. 키가 크고 등이 굽었고, 게다가 그렇게 웃잖아. 당신은 눈이 엄청나게 커. 정말이지 당신을 그리면 아주 재미있을 것 같아. 나는 당신 손을 잡아. 당신도 내 손을 뿌리치지 않아. 나는 당신을 밖으로 끌고 나가. 밖은 아직 환해. 9시도 안 됐을 거야. 하지만 지금 이 순간 누가 그런 사소한 것에 신경을 쓰겠어. 나는 아니야. 당신도 아니고. 밝은 곳에서 보니 당신 눈동자가 터무니없을 정도로 파랗다는 걸 알게 돼. 콘택트렌즈를 낀 건지 물어봐야겠어. 아직은 아니지만.

　운동장에는 한때 돼지우리였던 곳에 핫도그 판매대가 설치되어 있어. 우리는 줄을 서. 당신은 내 손을 꼭 잡고 있어. 내가 작은 신호라도 보내는 순간 키스할 것 같은 눈치야. 나는 참아. 당신에게 몇 살인지 물어. 스물여덟, 당신이 답해. 나는 안도해. 훨씬 더 어린 줄 알았거든. 나는 무슨 일을 하냐고 물어. 언론 분야, 당신이 답해. 나는 내가 음악 분야에서 일한다고, 대규모 콘서트를 기획한다고 말하면 당신이 보일 반응을 분석할 준비를 해. 그런데 당신은 내 나이나 내가 하는 일에는 관심이 없어 보여. 당신은 나와 진한 키스를 나누고 싶은 것 같아. 당신의 웃는 얼굴은 전염성이 강하고, 그래서 충분히 참았다고 생각하기로 했어. 그만하면 충분히 참았으니까 핫도그 판매대 줄에서 당신을 끌고 나와서 학교 건물 뒤쪽으로 가. 우리는 작은 풀밭에 서 있는 자작나무로 가. 한 시간 전쯤 그 근처 어디선가 내가 쉬를 했었지. 뒤쪽 건물 무도장에서 베이스 소리가 쿵쿵 울리고 있어. 나는 당신에게 키스해. 당신이 내게 키스했는지도.

　나는 당신에게 키스하고 당신은 내게 키스해. 당신 손이 내 얼굴을 감싸고 나는 그게 정말 좋아. 당신이 키스하는 방식이 정말 좋아. 당신 손이 정말 좋아. 키가 큰 게 정말 좋아. 계속 웃고 있는, 우리가 키스하는 중에도 계속 웃고 있는, 그 비현실적인, 비뚤어진 입이 정말 좋아. 우리는 10대 소년소녀처럼 키스를 해. 당신은 나에게 몸을 붙이고, 나는 자작나무에 몸을 붙였어. 내 셔츠 뒷면이 나무껍질로 뒤덮였어. 내가 더 우아한 생명체였다면 땅에서 뛰어올라 당신 몸에 내 다리를 감았을 텐데. 대신 우리는 의욕만 앞서는 열네 살 소년소녀처럼 서로에게 찰싹 붙고 자작나무에 찰싹 붙어.

　나는 당신에게 나중에 또 이렇게 해도 좋지만 실내에서는 안 된다고, 저 무리 속에서는 안 된다고 말해. 저 무리 속에는 슬픔에 빠진 한 남자가 있다고 말해. 허세를 부리려고 하는 말인지, 배려하는 것처럼 보이고 싶어서 하는 말인지, 아니면 정말로 배려해서 하는 말인지 모르겠어. 지금은 모든 게 흐릿해. 충동적으로 행동할 뿐이야. 그날 밤 내내 우리는 친구들과 춤추다 자작나무로 달려 나와 진한 키스를 나누는 일을 반복해. 그리고 밤이 깊어질수록 키스도 더 진해져. 그러다 우리는 전화번호를 교환해. 그래야 자작나무에서 만나기가 더 쉬우니까.

　새벽 1시에 파티가 끝나고 버스 두 대가 다시 우리를 싣고 스톡홀름으로 돌아가. 우리 둘은 서글픈 강아지 눈이 타지 않은 버스인 걸 확인하고서 맨 앞자리에 앉아. 나는 스스로에게 어둠 속에서 당신에게 열정적으로 키스해도 좋다고 허락해. 뒤에서는 술에 취한 사람들이 고래고래 소리를 지르고 있어. 키스를 하는 중간중간에 당신은 이어폰 한쪽을 내게 주고서 밴드 AC/DC의 음악을 듣게 해. 나는 내 취향의 밴드는 아니라고 말하면서 내가 그 밴드와 몇 차례 일을 했다고 은근슬쩍 흘려. 이 정보가 당신에게는 그다지 인상적이지 않았나 봐. 당신이 말해. "이걸 들어봐, 바로 여기야." 그리고 다시 내게 키스해. 당신이 나를 들어서 무릎에 앉혀. 그렇게 날 들어 올리는 게 정말 좋아. 당신 무릎에 앉아 있는 게 정말 좋아. 마침내 당신 위에 올라타는 데 성공했어.

한 시간 후 버스가 목적지에 도착했을 때 내 뺨과 턱은 빨갛게 발진이 났어. 수염이 거뭇거뭇하게 자란 당신 뺨과 턱 때문에. 내가 누군가와 이런 진한 키스를 열정적으로 나눈 건 아주 오랜만이야. 우리는 버스에서 내렸고 당신은 우리 집에 오고 싶어 해. 나는 안 된다고 말해. 당신은 또 묻고, 나는 또 거절해. 그러면 대신 내가 당신 집에 오면 되지 않느냐고 제안해. "제발." 당신이 말해. "그냥 당신 옆에 누워서 자고 싶은 것뿐이야." "안 돼." 내가 말해. "오늘 밤은 혼자 잘 거야." 처음 만난 날 섹스를 하는 그런 사람으로 보이고 싶지 않아서일 거야. 함께 집에 간다면 확실히 그렇게 될 테니까. 그러고 싶지 않아. 그러고 싶어. 하지만 무엇보다 우리에게 다음이 있길 바라고 있어. 작별 인사를 하고 나는 음악에 맞춰 고개를 까딱이며 폴쿵아가탄 거리를 걸어 내려가는 당신 등이 사라지는 걸 봐. 잠들기 전 당신에게 문자가 와. 내가 아주 섹시하다는, 또 만나고 싶다는.

2014년 10월

아침 6시 30분, 이반 옆에서 깨어나. 이 정도면 간밤에 우리 둘 다 꽤 잘 잔 편이야. 그러니까, 모든 것은 상대적이라고들 하지만, 어쨌거나 우리 기준에서는 잘 잔 거라고 할 수 있어. 태어난 지 거의 9개월이 다 되어가는 이반은 3주 전 이곳으로 이사 온 뒤에는 자기 방에서 재우고 있어. 이반은 야경증에 시달려. 여전히 밤중 수유를 대여섯 번은 해. 그래서 나는 거의 언제나 결국 이반 방에 깔아둔 매트리스에서 자게 돼. 원래는 당신과 내가 마침내 밤만큼은 함께 보낼 수 있겠다고 생각했는데. 어제 저녁에는 10시부터 11시까지 이반을 달래다가 다시 영원처럼 느껴지는 시간 동안 젖을 물렸어. 당신은 부엌에서 일을 하고 있었고. 결국 나는 이반 방에서 당신에게 문자를 보냈어. 또 이반과 밤을 보내야겠다고. 당신은 "알았어"와 "잘 자"라고 짤막하게 답해. 답문자를 받은 지 얼마 지나지 않아 당신이 침실과 거실을 오가는 소리가 들렸어. 당신은 집 안의 불을 전부 끄고 이를 닦고 자러 갔어.

나는 곧장 잠을 청하지는 않았어. 대신 구글에서 '영유아 야경증'을 검색했어. 스위스 보건 당국의 공식적인 권고 사항과 인터넷의 부모 카페에 올라온 게시글을 잔뜩 읽었어. 관련 자료를 더 찾아 읽고, 더 연령대가 높은 유아에게서 흔한 증상이지만 이반도 이 증상을 겪고 있는 건 아닌지 고민한 끝에 꽤 강한 확신이 들었어. 이반은 야경증을 앓고 있는 거야. 그래서 달랠 수가 없는 거야. 거의 언제나 밤잠을 자기 시작한 지 한 시간 정도 지나면 시작하는데 인터넷에서 읽은 증상 설명과 일치해. 나는 게시글 중 하나를 캡처해서 당신에게 보내고 이런 문자를 남겼어. "이반이 야경증을 앓고 있는 것 같아. 이것 좀 봐." 당신은 답이 없었어. 방에서도 아무 소리가 들리지 않았고. 아마도 잠이 들었을 거라고 생각했어. 아니면 내 문자를 읽었지만 답하고 싶지 않거나. 그리고 나도 곧 잠이 들었어.

잠에서 깬 나는 피로가 거의 풀린 것 같아. 가끔 고양이가 이반 방 밖에서 울어대기도 하는데 오늘은 그러지 않았어. 이반도 자정 직전에 울음을 터뜨린 뒤로는 젖을 두 번밖에 찾지 않았고. 이반이 기분이 좋아. 바닥에 임시로 만들어둔 내 침대를 기어 나가서 방문으로 향해. 집의 나머지 공간을 돌아다니며 모험할 준비가 되어 있는 거야. 나는 이반을 안아 올리면서 이제 아빠를 깨울 시간이라고 말해. 방문을 열자 고양이가 우리를 기다리고 있어. 우리가 쓰다듬어도 거부하지 않아. 고양이도 막 잠에서 깬 듯해. 우리 셋은 당신 방으로 가.

이반을 침대에 내려놓아. 당신에게 기어갈 수 있도록 말이야. 당신이 눈을 떴을 때 이반이 제일 먼저 보이도록. "안녕히 주무셨어요, 아빠." 이반에게 말하지만 사실은 다른 어른에게 말할 때 쓰는 그 말투로 말해. 대개 그 어른은 당신이지. 이반이 당신 얼굴을 향해 돌진해. 하지만 나는 이반이 출발하기도 전에 뭔가 이상하다는 걸 알아채. 당신이 누워 있는 모습이 이상해. 태아 같은 자세로, 얼굴을 베개에 파묻은 채 구부정하게 뒤틀려 있어. 당신 피부가 뭔가 다르게 느껴져. 평소보다 창백해. 생기가 없어.

내가 서 있는 근처 이불 밑으로 삐져나와 있는 당신 발목을, 만지고 싶지 않지만 만져봐. 차가워. 창백해. 내 손가락에 닿은 부분이 뻣뻣해. 안에 피가 흐르고 있지 않아. 당신은 더는 거기에 있지 않아. 죽었어. 그걸 이제서야 깨달아.

반사 작용이 나를 움직여. 나는 이반을 들어서 한 팔에 안아. 내 뇌는 모든 정서적 반응을 차단하고, 나는 철저히 이성에 따라 행동해. 내 평생 이렇게 이성적으로 행동한 적도 없을 거야. 구급대에 전화를 걸어. 어떤 여자가 전화를 받자 모든 것이 단숨에 쏟아져 나와. 무슨 일이 있었는지, 내 이름, 당신 이름, 우리 집 주소, 현관문 비밀번호까지. "어서 와줘요." 내가 말해.

"지금 당장요. 더는 여기 못 있겠어요." 이반은 침대를 향해 몸을 뻗어. 나는 이반을 꽉 잡아서 내 허리에 딱 붙여. 너무 꽉 잡았는지도 모르겠어.

전화를 받은 여자는 내게 진정하라고 말한 뒤 당신 목에 손을 대고 맥박이 뛰는지 확인하라고 해. 나는 소용없다고 말하면서도 여자가 시키는 대로 해. 이반을 허리에 얹은 채로, 전화기를 어깨와 귀 사이에 아슬아슬하게 끼운 채로 당신 목을 손으로 훑어. 차가워. 생기가 없어. 나는 다시 한 번 그 여자에게 소용이 없다고, 맥박이 안 느껴진다고, 아무도 없다고, 당신이 더는 살아 있지 않다고 말해.

이유도 모른 채 당신 어깨를 잡아. 당신이 죽었다는 걸 알면서도 당신 몸을 돌려봐. 무거워. 그래서 당신 얼굴을 내 쪽으로 돌리다가 균형을 잃고 당신 위로 엎어질 뻔해. 당신 왼쪽 뺨에는 베갯잇 자국이 나 있고 피부는 창백한 노란빛이야. 베개 쪽으로 눌려 있던 눈은 살짝 뜨여 있어. 파란 눈동자가 예전처럼 파랗지 않아. 잿빛이야. 그 눈은 우리 아들이나 나를 다시는 보지 못하겠지. 감기지 않은 그 눈을 본 나는 당신 어깨를 놔버려. 당신 몸은 내가 막 흐트러뜨린 자세로 되돌아가. 당신은 누가봐도 죽었고, 나는 이 방에 1초도 더 머물 수가 없어.

그 여자에게 이런 말을 하고 전화를 끊어. 이반을 담요로 감싼 뒤에 아기띠에 태우고 스웨터를 어깨에 둘러. 나가기 전에 화장실에 고양이와 먹이와 물을 넣어놓고 화장실 문을 잠가. 내가 나가고 나면 다음번에 이 집에 들어올 사람은 내가 아닐 테니까. 그때 고양이가 집을 빠져나가면 안 되니까.

현관문을 나서. 엘리베이터를 타고 1층으로 내려가. 아파트 마당으로 나가서 벤치에 앉아. 구급차가 오기만을 기다려. 해가 막 뜨기 시작했어.

30분은 족히 지나서야 구급차가 와. 거짓말이야. 몇 분밖에 걸리지 않았어. 하지만 내게는 30분 같아. 출근하거나 아이를 학교에 데려다주는 이웃들이 지나가. 나는 잠옷 바람으로 담요로 감싼 이반을 아기띠에 안고 있어. 아무도 말을 걸지 않아. 고개를 돌리는 이도 있어. 고개를 돌리기 전에 고갯짓으로 먼저 인사를 하는 이도 있어. 나도 목례로 답해. 누군가에게 전화를 걸어야겠다는 생각이 들어. 누구에게 해야 할지 모르겠어. 당신 형에게 전화를 걸어. 구급차가 도착해.

2009년 5월

"난 절대 바람피우지 않을 거야." 침대에 함께 누워 30센티미터도 떨어지지 않은 곳에서 당신이 내 눈을 바라보면서 말해. 나한테만큼은 그러지 않겠다는 건지, 아니면 더 일반적인 당신의 도덕관을 알리는 건지 궁금해. 어느 쪽인지 잘 모르겠어. 당신과 함께 있을 때면 자주 겪는 일이야. 당신이 내게 뭔가를 말해. 꾸미지 않은, 깜빡 속을 만큼 단순한 문장으로. 차마 물을 수 없는 수만 가지 질문을 내게 남기는 그런 문장으로. 그래서 마음을 빼앗겨. 당신은 다르고 난 당신이 좋아. 아주 많이.

우리는 스톡홀름 호른스툴 지구 롱홀름스가탄에 있는, 가구가 거의 없는 당신 아파트 침대에 벌거벗은 채로 누워 있어. 아파트 안은 숨이 턱턱 막힐 정도로 더워. 한쪽으로만 창이 나 있어서 공기 순환이 전혀 되지 않거든. 햇빛을 막아줄 커튼도 없어. 그래서 거의 하루 종일 빛이 쏟아져 들어와. 그런데도 우리는 당신 아파트에 있어. 당신이 이곳에 있는 걸 좋아하니까. 그리고 나는 까다롭지 않고. 요즘 우리는 꽤 많은 시간을 여기서 보내고 있어. 당신 아파트에서, 당신 침대에서, 벌거벗은 채로.

처음 만난 다음 날 우리는 다른 파티에서 만났고 또다시 서로 뒤엉킨 채 시간을 보냈어. 이번에는 담요 밑에서, 소파에서, 술집 테라스에서. 그리고 결국 이곳에 왔어. 더 늦출 수 없다고 생각했어. 내가 무엇을 증명하고 싶었건 간에 지난 24시간 동안 충분히 증명한 것 같았고, 당신에게는 두말할 것 없이 증명하고도 남을 만큼 긴 시간이었던 것 같았거든. 지금 우리는 여기 누워 있고, 당신은 절대 바람피우지 않을 거라고 말해. "그래, 다행이네." 나는 중얼거리면서 내가 바람피웠던 일을 전부 떠올려. 나는 차마 같은 약속을 할 수가 없어. 하지만 당신 사고방식이 마음에 들어. 당신의 단면을 보여주잖아. 우리가 만난 지 2주가 지났어. 나는 당신의 모든 게 궁금하지만 참고 있어. 당신이 내게 묻는 것 이상으로 당신에 대해 묻지 않으려고 애쓰고 있어. 그리고 당신은 질문을 별로 하지 않아. 그래서 나도 하지 않아.

당신 아파트에 처음 왔을 때 나는 막 이사했느냐고 물었어. 가구가 거의 없다시피 했으니까. 현관 복도는 텅 비어 있고, 거실에는 소파, TV, 그리고 구석에 놓인 작은 책상이 전부야. 책상에는 작업용 컴퓨터와 짤막한 메모가 적힌 포스트잇 몇 장이 놓여 있어. 당신 손글씨는 아름답고 작아. 대문자조차도 작아. 아직은 모르는 사실이지만 포스트잇에 적힌 이름들은 당신을 고용한 여러 제작사들의 이름이야. "콜보이 백업"이라고 적힌 것도 있고, "아넬리에 이메일 손보기"라고 적힌 것도 있어. "캠프데이비드 서버"라고 적힌 것도 있고. 한 포스트잇에는 그냥 "절대 다시는"이라고만 적혀 있어. 이게 무슨 뜻이냐고 묻자, 당신은 다시는 한꺼번에 그렇게 많은 일을 받지 말라고 되새기기 위한 메모라고 말했어. 작년에 하마터면 정신이 나갈 뻔했다면서. 거의 하루 24시간 내내 일했고 살도 엄청 빠졌다고, 다시는 스스로에게 그런 몹쓸 짓은 하고 싶지 않다고 설명했어. 나는 무슨 말인지 안다고, 나도 직업상 밤샘 작업을 할 때가 많다고 말했어. 그 말에 당신은 어깨를 으쓱하더니 이렇게 말했지. "음, 그럼 그만둬." 마치 그게 세상에서 가장 쉬운 일이라는 말투로. 나는 그 순간 당신에게 더 깊이 빠져들었던 것 같아.

당신 침실에는 침대와 벤치프레스, 그게 다야. 양탄자도 없고, 커튼도 없어. 벽에는 높다란 건물과 하늘에 구름 한 점만 달랑 그려진 그림 하나만 걸려 있어.

당신은 내가 왜 방금 이사한 거냐고 묻는지를 이해하지 못하는 눈치였어. 여기 산 지 8년 됐다고 말했지. 당신은 이게 한 사람이 소유하기에 딱 좋은 정도라고 생각해. 어릴 때 많은 물건에 둘러싸여 자랐고 이젠 그러고 싶지 않다는 말을 슬쩍 흘려. 수집품, 장식물, 먼지. 그런 건 당신을 불안하게 만들어. 나는 속으로, 그렇다고 너무 반대 극단으로 치달은 건 아니냐고 반문해. 게다가 저 벤치프레스를 자주 쓰기는 하는 건지. 나는 당신이 별나다고 생각했어. 그래서 더 관심이 생겼어.

하지만 지금 이 순간 우리에게 필요한 건 당신 침대뿐이야. 우리는 저녁, 밤, 아침, 그리고 주말의 꽤 많은 시간을 여기서 보내니까. 배고프면 나가서 먹고 나가면 긴 산책을 해. 당신은 내 허리에 팔을 두르고, 나는 당신이 키가 큰 게 정말 좋아. 내 허리를 감싼 당신 팔이 좋아. 그래서 내가 사는 스칸스툴과 당신이 사는 호른스툴 사이에 있는 오르스타비켄을 돌아다니는 동안 우리가 아는 사람과 마주치기를 은근히 기대해. 당신과 함께 있는 모습을 보여주고 싶으니까. 내 친구와 지인들을 우연히 만나면 좋겠어. "어, 저 사람은 누구지?" 나중에 그들이 속닥거리길 원해. "정말 사랑스러운 커플인걸." 그들이 속삭이는 모습을 상상하는 게 좋아. "아주 키도 크고 잘생겼네"라고 말하겠지. 당신의 여자친구인 게 자랑스러워. 아직 그런 이야기는 하지 않았지만 나는 그렇게 느껴. 나는 당신 거야.

그 첫날밤 이후 우리는 거의 이틀에 한 번꼴로 만났어. 만나지 않을 때도 채팅과 문자로 자주 연락해. 나는 벌써 당신에 대해 몇 가지 사실을 알게 되었어. 당신은 전화로 이야기하는 걸 별로 좋아하지 않아. 문자로 만나는 당신과 직접 만나는 당신은 완전히 다른 사람이야. 문자로는 아주 냉정한 사람처럼 느껴져. 요점만 말하고 그걸로 끝이지. 하지만 실제로 만나 보면 정말 따뜻하고, 사려 깊고, 재미있고, 스킨십을 좋아하고, 언제나 웃음을 터뜨릴 준비가 되어 있는 사람이야. 당신은 키스하고 손잡는 걸 좋아해. 우리가 침대에 있지 않을 때도. 그리고, 맞아, 당신은 콘택트렌즈를 껴. 렌즈 때문에 투명한 파란 눈동자가 더 진해져. 당신은 렌즈를 끼지 않으면 앞이 거의 보이지 않아. 밤에 집에 오면 렌즈를 빼고 안경을 껴. 당신은 너무나도 싫어하지만 나는 너무나도 좋아하는 안경을. 당신 안경은 당신의 웃는 얼굴만큼이나 삐뚜름해. 당신이 걸치면 모든 게 조금 삐뚜름해져. 그리고 모든 게 아름다워져.

아침에 헤어지면서 다음에 또 만날 계획을 구체적으로 세우는 일은 거의 없어. "곧 연락할게." 당신이 말해. 나는 그게 무슨 뜻인지 물어볼 용기가 없어. 당신은 내 일정을 묻는 법이 없어. 당신에게 내 일정을 말할 때면 내가 너무 앞서 나간다는 느낌이 들어. 나는 당신의 이중성에 끌려. 당신은 복잡한 모순덩어리이고 그 자리에 없으면서도 그 자리에 충실해. 당신은 바싹 다가왔다가 멀찍이 떨어지는 일을 반복해. 나는 거의 항상 당신 생각을 해. 당신에게 연락이 오길 고대하고 기다려야만 하는 매 순간이 정말이지 고통스러워.

그래도 언젠가는 연락이 와. 결국에는 당신에게 연락이 와. 두세 시간만 기다리면 당신이 돌아와. 나는 당신의 패턴을 익히기 시작했어. 당신 세계에 존재하는 법을 이해하기 시작했어. 나는 당신과 사랑에 빠졌어. 그러기까지 2주가 걸렸어, 아니 이틀이 걸렸어. 그러니까, 실은 잘 모르겠어.

2014년 10월

구급차가 도착했고 친절한 구급대원이 우리 아파트에 올라간 지 몇 분 지났어. 그가 지금 다시 내려왔어. 이반과 나는 여전히 아파트 입구 벤치에 앉아 있어. 구급대원은 내가 맞았다고, 내 파트너가 사망했다고 말해. 또 이렇게 덧붙여. "위로가 될지 모르겠지만 당신 파트너는 죽는 순간 고통을 느끼지 않았어요. 자는 중에 평안하게 떠난 것 같습니다." 전혀 위로가 되지 않아.

구급대원은 나를 데리고 다시 집 안으로 들어가려고 해. 그래야 한다는 걸 나도 알아. 하다못해 가서 이반의 기저귀라도 갈아줘야 한다는 걸 알아. 하지만 꼼짝할 수가 없어. 다시는 거기에 들어가고 싶지 않아.

나는 당신 형에게 전화했고 당신 형이 당신 부모님에게 알렸어. 나는 새엄마에게도 전화했고 다들 지금 여기로 달려오고 있어. 평범한 월요일 아침이라고 생각하고 하루를 시작하고 있던 그 어딘가에서. 나는 구급대원에게 누구든 내가 아는 사람이 올 때까지 여기 있고 싶다고 말해. 그는 그래도 된다고 말해. 경찰관이 올 거라면서 젊은 사람이 갑자기 죽으면 그게 통상적인 절차라고 강조해. 내가 용의자라거나 범죄 가능성을 의심해서라고 생각하지는 말라고. 그냥 경찰의 업무일 뿐이라고. 그는 계속해서 뭔가 더 말했지만 나는 더는 듣고 있지 않아. 이웃이 계단을 내려와 건물 입구 쪽으로 오는 게 보였거든. 그 이웃은 아이와 함께 있고 그 아이가 우리를 빤히 쳐다봐. 나는 잠옷을 입고 있고 이반은 아기띠에 있어. 구급대원은 짙은 초록색 작업복 위에 요란한 형광 노란색 조끼를 입고 있어. 아이는 우리 쪽 일이 궁금한 것 같았고 엄마에게 우리가 누군지, 무슨 일이 벌어진 건지, 우리 이름이 뭔지 물어. 나는 답하지 않아. 아이 엄마도 답하지 않고. 구급대원도 말이 없기는 마찬가지야. 이웃은 서둘러 지나가. 아이를 안아 올리고 질문을 못 하게 막은 뒤 재빨리 거리로 빠져나가. 나는 고개를 숙이고 회색 콘크리트 바닥을 뚫어져라 쳐다봐. 더는 집이 없는 사람이 된 것 같아.

경찰은 당신 형과 나란히 도착해. 어디서 그런 힘이 났는지 모르겠지만 당신 형은 어떻게든 상황을 이끌어가. 그는 내 어깨를 단단히 붙들고서 아파트로 데리고 가. 나는 계속 말해. "그 방에는 다시는, 절대로 안 들어가요." 그는 내게 꼭 들어갈 필요 없다고, 부엌에 있으면 된다고 말해. 경찰이 그곳에 가 있다고, 내게 간단한 질문 몇 개를 해야 한다면서.

부엌에서는 경찰이 약 선반을 뒤지고 있어. 한 명이 다른 한 명에게 어디서부터 시작해야 할지 모르겠다고 말하는 게 들려. 그녀는 내가 산 미국 수면제를 보고 누구 것인지 물어. 나는 내 것이라고 말하면서 수년간 아무 생각 없이 그렇게 많은 약을 사 모은 게 부끄러워져. 그렇게 많은 수면제를 샀지만 거의 손도 안 댔어. 그런데도 뉴욕에 갈 때마다 새 상자를 사서 집에 가지고 왔어. 이걸 경찰에게 설명하는데 미친 소리처럼 들려. 미친 사람이나 할 법한 행동처럼 들려. 경찰은 그냥 고개를 끄덕이고는 계속 선반 속 약을 이리저리 살펴. 그러면서 최근 당신이 평소와 다른 점은 없었느냐고 물어. 나는 없었다고 말해. 그녀는 처방받은 수면제는 왜 있느냐고 물어. 나는 내가 처방받은 거라고, 이반이랑 며칠 밤을 연달아 새우고 나서 잠을 좀 자려고 처방받았다고 말해. 이반에게 밤새 젖을 먹인다는 것과 이반이 야경증을 앓고 있다고 설명해. 틈이 날 때 잠깐잠깐 자야 하는데 그게 쉽지 않다고 말이야. 나는 그녀에게 상자를 열어보라고, 그러면 내가 손대지 않았다는 걸 알 수 있을 거라고, 한 알도 빠짐없이 그대로 있을 거라고 말해. 내가 한 알도 먹지 않았다는 걸 확인하는 게 중요하게 느껴져. 그녀가 약 상자를 여는데 덜컥 겁이 나. 약 상자가 비어 있으면 어떻게 하지? 당신이 자살한 거라면? 처음으로 그런 생각이 스쳐 지나가. 그녀가 빨간 삼각형의 경고 표시가 그려진 작은 종이 상자를 여는데, 느린 재생 버튼을 누른 것처럼 그녀의 손가락이 천천히 움직여.

경찰은 모든 것을 기록하고 약 상자를 일일이 열어서 전부 부엌 식탁 위에 쏟아부어. 나는 언제쯤 끝날지 물어. 그녀의 목소리가 부드러워져. "곧 끝나요. 이걸 먼저 끝내야 해요. 이게 기본 절차예요."

새엄마가 부엌으로 들어와. 새엄마는 한 시간 전쯤 내 전화를 받자마자 차를 타고 웁살라에서 한걸음에 달려왔어. 새엄마는 내가 기억하는 한, 그러니까 거의 30년 전 처음 만났을 때부터 늘 행동하는 사람이었어. 새엄마가 부엌 식탁과 경찰 옆에 있는 나를 안아주는데, 순간 나는 처음으로 울음을 터뜨려. 새엄마도 울어. 나는 새엄마 품을 빠져나오면서 말해. "이반이 아직 아침을 못 먹었어요. 기저귀도 갈아야 해요. 아직 그런 걸 하나도 못 했어요." 새엄마는 곧장 알아듣고서 해야 할 일들을 처리하기 시작해. 내 팔에 안긴 이반을 새엄마가 받아 드는데, 내가 이반을 태운 아기띠를 얼마나 꼭 끌어안고 있었는지 알게 돼. 이반이 품에서 사라지자 두 손은 갈 곳을 잃어. 속이 울렁거려. 새엄마가 우는 이반을 달래면서 새 기저귀를 채우고 이런저런 약으로 뒤덮이지 않은 쪽 식탁에서 이반과 놀아줘. 그리고 내 친엄마도 곧 도착할 거라고 전해. 거실 소파로 가는데 이반의 웃음소리가 들려. 흘깃 보니 새엄마가 경찰들 사이를 헤집고 냉장고로 가서 이유식을 꺼내는 것이 보여. 이제 이반을 돌봐줄 사람이 나타났으니 긴장을 풀고 생각을 정리하려고 애써봐. 불가능해. 다시는 저 방에 들어가지 않을 거야, 나는 생각해. 절대로, 안 들어가. 그것 말고는 아무 생각이 없어.

2009년 5월

내일이 당신 생일인데, 당신은 도통 그 얘기를 하려 들지 않아. 당신은 생일이 아무 의미가 없다고 주장해. 그러니 절대 선물 같은 걸 준비하지 말라고 말해. 생일은 당신을 불안하게 만들어. 시간이 지나가고 있다는 사실과 근래에 딱히 성취한 것이 없다는 사실만 생각나게 하니까. 당신에게 생일은 자신의 부족한 점을 되돌아보게 되는 고통스러운 날일 뿐이야. 나는 당신이 말하는 그 부족한 점이 뭔지 물어. 하지만 그런 질문은 당신을 불편하게 만들어. 당신이 이 대화를 계속 이어가고 싶지 않다는 건 확실해. 당신은 그동안 같은 일을 하고, 같은 공간에서 살고, 같은 생활을 했다고 말해. 그것도 너무 오랫동안. 나는 입

밖으로 소리 내 말하지는 않지만 생각해. 당신은 정말 별나다고. 거의 모든 사람이 그런 삶을 살잖아. 그래도 다들 자신의 생일을 기념하고 축하해. 게다가 지금은 나랑 사귀고 있잖아. 우리는 커플이나 마찬가지잖아. 그건 새로운 거잖아. 그것도 아주 중요한 성취고, 안 그래? 나는 왜 당신이 그런 식으로 생각하지 않는지 궁금해져.

우리가 만난 지 거의 한 달이 다 되어가. 그런데도 당신 생일에 무슨 선물을 해야 할지 모르겠다는 사실에 마음이 무거워. 생일 선물도 주고받지 않은 채 우리 관계를 시작하는 게 왠지 꺼림칙해. 나는 당신에게 뭐든 줘야겠다고 마음먹어. 아무것도 원하지 않는 당신에게, 적어도 지난 10년을 통틀어서 내게 일어난 가장 좋은 사건인 당신에게, 나는 뭘 줘야 할까? 넘치지도 모자라지도 않는 뭔가를 찾기가 힘들어. 나는 단서를 모으기 시작해. 당신이 좋아하는 것, 없어서 아쉬워하는 것, 필요로 하는 것. 딱 맞는 뭔가를.

당신 아파트에서는 아무 단서도 찾을 수 없어. 당신이 단출하게 사는 걸 좋아하는 것만은 확실해. 그림 선물은 상상도 할 수 없어. 가구도. 사귄 지 몇 주밖에 되지 않았는데 주기에는 지나치게 큰 선물 같아. 부엌에서 쓸 요리 도구는 어떨까? 너무 평범해. 자, 여기. 내 사랑을 담은…… 프라이팬을 준비했어. 말이 안 되잖아. 옷을 살까도 생각했지만 당신은 옷에 대해서는 까다로운 것 같고 내가 잘못 고르면 아마도 반품할 거야. 그럼 나는 당연히 마음이 상할 테고. 당신 옷장은 당신 아파트만큼이나 단출해. 우리가 만나는 동안 당신은 체크무늬 셔츠 세 장, 흰 티셔츠 두어 장, 짙은 파란색 후드티, 그리고 아마 세 벌의 청바지를 돌려 입은 것 같아. 나는 종종 당신 다리가 청바지에 환상적으로 어울린다는 생각을 해. 내가 본 중에 가장 섹시한 청바지 맞춤용 다리야. 그런 다리가 있는데 왜 청바지 모델을 하지 않는지 이상할 정도지. 나는 다시 정신을 차려. 당신을 더 잘 알게 될 때까지 옷 사는 건 미루기로 해.

나는 당신 약 선반을 슬쩍 살펴봐. 예상했던 대로 빈 거나 마찬가지야. 향수병 하나만 덩그러니 놓여 있어. 그마저도 거의 새 거야. 당신은 비싼 샴푸나 비누도 쓰지 않아. 나는 욕실에서 미적거려. 당신이 꽤 많은 시간을 보내는 곳이거든.

당신은 샤워하는 걸 아주 좋아해. 하루에도 몇 번씩 샤워를 하지. 샤워를 하면 머리가 맑아진다고 말해. 그래서 일 문제, 그리고 더 실존적인 문제를 풀기가 쉬워진다고. 샤워할 시간이야, 당신은 이렇게 말하고 몇 초 뒤에 욕실로 사라져. 침대나 소파에 앉아 있거나 누워 있는 나를 버려두고서. 내 몸은 여전히 당신 몸에 맞추어진 상태인데 말이지. 당신은 같이 샤워하자는 말은 한 번도 안 했어. 나도 방해하고 싶지 않았고. 문틈으로 욕실을 들여다본 적이 있어. 당신이 보였어. 등을 돌린 벗은 몸의 당신이. 길고 완벽한 다리와 엉덩이가 내 쪽을 향해 있었어. 샤워 물줄기가 당신 가슴을 향해 쏟아져 내렸고, 당신은 하얀 타일 벽을 응시하고 있었어. 당신은 나를 보지 못했고, 나는 살금 살금 소파로 돌아와 다시 당신을 그리워하기 시작했어. 책을 훑어보거나 휴대폰 화면을 보면서, 당신이 돌아오기만을 애타게 기다리는 것처럼 보이지 않으려고 애썼어. 지금 문득 당신에게 샤워 커튼을 주면 좋아하지 않을까 하는 생각이 들어. 아니면 값비싼 고급 비누나. 그런 아이디어에는 금방 퇴짜를 놓았어. 하나같이 시시하게 느껴져서 말이야.

당신 생일은 목요일이야. 그리고 긴 연휴의 첫날이기도 해. 우리는 알코올을 연료 삼은 밤을 보내고, 여느 때처럼 서로 뒤엉킨 채로 잠에서 깨. 어제 입은 옷은 침대 발치 바닥에 꾸깃꾸깃하게 쌓여 있어. 어제는 아직은 드문, 우리가 함께 놀러 나간 날이었어. 잠에서 깬 나는 지금까지 우리가 함께 있는 걸 본 사람들을 머릿속으로 나열해봐. 내가 당신 여자라는 게, 스스로를 외로운 늑대라고 부르는 당신이 남들 앞에서 팔을 두르고 다니는 여자가 나라는 게 한없이 자랑스러워. 당신이 키스를 하고 함께 웃는 여자가 바로 나라는 사실이. 나는 우리 주위가 환하게 빛난다고 믿어. 우리는 둘 다 키가 크고 늘씬해. 고전적인 의미로 아름답기보다는 눈에 띄는 편에 가깝지. 나는 우리가 군중 속에서 돋보이는 모습을 상상해. 그런 생각을 하면 즐거워져.

당신은 여전히 자고 있어. 나는 조용히 부엌으로 가서 샌드위치를 만들고 주스를 컵에 따라. 트레이를 찾을 수가 없어. 그걸 선물로 준비했더라면 좋았겠다는 생각이 들어. 하지만 나는 오븐용 베이킹 시트를 샀어. 당신이 아주 끝내주는 사과 케이크를 만든다고 말한 적이 있거든. 내가 당신이 만든 그 케이크를 먹는 순간 기절할 거라고도 했지. 더 나은 선물이 생각나지 않았어. 그래서 책과 베이킹 시트를 샀어. 나는 내가 고른 선물이 부끄러워져. 하지만 샌드위치 두 개와 오렌지 주스 옆에 이미 놓여 있어. 나는 부끄러움을 억지로 밀어내면서 크게 숨을 들이마신 뒤 방으로 들어가면서 노래를 부르기 시작해.

2014년 10월

경찰은 떠났고 구급대원은 부검의에게 공을 넘겼어. 부검의는 사망 원인을 파악하려고 온 거야. 적어도 그런 것 같아. 나는 문장의 조각들만 겨우 흡수하고 있어. 단어들이 내 머리 주위를 날아다녀. 아무리 집중하려고 애를 써도 그 단어들이 머릿속까지 들어오질 않아. 그런데 이제 의사가 왔고, 당신 방으로 들어갔어. 당신의 죽은 몸을 살펴보면서 언제, 왜 죽었는지 알아내겠지.

당신 부모님과 형과 조카도 여기 있어. 새엄마는 이반을 돌보고 있어. 가까이에서, 내가 부르면 언제든 달려올 준비를 하고서. 그러면서 가끔 울기도 해. 새엄마는 내 동생이 이반 나이였을 때 우리 아버지를 잃었어. 그러니 여기 있는 것만으로도 당신 자신의 상실과 애도의 경험이, 그때 상황이 떠오르겠지. 그런데도, 아니면 그래서인지, 지금 새엄마는 효율적으로 현실에 대처하고 있어. 당장 급한 일들을 처리하고, 이반에게 집중해. 이상황을 조금이나마 수월하게 만들어줄 일들에. 이반과 놀아주고, 이반을 먹이고, 이반의 기저귀를 갈아주고, 수유할 시간이 되면 이반을 내게 넘기고, 수유가 끝나면 다시 데려가. 조용히 자신이 할 일을 해.

당신 아버지는 가끔씩 무너져서 통곡해. 바닥이 보이지 않는 울음을 터뜨려. 그러는 사이사이에 쉬지 않고 말해. 당신 아버지 목소리가 방 구석구석을 점령해. 서성거리다가 앉았다가 일어났다가 다시 서성거리면서 이 상황을 어떻게든 이해하려고 애쓰고 있어. "말이 안 돼." 당신 아버지가 말해. "도저히 이해할 수 없어." 나는 침묵을 원해. 당신 어머니는 침묵하고 있어. 당신 어머니의 눈은 여기 있지 않아. 내 눈도 마찬가지야. 방 이곳저곳을 보지만 그 어떤 것도 아무 의미가 없어. 아무것도 눈에 들어오지 않아. 당신 형은 지휘관과 보호자 역할 둘 다를 맡았어. 그는 나를 안고서 낮은 목소리로 내 귀에 속삭이듯 말해. 내게 물을 마시게 해. 지금 의사가 당신 방에서, 우리 방에서 나오고 있어. 토할 것 같아. 의사가 무슨 말을 할지 전혀 듣고 싶지 않아. 나는 당신 형에게 그 방에는 들어가지 않을 거라고 속삭여. 의사는 그래야 한다고 말하겠지만.

의사가 그래야 한다고 말해. 내 옆에 앉아서 천천히 말해. 마치 어린아이나 귀가 들리지 않는 사람이나 이해력이 부족한 사람에게 말하듯이. 그는 모든 단어를 또박또박 말해. 그가 내 주위를 에워싼 안개를 뚫으려고 노력하고 있다는 걸 깨달아. 이전에도 이런 일을 수없이 해본 거야.

"카롤리나, 내 말 잘 들어요. 무슨 일이 있었는지, 내가 아는 한에서 이야기할 거예요. 지금 내가 한 말 이해해요? 어떤 질문이든 해도 돼요. 당신이 이해할 수 있도록 최선을 다해 답할게요. 악셀은 어젯밤 늦은 시각에 자는 동안 사망했어요. 아마도 당신이 그 방에 들어가기 두세 시간 전 일이었을 거예요. 지금으로서는 왜 사망했는지 확실하게 말할 수 없어요. 시신만 봐서는 아직 그 이유를 정확하게 알 수 없어요. 아마 심장에 문제가 있었을 거라고 생각해요. 사망 원인을 확정하려면 몇 가지 검사를 해야 할 거예요. 하지만 카롤리나, 내 말 잘 들어요. 그는 고통스럽지 않았어요. 알겠어요? 통증에 시달리지 않았어요. 자는 동안 일어난 일이라서, 매일 밤 잔 것처럼 그렇게 잤어요. 지금 이 말을 듣는 게 중요해요. 시간이 조금 지나면 이 사실을 알아서 다행이라는 생각이 들 거예요. 모든 것이 실감 나게 되었을 때요. 악셀은 아무 통증도 느끼지 않고 죽었어요. 아마 한 번도 깨지 않았을 거예요. 그리고 카롤리나, 이걸 꼭 알아둬요. 그때 당신이 그 방에 있었다 해도 달라질 건 아무것도 없어요. 그랬더라도 그를 살릴 수 없었을 거예요. 악셀처럼 심장이 멈추는 경우에는 할 수 있는 게 아무것도 없어요. 병원에 있었다 해도 마찬가지예요. 설사 그랬다 하더라도 살릴 수 있었을 거라고 장담할 수 없어요. 지금 당장 악셀의 심장이 왜 멈췄는지는 말할 수 없어요. 하지만 심장이 그냥 멈추는 경우가 있어요. 급성 심장마비라고 하죠. 그가 고통스러워한 것 같지는 않아요. 그리고 당신이 달리 할 수 있는 일은 아무것도 없었어요. 당신이 그의 옆에 있었다 해도, 더 일찍 구급차를 불렀다 해도 이 상황을 바꾸지는 못했을 거예요. 곧 차가 와서 악셀을 솔나에 있는 부검센터로 옮길 거예요. 그 장면은 보고 있기가 쉽지 않을 거예요. 당분간 모두 여기를 떠나는 게 좋겠어요. 솔나에서 의사들이 악셀을 부검할 거예요. 사망 원인을 확실히 파악할 수 있게 검사도 하고요. 연락을 담당할 경찰이 배정될 거예요. 당신이 전화를 걸고 질문할 수 있는 사람요. 지금 당장 이 모든 게 감당하기 힘들다는 거 알아요. 그런데 악셀을 옮기기 전에 방에 들어가서 작별 인사를 했으면 해요. 대개는……"

싫어요.

싫어요.

싫어요.

못해요.

나는 의사가 하는 말을 한마디도 놓치지 않으려고 애쓰느라 내 보호막 역할을 하는 안개 밖으로 끌려 나와 있었어. 그런데 내가 두려워하던 순간이 들이닥쳐. 나는 방에 들어가고 싶지 않아. 그럴 필요도 없고. "그건 못 해요"라고 말해. 아버지가 돌아가셨을 때도 했고, 할머니가 돌아가셨을 때도 했지만 지금은 그럴 힘이 없어. 불가능해.

나는 무너져 내리고 말아. 온몸을 떨면서 엉엉 울어. 콧물과 침이 흘러내리고 당신 형의 셔츠를 적셔. 그는 나를 꼭 안아줘. "할 수 있어요." 당신 형이 내 귀에 대고 속삭여. 계속 속삭이면서 나를 꼭 안아. "함께 해치워요." 그가 말해. "자, 얼른요. 중요한 일이에요."

얼마나 오랫동안 그렇게 서 있었는지 잘 모르겠어. 어느새 당신 부모님과 새엄마와 이반이 벌써 당신을 보고 나왔어. 그들이 우리에게 와서 우리를 엉거주춤하게 안아. 그 안에서 나는 숨이 막힐 지경이야. 공기가 부족해. 숨을 쉴 수가 없어. 그들은 내게 괜찮다고, 당신이 평화로워 보였다고, 괜찮을 거라고 말해.

나는 항복해. 이 품에서 벗어나야만 해. 다시 숨을 쉬어야 해. 하지만 내가 마지막으로 당신을 보러 들어가지 않는 한 여기서 벗어날 수가 없어. 당신 형이 나를 꼭 안은 채로 함께 들어가. 마지막 작별 인사를 하러. 문턱을 넘는 순간 나는 눈을 꼭 감아버려.

2009년 5월

우리는 온종일 밖을 걸어 다녔어. 점심을 먹자마자 당신은 오늘이 당신이 기억하는 한 최고의 생일이었다고 말했어. 우리는 탄토룬덴 공원에서 소풍을 즐겼고 당신은 내 손을 잡았어. 당신은 내가 손톱을 물어뜯는다는 걸 알게 됐어. 내 손톱을 봤거든. 내가 내 몸에서 가장 부끄러워하는 부분, 내 불안감과 자제력 부족을 낱낱이 드러내는 부분을. 하지만 당신은 싫은 기색을 하지 않았어. 손톱을 찬찬히 살펴보고 거기에 키스를 했어. 짧고 울퉁불퉁한 내 손톱 끝을 어루만졌어. 그리고 한참 뒤에 아무런 편견이 깔리지 않은 말투로 내 손가락이 기타 치는 사람의 손 같다고 말했어. 창피함에 내 심장은 벌렁거렸고 얼굴이 달아오르는 게 느껴졌어. 나는 누가 내 손톱을 자세히 들여다보는 게 싫어. 하지만 이번에는 그게 당신이었고, 한 번쯤은 겪어야 하는 일이었어. 내 손가락, 요컨대 나 자신을 당신 삶에 단단히 뿌리 내리는 게 내 목표니까. 실은 앞으로 내 손가락이 늘 당신 몸 어딘가에 닿아 있었으면 좋겠어.

오후가 되자 당신 기분이 돌연 바뀌어. 무슨 일이 벌어진 건지 도저히 모르겠어. 당신은 내가 농담을 해도 더는 웃지 않고, 점점 더 자주 허공만 멍하니 바라보는 것 같아. 당신의 대화 참여도가 급격히 떨어졌어. 뭔가를 골똘히 생각하는 듯해. 우리가 어디로 가는지도 더는 신경 쓰지 않고 있어. 나는 마음 편안한 것처럼 보이려고 애써. 더 많이 말하고, 농담도 더 많이 해. 하지만 당신은 더는 여기에 없는 것 같아. 이 상황을 수습하고 남은 하루를 허투루 보내지 않으려고 나는 우리 둘 다 좋아하는 식당 겸 술집에서 저녁을 먹고 술을 마시자고 제안해. 오늘 밤 출연하는 밴드가 당신 마음에 들 거라고. 나는 그 밴드 보컬의 목소리가 얼마나 멋진지 널 영과 비교하면서 설명하기 시작해. 그 보컬의 사생활과 관련된 감동적인 일화도 곁들여서. 당신은 나를 봐. 다시 여기로 돌아온 거야. 그리고 내 말을 끊어.

"당신만 괜찮다면, 나는 그냥 집에 가고 싶어. 오늘 밤은 혼자 있고 싶어."

"아, 물론이야. 당연히 괜찮지. 그럼." 내가 지나치게 밝은 목소리로 말해. 마음은 그게 아닌데.

그러자 모든 것이 빨리 움직이기 시작해. 저녁 일정이 결정된 거야. 우리는 남은 하루를 각자 보내기로 해. 당신은 지금 당장 각자의 길을 가도 나쁠 것 없다는 태도를 취해. 안도하는 것 같아. 당신 집 근처 모퉁이에 다다르자 당신은 내 뺨에 가볍게 키스해. 나는 곧 당신의 등과 길고 완벽한 다리가 서둘러 집으로 향하는 모습을 봐. 당신이 걸어가면서 이어폰을 끼고 머리에 후드를 뒤집어쓰는 걸 봐. 당신 발걸음이 한결 가벼워진 것처럼 보여. 등조차도 행복해 보여. 나는 그 자리에 서서 당신을 봐. 당신이 돌아보면 언제든 손을 흔들 수 있게. 하지만 당신은 돌아보지 않아. 당신 뒷모습이 거리 너머로 사라져. 다른 보행자들에게 가려질 만큼 당신이 작아지고 나서 나도 돌아서. 지금 무슨 일이 벌어졌는지 도통 모르겠어. 당신에게 다시 연락이 올지 모르겠어.

나는 당신 없이 당신 생일을 축하하러 나가. 내가 말했던 그 식당에서 친구들을 만나. 하지만 밤새 머릿속에는 온통 당신 생각뿐이야. 좋았던 기분이 산산조각 났어. 당신이 내 옆에 없으면 더는 즐거운 시간을 보낼 수가 없게 됐어. 그리고 지금 당신은 집에 있어. 적어도 그럴 거라고 생각해. 집에 갈 수 있어서 행복한 것처럼 보였으니까. 나와 헤어지는 것이 기쁜 것처럼 보였으니까. 내일은 되어야 당신에게 연락이 오겠지. 그냥 알 수 있어. 그래서 마음이 아파.

2014년 10월

나는 당신 뺨을 톡톡 두드려. 당신 같지가 않아. 그냥 몸뚱이일 뿐이야. 침대에 누워 있는 건 당신 몸이긴 하지만 당신은 더 이상 거기 있지 않아. 의사가 당신 피부색을 균일하게 보정한 것 같아. 뺨에 파우더를 조금 발랐는지도 모르겠어. 이제 당신 눈은 감겨 있고 담요가 몸 전체를 덮고 있어. 발이 침대 발치에 삐죽 튀어나와 있지 않아. 당신은 거기 누워 있어. 죽은 채로. 지금 내가 이 방에 들어온 이유는 내 기억 속 당신의 마지막 모습을

49

좋은 것으로, 평화로운 것으로 남기기 위해서라는 걸 알아. 그리고 그렇게 되지 않으리라는 것도 알아. 당신은 이제 한낱 몸뚱이에 지나지 않아. 우리에게 작별 인사의 기회를 주려고 의사가 꾸며놓은 몸뚱이.

당신은 더는 당신처럼 생기지 않았어. 내가 이제까지 본 다른 모든 죽은 사람처럼 생겼어. 우리 아버지처럼, 우리 할머니처럼 생겼어. 매끄럽고, 움직이지 않아. 꾸몄고, 차갑고, 창백하고…… 여기에 없어. 당신 형이 나를 당신에게로 이끄는 동안 나는 눈을 다시 뜨지 않고도 이미 당신이 이런 모습일 거라는 걸 알았어. 그리고 당신의 죽음을 이렇게 기억하지 않을 거라는 것도 알아. 죽은 당신을 이미 봤으니까. 당신과 나와 이반만 있었던 그때.

오늘 새벽에 본 당신 모습이 그리워. 베갯잇 자국이 나 있던 당신의 뺨이, 반쯤 뜨고 있던 당신의 눈이, 차디찬 당신의 발목이, 이상한 자세로 베개에 기대 있던 당신이 그리워. 그때 본 당신 모습이 그리워. 우리만의 것이었던 당신의 마지막 모습이, 오로지 우리 셋만 있었던 그 마지막 순간이 그리워.

나는 당신 뺨을 톡톡 두드리면서 작별 인사를 속삭여. 내가 더 슬피 울지 않는 게 부끄러워. 당신 형은 지금 울고 있어. 여기 온 뒤로 처음 우는 거야. 눈물이 그의 뺨을 타고 흘러. 당신에게 말하는 동안 울음을 꾹꾹 누르지만 목소리가 잠겨 있어. 그는 당신 쪽으로 몸을 숙여. "잘 가, 꼬맹이." 그가 말해. 당신 이마에 키스해. "내 꼬맹이 동생." 그가 속삭여. 담요와 당신 팔을 가만히 둔 채 당신을 조심스럽게 안아. 그는 당신 베개 옆에 놓인 높은 베개에 얼굴을 파묻어. "내 사랑스러운 동생." 베개에서 흘러나오는 소리를 들어.

나는 시선을 돌려. 내가 방해하는 것 같아서. 지극히 사적인 순간에 뜻하지 않게 끼어든 방해꾼이 된 것 같아서. 이제 이 방에서 나가고 싶어. 이런 기분일 걸 알았어. 그저 의무감에 들어왔던 것뿐이야. 이제 끝났어. 당신 형은 마지막으로 당신 뺨을 어루만져. 우리는 방을 나서. 그게 당신을 본 마지막이야.

2009년 6월

우리는 들판을 가로지르고 말 방목장 옆을 지나가. 시골에 있는 것 같지만 도심에서 버스를 타고 20분 정도 나왔을 뿐이야. 당신은 나를 데리고 당신이 어릴 때 살았던 집에 가는 길이야. 우리가 만나는 작은 잔디밭 하나하나, 흙구덩이 하나하나, 지나치는 언덕 하나하나에 대해 열심히 설명해주고 있어. "내가 어릴 때 저 집에 진짜 으스스한 노인이 살았어." 언덕 위 오두막집을 가리키면서 당신이 말해. "파티에 갔다가 집으로 돌아오는 길에 저기서 깜빡 잠이 들었어." 도로변의 깊은 배수로 옆 길가를 가리키면서 당신이 말해. 배수로 반대쪽은 말 방목장이야.

나는 잠시 걸음을 멈추고 배수로를 폴짝 건너뛰어 전기 울타리로 다가가. 방목장에 있는 말 한 마리의 관심을 끌어보려고. 이쪽으로 오지 않아. 6월 초라서 방목장의 잔디가 선명한 초록색이야. 혼자 있는 말조차도 내가 큰 소리로 부르고 있는 울타리 근처로 와야겠다는 생각이 들지 않나 봐. 나는 실망해. 말의 코를 쓰다듬을 수 있다면, 숨을 잠시 고르면서 오늘 우리 둘만 있는 얼마 안 남은 시간을 조금 더 길게 끌 수 있다면 정말 좋을 텐데. 나는 곧 당신 부모님을 처음 만나게 될 거고, 그래서 조금 긴장하고 있어.

당신이 같이 가자고 했을 때 사실 놀랐어. 우리가 그렇게까지 오래 사귄 건 아니니까. 내가 아는 한 당신은 아직 스스로를 내 남자친구라고 말한 적이 없어. 나를 당신 여자친구라고 부른 적도 없고. 내가 아는 한 나는 당신이 "함께 시간을 보내는" 누군가야. 당신은 나를 '좋아해.' 그런데도 당신은 부모님을 만나러 가는 날 나를 데려가서 부모님께 소개하고 싶어 했어. 나는 혼란스러워. 당신이 이 관계에 얼마나 투자하고 있는 건지 계산이 안 돼. 당신은 꼬리표 붙이는 일에는 인색해. 하지만 나를 곧장 당신 부모님과 만나게 하고 싶어 해. 계산이 맞아떨어지지가 않아. 내가 당신과 어떤 관계인지 모르겠어. 이 모든 것이 나를 당신에게 더 깊이 빠져들게 한다는 생각은 들어.

당신은 부모님 이야기는 많이 하지 않아. 사귀고 얼마 안 됐을 때 당신은 상처로 얼룩진 어린 시절 같은 건 없다고 밝혔어.

그래서 어린 시절에 대해 말할 게 별로 없다고 담백하게 말했지. 그런 말을 하는 사람들이야말로 일반적으로 최악의 어린 시절을 보낸 사람들이지 않나 하는 생각이 들었어. 나는 어린 시절에 겪을 수 있는 온갖 소동과 상처를 전부 견뎌냈어. 우리 부모님은 내가 여덟 살 때 이혼했어. 엄마가 짐을 싸서 집을 나갔을 때 나는 가슴이 무너졌어. 아빠는 내가 아홉 살 때 내 펜팔 친구의 엄마와 사랑에 빠졌어. 그 일로도 가슴이 무너졌어. 새로운 가족을 꾸린 우리는 내가 열두 살 때 스톡홀름을 떠나 뵈스트만란드의 농장으로 이사했어. 10대 시절을 보내는 동안 엄마와는 점점 사이가 멀어졌어. 내가 열일곱 살 때 아빠가 암 진단을 받았고 그로부터 1년 뒤 돌아가셨어. 누군가 내 어린 시절에 대해 물으면 난 조금은 자랑하듯이, 내 어린 시절은 온갖 상처와 트라우마로 얼룩졌다고 설명해. 나는 그 상처 하나하나를 작은 보석인 양 달고 다니는데 당신은 왜 그러지 않는지 궁금해. 당신에게 그런 상처가 없다는 게 사실일까?

그래서 난 당신이 내게 진실을 털어놓게 하려고 애써. 어디 출신이야? 부모님은 어떤 분들이셔? 정말로 두 분은 10대 때 만나서 지금까지 함께 사셨어? 아이를 네 명이나 낳아서 키우셨어? 그것도 첫째랑 막내가 스물네 살이나 터울 진다고? 10대 때는 어떤 식으로 반항했어? 뭘 하긴 했어? 한가할 땐 뭘 했어? 초등학생 때, 중학생 때, 고등학생 때 어떤 학생이었어? 형제 중 누가 제일 좋아? 왜? 첫사랑은 누구였어? 누가 당신을 키웠어? 어디서 자랐어? 가족들이랑 저녁 먹을 때는 어떤 이야기를 했어? 당신은 어쩌다 지금의 당신이 된 거야?

지난 몇 주 동안 당신 주변에 머물면서 나는 당신이 어머니와 가장 가깝다는 결론에 도달해. 당신은 어머니와 자주 통화하는 것 같아. 거의 매일. 당신 말투는 대체로 퉁명스러워. 무례하다고 여겨질 정도야. 어머니에게 담배를 끊으라고 잔소리를 해. 때로는 어머니가 말하는 중간에 끼어들어서 "그만하고 요점만 말씀하세요"라고 하고. 어떨 땐 마치 어머니가 당신을 방해한 것처럼 말해. 정작 전화를 건 사람은 당신인데도 말이야. 어머니에게 전화를 걸어 한마디만 하고 1분도 안 돼서 끊는 것도 봤어. 하지만 언제나 끊기 전에는 "사랑해"라는 말로 마무리하지. 때로는 끊자마자 다시 전화를 걸어서 툴툴거려 미안하다고 말하기도 하고. 그런 것들이 내게는 전부 수수께끼야. 당신 부모님이 어떤 분들이신지 정말 궁금해. 그런데 어쩐 일인지 막상 만날 때가 되니까 그 순간을 가능한 한 뒤로 미루고 싶어져.

15분 정도 걸어서 우리는 목적지에 도착해. 작은 숲길 모퉁이를 돌자 넓은 정원에 둘러싸인 작은 상자 모양의 갈색 집이 보여. 집 자체는 다소 낡았어. 외벽은 얼룩졌고 지붕 기와에는 이끼가 자라고 있어. 잔디밭 위로 자갈길이 집까지 깔려 있고 마당 한쪽에는 사과나무들이 서 있어. 다른 쪽에는 넓은 라즈베리 밭이 있고. 그렇게 넓은 라즈베리 밭은 처음 봐. 나무들이

10미터 간격으로 다섯 줄이나 심겨 있어. 나무들이 당신보다 키가 커. 적어도 2미터는 돼 보여. 당신은 내 손을 놓고 라즈베리 나무를 살피러 밭으로 들어가. 나는 당신 옆에 서서 감탄사를 연발해. 그때 당신 아버지가 나타나.

숱 많고 헝클어진 머리, 삐뚜름한 매부리코, 비뚜름하게 걸친 안경, 더러운 작업복, 흙이 낀 손톱, 당신의 부드러운 미성을 전혀 떠올릴 수 없는 굵고 낮은 목소리. 당신 아버지의 직업인 공업 교사에 꼭 들어맞는 모습이야. 그의 선명한 파란 눈동자가 두려운 기색 없이 내 눈을 똑바로 쳐다봐. 호기심으로 가득한 눈을 하고는 손을 내밀어 내 손을 꽉 잡아. 당신 아버지 손에 잡힌 내 손은 마치 아이 같아. 악수를 하는데 손이 살짝 아파. 당신 아버지는 한참 동안 내 손을 잡고서 놓지 않아. 나도 당신 아버지를 따라서 손을 꽉 쥐어보지만 소용이 없어. 내 손은 푹 파묻혀버렸으니까.

당신 아버지는 내게 잘 왔다고 말하고, 라즈베리 밭에서 올해 작황을 살펴보는 당신에게 가. 누가 묻지도 않았는데 올해 예상 산출량에 대해 쉬지 않고 설명해. "우리 라즈베리 밭은 구글 어스에도 나온다오." 당신 아버지가 내게 자랑스럽게 전해. 라즈베리 이야기를 계속 이어나가. 겨울과 봄 날씨가 작황에 어떤 영향을 미치는지. 어떤 비료를 쓰는지. 흉년일 때는 가족이 겨울에 먹을 정도만 겨우 열린다고 말하면서 여기서는 매일 아침 팬케이크에 라즈베리를 곁들여 먹는다는 걸 강조해. 당신이 어릴 때 매일 아침 라즈베리를 먹었다는 얘기를 했는지 물으서. 드넓은 라즈베리 밭에 대한 당신 아버지의 자부심을 지지하고 싶은 열망을 가득 담아 나는 들었다고 답해. 당신 아버지는 즐거운 듯 껄껄 웃고 계속 말을 이어가. "결국 작업실에 라즈베리 전용 냉장고를 따로 들여야만 했지." 당신 아버지가 설명해. "우리 라즈베리는 최고 중의 최고라니까." 당신 아버지가 큰소리를 쳐. "곧 아가씨도 맛볼 수 있을 거요."

우리는 한동안 거기 그렇게 서 있어. 당신 아버지의 열정과 수다스러움에 나는 안전함을 느껴. 당신 아버지는 말하는 걸 좋아해. 나는 들으면서 상황을 받아들이는 걸 좋아해. 이런 역학관계가 내게는 딱 맞아. 당신 아버지는 꾸밈이 없고 따뜻해. 마치 아이 같아. 당신이 아버지를 놀리면 아버지도 동의하면서 웃어. 나는 생각해. 아버지와는 아무 문제 없겠다고. 그리고 나는 당신의 솔직함, 아무리 고통스럽더라도 진실을 절대 포장하지 않는 능력, 늘 있는 그대로 말하는 능력을 누구에게서 물려받았는지 알게 돼.

당신이 아버지의 말을 가로막으면서 이제 들어가야겠다고 하자 그제야 라즈베리 밭 투어가 끝나. 당신 아버지는 내게 커피를 마시냐고 물어. 반짝거리는 눈빛에서 이게 아주 중요한 질문이라는 걸 알 수 있어. 내가 "당연하죠"라고 답하자 당신 아버지의 얼굴이 태양처럼 환하게 빛나. "나와 커피를 마시고 싶어하는 사람이 드디어 나타났군." 그러면서 내 어깨를 감싸 안아.

우리 셋은 함께 집 쪽으로 발걸음을 옮겨.

2014년 10월

아직 정오도 되지 않았는데 평생 깨어 있던 것처럼 느껴져. 지금은 오전 11시 15분이고, 부검의가 당신의 시신을 차로 옮기고 부검 장소로 향하는 것을 보지 않도록 아파트를 나서는 게 좋겠다고 우리에게 막 권한 참이야. 그들은 사망 원인을 파악해야만 해. 당신이 자연사했다는 것을 확인해야만 해. 적어도 이런 경우에 자연스럽다고 판단되는 원인으로 사망했다는 것을. 나도 정확한 건 몰라. 다만 당신이 현재 경찰 수사의 대상이라는 건 알아. 젊은 사람이 죽으면, 그것도 아무 이유 없이 갑자기 죽으면 자동적으로 발동되는 절차래. 그냥 죽은 사람과 그의 가족을 보호하려고 만든 통상적인 절차래. 확실히 해두어야 한다고. 몇 달이 걸릴 수도 있대. 나도 수사 대상이겠지? 주요 용의자일지도? 나도 모르겠어. 이해가 안 돼. 게다가 더는 거기에 대해 생각할 수가 없어.

우리는 천천히, 우물쭈물하며 아파트를 나와. 당신 어머니와 아버지와 형, 그리고 내 새엄마와 내가. 어디로 가야 할지 고민하면서. 당장 다음 두세 시간 이후의 일까지 생각할 여력이 없는 우리는 일단 당신 형네 집으로 가기로 해. 여기서 차로 15분

거리야. 이제 어떻게 거기로 갈지를 고민해. 당신 형과 아버지가 지금 운전을 할 수 있을까? 이반과 내가 그중 한 명이 운전하는 차에 탈 용기가 있을까? 그 외에 다른 방법이 있을까? 기차나 버스는 무리일 것 같아. 나는 가방을 싸기 시작해.

이반의 기저귀. 이유식 몇 병. 내가 갈아입을 옷과 이반이 갈아입을 옷. 오늘 밤 어디서 자게 될지 전혀 모르겠어. 뇌가 아주 천천히 돌아가고 자주 멈추기까지 해. 이 방 저 방을 들락거리는 중에 계속 어딘가를 멍하니 바라보고 있게 돼. 그러는 와중에도 우리 침실에는 발을 들이지 않아. 이반은 여전히 새엄마와 옹알이를 하고 있어. 새엄마는 본인의 차에 달 카시트를 구하려고 여기저기 전화를 걸고 있어. 한동안은 어차피 계속 그 차에 카시트를 달고 있어야 할 거라는 데 생각이 미쳤거든. 새엄마는 어떤 일을 하기 전에 오랫동안 고민하는 법이 없어. 내 친구 두 명이 이미 새엄마를 위해 카시트를 사려고 대형 마트로 가고 있어. 나는 통화 내용 일부를, 그리고 내게 하는 말들 일부를 들어. 하지만 그 조각들을 하나로 연결할 수가 없어. 언제라도 그 사람들이 당신의 죽은 몸을 가져가려고 현관 앞에 나타날 수 있다는 사실에 압박감을 느껴. 나는 그 사람들도, 부검의의 차도 보고 싶지 않아. 그래서 최대한 서둘러.

2009년 6월

당신 어머니는 아름답고 당신의 괴짜 아버지보다는 훨씬 더 내성적인 것 같아. 당신과 당신 아버지처럼 당신 어머니의 눈동자도 얼굴을 환하게 만드는 선명한 파란색이야. 두 분이 10대 때 처음 만났을 때 가장 먼저 눈에 들어온 것도 상대방의 그 파란 눈동자였는지 궁금해. 1960년대 초에 마주친 반짝이는 파란 눈동자 두 쌍. 상상하면 기분이 좋아지는 그림이야.

당신 어머니는 도드라진 광대뼈, 빨간 입술, 높이 틀어 올린 새카만 머리, 길게 기른 짙은 빨간색 손톱을 하고 있어. 은퇴를 앞둔 네 아이의 엄마라기보다는 내 또래 여자에게 더 어울릴 법한 날씬한 몸매야. 검은 원피스에 진회색의 긴 카디건을 걸쳤어. 정말이지 아주 우아해 보여. 당신 어머니 옆에 있자니 내 행색이 초라하게 느껴져. 당신 아버지에 비해 당신 어머니는 조용하고, 고고하고, 꼼꼼한 관찰자 같아. 내가 당신 어머니를 관찰하듯 당신 어머니도 나를 찬찬히 훑어보고 있어. 당신 아버지보다는 더 은밀하게. 그래서 나는 관찰만 하는 소극적인 방문자라는 배역에서 마지못해 밀려나. 당신 어머니에게 좋은 인상을 남기고 싶어. 내가 얼마나 잘난 사람인지 보여주고 싶어. 그리고 뭘 잘하는지도. 그러니까, 자신의 아들에게 어울리는 여자라는 것을 인정받고 싶어.

여기 부엌에서, 당신 아버지는 커피를 만든다고 분주하게 움직이고 당신 어머니는 예를 갖춰 우리와 대화를 나누고 당신은 식탁과 냉장고 사이를 끊임없이 오가고 있어. 이 분위기로 짐작건대 아마도 내가 당신이 처음 집에 데리고 온 여자친구인 것 같아. 당신 표현을 빌리면 당신이 "함께 시간을 보내는" 사람을 말이야. 모두가 이 상황에 아주 조심스럽게 접근하고 있어. 특히 나를 조심스럽게 대해. 가끔 어색한 침묵이 돌고, 그럴 때면 그 침묵을 깨려고 누군가(대개는 당신 아버지)가 서둘러 뛰어들지. 그 직후에 다른 누군가(대개는 당신 어머니)가 같은 의도로 간발의 차로 뒤늦게 끼어들어. "당신이 말해." "아니야, 당신이 해." "괜찮아, 먼저 말해. 어차피 중요한 얘기도 아니었어." 웃음.

우리는 부엌을 나와서 집 안을 한 바퀴 돌아. 그러는 동안 예닐곱 살 때쯤 당신 가족이 이곳으로 이사 오게 된 배경에 대해 전부 듣게 돼. 원래는 자치공동체가 관리하는 호숫가의 멋진 집에서 살았는데, 1980년대가 되자 지방정부에서 그 호수와 집을 반환하라고 요구했고 대신 이 땅과 집을 받았어. 당신 가족에게는 선택의 여지가 없었어. 당신 아버지는 그 자치공동체에서의 삶이 정말 좋았다고, 이 집은 그 호숫가에 지어진 커다란 집에는 한참 못 미친다고 열변을 토했어. 그래도 당신 가족은 이곳에 정착했어. 그리고 이곳에서의 삶도 나름 괜찮았어.

수백 개의 화분이 창문을 가리고 있어서 마치 정글 같아. 거실은 책장으로 꽉꽉 채워져 있어서 마치 책으로 만든 벽에 둘러싸인 것 같고. 고양이 여섯 마리가 이 방 저 방을 무심히 돌아다녀. 가구에 뛰어오르고 뛰어내리고, 소파에서 뒹굴거리고, 부엌 창문으로 밖을 드나들어. 당신 부모님은 고양이 한 마리 한 마리의 이름을 일일이 말해주면서 각 고양이의 성격을 설명해. 불가능하다는 걸 알면서도 나는 그 모든 정보를 외우려고 애써. 당신 부모님은 고양이들을 무척 아껴. 그것만은 확실히 알겠어. 고양이들의 성격을 설명하는데 마치 자식 이야기를 하는 것 같아.

그리고 책도 매우 좋아하셔. 적어도 벽을 가득 채운 책들만 봐서는 그런 것 같아. 나는 눈으로 책장을 훑으면서 주제가 아주 다양하다는 사실에 감탄해. 소설, 미스터리, 역사물, 정치서, 전기, 그리고 내가 제일 좋아하는 분야인 심리서까지. 심리서가 정말 많아. 아마도 당신 어머니가 심리상담사이기 때문이겠지. 나는 한 권을 뽑아서 페이지를 넘기기 시작하고 당신 아버지는 커피를 더 끓이려고 부엌으로 사라져. 당신은 아버지를 따라 부엌으로 가. 나는 당신이 아버지와 정치 이야기를 하는 걸 들어. 이전 총리였던 페르 알빈 한손과 그가 말한 '인민의 가정'에 관한 이야기인 것 같아. 당신 아버지가 "민족공동체"라고 큰 소리로 외치고 그 소리에 부엌에서 나던 주전자 소리가 묻혀. 나는 당신이 정치와 역사에 관심이 많다는 걸 알아. 우리 둘이 있을 때는 어떻게든 그런 주제는 피하지만. 지금 당신은 아버지와 부엌에서 정치 논쟁을 벌이고 있고, 나는 심리서를 펼쳐 든 채 시간을 끌면서 거실에 머물러.

당신 어머니는 나와 함께 거실에 남아 있어. 우리는 내가 들고 있는 책에 대해 이야기하기 시작해. 당신 어머니가 이 분야에 관심이 있는지 묻고 나는 그렇다고 답해. 언젠가는 심리학자가 되고 싶다는 꿈을 털어놔. 당신 어머니는 관심을 보이며 고개를 끄덕이셔. 내게 지금은 무슨 일을 하는지 물어. 나는 내 경력을 간략하게 요약해. 서점에서 일했던 경험, 영화계에서 잠깐 일했던 경험, 잡지에 기고한 글들, 지금은 음악계에서 콘서트 기획 업무를 한다는 것도. 당신 어머니는 그게 정확하게 어떤 일인지 물어. "긴 근무시간과 야근이요. 이 일을 계속하는 건 상상이 안 가요." 이 말을 입 밖으로 내자마자 그게 내 진심이라는 걸 깨달아. 우리 둘은 이미 속이야기를 나누고 있어. 그렇게 이 대화의 처음으로 돌아가. 나는 심리상담사의 일에 대해 묻고 당신 어머니는 답을 해. 당신이 방에 없으니까 대화가 더 순조롭게 흘러가. 우리 둘만의 리듬을 찾아가. 당신 어머니는 뛰어난 청취자이자 정교한 이야기꾼이야. 당신 어머니는 곧 우리가 어떻게 만났는지 물으셔. 이미 답을 알고 있다는 느낌이 들지만 그래도 나는 답해. 그날 파티에 대해서, 우리의 지인에 대해서, 그리고 우리가 만난 지 얼마나 되었는지도. 당신 어머니는 고개를 끄덕이면서 내 답을 들어. 내가 합격점을 받았는지 궁금해. 아마도 그런 것 같아.

몇 시간 뒤 저녁 식사를 하면서 당신 아버지는 앞으로도 수 없이 목격하게 될 행동을 해. 깊게 생각하지 않은, 아직 설익은 질문을 던지셔. 머리에 떠오르자마자 입 밖으로 튀어나오는 것 같아. 의도하지는 않았지만 모욕적으로 들릴 수도 있는 덜 다듬어진 질문이야.

"그래서 카로, 카로라고 불러도 되지? 도대체 어떤 점이 마음에 든 거지? 우리…… 이 별난 녀석이? 세련되지 못한 아웃사이더잖아. 같이 있는 게 쉽지 않을 텐데. 그러니까, 뭔가 마음에 드는 구석이 있다는 거 아니냐."

갑작스러운 침묵이 식탁을 뒤덮어. 당신 어머니는 지나치게 솔직한 질문을 덮으려는 듯 웃어. 그리고 당신을 흘깃 봐. 나도. 하지만 당신은 그런 질문이 딱히 이상하다고 생각하는 것 같지 않아. 계속 먹는 데 집중하고 있어. 접시에, 샐러드에, 감자튀김에, 그리고 당신 아버지가 발코니에서 구운 스테이크에 시선을 고정하고 있어. 당신은 내가 답하기를 기다리고 있는 거야. 그래서 나는 그 질문만큼이나 솔직하게 답하기로 해. 그게 가장 간단할 것 같아서. 나는 당신 아버지의 눈을 똑바로 봐.

"악셀은 제가 지금껏 만나본 사람 중 최고예요."

다시 침묵. 1초, 어쩌면 2초. 나는 내가 내뱉은 말이 부끄러워지기 시작해. 아직 당신에게 그렇게 진심을 담아 말한 적이 없는데. 우리는 서로에게 그렇게까지 애정을 표현한 적이 없어. 그런데 지금 내가 당신 부모님 앞에서 그렇게 한 거야. 얼굴이 달아오르는 게 느껴져. 당신을 볼 용기가 안 나. 그래서 계속 당신 아버지만 쳐다봐. 당신 아버지는 이제 고개를 끄덕이고 있어. 내 답이 만족스러우셨나 봐. 당신도 내 쪽을 보지 않지만, 접시에 대고 미소 짓는 게 보여. 내 말이 당신을 기쁘게 한 것 같아.

우리는 계속 저녁을 먹어. 대화의 주제는 1960년대와 1970년대로 넘어가. 나로서는 처음 접한 주제지만 앞으로도 수없이 다루게 될 주제지. 당신 부모님이 어떻게 만났는지, 당시의 사회 분위기가 어땠는지, 당신 부모님의 부모님이 어떤 분들이셨는지. 재미있는 대화야. 당신 부모님은 아주 길고 풍성한 삶을 사셨어. 대체로 당신 아버지가 이야기를 주도하지만 어머니도 가끔 끼어들어서 사실을 바로잡거나 덧붙여. 나는 두 분의 이야기를 즐겁게 들어. 이제 무대에서 내려온 나는 긴장을 풀어도 돼. 오늘 저녁 나에 대한, 그리고 당신을 향한 내 마음에 대한 탐문은 이걸로 끝인 것 같아. 내가 누구인지, 내가 어디 출신이고 어린 시절은 어땠는지에 대해 더 구체적인 질문은 없어. 어느새 우리는 당신 부모님에게 작별 인사를 하고 버스를 타러 가.

내가 당신 부모님 마음에 들었다는 확신이 들어. 현관 복도에서 작별 인사를 할 때 나를 꼭 안아주시면서 곧 다시 놀러 오라고 말씀하셨으니까. 내가 당신이 왜 좋은지 말했을 때 당신 어머니가 보인 눈빛에서, 그리고 몇 주 뒤 여름휴가가 되면 다 함께 여행을 가자는 당신 아버지의 제안에서 그런 느낌을 받았어. 당신 부모님도 이제 우리 팀에, '당신과 나'라는 팀에 합류했다는 확신이 들어. 그리고 나는 그 확신을 만끽해. 우리 편이 늘고 있어. 곧 소규모 부대가 될 거야. 우리 관계를 확신 못 하는 사람은 당신 하나일 거야. 그리고 난 당신도 곧 우리 편이 될 거라고 믿어.

2014년 10월

당신 형 집에서 우리는 모두 어딘가가 고장 나. 차례차례 돌아가면서 울음을 터뜨려. 내가 처음 부엌 식탁에서 울음을 터뜨려. 아이처럼, 소리 내 우는 걸 멈출 수가 없어. 당신 동생, 새엄마, 그리고 가까운 친구 두 명이 모인 앞에서 내가 요즘 얼마나 형편없는 인간이었는지, 얼마나 형편없는 여자친구였는지 말해. 당신을 죽인 건 나라고 확신하니까. 다 내 탓이야. 내 손으로 직접 죽이지는 않았지만, 내가 원인을 제공했어. 당신 심장은 나와 사는 삶에 짓눌렸고 그 압박감을 견디지 못한 거야. 나는 당신이 익숙하지 않은 속도로 나아가도록 내내 당신을 몰아붙였어. 당신은 얼마나 지쳤는지 내게 알리려고 노력했어. 그것도 여러 번. 그래도 나는 계속 몰아붙였어. 내가 당신 심장을 압박했기 때문에 결국 견디지 못하고 터진 거야. 말 그대로. 모든 게 다 내 탓이야. 나 자신을 절대 용서할 수 없어. 내가 한 인간을 죽였어. 이반의 아빠를 죽였어. 이제 이반은 아빠 없이 자라야 해. 모든 게 다 내 탓이야.

당신 아버지가 내 말을 가로막아. 내 목소리를 덮어버려. "그만, 그만하렴, 카로. 그런 생각 마라. 너는 우리 아들이 받은 최고의 선물이었어. 물론 지금 당장은 이해 못 하겠지만, 우리는 아들을 34년 동안 지켜봤어. 그래, 미안하다만, 우리 말 들어. 우리는 그 애가 카로 너를 만나 활짝 피어나는 걸 봤단다. 그 애는 너와 함께여서 행복했어. 그게 진실이야. 더 말할 것도 없어. 네 덕분에 악셀이 살아간 거야. 너와 이반이 그 애 삶에 의미를 부여했어. 그러니 이제 그만하거라." 그 말을 하는 당신 아버지의 목소리가 갈라져. 당신 아버지가 무너질 차례인 거야. 나는 침묵에 빠져. 갑자기 머리가 아파. 머리카락은 뒤엉키고 뭉쳤고, 눈물과 땀으로 덮인 내 얼굴은 번들번들해. 나는 씻고 싶다고 말해. 그런데 어떻게 된 일인지 갈아입을 옷을 하나도 챙겨오질 않았어. 당신 형의 부인이 나를 위층으로 데리고 올라가서 깨끗한 양말 한 켤레와 수건을 꺼내줘. 씻고 나면 침대에 들어가서 좀 쉬라고 말해. 자신들이 이반을 돌볼 거라면서. "이반은 잘 지내고 있어요." 그녀가 나를 안심시켜. 나는 이미 한참 전부터 이반 생각은 전혀 하지 않았다는 걸 깨달아. 이반은 어디 있지? 어떻게 지내고 있지? 새엄마는 어디 있지?

이반과 새엄마는 거실에 있어. 이반은 바닥을 기어 다니고 있고 새엄마가 그 옆에 앉아 있어. 나는 이반이 마지막으로 뭔가를 먹은 게 언제인지 물어. 이날 내 기억은 안개 속에 갇혀 있어. 새엄마는 우리 집을 나서기 직전에 내가 이반에게 수유했다고 말해. 우리는 그게 대략 두세 시간 전이었을 거라고 생각해. 나는 이반을 품에 안고 수유를 해. 이반은 허겁지겁 젖을 빨아. 나는 이반이 젖을 빠는 동안 그 애의 작은 뺨을 바라봐. 아직 젖이 마르지는 않았지만 다음 주면 마르겠지. 충격을 받거나 트라우마를 겪으면 흔히 그렇게 된다고 들었어. 새엄마의 젖도 아빠가 돌아가신 날 말라버렸어. 계속 이반을 보고 있기가 괴로워. 당신을 꼭 닮은 이반의 천진한 얼굴, 작디작은 귀. 이 아이는 오늘 자기에게 어떤 일이 일어났는지, 그것이 얼마나 엄청난 일인지 전혀 몰라. 오늘 일어난 일이 자신의 삶을 영원히 바꿨다는 걸 짐작도 못 하겠지. 이 아이는 자신이 아빠 없이 자라게 될 거라는 것도, 그리고 그것이 거의 확실하게 자기 엄마 탓이라는 것도 알지 못해. 아이는 젖을 빨고 입맛을 다시고 내 겨드랑이로 말려 올라간 셔츠를 꼭 움켜쥐고 있어. 나한테서 땀 냄새가 나.

당장 여기서 나가야만 해. 나는 갑자기 수유를 중단하고 방을 나가. 그리고 다시 울기 시작해. 새엄마가 나서서 온종일 하던 일을 계속해. 나는 당신 형네 집 계단을 올라가. 가족사진이 벽을 장식하고 있어. 그중 하나는 당신 사진이야. 당신이 일고여덟 살 때 찍은 흑백사진. 카메라를 보고 웃고 있어. 나는 고개를 돌려. 더는 버틸 수가 없어. 좀 자야겠어.

2009년 6월

당신이 나와 거리를 두는 게 신경 쓰이기 시작했어. 우리가 사귄 지 두 달이 됐는데도 당신은 나와 어떤 계획도 세우고 싶어 하지 않는 것 같아. 당신은 혼자 있는 시간을 확보하는 데 집착해. 그런 시간이 꼭 필요하다고 말하면서. 당신은 6월 여름축제 때 뭘 할지 확실하게 말하지 않아. 뭔가 하자고만 말해. 나는 아무 계획도 세우지 않았어. 당신과 함께 있고 싶으니까. 그런데 오늘 당신이 갑자기 마음을 바꿔. 비가 오는 데다, 하고 싶은 게 아무것도 없다고 말해. 마무리해야 할 작업이 있다면서 집에 혼자 있겠다고 말해.

지금 나는 당신에게 화가 아주 많이 났어. 직접 만나서 이 분노를 쏟아내야겠어. 그래서 당신에게 만나자고 해. 당신은 집에 있고, 어차피 나는 달리 할 일도 없으니까. "우리 만나서 얘기해." 내가 말해. "좋아, 와." 당신이 대답해. 당신 집으로 가는 버스 안에서 나는 무슨 말을 할지 고민하기 시작해. 사실 당신이 딱히 잘못한 건 없으니까. 그냥 내 뇌가 분노를 핑계로 당신과 더 가까워질 방법을, 당신의 영역에 더 깊이 파고들 계기를 찾고 있는 걸까? 이건 정말 분노일까? 아니면 뭔가 다른 감정인 걸까? 모르겠어. 그런데 당신 집 앞 버스 정류장에 이미 도착했어. 이 상황이 그저 창피하게만 느껴져.

당신 집 초인종을 누를 무렵에는 화난 마음이 전부 사라졌어. 당신이 나를 안아주고는 소파에 앉아 내 손을 잡을 때 나는 비둘기처럼 콧소리를 내지 않으려고 노력해. 당신은 내가 무슨 이야기를 하고 싶었는지 묻고 그 질문에 내 심장이 쿵쾅거리기 시작해. 그러니까, 뭔가 어색해. 나는 숨을 깊이 들이마시고 용기를 내려고 애써. 더 자주 만나고 싶다고, 당신이 주기적으로 나를 밀어내고 거리를 두는 게 견디기 힘들다는 걸 전하려고 노력해. 당신은 내 말을 들으면서 고개를 끄덕이고 내가 무슨 말을 하는지 이해한다고 말해. 하지만 자신은 원래 이런 사람이라고, 늘 이런 식이었다고 말해. 나를 정말 좋아한다고 말해. 그 말에 다시 짜증이 치밀어. 왜 당신은 '좋아한다'는 단어를 쓰지? 나는 생각만 하고 소리 내 묻지는 않아. 도대체 어떤 어른이 누군가를 '좋아한다'고 해? 왜 나를 '좋아한다'고만 하는 거야? 왜 당신은, 내가 당신에게 빠진 것처럼 내게 푹 빠지지 않는 거야?

당신의 단어 선택을 대놓고 비판할 정도로 용감하지 못한 나는 침묵에 빠져. 당신을 이해하는 척해. 당신이 말하는 동안 고개를 끄덕여. 왜냐하면 도박을 하기에는 판돈이 너무 커 보이니까. 대화는 한쪽으로 기운 채, 짧게, 갑자기 끝나버려. 당신 집 근처에서 열리는 파티에 참석하려고 나가면서 나는 일이 잘 마무리되었다고 스스로를 설득해. 우리가 처음으로 나눈 진지한 대화였잖아. 어쩌면 우리의 첫 말다툼이라고 할 수도 있을 거야. 조금 과장을 보태자면 말이야. 다투지 못했지만, 화도 거의 못 냈지만, 그래도 그 정도면 잘 넘겼어, 나는 생각해. 내가 느끼는 감정을, 내가 누구인지를 당신에게 전달했고, 당신은, 당신은…… 그만하라고 말했어.

밤늦게 당신에게서 문자를 받아. 원한다면 당신 집에 와서 자도 된다고. 나는 자존심을 지키고 싶지만, 고맙지만 됐어, 라고 말하고 싶지만 그럴 수가 없어. 당신이 부르면 나는 매번 달려가. 그리고 당신은, 당신은 내가 원하는 만큼 나를 자주 불러주지 않아.

2014년 10월

나는 결국 웁살라에 있는 새엄마 집으로 가기로 했어. 그래서 지금 새엄마 집에 있어. 이반과 재회했고, 불을 끄고 남의 집 침대에 누웠는데 잠이 오지 않아. 저녁 8시일 수도, 자정일 수도 있어. 전혀 모르겠어.

오빠와 내 친구들이 우리 아파트에 있다는 말을 전해 들었어. 그곳에서 처리해야 할 것들을 처리하고 있대. 홀로 남겨진 우리 고양이랑 시간을 보내면서. 고양이도 내가 도저히 신경 쓸 여력이 없는 또 다른 요소야. 그런데 어둠 속에 있으니까 자꾸 툭툭 떠올라. 앞으로 어떻게 나 혼자 이반과 고양이 둘 다를 돌보지? 내가 할 수 있을까? 나 자신이나 돌볼 수 있으려나?

엔스케데에 있는 우리 아파트에서, 오빠와 친구들이 가구를 재배치하고 있어. 내가 부탁한 대로 침대도 버리고 있겠지. 당신의 죽음으로, 소변이나 대변으로 더러워졌는지 차마 묻지는 못했어. 다만 사람은 죽는 순간에 몸속을 비운다는 이야기를 어디선가 읽었어. 그래서 침대를 버려달라고 부탁한 거야. 나중에 후회할 일은 남겨두지 않는 편이 안전하겠지. 나는 침대와 함께, 당신이 죽을 때 침대 위에 있던 모든 걸 버려달라고 부탁했어. 이불, 베개, 베갯잇까지도. 다시는 그 어느 것도 보고 싶지 않아. 친구들이 백화점에 가서 새 침구를 샀어. 집 전체를 청소하고 있다고, 나와 이반이 돌아왔을 때 좀 더 아늑한 느낌이 들도록 정리하고 있다는 문자를 받았어. 언제 돌아갈 수 있을지는 모르겠지만. 내가 언제 다시 집에 가게 될지 모르겠어. 우리 집이 어딘지도 모르게 되어버렸어.

어둠 속에서 이반 옆에 누운 나는 몇 시간 만에 처음으로 휴대폰을 봐. 수백 개의 문자가 와 있지만 너무 피곤해서 확인할 수가 없어. 다만 첫 두세 단어로 볼 때 거의 다 똑같은 내용이라는 건 알 수 있어. 오늘 오전에 나는 문자를 몇 개 보냈고 다양한 답문자를 받았어. 몇몇 친구는, 아마도 충격을 받았는지, 이런 문자를 보냈어. "농담하는 거지?" 처음에는 일일이 "아니"라고 답했어. 나를 사랑한다는 말과 나와 이반을 위해 언제든 달려올 준비가 되어 있다는 약속을 담은, 휴대폰 화면 전체를 꽉 채우는 긴 답문자도 받았어. 나를 위로하려고 노력하면서 내가 꼭 이겨낼 거라고 안심시키는 문자도 있었어. 나는 이걸 충분히 견뎌낼 힘이 있고 억지로 혼자 이겨내려고 애쓰지 않아도 된다고 말이야. 점심 무렵 나는 문자 확인하는 걸 그만뒀어. 소식은 삽시간에 퍼졌고 읽지 않은 문자의 개수로 봐서는 이 소식을 전달받지 못한 사람은 아무도 없는 것 같아. 유치원 친구도 연락을 했어. 옛 지인, 당신의 동료, 내 동료, 몇 년 전에 소식이 끊긴 이들까지. 내가 당신과 사귀기 전에 잠자리를 같이했던 몇몇 이름도 스쳐 지나가. 나쁜 소식일수록 빨리 퍼진다는 말이 사실인가 봐.

나는 메신저 앱을 닫고 한동안 휴대폰 화면만 쳐다봐. 파란 빛이 하도 밝게 빛나서 내 옆에 있는 이반을 깨울까 걱정이 돼. 뭘 해야 할지 모르겠어. 속이 울렁거려. 목구멍이 꽉 막히고 심장이 두근거려. 휴대폰 화면의 아이콘들이 위험하게 느껴져. 각각의 아이콘 너머에는 내가 도저히 마주할 자신이 없는 반응들이 기다리고 있으니까. 나는 누구와도 이야기하고 싶지 않아. 누군가에게 알렸다는 것 자체가 후회돼.

2009년 11월

지난여름 당신은 불쑥 내게 문자를 보내 아이슬란드에 같이 가겠느냐고 물었어. "11월에 레이캬비크에서 음악 축제가 열려. 친구가 무대에 오른대. 재미있을 거야." 처음에 그 문자를 본 나는 대략 이런 계산을 했어. 그건 4개월 후에 있을 일이니 적어도 그때까지는 나랑 만나겠구나. 나는 너무나 기뻐서 그 자리에서 펄쩍펄쩍 뛰기 시작했어. 당신에게 전화를 걸어 말했지. "당연히 가고 싶어. 정말 멋진데." 당신도 들뜬 목소리로 비행기표와 숙소를 예약하겠다고 말했어.

통화를 마친 나는 너무 흥분한 나머지 참지 못하고 비행기표와 레이캬비크의 호텔을 모조리 검색했어. 당시 나는 출장차 예테보리에 가 있었고, 엄밀히 말해 근무 중이었지. 게다가 당신이 알아서 예약하겠다고 말하기도 했고. 정말로 당신이 하고 싶었을 수도 있어. 하지만 나는 잔뜩 흥분한 상태여서 자제할 수가 없었어.

첫 커플 여행으로 아이슬란드를 간다니, 얼마나 신선해. 나는 중얼거렸어. 멋져. 우리 커플에게 진부한 휴양지 여행은 어울리지 않아. 우리는 아이슬란드로 갈 거야. 그것도 음악 축제에. 차를 빌려서 산을 오르거나 온천에 몸을 담그거나 폭포를 찾아가거나 작은 말을 탈 수도 있을 거야. 정말 완벽해. 우리 커플에게 안성맞춤인 여행지야.

30분이 채 지나기도 전에 나는 당신에게 가장 좋은 비행기편과 완벽한 호텔의 예매처 링크를 보내고 있었어. 이미 가격과 출발 시각을 비교했고, 아이슬란드에 있는 친구에게 숙박 관련 조언도 얻었어. "당신이 필요한 건 전부 여기 있어. 따로 검색할 필요 없어. 내가 전부 두 번, 세 번 확인했으니까. 그냥 이대로 예약하면 돼. 내 몫에 해당하는 돈을 바로 이체할게." 나는 덧붙였어.

당신에게 답이 왔어. "어, 그래." 이 말을 나는 이렇게 해석하기로 했어. "아, 좋아라. 정말 고마워. 당신이 나서서 모든 일을 처리하다니 감동했어." 아마도 이런 말이었을 텐데. "어, 내가 하고 싶었는데. 하지만 알았어. 당신이 다 해버렸다는 거지. 그럼 할 수 없지."

지금 우리는 축제 무대에 오를 당신 친구들과 함께 스톡홀름 아를란다 공항에 있어. 당신 친구들도 우리랑 같은 비행기를 예약했어. 나는 오늘 아침 스톡홀름을 떠날 때만 해도 기분이 아주 좋았어. 하지만 점점 김이 빠지고 있어. 소외된 느낌이 들어서. 당신들은 20년지기 친구야. 곱씹을 추억이 끝도 없이 나와. 아무도 나를 보지 않아. 아무도 내게 질문을 하지 않아. 당신은 대화에 나를 끌어들이거나 당신들만이 아는 농담의 맥락을 내게 설명해주지 않아. 나는 점점 말이 없어져. 당신들은 모두 맥주를 마시고 있어.

나는 내 비싼 오렌지 주스를 봐. 탑승 시각까지 아직 30분이나 남았어. 당신들은 즐거워 보여. 당신은 행복해 보여. 친구들과 함께 있는 당신이 행복하다는 걸 확실히 알 수 있어. 당신은 친구들을 놀리고 친구들은 그걸 즐겨. 내 친구들과 있을 때와는 전혀 다른 모습으로 공간을 채워. 그게 신경 쓰이지만 왜 그런지 콕 집어 말하지는 못하겠어.

대신 나는 당신의 맥주잔을 봐. 걱정이 돼서. 친구들 잔에 비해 당신 잔에는 맥주가 얼마 안 남았어. 거의 비었어. 방금 주문해서 받은 잔인데. 당신은 친구들에 비해 두 배는 많은 양을 들이켜. 그들은 방금 당신이 던진 농담에 큰 소리로 웃고 있어. 내가 모르는, 그래서 어떤 점이 재미있는지 이해할 수 없는 당신들 과거의 또 다른 장면을 재현한 거야. 나도 같이 웃으려고 해봐. 억지웃음인 게 티 나는 그 웃음소리는 당신 친구들의 진짜 웃음소리에 묻혀. 당신은 맥주잔을 입으로 가져가고, 또 잔이 비었어. 나는 불안해져.

내가 사랑하는 사람들이 술 마시는 것에 불안함을 느낀다는 사실을 아직 당신에게 말하지 못했어. 온갖 파티를 찾아다니는 내 모습 뒤에 숨은 내 진짜 모습을 당신은 아직 몰라. 내가 아주 고지식해서 맥주를 얼마나 마셨는지를 한 모금 단위로 세고, 취했다는 느낌이 들면 불안해지면서 집에 가고 싶어 하는 그런 사람이라는 걸. 나는 그런 내 못난 모습을 가슴속 깊이 감추고 있어. 내 트라우마의 일부인 이 사실만큼은 아직 당신에게 털어놓지 못했어.

탑승이 시작되기 25분 전이야. 내 뇌는 술이 연관되어 있을 때만큼은 아주 빠르게 회전해. 내가 기억하는 한 늘 그랬어. 나는 얼른 가늠을 해봐. 비행기에 타기 전에 당신은 맥주를 더 주문할까? 지금, 탑승하기도 전에 당신은 또 한 잔을 더 주문할까? 당신이 술을 마셨다는 게 티가 나나? 혀가 꼬이기 시작했나? 아이슬란드에 도착하기 전에 잔뜩 취하게 될까? 배 속에서 장이 온통 꼬이는 느낌이 들어. 나는 스스로를 안심시키면서 이성을 되찾으려고 노력해. 일을 망치지 마. 긴장을 풀어. 나는 공격이야말로 최고의 수비라는 조언을 따르기로 해. 당신에게 탑승 전에 맥주를 한 잔 더 마시겠느냐고 물어. 나도 와인 한 잔을 주문할까 한다면서. 당신 친구들은 감탄하는 눈치야. 그들은 시계를 보더니 20분만 있으면 탑승구가 열린다고 말해. "그 정도면 충분해요." 내가 웃으면서 말해. 마음이 아주 느긋한 것처럼 보이려고. "또 한 잔 주문할 사람? 제가 살게요."

그로부터 30분 뒤 우리가 탑승할 즈음 나는 아주 비싸고 시큼한 화이트 와인 한 잔을 입안에 털어 넣었어. 머리가 빙빙 도는 것 같아. 내가 너무 빡빡하게 굴지만 않는다면 아주 멋진 여행이 될 거라고 스스로를 설득해. 비행기가 이륙하고 승무원이 카트를 끌고 복도를 지나갈 때 우리는 와인과 맥주와 위스키를 주문해. 어쨌거나 휴가잖아.

2014년 10월

차를 타고 움살라에서 집으로 가는 길이야. 이반은 카시트에서 잠이 들었고, 나는 그런 이반이 너무나도 고마워. 지금 당장은 어떻게 엄마 노릇을 해야 할지 모르겠어. 이반이 울어도 아무 감각이 없어. 어떻게 달래야 할지 모르겠어. 내가 할 수 있는 일이라고는 수유밖에 없는 것 같아. 수유가 끝나면 이반을 다시 새엄마에게 넘겨.

이반은 지난 24시간 동안 평소에 비하면 훨씬 적게 울었어. 나는 왜 그런지 고민해. 우리에게 일어난 일의 의미를 이해하기에는 아직 너무 어린데. 하지만 지금 뭔가 심상치 않다는 걸 느끼는 걸까? 할머니가 옆에 있어서 안 우는 걸까? 이반은 늘 할머니랑 있는 걸 좋아했으니까. 새엄마는 늘 이반에게 안전한 사람이었으니까. 산후조리실에서 출산으로 온몸이 아프고 완전히 지쳐버린 나에게 뛰어와 눈물을 글썽이면서 이반을 품에 안은 뒤로 새엄마는 내내 이반을 사랑했어. 새엄마는 이반을 '자신의 어린 왕자'라고 불러. 마음에 드는 애칭은 아니지만 그냥 내버려둬. 새엄마가 이반을 그만큼 사랑한다는 게 이반에게 더 중요하니까. 내게도 중요하고. 지금 이 순간은 그 어느 때보다 더 중요할지도.

나는 새엄마가 다시 자기 집으로, 자기 삶으로 돌아가는 날이 오는 게 두려워. 앞으로도 우리와 영원히 함께 살면서 낮에는 이반을 대신 돌봐줬으면 좋겠어. 적어도 내가 자립하는 법을 익힐 때까지, 내 몸과 머리가 제대로 기능할 때까지만이라도. 지금 당장은 모든 것이 마비 상태야. 내 사고는 아주 느릿느릿 흘러가고, 마무리되는 법이 없어.

새엄마가 운전을 하고 있어. 우리는 말을 하지 않아. 나는 창밖을 멍하니 내다보면서 생각하지 않으려고 애써. 내 주머니에서 휴대폰이 끊임없이 울려. 1분에 문자가 서너 개씩 와. 알림창을 보기는 해도 답장을 할 기분이 아니야. 자동응답용 답문자를 쓸까 해. "신경 써주셔서 감사합니다. 나중에 연락드리겠습니다." 그리고 하트 모양 이모티콘을 붙이는 거야. 내게 문자를 보낸 모든 사람에게 단체 문자를 보내달라고 누군가에게 부탁하려고. 아마도 오늘 밤 늦게 그렇게 할 것 같아.

엔스케데의 집에서는 오빠와 올케가 우리를 기다리고 있어. 그리고 내 몇몇 친한 친구들도. 그들이 우리 아파트를 청소하고 정리했어. 현관 벽장에서 당신 코트와 신발을 치웠고, 침대 옆 탁자에 올려놓은 당신 책을 치우고, 새 침대를 구해서 새 이불을 깔았어. 우연히 전과 같은 이불을 사 왔지만, 당신이 24시간 전에 덮고 죽은 그 이불과 똑같은 이불을 말이야. 이 문제로 오빠가 새엄마와 상의하는 걸 들었어. 그래서 나는 괜찮다고, 상관없다고, 똑같은 이불이어도 상관없다고 말했어. 어차피 달라지는 건 없으니까.

하지만 오늘 밤 당신 옷가지만큼은 꼭 정리하고 싶어. 가방과 상자에 담아서 다락에 치워둘 거야. 집에 있는 동안 당신 옷이 눈에 띄는 걸 참을 수가 없어. 이 삶 자체가 이미 매 분 매 초 당신의 부재를 선포하고 있는 것 같은걸. 그 외에 당신의 부재를 알리는 표지들은 필요 없어. 이미 충분히 많아. 이 아파트만으로도 충분해. 저 벽도 당신 것이었어. 저 소파도 당신과 나의 것, 우리 것이었어. 부엌의 식칼은 당신이 사고 날을 갈았어. 저 문도 우리 것이었어. 바로 지난주에 샤워기 헤드도 새로 사서 달았어. 저기 있는 옷장은 우리가 공동으로 썼어. 왼쪽에는 당신 옷이, 오른쪽에는 내 옷이 걸려 있어. 이제 당신 옷은 치워야 해. 내가 혼자 할 수 있을지는 모르겠지만 꼭 해치울 거야. 이런 물건들을 당장 없애야 해.

주차장에 들어서는데 우리의 커다랗고 못생긴 아파트 건물이 내 시야를 채워. 어제 아침 구급차를 기다리는 우리를 지나쳐 갔던 이웃들이 떠올라. 그중에 오후에 당신 시신이 옮겨지는 걸 본 사람이 있는지 궁금해져. 당신 시신을 옮긴 남자들(남자들일 거라고 생각해)과 같은 엘리베이터를 탄 사람이 있는지도. 그들이 당신을 무엇으로 덮었는지, 어디에 담았는지 궁금해져. 검은색 쓰레기봉투가 떠올라. 삐져나온 맨발도. 속이 울렁거려. 당신이 얼마나 키가 컸는지가 생각나. 당신을 어떻게 엘리베이터에 실었을까? 어제의 광경이 마치 공포영화인 양 내 상상 속에서 각색되어 반복 재생돼. 나는 토할 것 같고, 머리가 빙빙 돌 지경이지만 손가락 하나도 움직일 수가 없어. 차가 멈췄고 새엄마가 막 잠에서 깬 이반에게 말을 걸면서 이반을 카시트에서 꺼내고 있어. 이반은 환한 미소를 보내. 여느 때처럼 할머니를 다시 보게 된 걸 기뻐하면서.

차에서 내려 우리 셋은 건물 입구로 향해. 나와 이반이 앉아 있던 벤치를 지나가. 지금 내 머릿속은 이웃과 마주치고 싶지 않다는 생각뿐이야. 누구와도 시선이 마주치지 않았으면 해. 제발 그 누구와도 마주치지 않고 집에 들어갈 수 있게 해달라고 빌어. 그게 가능하다면 다른 것들도 모두 가능할 거야.

2009년 12월

"확실히 해둘 게 있어. 우리는, 당신과 나는 이제 커플이야. 나는 당신 여자친구야. 당신은 내 남자친구야. 모두가 알고 있는 사실이니까 당신도 알아두는 게 좋을 거야." 내가 당신에게 대놓고 선포한 지 거의 6개월이 지났어. 반은 농담처럼, 하지만 반은 진지하게 한 말이었지.

우리는 달라르나에서 열린 축제의 무대 뒤쪽에 있었어. 늦은 시각이었고 어두웠어. 밤 11시나 12시쯤이었을 거야. 둘 다 잔뜩 취한 채 친구들 몇몇과 잔디밭에 앉아서 플라스틱 병에 담긴 맥주를 마시고 있었어. 그런데 당신이 갑자기 일어나서 친구들의 이목을 집중시킨 다음, 공표할 것이 있다고 말해. "우리 사귀는 사이야. 나랑 카로 말이야." 당신이 공식화했어. 친구들은 처음에는 의아한 눈빛으로 당신을, 그리고 나를, 그리고 다시 당신을 바라봤어. 누군가가 웃음을 터뜨렸어. 누군가가 '그래' 뒤에 물음표를 붙여서 말했고. "그래? 우리가 모르는 얘기를 해봐." 당신은 다시 말했어. 마치 단어 하나하나를 즐기는 것처럼, 당신 혀를 타고 나오는 그 소리가 마음에 드는 것처럼. 그러고는 다시 털썩 앉아 내게 키스를 했어. 나를 당신 여자친구라고 불렀어. 그리고 침묵에 빠졌어. 뭔가를 곰곰이 생각하는 듯했지. 그리고 덧붙였어. "하지만 나는 크리스마스만큼은 우리 부모님과 보낼 거야. 확실히 해둬야 할 것 같아서. 그 문제로 다투고 싶지 않아. 크리스마스에는 다른 어디에도 있고 싶지 않을 테니까. 그냥 그렇게 알고 있으라고."

이제 크리스마스이브가 되었어. 어젯밤 당신은 들뜬 마음으로 부모님 집으로 갔어. 당신은 당신 가족의 크리스마스 전통에 대해 전부 이야기해줬어. 사실 다른 스웨덴 가족들의 전통과 별반 다를 게 없어. 당신과 당신 형제들이 어른이 된 뒤로는 선물 교환을 하지 않았다는 점만 빼고. 다른 것들은 흔히 들었던 거야. 크리스마스이브 전날 저녁, 당신은 샤프란이 들어간 빵을 구워. 당신 어머니는 (구체적인 내용은 기억이 나지 않지만) 당신 아버지가 훔치거나 빌리거나 어떤 식으로든 구해 온 나무를 장식해. 당신은 햄 요리를 하고 그날 늦게 햄 요리와 훈제 양고기를 먹으면서 크리스마스 맥주를 마셔. 당신들은 거실 소파에서 잠을 자고 고양이가 당신들 다리 사이에 자리를 잡아. 당신 어머니는 늘 그렇듯 늦게까지, 마법의 시간이라는 한밤중이 될 때까지 깨어 있어. 크리스마스이브 아침에는 다 같이 그해 수확한 라즈베리를 곁들여 팬케이크를 먹어. 오전 중에 당신 동생이 와. 그러면 당신들은 음식을 더 만들어서 먹고, 둘러앉아서 저녁 내내 수다를 떨고 게임을 해. 그러고 나면 크리스마스가 돼. 이번에는 당신 형의 가족과 당신 부모님의 가까운 친구들과 당신 이모가 온다는 것을 빼면 전날과 똑같이 흘러가. 당신은 크리스마스 다음 날인 박싱데이에 도심으로 돌아와. 그게 당신의 크리스마스 연휴 일정표야. 나는 크리스마스가, 아무리 소박하게 축하한다고 해도 당신에게는 가장 중요한 명절이라는 것을 알게 됐어.

나 같은 경우에는 꽤 오래전부터 크리스마스를 기념하지 않았어. 1980년대에 우리 부모님이 이혼한 뒤로는, 그리고 1990년대에 아버지가 암으로 돌아가신 뒤로는, 내게는 크리스마스가 끊임없이 이 집 저 집 옮겨 다니면서 얼마 안 되는 날들을 불완전한 가족들과 함께 보내야 하는 명절이었어. 엄마와 오빠와 함께 하루. 엄마의 친척들과 함께 하루. 새엄마, 여동생, 이복동생, 이복동생의 아이들과 하루. 아버지의 가족들과 하루. 그리고 앞으로는, 올해부터는 당신 가족들과 하루를 보내야 해. 그렇게 편안한 일정은 아니지만 나는 무례하게 굴고 싶지 않아. 그래서 최대한 즐거워 보이려고 노력해. 당신 아버지가 크리스마스 날 버스 정류장까지 나를 데리러 나왔어. 우리는 한껏 명절 기분을 내. 다만 당신 아버지만이 진짜로 명절 기분을 느끼고 있을 거라고 생각해.

저녁에는 보드게임을 하고 당신이 이겨. 나를 천천히, 매우 즐기면서 박살 내. 한번은 내가 참다못해 입을 앙다물고 말해. "닥쳐." 당신 어머니에게는 들리지 않게 작은 목소리로. 당신은 아주 못된 승자야. 상대에게 칼을 찔러 넣은 후 꼭 비틀어야 직성이 풀리는 그런 승자. 그리고 나는 아주 못난 패자고. 내가 다시 한 번 닥치라고 말했을 때는 그 소리가 당신 어머니 귀에 들어갈 정도로 커. 당신은 웃음을 터뜨리더니 탁자 건너편에서 내 손을 잡아. 나는 너무 화가 나서 손을 뿌리치지만 당신 어머니 앞에서 그렇게 한 게 부끄럽기도 해. 그래서 다시 손을 잡고서 마녀의 씩씩거리는 거친 숨소리보다는 사랑스럽고 귀여운 콧소리에 가깝기를 바라는 웃음소리를 억지로 내.

그날 밤 자러 갈 무렵 나는 패배로 상한 마음을 어느 정도 극복했고 당신도 더는 칼을 비틀지 않게 됐어. 당신에게 소리 지른 것 때문에 당신 어머니가 나를 싫어하게 되었을지 당신에게 작은 목소리로 물어. 당신은 잊으라고 말해. 당신 어머니는 재미있다고 생각했을 거고, 아들이 그런 소리를 들어도 당연하다고 생각했을 거라고. 나는 그 일에 대해 그만 생각하기로 해. 우리는 어둠 속에서 서로 잘 자라고 말해. 나는 당신에게 키스하고 그 키스는 점점 진해져. 그러다 우리는 섹스를 하고 잠이 들어. 잠에서 깼을 때는 박싱데이가 되었어. 명절이 거의 끝나가. 드디어.

2014년 10월

아파트 현관문을 열자 커피 냄새가 나. 내가 너무나 사랑하는 형제이자 가장 친한 친구인 오빠가 두 팔을 벌리고 나를 반겨. 나는 그 품에 안겨서 눈을 감고 울어. 어깨를 들썩이고, 콧물을 흘려. 나는 이 품을 떠나고 싶지 않아. 하지만 억지로 몸을 떼어내. 오빠 뒤에는 올케와 친한 친구들이 서 있어. 모두 나를 안아주고 부드러운 목소리로 말하면서 내 기분을 건드리지 않으려고 조심해. 나를 위로하고 싶지만 어떻게 위로해야 할지 알 수가 없다는 듯이. 나는 속이 울렁거려. 토할 것 같아. 오빠가 내 손에 커피를 쥐여주고, 부엌을 가리켜. 신선한 빵, 치즈, 사탕, 케이크가 식탁에 차려져 있어. 속이 뒤틀리는 것 같아. 시선을 돌려야 해. 그래서 우리 집을 돌아봐. 앞으로는 나와 이반 둘만의 집이 겠지.

아파트는 윤이 날 정도로 깨끗해. 모든 것이 제자리에 놓여 있고 당신의 흔적을 전혀 찾아볼 수 없어. 당신의 외투, 모자, 신발이 모조리 사라졌어. 어제부터 아파트 정리를 맡은 사람들이 전부 치운 거야. 그들이 당신 옷을 상자에 담아 옷장에 넣었다는 걸 알아. 그 상자들을 어떻게 할지는 내 지시에 따를 거야. 나는 어떻게 해야 할지 모르겠어. 그냥 눈에 띄지만 않으면 돼. 나는 말을 꺼냈지만 끝맺지 못해. 일단은 그냥 어딘가에 치워두라고 말한 것 같아. 오빠가 고개를 끄덕이고는 내가 옷장을 들여다볼 새도 없이 상자들을 다락으로 옮겨. 갑자기 당신이 죽음을 맞이한 방이 보고 싶어져.

그쪽으로 발길을 돌려. 문이 살짝 열려 있고 그 틈으로 방 안의 빛이 복도로 새어 나오고 있어. 지금 태양이 발코니로 한창 쏟아져 들어올 시간일 거야. 나는 들어가고 싶지만 감히 용기가 안 나. 이걸 해치워야 해. 어떤 식으로든 다시 그 방의 주인이 되어야 해. 침대에 누워 있는 당신 모습이, 이불 밑으로 삐져나와 있던 당신 발목이 갑자기 눈앞을 스쳐 지나가. 심장이 마구 뛰기 시작해. 방 안으로 들어가. 24시간 전만 해도 당신이 여기 있었는데, 이제 당신의 부재가 빈 방에서 울려 퍼지고 있어.

방이 달라 보여. 가구를 다시 배치했어. 새 침대를 예전과 다른 쪽 벽에 붙여놓았어. 침대가 있던 자리에는 새 양탄자가 깔리고 그 위에 안락의자와 독서등을 놓았어. 안락의자 팔걸이에는 담요가 걸려 있고. 창문에도 새 커튼을 달았어. 같은 방이지만 같은 방이 아니야. 나를 사랑하는 사람들이 내 삶을 조금이라도 더 견디기 쉽게 해주려고 얼마나 애썼을지 생각하니 마음이 따뜻해져. 고마운 마음에 눈물이 흘러. 그리고 당신이 여기서 죽었기 때문에 눈물이 흘러.

다시 이 방에서 자야겠다는 생각이 들어. 오늘 밤부터 시작해야만 해. 이 방은 이제 나와 이반의 것이야. 그러니까 어떻게든 이 방의 주인이 되어야 해. 그냥 그래야만 해.

2010년 7월

우리가 사귄 지 이제 1년이 넘었어. 나는 음악업계에서 출판업계로 이직했어. 요즘은 야간 근무나 주말 근무를 하는 일이 드물어. 그래서 우리는 거의 매일 만나. 딱 내가 원하는 대로야. 당신도 같은 생각이기를 바라는 그런 날들이야.

당신이 나를 당신 여자친구라고 부르고, 스스로를 내 남자친구라고 부르는 데 동의하기까지 3개월이 걸렸어. 그런데 그나마도 그렇게 부르는 일이 별로 없어. 당신은 꼬리표를 좋아하지 않아. 내게 애정을 표현할 때 아직도 고집스럽게 '좋아한다'고 말해. 하지만 이제는 그런 표현에 익숙해졌어. 나는 그 말이 바로 내가 원하는 그런 의미를 담고 있다고 생각하기로 했어. 당신은 다른 사람들보다 언어 표현에 인색한 사람인 것뿐이라고.

이제 나는 당신의 여자친구고, 당신은 내 남자친구야. 우리는 술집과 클럽과 콘서트에 자주 놀러 다녀. 나는 당신이 식당에서 어떤 음식을 주문하는지 알아. 스테이크와 감자튀김, 아니면 매시포테이토를 곁들인 미트볼과 링곤베리 잼. 그리고 당신이 기분을 띄워야 할 때면 어떤 음악을 즐겨 듣는지도 알아. 이불을 너무 두껍게 덮고 자면 악몽을 꾼다는 것도 알고, 당신 부모님 집에 가려면 어떤 버스를 타야 하는지도 알아. 당신이 언제 웃고, 어떤 영화를 좋아하고, 주말에 뭘 하고 싶어 하는지, 우리 둘 다 좋아하는 TV 쇼가 뭔지 알아. 영화에 대한 우리의 감상평이 일치하는 일이 드물다는 걸 알아. 그리고 당신이 당신 없이 외출하거나 내 친구들과 어울려도 된다고 말할 때는 진심으로 하는 말이라는 걸 알아. 나는 당신이 잠에서 깰 때 어떤 냄새가 나는지 알고, 당신은 내가 생리전증후군이 있을 때 되도록 내 눈에 띄지 않는 게 상책이라는 걸 알아. 우리는 이제 거의 모든 걸 커플로서 함께 하고, 커플로서의 우리 삶은 안전하고 깔끔하게 느껴져. 나는 친밀한 관계가 이렇게도 안 복잡할 수 있다는 것에 감탄해. 그리고 처음 사귈 때 당신의 장벽을 무리해서라도 뚫고 들어가서 다행이라고 생각해. 당신도 그 점을 다행으로 여기는 것 같아. 그런 말은 안 하지만. 가끔은 당신 생각을 짐작하는 수밖에 없어. 하지만 점점 내 짐작의 적중률이 높아지고 있어. 모든 걸 꼭 소리 내 말할 필요는 없으니까.

여름 내내 우리는 이런저런 음악 축제를 찾아다니고 있어. 올해가 우리가 사귄 뒤로 두 번째 맞는 여름이야. 우리는 친구들과 어울려 시간을 보내. 당신 친구보다는 내 친구를 만나는 횟수가 훨씬 많아. 내가 친구가 더 많기도 하고 친구들과 보내는 시간 자체가 당신보다 많아. 그리고 당신은 까다롭지 않아. 당신은 거의 모든 걸 재미있다고 생각해. 내 친구 무리에 끼어서 다니는 걸 싫어하지 않아. 우리는 밖에서 즐거운 시간을 보내. 같은 농담에 웃어. 게다가 당신은 내 농담에 웃어줘. 내가 농담을 하면 당신은 아주 후하게, 진심을 다해서 큰 소리로 웃어줘. 그래서 나는 당신이 좋아. 내가 사람들의 시선을 끌어도 당신은 신경 쓰지 않는 듯해. 절대로 나를 질투하거나 나를 독점하려고 나서는 법이 없어. 내 전 남자친구를 만나도 당신은 걱정하지 않아. 당신은 춤추는 일이 거의 없지만 내가 춤추는 모습을 지켜보는 걸 좋아해. 그리고 내 옆에 있는 걸 좋아해. 당신은 자연스럽게 내 허리에 손을 얹고 우리는 엉덩이를 천천히 흔들어. 나는 당신에게 푹 빠졌어. 헤어 나올 수가 없어. 키가 크고 유연한 당신 몸을 한 치도 빠짐없이 사랑해. 나는 당신이 모든 각도에서, 하루 중 모든 순간에 아름답다고 생각해.

오늘 우리는 스톡홀름 스타디온 경기장에서 열린 콘서트에 갔어. 우리는 춤을 추고, 소리를 지르고, 술을 마시고, 결국에는 친구 몇몇과 야외 테라스 술집에 갔어. 술이 끊임없이 흘러넘쳐. 당신은 대화를 멈추고 나를 보더니 아주 진지한 목소리로 말해. "그거 알아? 난 당신과 사랑에 빠졌어." 당신은 아주 만족한 표정이야. 자랑스러워하고 있어. 마치 내게 큰 선물을 안긴 것처럼.

당신 말에 나는 회로가 정지해. 무슨 말을 해야 할지 모르겠어. 처음 든 생각은 친구들이 그 말을 듣지 못했으면 좋겠다는 거였어. 당신이 그 말을 처음 한다는 게 너무도 티가 났으니까. 나는 답을 하지 못하고 우물거려. "아, 그래. 좋네. 고마워." 마침내 내가 말해. 당신 입에 가볍게 뽀뽀를 하고 다시 말해. "정말 좋네, 아주 좋아." 그게 내 진심인지는 모르겠지만 당신의 영광스러운 순간에 찬물을 끼얹고 싶지는 않아. 그래서 당신의 말 선물에 감동하고 감사하는 것처럼 보이려고 노력해. 우리는 이제 사귄 지 15개월이 됐어. 거의 매일 만나고. 나는 첫날 당신을 본 순간부터 당신을 사랑했어. 의심의 여지없이, 완벽하게, 공식적으로 당신과 사랑에 빠졌어. 그런데 당신은, 당신은 오늘 밤에야 나와 사랑에 빠졌어. 그게 모욕적으로 느껴지지 않으면 좋겠지만 모욕적으로 느껴져. 모욕이 아니라면 내 부족함의 증거겠지. 어느 쪽인지는 잘 모르겠어.

택시를 타고 집에 가는 길에 처음으로 우리가 같은 속도로 움직이지 않고 있다는 생각이 들어. 속도가 완전히 달라. 당신은 방금 전 처음으로 나를 사랑한다고 말했고, 나는 처음으로 그런 생각이 들어. 집에 도착하자 당신은 나와 잠자리를 같이 하고 싶어 하지만 나는 너무 피곤하다고 말해. 나는 당신에게 등을 돌리고 누워서 잠든 척해. 당신은 뒤에서 나를 감싸 안아. 그리고 곧 고르고 깊은 숨소리가 들려.

2014년 10월

잠을 잘 수가 없어. 내 몸이 자는 법을 잊어버렸어. 비교적 위안이 되는 저녁을 보낸 후 나는 혼자 남겨졌고 두꺼운 이불을 두 개나 덮었는데도 추워서 몸을 떨고 있어. 방이 어두워. 이반은 빛과 소리에 민감해서 나는 최대한 움직이지 않으려고 노력해. 때로는 이불이 바스락거리는 소리만 들려도 이반이 깰 때가 있어. 이반은 오랫동안 젖을 빨고 기저귀를 간 뒤에야 오늘 밤 두 번째로 잠이 들었어. 새엄마와 동생이 자고 있는 옆방에서는 아무 소리도 들리지 않아. 오빠와 올케는 내일 아침 온다고 약속하고 10시쯤 자기들 집으로 돌아갔어. 내일 밤에는 내 친엄마가 새엄마를 대신할 거야. 그게 내가 아는 앞으로의 일정 전부야.

꽃이 쏟아져 들어오기 시작했어. 오늘만 벌써 꽃다발을 열 개나 받은 것 같아. 집 안 곳곳에 흩어져 있어. 다 꽃을 꽃병이 없어서 물 주전자를 가져다 썼고, 곧 그것도 모자라서 대걸레 양동이를 꺼냈어. 당신 동료들이 꽃을 보냈어. 당신 친구들이 꽃을 보냈어. 내 친구들이 꽃을 보냈어. 동료, 예전 동료, 가까운 친구, 지인들도. 휴대폰 화면에 모르는 번호가 뜨면 나는 누군가가 꽃 배달을 하려고 잘 작동하지 않는 인터폰과 씨름하다가 항복했다는 걸 알 수 있어. 나는 전화를 받을 기력이 없어. 다른 누군가가 대신 전화를 받고 잠시 후에 새 꽃다발이 도착해. 대부분 몇백 미터밖에 안 떨어진 동네 꽃집에서 온 거야. 더 먼 교외나 도심에서 오는 것들도 있어. 모든 꽃다발에는 다양한 길이의 위로 카드가 붙어 있어. 오빠가 카드를 서류함에 넣어. 내 친구가 앞으로 몇 주 동안 나와 함께 있어줄 가족들과 친구들의 불침번 일정을 짜기 시작해. 오늘 저녁에 나는 마음이 따뜻해지고 안전하다는 느낌을 받았어. 용기도 얻었어. 나 혼자 이걸 겪어내지 않아도 된다고 생각했어. 나는 혼자가 아니야. 아이를 키우려면 마을 전체가 도와야 한다고들 하잖아. 그게 우리야. 우리는 마을이야. 이 마을이 충분히 크다면 아마도 이걸 무사히 해낼 수 있을 거야.

그러다 밤이 됐어. 침묵이 아파트 전체에 내려앉았어. 그리고 이제 용기가 사라진 내가 여기 있어. 나는 몸을 덜덜 떨고 있고, 이반은 잠이 들었어. 그리고 뭘 해야 할지 모르겠어. 무슨 일이 벌어지고 있는지 모르겠어. 이 밤을 어떻게 보내야 할지 모르겠어. 누군가를 깨울까? 누군가의 품 안에서 울어야 할까? 모르겠어. 울고 싶지 않아. 이반의 잠을 깨우고 싶지 않아. 누군가를 깨워도 무슨 말을 해야 할지 모르겠는걸. 나는 그 자리에 계속 누워 있어. 뭔가가 내 가슴을 짓누르고, 관절들이 부들부들 떨리고, 심장이 마구 두근거려. 그리고 나는 생각해. 그래 이거야. 이런 게 진짜 고통이야. 이제 그걸 알겠어.

2010년 10월

어느 날 나는 두 집을 오가며 사는 게 지긋지긋해졌어. 그래서 부동산 중개인에게 전화를 걸었고, 그 뒤로는 모든 일이 빠르게 진행됐어. 그로부터 한 달 뒤, 나는 내 소유의 아파트를 팔았고, 서류에 서명을 했고, 오늘 오후 밴에 실은 내 물건들이 당신 집으로 올 거야. 나는 무덤덤하게 짐을 쌌어. 최근에는 소유물에 집착하지 않게 되었거든. 일기와 사진첩을 빼고는 모든 것을 없앴어. 내 물건 대부분을 버리거나 분리수거하거나 기부했어. 당신은 여전히 가구가 거의 없는 당신 아파트의 옷장에 내 자리를 만들었어. 당신 아파트로 이사하는데도 이상하리만치 담담해. 진짜 이사하는 날로 가는 여정에서 잠시 쉬어가는, 지극히 실용적인 단계를 거쳐 가고 있을 뿐인 것처럼. 이건 언젠가는 하게 될 진짜 이사가 아니니까. 곧, 당신이 준비되었을 때 할 진짜 이사가 남아 있으니까. 당신은 요 몇 달간 일 때문에 바빴어. 지금 당장은 미래에 대해 생각할 시간이 없어 보여. 그래서 이 이사부터 하는 거야.

오늘 밤 집에 올 때는 누구 집에 장 본 것들을 넣어두었는지, 당신의 콘택트렌즈 용액이 누구 집 화장실에 있는지 기억하려고 애쓸 필요가 없을 거야. 어디서 잠을 잘지 정하느라 말다툼을 하지 않아도 되고. 자기 방에서 잘 권리를 주장하려고 통계 자료를 들먹일 일도 없어. 이제부터는 같은 곳에서 살 거야. 그리고 아직은 아니지만 곧 우리가 함께 살 집을 구할 계획이야. 그때까지는 당신 집에서 살아야 해. 그게 가장 쉬운 해결책이야. 나는 세부 사항에는 집착하지 않는 사람이니까.

오늘 아침 당신은 상태가 별로 좋지 않아. 내 상태도 썩 좋지는 않아. 어제 우리는 친구의 서른 번째 생일 파티에 갔고 밤새 파티를 벌였어. 집에 오는 길에 싸웠던 아주 희미한 기억이 남아 있어. 내 집 골목 모퉁이에 있는 세븐일레븐 근처에서 벌어진 다툼이었어. 하지만 잠에서 깬 우리는 왜 싸웠는지 기억이 안 나서 그냥 없었던 일로 하기로 해. 우리는 이사에 집중하려고 애쓰지만 쉽지가 않아. 기운이 없어. 상자를 옮기기 전에 뭘 좀 먹어야겠어. 우리는 식당에 가서 브런치를 주문해. 대화가 자꾸 어긋나. 우리 중 이 이사에 적극적으로 임하는 사람은 아무도 없는 것 같아.

브런치를 먹으면서 전날 갔던 파티에 대해 이야기하고 친구들 흉을 봐. 누가 가장 많이 취했는지, 누가 누구를 만났는지, 누가 파티에 오지 않았는지, 누가 연인과 헤어지고 파티 내내 이성을 유혹하려고 안달이었는지. 당신은 내가 어제 들은 대화를 재구성하는 걸 들으면서 웃어. 사소한 디테일을 과장해서 묘사하는 내 각색본에 귀를 기울이고 관심을 보여. 나는 당신을 웃기려고 일부러 부풀려 말하고, 날카로운 비판을 늘어놓아. 당신은 그런 내 이야기에 웃어주고 굳이 그 진실 여부를 따지지 않

아. 당신은 내게 상냥해. 그래서 당신이 좋아. 오늘 밤 우리는 동거를 시작할 거야. 진짜 동거는 아니지만 가짜 동거도 아니야. 지금의 우리에게는 그게 꽤 잘 어울려. 적어도 나는 스스로에게 그렇다고 말해.

2014년 10월

꽃 배달 물결이 이제 막 시작됐다는 내 예감이 현실이 됐어. 오늘 아침 10시쯤 건물 출입구 초인종이 다시 울리기 시작했고, 인터폰이 언제나 말을 듣는 건 아니어서 5층에서 1층까지 수없이 계단을 오르내려야 했어. 꽃과 카드가 쏟아져 들어왔어.

나는 어떤 상태인가 하면 어젯밤에 한숨도 못 자서 오늘 아침 침대에서 나올 때부터 상태가 안 좋았어. 어젯밤 내내 당신이 죽어가던 순간에 대해 생각했어. 그 생각을 계속 머릿속에서 곱씹었어. 왜 그런 일이 일어났을까? 어떤 모습이었을까? 왜 난 깨지 않았을까? 왜 고양이가 반응하지 않았을까? 왜 우리를 깨우지 않았을까? 아주 조용했나 봐, 나는 생각했어. 하지만 당신은 아주 이상한 자세로 누워 있었는걸. 마치 경련을 일으킨 것처럼, 몸을 앞으로 숙인 것처럼, 옆으로 넘어져서 머리가 베개를 누르게 된 것처럼 말이야. 당신은 왜 그런 자세로 있었던 거야? 위경련 때문이야? 많이 아팠어?

나는 그 순간이 아주 빠르게, 조용하게 진행되었다고 생각하고 싶어. 그래서 당신이 아, 내가 지금 죽어가는구나, 바로 지금, 하고 깨달은 순간이 전혀 없도록. 당신이 죽는 순간 혼자였다고 생각하면 견딜 수가 없어서 나는 당신이 잠들어 있었다고 스스로를 세뇌해. 당신은 그런 일이 벌어지는 줄 몰랐다고 말이야. 내가 당신 옆에 있었더라면 좋았을 텐데. 내가 당신 손을 잡아주었더라면 좋았을 텐데. 내가 그 순간 당신과 함께 있었다면 좋았을 텐데. 그리고 동시에 그런 생각은 내 마음에 공포를 심어. 내가 옆에 있었다면 어떻게 반응했을까? 당신을 살리려다가 실패했을까? 이반이 우리 옆에서 우는 동안 당신에게 심폐소생술을 했을까? 성공했을까? 내가 실패한 경우를 상상해봐. 그랬다면 내가 과연 계속 살아나갈 수 있었을까?

두 번째 날 밤 자정이 조금 넘은 시각, 나한테는 당신이 스스로 죽어간다는 사실을 몰랐다는 게 아주 중요했어. 내가 할 수 있는 게 있으면 좋겠다는 생각을 했어. 누군가에게 돈을 주고라도 당신이 몰랐다는 보증을 받고 싶었어. 당신이 전혀 몰랐다면 이 상황이 아주 조금은 견딜 만할 거라고 생각했어. 당신이 정말로 몰랐다면 이걸 극복할 수 있을 것 같았어. 당신이 거기 누워서 홀로 죽지 않아도 되었다면. 나는 부검 결과가 언제 나올지, 그 결과로 내가 뭔가를 알 수 있게 될지 궁금해졌어. 의사가 몇 달이 걸릴 수도 있다고 말하지 않았나? 어떻게 몇 달이나 걸릴 수 있는 거지?

두 번째 날 밤이 아주 천천히 지나갔어. 시간이 흘러갔고, 내 생각이 꾸역꾸역 계속되었고, 그러다 새벽이 왔고, 내 고통이 다소 줄어들었어. 곧 새날이 밝아올 거야. 곧 곁에 있어줄 사람들이, 이반을 돌봐줄 사람들이 나타나서 나를 다시 일으켜 세워줄 거야. 그저 하루를, 한 번에 1분씩 견뎌내는 거야. 그러면 다들 말하는 그대로 될 거야.

2011년 7월

우리가 같이 산 지 9개월째야. 아직도 좁은 부엌이 딸린, 가구가 거의 없는 당신 아파트에서 살고 있어. 땀을 너무 많이 흘려서 곧 죽을 수도 있겠다는 생각을 해. 스톡홀름에 폭염이 닥쳤어. 따갑게 내려쬐는 햇빛과 무거운 열기가 하루 종일 계속돼. 그러다 숨이 턱턱 막히고 몸이 끈적끈적한 밤이 찾아와. 신문의 머리기사에서 "살인 폭염" "시베리아 혹서" 같은 단어들이 비명을 질러대. SNS는 휴가 소식으로 채워지고 있어. 수영하는 사람들, 책을 읽는 사람들, 해변에서 주황색 구명조끼를 입고 물놀이하는 아이들, 의자나 해먹에 누워 휴식을 취하는 어른들 등등. 사람들은 자기가 읽은 책이나 열기 속에서 물방울이 맺힌 차가운 와인 잔을 자랑해. 그런 여름이야. 이상할 것 없어. 그냥 마음에 안 들 뿐이야.

우리는 올해 여름 도심을 벗어나는 데 실패했어. 막연한 계획은 있었지만 구체적인 계획으로 확정되지 못했고, 그래서 지금 이렇게 땀을 흘리면서 시베리아 혹서를 견뎌낼 수밖에 없게 됐어. 정말 싫어. 나는 구름, 그늘, 아주 조금만이라도 차가운 공기를 원하지만, 그 어느 것도 얻지 못했어. 낮 동안은 계속 더워. 밤도 마찬가지야. 나는 내 짜증을 당신과 당신 아파트에 대고 풀어.

"어떻게 아파트가 이렇게까지 뜨거울 수 있지? 믿을 수가 없어." 나는 저녁마다 불평해. 당신은 한숨을 쉬어. 일하려고 앉아 있던 책상에서 일어나, 어떻게든 실내 온도를 떨어뜨리려고 노력해. 내가 계속 불평을 늘어놓는 걸 참을 수 없기 때문이야. 나는 지난 몇 주간 똑같은 소리를 반복하고 있어. 당신은 창문을 모두 열어. 그러자 곧장 거리에서 소음이 밀려들어. 마치 꽉 막힌 도로 한복판에 서 있는 것 같아. 나는 그게 싫어서 얼굴을 찡그리지만 소리 내 불평하지는 않아. 당신은 바람이 통하게 하려고 현관문 우편물 투입구에 두꺼운 책을 끼우고 작은 발코니의 출입문을 열어. 효과가 없어. 당신은 잔뜩 구겨진 내 눈썹과 감출 수 없는 자기연민으로 가득한 내 표정을 봐. 나를 보는 당신 눈빛은 이렇게 말하는 것 같아. '나더러 어떻게 하라는 거야? 내가 할 수 있는 건 이게 다야. 진정하라고. 그냥 좀 참아.'

나는 아무 말도 하지 않아. 하지만 속으로 불평하는 건 멈출 수가 없어. 아파트의 실내 온도가 떨어질 기미가 없어. 이 집은 우리에게 맞지 않아. 너무 못생겼어. 벽지가 끔찍해. 부엌은 요리도 할 수 없을 정도로 비좁아. 자기연민에 빠진 나는 부엌 크기와는 상관없이 내가 요리를 하지 않는다는 사실은 무시해. 아무튼 이 아파트는 틀렸어. 우리는 곧 이사해야만 해. 더 나은 집으로. 밤에 숨을 쉴 수 있는 곳으로. 내가 이사해 온 당신의 아파트가 아닌 우리 둘 모두의 것인 곳으로. 그게 원래 우리 계획이잖아? 그런데 왜 아직 실천하지 않았지? 왜 아직도 여기 있는 거야?

하지만 나는 그 이유를 알아. 당신도 알고. 당신 아파트에 대한 내 불만은 다른 무언가를 담고 있어. 우리가 자주 이야기하지 못하는 무언가를. 아파트에 바람이 통하게 하려고 조치를 취함으로써 당신이 막고자 하는 무언가를.

내 불만 뒤에는 점점 커져가는 초조함이 자리 잡고 있어. 새로운 어딘가로 이사하고 싶은 욕구, 새로운 무언가를 하고 싶은 욕구, 당신과 한 팀이 되어 새로운 프로젝트를 수행하고 싶은 욕구. 당신의 한숨 뒤에는 불화의 씨앗이 자리 잡고 있어. 당신은 내가 원하는 걸 원하지 않으니까. 당신은 우리가 지금 있는 이곳에 머물고 싶어 해. 적어도 당분간은. 그것도 아마 조금은 긴 당분간.

속도 문제가 다시 수면 위로 떠올랐어. 관계가 움직이는 속도 문제가.

우리는 가끔 그 문제에 대해 이야기하지만 그럴 때마다 당신은 불편한 듯 앉은 자세를 바꾸고 내 시선을 피하면서 되도록 대화를 빨리 끝내려고 애써. 당신은 호소하듯이 말해. "곧 하자. 하지만 지금 당장은 안 돼. 시기가 좋지 않아. 일이 너무 많다고. 이사에 대해서 생각할 여유가 전혀 없어. 지금 우리 삶도 꽤 괜찮잖아, 안 그래?" 나는 이렇게 말해. "아니, 괜찮지 않아. 이 아파트는 우리 것이 아니야. 그리고 단점이 수백 가지도 더 돼. 찜통 같아. 침대가 불편해. 시끄럽고 번잡한 동네야. 위층에는 미친놈이 살고, 아래층 이웃도 더 나을 게 없어. 부엌에서 요리도 못 한다고."

당신은 내가 당신 아파트를 어떻게 생각하는지 이미 알고 있어. 워낙 자주 들었으니까. 문득 그 생각이 들면서 나는 한발 물러서. 죄책감이 들어. 당신이 10년 동안 집이라고 부른 곳을 그렇게 깎아내린 게 부끄러워져. 그동안 당신은 단 한 번도 이 아파트를 싫어하거나 스톡홀름에서 최악의 아파트라고 생각하지 않았어. 나는 이런 내 성격이, 때때로 비이성적이고, 편협하고, 이기적으로 구는 내 성격이 부끄러워져. 나는 속으로 말해. 이러면 안 돼. 이러고 싶지 않아. 당신은 이런 대접을 받을 이유가 하나도 없어. 멈춰야 해. 지금 당장. 상냥하게 굴어야 해. 잔소리는 그만둬. 기다려줘.

그래서 우리는 아파트에 대해 이야기하는 걸 그만둬. 우리는 화해하고 다음 주말에 새 침대를 사기로 해. 내가 양심의 가책을 느낀다는 것 말고는 며칠 동안 모든 것이 평화로워. 그러다 나는 또 이 상황을 못 견디고, 그렇게 똑같은 과정을 반복해.

2014년 10월

사흘째 되는 날 나는 잠을 잔 기억이 전혀 없는 채로 침대에서 나와. 이런 상태로 사람 몸이 얼마나 버틸 수 있는지, 얼마가 지나면 위험해지는지 궁금해져. 이반이 태어난 뒤 보낸 며칠이 떠올라. 이반을 돌보느라 잔뜩 긴장한 탓에 아드레날린이 넘쳐흘러서 뜬눈으로 나흘 연속 밤을 새웠지. 이번에도 그때랑 같은 상태인지도. 다만 다른 종류의 아드레날린이 흐르고 있겠지. 다른 종류의 긴장 상태야.

새벽에 나는 고양이를 떠나보내야겠다고 마음먹어. 어젯밤에도 고양이가 적막한 아파트를 돌아다니며 당신을 찾아 울어 댔어. 이대로는 안 된다는 게 분명해. 나는 고양이와 이반과 나 자신을 모두 돌볼 자신이 없어. 뭔가는 포기해야 해. 고양이를 포기해야만 해. 당신의 고양이를.

생각으로 시작했던 게 결심이 되고, 나는 지인에게 문자를 보내. 좋다는 답이 돌아왔어. 지인이 우리 고양이를 돌볼 거야. 당분간은. 힘든 시기를 보내고 있는 동안은. 더 오래 돌봐줄 수도 있고. 오늘 밤 고양이를 데리러 오겠대.

친구들이 한 번에 네 명씩 팀을 이뤄 쉼 없이 찾아와. 프로젝트 매니저로 일하는 친구가 특기를 발휘해 촘촘하게 방문 일정을 짰거든. 한 팀당 최대 45분이 주어져. 중간중간 내가 쉴 수 있도록 휴식 시간도 끼워놓았어. 하지만 나는 한 번도 제대로 쉰 적이 없어. 그 친구는 언제든, 피로가 몰려올 때면 방문객들을 돌려보내도 된다고 말했어. 그러면 즉시 다음 방문 일정을 취소하겠다고. 하지만 나는 아직까지 친구들을 오는 대로 다 만나고 있어. 순서대로, 한 번에 네 명씩.

끊임없이 밀려드는 친구들의 행렬이 어떤 면에서는 위로가 되기도 해. 우리는 부둥켜안고 울고 이야기해. 곧 나는 친구들 전부를 한 번씩은 만난 게 될 거야. 그런 일을 겪은 뒤 처음 만날 때가 가장 부담스러워. 나는 내가 더는 희생자가 아닌, 아무도 나와 이야기를 나눌 때 고개를 살짝 기울이지 않는, 아무도 나를 특별히 배려하지 않는 그런 미래를 그려보려고 노력해. 하지만 아직은 그렇게까지 먼 미래를 그릴 수가 없어. 그래서 그런 사고 실험을 멈추고 친구들과의 만남에 다시 집중해.

친구들과의 만남, 친구들과의 대화, 내가 반복해서 내뱉는 말들, 그리고 그 말들에 대한 친구들의 반응은 또 다른 기능을 해. 그들은 내가 나누기 고통스러운 생각을, 모든 게 다 내 탓이라는 생각을 살짝이라도 언급할 때마다 내 말을 수정해. 당신이 왜 죽었는지 모른다고, 당신 심장이 멈춘 것 같다고, 당신이 얼마나 오래 아팠는지 알 길이 없다고 이야기할 때마다 친구들은 내 말을 가로막아. 내가 당신을 너무 몰아붙였다고, 당신을 쉽게 내버려두지 않았다고, 언제나 당신의 등을 떠밀었다고, 그래서 당신의 심장이 멈춘 것 같다고 말할 때마다 친구들은 그런 생각을 흩어놔. 적어도 그 순간만큼은. "네가 알았을 리가 없잖아"라고 말하면서 나를 꼭 안아줘. "산 사람은 계속 산다는 걸 전제로 살아가야 하는 거니까." 한 친구의 말이 내 마음에 박혀. 그 말을 기억해야겠어. 나는 당신을 산 사람으로 대했고, 계속 산다는 걸 전제로 살아가게 했어. 결국 벌어진 이 일을 정말 내 탓으로 돌려야 할까? 내가, 적어도 어느 정도는, 이제 이반이 아빠 없이 자라게 된 원인을 제공한 걸까? 모르겠어. 하지만 내 친구들에게 그런 말은 전혀 먹히지 않고, 시간은 지나가. 오늘 같은 날조차도.

저녁이 되면, 나는 우리 방에서 죽어 있는 당신을 발견한 이야기를 하도 반복해서 어느새 조사 하나 바꾸지 않고 똑같이 암송하고 있어. 이야기를 할 때마다 그게 점점 더 먼 과거의 일처럼 느껴져. 마치 내가 정확하게 기억해서 다시 들려주는 것이 아니라 내가 지어낸 이야기인 것처럼. 내가 피곤해서인지 아니면 그런 말들 자체가 생명력을 얻어서인지는 모르겠지만 더는 그 일이 내 기억의 일부처럼 느껴지지 않아. 나는 그냥 이야기를 암송하고 있을 뿐이야. 의사의 말이 내 말인 것처럼 그대로 반복해.

마침내 저녁 식사 시간 직전에 마지막 방문 팀이 돌아가고 아주 친한 친구들만 남았어. 우리는 곧 또 하루를 재울 거야. 부디 오늘 밤은 잘 수 있길 바라고 있어.

2012년 3월

주말이 돼도 우리는, 당신과 나는 특별히 하는 일이 없어. 계획을 세우는 일은 드물고 대개는 우리가 사는 곳 근처에서 시간을 보내. 우리가 사는 곳이란 여전히 당신 아파트를 의미하고. 때로는 긴 산책을 해. 친구들을 만나 브런치를 먹기도 해. 친구들과 맥주나 와인을 마시기도 해. 친구 집에서 열리는 디너파티에 참석하기도 해. 하지만 친구를 이 집으로 초대하는 일은 거의 없어. 부엌 때문이야. 아파트 자체도 그렇고. 디너파티 같은 걸 열기에는 적합하지 않은 곳이거든.

나는 일요일 아침마다 엔스케데에 있는 승마학원에 다녀. 당신도 종종 나를 따라와. 재미있을 거라고 생각해서가 아니라 내가 같이 가자고 조르기 때문이야. 당신은 내가 수업을 받는 동안 벤치에서 꼼짝도 안 해. 내가 당신 쪽을 볼 때마다 환하게 빛나는 휴대폰 화면만 보고 있어. 당신은 일 때문에 엄청 바쁘기도 해. 밤샘은 기본이고 주말에도 일을 해. 나는 주중에는 밤마다 바보 같은 리얼리티 쇼를 보거나 친구들과 수다를 떨어.

밤새 스톡홀름에 눈이 내렸고 기온은 영하로 떨어졌어. 나는 오늘 당신과 친구 한 명을 졸라서 승마학원에 함께 왔어. 재미 삼아 구시가지인 엔스케데에 매물로 나온 한 아파트도 구경하러 가기로 했어. 그다음에는 엔스케데의 한 빵집에서 커피를 마실 거야. 그 아파트는 오며 가며 자주 본 건물이야. 방이 두 개인 소형 아파트의 매매가가 내가 1년 전에 판 도심의 원룸 값하고 거의 같아. 나는 아무리 엔스케데라 해도 딱히 도심 밖으로 이사하겠다는 생각은 없었지만, 이상하게도 그 아파트에 마음이 끌려. 아파트를 살펴보고 싶어. 어떤 곳인지, 왜 도심에 있는 같은 평수 아파트의 반값에 팔리는지, 그리고 무엇보다도 저 밝은 주황색 벽 뒤에 무엇이 있는지 알고 싶어. 두 번 꺾여 내려오는 망사르드 지붕이 달린 그 건물은 번잡한 뉘네스뵈겐 거리에 있어. 길 건너편은 단독주택 지구야. 모양이 제각각인 나무집들이 꼬불꼬불한 길 양옆을 나란히 채우고 있어. 집집마다 과실수, 해먹, 나무데크 등으로 꽉 채운 울창한 정원 사이로 집 현관으로 이어진 작은 길이 나 있어. 그 너머에는 영국풍 다세대 주택 단지가 있고. 일요일에 승마 수업이 끝나면 그 옆을 지나가면서 늘 궁금했던 동네야. 이런 곳이 존재하다니 정말 멋지잖아. 이런 곳에서 자라는 걸 상상해봐. 이곳에서의 삶은 아주 평화로울 것 같아. 이게 얼마나 순진한 생각인지는 알지만 그냥 외면했어. 이곳에서는 슬픔이나 절망 따위가 발붙일 틈이 없을 거야. 이웃들이 서로 친하게 지내겠지. 생울타리 너머로 인사를 주고받고, 설탕과 우유를 빌려 쓰고, 대문 앞에 사과가 든 상자를 놓아두고는 이런 쪽지를 붙여놓겠지. "마음껏 가져가세요!"

아파트에 들어선 순간 나는 이곳에 온 게 실수였다는 걸 깨달아. 내가 이 아파트에 온통 마음을 빼앗겼고, 그래서 다시 일을 벌이고 말 거라는 걸 예감했으니까. 삐거덕거리는 나무 마루에 구조가 특이한 집이야. 복도가 길고, 창문이 깊어. 작은 욕실이 두 개고, 새로 개조한 주방은 기존의 고풍스러운 찬장을 살려두었어. 거실에서 나와 복도를 따라 작은 잔디밭과 엔스케데의 사랑스러운 집들이 내려다보이는 침실로 들어갔을 때 나는 이곳에서 살아야겠다는 결심을 굳혀. 다른 선택권은 없어. 나는 이 방에서 자야만 해. 잘 자라는 인사를 할 때, 그리고 아침에 잠에서 깼을 때 이 풍경을 봐야만 해. 저 잔디밭은 내 것이어야만 해. 이 아파트는 내 것이어야만 해. 우리 것이어야만 해. 우리는 이곳에서 새로운 삶을 시작할 거야. 당신과 내가.

거실로 돌아갔더니 당신과 친구가 창틀에 몸을 기대고 밖을 보면서 중개업자와 뉘네스뵈겐 거리의 자동차 소음에 대해 이야기하고 있어. 라이브 음악 관련 일을 하는 친구는 소음 규제법에서 정한 데시벨 기준에 대해 중개업자가 어설픈 답을 내놓자 날카롭게 반박해. 중개업자는 당황하면서 정확한 기준을 알아본 뒤 다음 날 친구에게 연락하겠다고 약속하고 친구의 명함을 받아. 나는 당신만 빤히 쳐다보고 있어. 당신도 나처럼 이 아파트와 특별한 교감을 느끼는지 알아내고 싶어서. 표정만 봐서는 전혀 모르겠어. 나는 천천히 움직이기로 해. 내가 그 방에서 무엇을 느꼈는지 곧장 알리지 않기로 해. 미래를, 이 아파트에서 우리가 맞이할 미래를 신중하게 받아들이고 전달하는 게 우리 둘에게 좋을 거라는 생각이 들어. 당신에게 통보하기 전에 당신이 그런 미래에 대해 생각하고 익숙해질 수 있게 말이야. 물론 꾸물거릴 시간이 없다는 건 알아. 아마도 내일부터 매매 가격 흥정이 시작될 테니까.

우리는 내 머릿속에서 이미 '우리 집'이라고 부르기 시작한 주황색 건물 옆에 있는 작고 아기자기한 빵집에 앉아서 아파트 홍보물을 훑어봐. 그리고 중개업자를 비웃어. "예테보리에서 온" 한 커플이 당장 "내일 현금으로 계약금을 걸" 준비가 되어 있다는 그의 빤한 거짓말도, 소음 규제 기준에 관한 친구의 질문에 아주 서투르고 무지하게 답한 것도. 중개인은 아파트를 얼른 팔아치우고 싶어서 안달이 난 상태였고, 분명히 매도가를 낮출 의향이 있어 보였어.

결국 나는 참지 못하고 최대한 무심한 말투로 그 아파트를 어떻게 생각하는지 당신에게 묻고 말아. "좋더라." 당신이 말해. 나는 그곳에서 사는 걸 상상할 수 있느냐고 물어. 당신은 "그래, 아마도. 딱히 문제가 있는 아파트는 아니니까"라고 답해. 나는 최대한 참았다가 그 아파트에서 내가 어떤 감정을 느꼈는지 말해. 그런데 내 말을 들은 당신은 침묵에 빠져. 나는 나 혼자서도 그 아파트를 살 수 있다고, 이 아파트를 정말 갖고 싶고, 이 아파트가 우리에게 딱 맞는 것 같다고 설명하면서 당신이 크게 반대하지 않는다면 내일 계약금을 걸겠다고 말해.

당신은 고개를 숙인 채 컵에서 눈길을 떼지 않아. 오늘 오후에 벌어지는 일들이 썩 마음에 들지 않는다는 거 알아. 하지만 나는 이 아파트가 우리 삶에 긍정적인 변화를 가져올 거라는 확신이 들어. 당신이 지금 당장 느끼는 압박감과 부정적인 감정들을 모두 고려하더라도 그럴 만한 가치가 있다고 믿어. 저녁이 되면 우리가 그 나무집들로 가득한 좁고 구불구불한 길을 산책하는 모습이 벌써부터 눈앞에 그려져. 소형 자동차를 사서 주말이면 먼 교외로 놀러 나가는 모습을 상상해. 저 넓고 탁 트인 부엌에서 요리를 하고 친구들을 초대해 수프와 갓 구운 빵을 대접하는 모습을 상상해. 너른 거실의 남는 공간을 서재로, 당신이 일을 하고 조용히 쉴 수 있는 공간으로 쓰는 모습을 상상해. 저 아파트에서는 우리의 미래가 비좁고 후텁지근한 살구색을 띤 무언가에서 아름다운 무언가로 탈바꿈해. 마치 동화처럼 말이야. 그 마법 같은 일은 엔스케데에서 벌어질 거야. 당신이 아직 그걸 모를 뿐이야.

다음 날 나는 주거래 은행에 전화를 걸었고 어설픈 중개업자에게 오늘 밤 계약서를 작성해주면 그가 제시한 계약금보다 200크로나 적은 금액을 계약금으로 지급하겠다고 말해. 그는 판매자의 의사를 확인해야 한다고 말해. 5분 뒤에 그러자는 답이 와. 나는 퇴근길에 그 아파트에 들러. 여러 장의 서류에 서명을 하고 아파트를 다시 한 번 둘러봐. 여전히 처음과 같은 감정이 드는지 확인해. 그게 다야. 이제 나는 우리를 위한 꿈의 집을 소유했고 우리는 언제든 원하는 때에 이사할 수 있어. 이미 비어 있고 개조 공사가 끝난 아파트를 산 거니까. 엄밀히 말하자면 내가 산 거지만. 하지만 나는 당신도 곧 이 아파트의 주인이 되고 싶어 할 거라고 생각해. 그러면 집값의 반을 부담하겠지. 나는 당신이 나와 같은 결론에 도달하는 건 시간문제일 뿐이라고 생각해. 시간이 지나면 저절로 해결될 문제라고. 지금은 당장 처리해야 하는 더 시급하고 중요한 문제들이 있어. 짐을 싸고, 트럭과 차를 빌리는 일 같은 거 말이야. 친구들에게 이사를 도와달라고 부탁해야 해. 전기회사와 인터넷업체에 서비스 신청을 해야 해. 적당한 중고차를 물색해야 해. 내가 이 모든 것을 당신에게 너무 급하게 쏟아부었다는 걱정을 떨칠 순 없지만, 지금은 그런 생각을 할 시간이 없어. 우리는 이사를 해야 하고 계속 살아가야 하니까.

2014년 10월

다시 밤이 됐어. 나는 당신이 죽은 지 몇 시간 몇 분이 흘렀는지 여전히 세고 있어. 의사는 당신의 사망 시각이 "새벽 즈음"이라고 했어. 그래서 나는 그게 새벽 5시를 의미한다고 생각하기로 했어. 세 시간만 있으면 나흘이 지난 게 돼. 다시 세 시간하고 사흘이 지나면 일주일이 지난 게 되고. 일주일이 지난 거였으면 좋겠어. 6개월이 지난 거였으면 좋겠어. 1년이 지난 거였으면 좋겠어. 나는 시간이, 날짜가 어서 지나가기를, 이 일이 더는 생생하지 않은 때가 빨리 오기를 간절히 기다리고 있어. 어떻게 계속 살아가야 하는지를 깨닫게 되는 날, 어떻게 이반을 돌봐야 하는지를 알게 되는 날, 삶이 슬프고도 끔찍한 농담이 아니라 지극히 정상적으로 느껴지는 날을.

　당신이 죽은 뒤로 아직까지 한숨도 자지 못했어. 이반은 나와 몸이 닿아 있어야만 잠을 자. 어쩌면 그게 낮 시간에 당신과 나 모두가 갑자기 사라진 이 상황에 대처하는 그 아이만의 방식인지도 몰라. 나는 낮에 이반과 함께 있지만 함께 있지 않기도 해. 지난 며칠 동안 이반을 먹이고 기저귀를 갈아준 건 새엄마야. 나는 이반을 품에 안고 젖을 먹여. 함께 놀아주려고 노력해. 친구들과 산책할 때면 아기띠에 안고 다녀. 코트로 우리 둘 모두를 감싸. 이반은 기쁜 듯 소리 내 웃어. 하지만 수시로 이반에게서 벗어나야 해. 그러면 새엄마가 다시 나타나. 밤에는 우리 둘뿐이고 거의 밤새도록 젖을 물려야 해. 내가 몰래 빠져나가려고 하면 이반이 깨서 울어. 젖을 물려야만 다시 잠이 들어. 그래서 나는, 나는 잠을 안 자. 오늘은 목요일이야. 아니, 요일을 어떻게 헤아리느냐에 따라서는 금요일이라고 해야 할지도 몰라.

어젯밤처럼, 그리고 그 전날 밤처럼, 생각이 꼬리에 꼬리를 물고 이어져. 하지만 첫날 밤과는 달리 조금 더 논리적으로 생각하게 됐어. 그날만큼 생각이 쳇바퀴 돌듯 반복되거나 마비되는 일은 없어. 하지만 여전히 어떤 식으로든 마무리를 짓지 못해. 생각이 하나씩 차례로 널뛰다가 여기저기 흩어져버려. 대부분 느낌표로 끝나고. 당신이 죽었어! 당신이 죽었어! 당신이 죽었다니 믿기지 않아! 당신이 그냥 죽어버렸어! 당신이 갑자기 죽어버렸어! 죽었어!

내 몸을 흐르는 아드레날린 때문이겠지. 심장 박동 대신 가슴 위쪽에 체기와 통증이 자리 잡았어. 숨을 깊게 들이마시기가 어려워. 몸이 뇌와 끊임없이 충돌해. 몸은 내게 달리라고 명령하는 것 같은데, 뇌는 어디로 가야 하는지 아무 생각이 없어. 나는 어디로 가야 할지 모르겠어. 상황을 전혀 이해하지 못하겠어. 그래서 그 자리에 그대로 있어. 어둠 속에, 이반 옆에. 머리는 온통 느낌표로 가득 찬 채로.

혼자 남겨진 셋째날 밤, 내 머릿속은 온통 이반에 대한 생각으로 가득해. 이반의 미래, 나의 미래, 우리의 미래에 대한 생각으로. 어디서 살아야 할까? 혼자 아기를 키우면서 직장에 다닐 수 있을까? 계약직으로 일해도 먹고살 수 있을까? 더 작은 아파트로 이사해야 할까? 보모를 구해야 할까? 다른 모든 걸 줄이면, 내가 그동안 소비하던 모든 것을 끊으면 보모를 고용할 수 있을까? 새엄마와 친엄마가 사는 웁살라로 갈까? 거기서 스톡홀름으로 통근할 수 있을까? 아니면 지금 다니는 직장을 그만두어야 할까? 그곳에서 친구를 새로 사귈 수 있을까? 아니면 친구들이 있는 여기에 계속 있으면서 몇 명 되지도 않는 가족과는 떨어져 지내야 하는 걸까? 이반은 어떤 유년 시절을 보내게 될까? 조건이 이렇게 안 좋은데 이반에게 좋은 유년 시절을 선사할 수 있을까? 나 자신을 어떻게 치유해야 제대로 처리되지 않은 슬픔과 상처로 이반의 유년 시절을 망치는 일을 막을 수 있을까? 나는 앞으로 일어날 일들을 머릿속에 순서대로 그려보면서 하나도 빠짐없이 정리하고 해결하려고 애써.

그리고 목록을 만들어. 우리가 마지막으로 무엇을 했고, 어떤 말을 했는지에 관한 목록을. 나는 우리가 벌인 마지막 말다툼을 떠올려. 우리가 함께 보낸 마지막 휴가를 떠올려. 마지막으로 함께 차를 탄 때를. 마지막 저녁 식사를. 우리가 마지막 나눈 문자를 떠올리면서 왜 당신이 답하지 않았는지 생각해. 우리가 나눈 문자들이 내가 보낸 문자로 끝나게 되었다는 사실이 나를 괴롭혀. 왜 그런지 설명할 수는 없어. 아직 그 문자들을 지우지 않았지만 곧 지우겠지. 그냥 그럴 거라는 걸 알아. 지금 당장은 그 마지막 문자메시지가, 짝 없이 홀로 끄트머리에 매달린 채로 오지 않는 당신의 답을 기다리고 있어.

나는 당신이 죽기 전날 우리가 주고받은 마지막 대화를 떠올려. 잘 자라는 인사를 하면서 키스를 했는지 안 했는지 기억이 안 나. 그게 계속 나를 괴롭혀. 우리가 마지막으로 키스한 게 언제지? 왜 기억이 안 나지? 왜 그걸 당연하다고 생각했을까? 당신이 잠들기 전 마지막으로 무슨 생각을 했는지 알고 싶어. 당신이 불행했는지도. 당신이 죽기 직전 잠에서 깼는지도 알고 싶어져. 당신 혹시 고통스러웠어?

어둠 속에서 내 시선은 저절로 우리 침대가 있던 자리로 향해. 당신 발목이 삐져나와 있던 곳. 당신 머리가 베개를 베고 있던 곳. 반쯤 뜬 당신의 눈. 다른 방도 있는데 내가 여기, 이 방에 누워 있는 게 과연 옳은 선택인지 생각해. 이반 방에서 지내면 돼. 그 방에서 자도 돼. 그런데 그렇게 하면 어쩐지 지는 게 되는 것 같아. 패배자처럼 느껴져. 내가 이 방을 되찾지 못하면 내 삶도 되찾지 못할 것처럼 느껴져. 나는 내일 결정하기로 결정해. 하룻밤 정도는 더 자지 않아도 버틸 수 있어. 이반이 태어났을 때 꼬박 닷새를 자지 않고 버틴 적도 있으니까. 시계가 5시를 향해 계속 나아가. 곧 나흘을 꽉 채우게 될 거야. 곧 해가 뜰 거야.

또 다른 생각도 반복해서 떠올라. 내 안에서 비난의 속삭임이 들려와. 아주 엄한 목소리가 다 내 탓이라고 속삭여. 내가 저지른 일이니까 이 절망감을, 죽음과 죄책감이 공명하는 이 방에서 오롯이 견뎌내야 한다고 말해. 그래야 공평하지. 다 내 탓이야. 아마도 남은 생은 죗값을 치르면서 보내야겠지. 이반은 앞으로 평생 아빠 없이 살아야 해. 내가 이반의 아빠를 끊임없이 몰아붙이고 또 몰아붙였어. 그리고 결국 무너뜨렸어. 내가 자초

112

한 일이야. 이제 여기서 그 죗값을 치러야 해. 선택권은 없어. 그냥 감당하는 수밖에.

2012년 4월

오늘은 화요일이고 당신은 복통을 심하게 앓아. 위경련이 일어나고 아무것도 먹지를 못해. 식욕도 없어. 일도 할 수가 없어서 당신은 그냥 소파에 누워 있어. 수시로 화장실을 들락거리면서. 뺨에 핏기가 없어. 새 아파트에서 살기 시작한 지 일주일이 채 되지 않았는데, 당신은 여기 온 뒤로 내내 상태가 별로였어. 당신이 걱정돼. 제발 병원에 가보라고 말해. 우리는 이틀 후에 도쿄에 가기로 되어 있는데, 그때도 이런 상태면 어떻게 하지? 정말 심각한 병이면 어떻게 해? 당신은 처음엔 그냥 참으면서 기다리겠다고 말했지만 이제 의사를 만나야겠다고 말해. 나는 새로 이사 온 이 동네에는 진료소가 어디에 있는지, 진료 시간이 언제인지 알아봐. 아침에 먹은 걸 전부 토한 당신을 그 진료소로 보내. 당신이 나가자 불안한 나는 집 안을 이리저리 서성거려.

당신의 복통과 전반적인 건강 상태에 대한 걱정으로 집안 분위기가 어두워. 마침내 이사를 했는데도 내가 기대했던 그런 즐거움을 전혀 느끼지 못하고 있어. 대체로 스트레스만 느껴. 전철은 내가 생각했던 것만큼 자주 오지 않아. 아직은 낯선 교외의 승강장에서 추위에 떨며 도대체 어쩌다 이런 신세가 되었는지 생각해. 게다가 당신은 복통을 앓고 있어. 이사하는 날, 당신은 이를 악물고 움직였어. 3층까지 쉬지 않고 상자를 나르는 동안 일부러, 보란 듯이 입을 꾹 다물고 일했어. 이사를 도운 친구들을 위해 내가 피자와 맥주를 사 왔을 때 당신은 아무것도 먹을 수가 없었어. 방으로 가서 누워야겠다고 했고, 저녁 내내 화장실 갈 때를 제외하고는 방에서 나오지 않았어. 분위기가 어색해져서 결국 나는 손님들을 돌려보내고 혼자 짐을 풀기 시작했어. 그게 닷새 전 일이야.

두 시간쯤 지났을까, 당신한테서 문자가 와. 의사가 큰 병원으로 보내서 그곳에서 검사를 받았고 병원 간이침대에서 깜빡 잠이 들었는데 지금 막 깼다는 내용이야. 검사 결과는 세균성 위염으로 나왔고 의사는 아마도 스트레스가 원인인 것 같다고 했대. 처방은 휴식, 기다리기, 먹는 것 조심하기, 위 보호하기, 처방전 없이 살 수 있는 위약 먹기. 2주 후에도 차도가 없으면 다시 병원에 가야 하고.

나는 답문자를 보내. 그렇게 속이 안 좋은데 여행을 갈 수 있겠냐고. 당신은 곧장 답해. "물론이야, 가야지." 그때쯤이면 괜찮아질 거라고, 떠날 날만 기다리고 있다고 써. 요즘 너무 스트레스를 받아서 얼른 비행기에 올라타서 나와 함께 지구 반대편으로 날아가고 싶다고. 일본의 비데와 변기가 이런 상황에 완벽하게 어울린다는 농담을 해. 당신은 문자 끝에 평소에는 거의 쓰지 않는 단어를 덧붙여. "사랑해."

당신 문자를 받자 내 불안도 싹 사라져. 나도 어서 당신과 함께 어디로든 떠나고 싶어. 우리는 일본으로 갈 거야! 우리의 미래는 이제 시작이야. 우리는 최고의 커플이야. 당신을 너무너무 사랑해. 당신보다 좋은 사람은 없어.

"이제 돌아와, 내가 보살펴줄게." 문자를 보낸 나는 커다란 여행 가방을 꺼내서 짐을 싸기 시작해.

2014년 10월

"출입문이 닫힙니다. 안전선 밖으로 물러나 주십시오." 귀로는 문이 닫히는 소리를 들으면서도 내 시선은 기차의 회색 점박이 무늬 바닥에 고정되어 있어. 허리에 찬 아기띠에서 살짝 튀어나온 이반의 머리가 내 시야의 정가운데에 놓여 있어. 이반은 소리가 나는 곳은 무조건 돌아보느라 고개가 사방으로 움직여. 그래도 나는 바닥만 쳐다보고 있어. 바닥과 이반만. 엄마가 떠준 두꺼운 양말을 신은 이반의 작은 발을 꼭 움켜쥐어. 이반의 발을 쥐고 있으면 마음이 차분해져. 아기띠 안에서 끊임없이 들썩거리고 꼼지락거리는 이반을 두 손으로 고스란히 느낄 수 있어.

당신이 죽은 뒤 집에 돌아오고 나서 처음으로 동네를 벗어났어. 엄마와 오빠도 함께 지하철을 탔어. 파르스타 쇼핑몰에 가는 길이야. 사람이 반쯤 찬 이 칸에서 모든 시선이 나를 향하고 있는 것만 같아. 곧 도착할 거야. 조금만 더 가면, 세 개 역만 지나가면 돼. 오빠가 까꿍 놀이를 해주자 이반은 좋아서 까르륵 웃어. 1분, 1분이 아주 천천히 지나가. 지하철이 느린 재생 모드로 천천히 굴러가는 것처럼 느껴져.

나는 심리상담사를 만나러 가는 길이야. 이반은 생후 6주가 될 때까지 배앓이를 하느라 매일 밤 큰 소리로 울어댔고, 나는 내가 예상했던 것보다 훨씬 더 신경질적인 부모가 되어간다는 생각에 심리상담사를 찾아가 도움을 받았어. 그때 만난 상담사야. 나와 동갑인 그녀는 정말 고마운 사람이야. 이미 많은 도움을 받았고, 이번에도 도움을 받을 수 있으면 좋겠어.

그녀는 다른 상담사들보다 말을 더 많이 해. 내 말에 동의하지 않을 때는 동의하지 않는다고 말하고 내가 농담을 하면 큰 소리로 웃어줘. 이반이 태어난 뒤 힘들었던 첫 6개월을 잘 헤쳐 나갈 수 있게 도와줬어. 이반이 우는 소리를 못 견디는 것, 이반을 달래지 못해서 느끼는 무력감, 이 과제를 다른 누군가에게 떠넘기고 싶은 충동 같은, 내가 겪는 문제들에 잘 대처할 수 있게 이끌어주었어. 덕분에 내 아기가 유일무이한 존재이고 내가 충분히 유능한 부모가 될 수 있다고 생각하게 되었어. 나는 그 상담사를 만난 후로 아주 좋아졌고, 그녀를 신뢰해. 지금 내 머릿속을 채운 생각들을 정리하도록 도와줄 수 있는 사람이 있다면 바로 그 사람이야.

마침내 도착했어. 심리상담센터가 있는 건물 밖에서 유모차와 잠든 아기를 엄마와 오빠에게 넘겨. 두 사람은 나를 꼭 안아주면서 말해. "이따 봐, 잘될 거야." 나도 무슨 말인가를 중얼거려. 고마워. 이반의 뺨을 부드럽게 어루만져. 가을의 찬 공기에 노출된 이반의 코끝이 빨개.

지난 며칠간 나는 기능이 거의 마비된 느낌이었어. 울음은 아주 짧게 끝났어. 이반이 잠들었거나, 나를 보거나 듣지 못한다고 확신할 때만 울었어. 둘째 날에는 샤워를 하면서 울었어. 당신 이름을 속삭이면서 사과하려고 했어. 처음에는 잘 안 됐어. 나는 외부인의 시선으로 나를 바라봤고, 그러자 내면이 창피함과 자기혐오로 가득 찼어. 속이 텅 빈 껍데기에 불과한 몸, 다크서클이 진하게 내려앉은 잿빛의 네모난 얼굴, 샤워 부스 안에서 이 세상에 존재하지 않는 누군가의 이름을 속삭이는 벌거벗은 여자. 거의 들리지 않을 정도로 작은데도 거친 내 목소리가 화장실 안에서 메아리가 되어 울려 퍼지는 것 같았어. 이상한 소리였어. 아름다운 소리가 아니었어.

"악셀, 미안해. 이렇게 돼버려서 미안해. 요즘 들어 내가 이런 사람이 돼버려서 미안해. 우리가 서로를 놓치게 돼서 미안해. 당신을 놓쳐버려서 미안해. 당신을 행복하게 만들어주지 못해서 미안해. 더 자주 '사랑해'라고 말하지 않아서 미안해. 당신이 소중하다는 느낌을 받지 못했다면 미안해. 당신이 쓸모없는 존재라고 느끼게 만들었다면 미안해. 당신을 몰아붙여서 미안해. 내

117

가 늘 앞장서서 주도권을 잡으려고 해서 미안해. 당신을 기다려 주지 않아서 미안해. 당신이 원하는 대로 되지 않아서 미안해. 잔소리하고 졸라서 미안해. 당신이 죽어서 미안해. 미안해, 미안해, 미안해, 미안해, 미안해, 미안해, 미안해, 미안해, 미안해, 미안해."

한 15분 동안 거기 서서 당신에게 용서를 빌었던 것 같아. 다 부질없는 짓인데도. 당신에게 용서를 받을 수 있을 리가 없고, 정말로 용서를 받아야 하는지도 확실하지 않으니까. 그런데도 그 말을 하면서 나는 울고, 울고, 또 울 수밖에 없었어. 속삭임은 흐느낌으로 변하고, 눈물이 흘러내리다가 점점 격렬해지면서 울음이 터져 나왔어. 그렇게 울고 난 뒤에도 마음이 편해지거나 맑아진 것 같지는 않았지만 아마 조금은 도움이 되었을 거라고 생각해. 이반이 아침잠을 자고 있는 틈을 타서 그렇게 한 게 다행이야.

상담사가 나와서 대기실에서 기다리는 나를 상담실로 데리고 가. 그녀는 나를 마주 보면서 상담하는 동안 자신이 울지 않고 버틸 수 있을지 모르겠다면서 미리 사과하겠다고 말해. 한 걸음 가까이 다가오더니 나를 감싸 안아. 나는 모든 걸 내려놓고 그녀의 품에서 마음껏 울어.

"정말 엉망진창이에요. 다 망쳤어요. 이제 어떻게 하죠? 앞으로 어떻게 될까요? 모든 게 다 엉망진창이에요." 내가 흐느껴.

상담사도 울면서 말해. "그래요, 맞아요. 정말 엉망진창이에요. 잔인하고 불공평하고 이해할 수가 없어요."

상담 시간은 45분으로 예정되어 있었지만 한 시간을 넘겨. 내 안에 있는지도 몰랐던 말들이 쏟아져 나왔고 그녀는 내 이야기를 들으면서 계속 티슈를 건넸어. 친구들처럼 그녀도 모든 게 다 내 탓이라는, 적어도 어느 정도는 내 탓이라는 내 주장을 전혀 받아들이지 않아. "당신도 몰랐잖아요." 그녀가 말해. "어떻게 해도 일어날 일은 일어나요." 나도 정답은 모르지만 그녀도 모른다는 생각이 들어. 그녀도 나만큼이나 아는 게 없는데, 어떻게 내 탓이 아니라고 확신하는 거지? 어떻게 다들 확신하는 거지? 논리적이지 않아. 적어도 내가 당신을 죽였을 가능성을 배제하면 안 되잖아. 내가 당신을 몰아붙이고 부담을 줘서 당신이 결국은 버티지 못했을 가능성을.

상담사는 내 주장에 동의하지 않아. 대신 나를 도와주겠다고 말해. 원하면 언제든 상담을 받으러 와도 되니까 직통 번호를 주겠다고. 그 번호로 전화해서 메시지를 남기면 가능한 한 빨리 전화하겠다고. 그녀는 명함에 자기 전화번호를 적어. "당신이 이 시기를 잘 보낼 수 있게 도울게요." 그녀가 말해. 그 말을 들으니 또 울음이 터져. 이번에는 안도의 울음이야. 그녀가 필요하다는 걸 나도 알고, 그래서 정말 싫어. 나는 그 누구의 도움도 필요하지 않은 사람이 되고 싶어. 스스로를 돌볼 수 있는 사람이 되고 싶어. 혼자서 살아가는 법을 배워야 해. 결국은 배

위야만 해. 혼자가 되는 법을.

상담이 끝날 무렵 갑자기 승부욕이 발동해. 상실을 겪고 극복한 사람들 중 최고가 되겠다고 결심해. 이것만큼은 최고점을 받겠어. 어떤 것도 피하지 않고 모든 돌을 다 들춰보겠어. 이 슬픔을 빠른 속도로, 아주 효율적으로 통과할 거야. 살아나갈 방법을 찾겠어. 무조건 그래야만 해. 꼭 성공할 거야. 나를 위해서가 아니라, 이반을 위해서. 그것이 내가 당신에게 줄 수 있는 마지막 선물이야. 이제 모든 것이 사라졌으니까. 내가 거의 모든 것을 망쳐버렸으니까. 내 안의 경쟁 심리에 불이 붙었어. 그러자 갑자기 피로가 몰려왔어. 너무 울어서 그런 건지도 몰라. 아니면 나흘 동안 잠을 거의 자지 못해서일 수도 있어. 상담 시간이 끝났고 우리는 다음 주로 상담 약속을 잡아.

한 시간 전에 들어왔던 그 문 밖에서 엄마와 오빠와 이반을 다시 만나는데, 상담사가 내가 여전히 쇼크 상태에 빠져 있다고 여러 번 말한 것이 자꾸 생각나. 뒤늦게 그 말에 기분이 상해. 내가 실패자가 된 것 같으니까. 이 과정을 내 기대만큼 빠르게 통과하지 못하는, 아주 더디고 둔한 사람이 된 것 같으니까. 나는 쇼크 상태에 빠져 있고 싶지 않아. 다음 단계로 나아가고 싶어. 그다음 단계가 무엇이건 간에.

나는 애도와 슬픔의 단계를 다룬 책을 읽기로 해. 그래서 다음 상담 시간에는 다음 단계로 넘어가 있으려고. 다음 단계나 그다음 단계로. 일단은 어떤 단계들이 있는지 알아봐야겠어.

집에 가는 길에 엄마와 오빠에게 내일 또다시 외출해야겠다고 말해. 도서관에 가야 한다고. 상실에 대처하는 법을 다루는 책을 전부 다 빌릴 거라고. 나는 읽을 수 있는 것은 전부 읽고 배울 수 있는 건 모조리 배워서 이 위기에서 벗어날 거야. 다른 방법이 없어. 죄책감에 대처하는 일은 잠시 미루는 수밖에 없겠어.

내가 보지 않는다고 생각할 때 엄마와 오빠가 눈짓을 나누는 걸 봐. 오빠는 엄마에게 고개를 끄덕여 보이고 두 사람은 아무 말도 하지 않기로 한 듯해. 그렇게 결정됐어. 내일 우리는 또다시 외출할 거야. 당신이 죽은 뒤로 두 번째 외출이야.

2012년 7월

우리가 엔스케데에서 보내는 첫 여름이야. 작년 여름에 비하면 정말 꿈만 같아. 우리 삶에는 일종의 조용한 만족감 같은 것이 자리 잡았어. 우리는 싸우는 일이 거의 없어. 큰 소리로 웃는 일은 많아. 성생활은 한동안 느끼지 못했던 쾌락을 안겨줘. 우리는 상대의 다른 점을 신경질적으로, 억누른 분노로, 수동적인 공격적 언행으로 대하는 대신 타협하는 법을 배웠어. 어떻게 그렇게 되었는지는 잘 모르겠지만 아마도 이사를 한 덕분인 것 같아. 현실적인 측면과 정서적인 측면 모두에서.

올해 우리는 바람이 잘 통하는 아파트에서 살고 있어. 한여름 무더위에도 침실이 시원해. 아파트 건물 뒤쪽에 주차 공간을 얻었고 소형차를 한 대 구해서 짧은 여행을 다녀올 수 있게 되었어. 이런저런 여름 계획도 세웠어. 요트 타기, 친구들의 여름 별장 방문하기, 운전하지 않고도 갈 수 있는 스톡홀름 근처 해변 찾아가기 등.

당신은 봄에 일이 잘 풀려서 돈을 많이 벌었어. 나는 휴가 수당을 받았고. 돈 걱정은 없어. 우리는 식당에 가고, 근처 도시로 가서 호텔에 머물고, 여행 중간중간 집에 머물 때는 영화를 보고 책을 읽고 편히 쉬어. 당신은 저녁에 조깅을 시작했어. 조깅을 하러 나갔다 돌아오면 뺨이 상기되어 있고 티셔츠는 땀으로 흠뻑 젖어 있지. 내게 그날 얼마나 멀리까지 갔다 왔는지 앱으로 보여줘. 당신은 조깅을 시작한 걸 자랑스러워해. 나도 당신이 조깅을 시작한 게 자랑스러워. 나는 조깅을 하지 않지만 지금 내 삶으로도 충분히 행복해. 여름은 이래야지. 바로 이런 게 여름이야.

사실 지금 우리는 너무나 멋진 삶을 살고 있어. 그래서 요즘 나는 하나를 더하는 꿈을 꾸기 시작했어. 함께 반려동물을 키우고 싶어. 개가 좋지만 고양이도 괜찮아. 개 같은 고양이라면 말이야. 당신은 개는 절대 안 된다고 해. 개를 좋아하지 않고 개를 키우면 절대 관여하지 않겠다고 분명하게 말해. 개를 키운다면 나 혼자 책임져야 한다고. 나는 포기해. 적어도 지금은. 하지만 가끔 고양이 이야기를 흘려. 당신은 고양이를 키우는 건 생각해볼 수 있다고 말해. 언젠가는. 미래에. 나는 곧 그 미래가 올 거라고 생각해. 이번 가을일 수도 있지.

저녁이 되면 재미삼아 고양이를 키우는 삶은 어떨지에 대해 이야기를 나누기도 해. 어디에 배설물 통을 두어야 할지 합의했고 당신은 집에서 일할 때 고양이가 무릎에 올라올지 모른다는 지적에도 별로 신경 쓰지 않는 눈치야. 나는 인터넷에서 고양이 종을 검색하다가 우리에게 꼭 맞는 종을 찾아. 당신에게 사진 몇 장을 보여주니 처음에는 못생겼다고 말해. 털이 너무 없고 귀가 너무 크다면서. 그러면서도 균형을 찾은 엔스케데에서의 우리 삶에 고양이를 더하는 상상을 즐기는 것 같아. 어쩌면 실제로 더해도 좋겠다고 생각하는 것 같기도 하고.

그래서 나는 과감하게 고양이 분양업자 몇 명에게 연락을 해. 당신이 조깅을 하러 나간 사이에 이메일을 보내. 그 종의 기질에 대해 물어. 혼자 지내는 걸 좋아하는지, 친구가 되어줄 다른 고양이가 필요한지 등. 그리고 결국 2, 3개월 안에 분양을 받을 수 있는지 물어. 멈출 수가 없었어. 이미 연락을 주고받고 있는걸. 대다수 분양업자는 안 된다고 말해. 그렇게 가까운 시일 내에 태어날 새끼가 없다거나 새끼가 곧 태어날 예정이지만 이미 예약이 되어 있다고 말해. 대부분은 대기자 명단이 길어.

그러다 스웨덴 북쪽 끝에 있는 작은 마을의 분양업자와 연락이 닿아. 새로 새끼가 태어났는데 아직 한 마리가 분양되지 않았대. 하얀 암컷 새끼인데 12주가 지나면 입양할 수 있대. 분양업자가 사진 두 장을 보내. 어미 사진과 새끼 사진이야. 두 사진을 번갈아 보며 나는 가슴이 두근거려. 그 순간 현관문이 열리고 당신이 조깅을 마치고 들어와. 나는 노트북을 닫고 현관 복도로 나가. 당신의 조깅 앱을 들여다보고 속도가 빨라진 걸 칭찬해. 당신은 샤워를 하러 가. 나는 방으로 돌아와서 다시 노트북을 열어.

이메일을 읽고 사진을 몇 번 더 본 다음 나는 당신을 불러. "악셀, 이리 와볼래? 이것 좀 봐!" 당신은 방으로 들어와. 샤워를 한 뒤라 아직 머리가 젖어 있어. 침대에 누워 배 위에 노트북을 얹고 있는 나를 쳐다봐. "이 아기 고양이 좀 봐." 내가 말해. 당신에게 사진을 보여줘. "귀엽네. 사진은 왜 보라는 거야?" 당신이 물어. "지금 분양받을 수 있대." 내가 말해. "우리가 입양하면 어떨까? 7천 크로나밖에 안 해. 내가 알아본 이 종의 분양가보다 1천 크로나나 싸."

나는 가능한 한 부드럽게 이런 좋은 기회를 잡아야 하지 않겠냐고 물어. 12주는 지나야 데려올 수 있는데 내가 비행기를 타고 가서 데리고 올 수 있다고 말해. "내가 할게, 맹세해." 당신은 나를 보더니 다시 노트북의 사진을 봐, 그리고 다시 나를 봐. 깜짝 놀란 표정이야. 우리의 고양이 공상이 이토록 빨리 현실이 될 줄은 전혀 예상하지 못했다는 듯이. 얼굴은 조깅을 한 뒤라 여전히 상기되어 있어. 가슴에 붉은 자국이 여기저기 보여. 나는 당신 어깨에 남은 물방울을 닦아내. 당신은 다시 노트북 화면을 봐. 나는 당신이 안 된다고 말하기를 기다려. 조금만 더 있어보자, 조금만 더 생각해보자. 본능적으로 나는 왜 이 고양이를 지금 입양해야 하는지 설득할 논리를 머릿속으로 준비해. 12주는 긴 시간이야, 아주 멋질 거야, 그렇게 말할 준비를 해. 당신은 화면을 봐, 그리고 다시 나를 봐. 뭔가를 찾는 듯이. 당신의 생각을 짐작해봐. 그러다 당신 눈빛이 어딘가 달라져. 어떻게 해석해야 할지 모르겠어. 한숨을 내쉬려나? 화를 낼 참인가? 내가 뭐든 그냥 있는 대로 놔두는 법이 없다고, 아무리 좋아도 만족을 모른다고?

그런데 당신 얼굴에 미소가 어려. 처음에는 눈만 웃다가, 입꼬리가 올라가고 얼굴 전체로 번져. "좋아. 그러자. 이 아기 고양이를 입양하자. 나도 찬성이야. 하지만 비행기를 타고 데리러 가는 건 당신 혼자 해. 나는 안 갈 거야. 괜찮지?"

괜찮냐고? 이전에도 이후에도 이보다 더 완벽하게 괜찮을 수는 없을 거야. 나는 침대 위에서 방방 뛰기 시작해. 콘서트에 간 어린 소녀처럼 비명을 질러. 당신 품으로 몸을 던지고는 당신의 상기된 얼굴에 키스를 퍼부어. 올해 여름은 21세기 역사상 최고의 여름으로 기록될 거야.

2014년 11월

월요일 아침이야. 오늘로 일주일이 됐어. 내 몸은 어젯밤 마침내 잠이 드는 것으로 이 중요한 날을 기념했어. 이건 좋은 징조겠지. 잠에서 깼을 때가 5시였고 나는 곧바로 지금 막 일주일이 되었다는 걸, 정확하게 일주일이 되었다는 걸 알아차렸어. 앞으로는 며칠이 지났는지가 아니라 몇 주가 지났는지를 셀 거야. 그렇게 몇 주가 지나면 몇 달이 될 테고, 몇 달이 지나면 몇 년이 되겠지. 그렇게 시간을 보내다 보면 이런 삶이 정상으로 느껴지는 날이 오겠지. 숨을 쉬는 것이 고통스럽게 느껴지지 않는 날이 오겠지. 아직은 그날이 오지 않았어. 이제 고작 일주일이 되었을 뿐인걸. 얼마 안 됐지만, 그렇다고 아무것도 아닌 건 아니야.

이번 주말을 여기서 보낸 엄마는 집으로 돌아갔고, 이 방 옆 방에는 새엄마와 동생이 와 있어. 친구들과 가족들이 아주 조용히, 그러면서도 아주 맹렬하게 자신들이 할 수 있는 모든 일을 떠맡아주고 있어. 굳이 긴 이야기를 나누지 않고도 모두가 힘을 합쳐서 내가 할 일들을 전부 대신 해주고 있어. 내가 마지막으로 접시 하나라도 치운 게 언제인지조차 모르겠어. 식기세척기의 그릇을 정리하거나 빨래를 널거나 저녁을 차리거나 커피를 만든 것도. 모든 게 저절로 되어 있어.

내게 주어진 유일한 임무는 계속 숨을 쉬고 하루하루를 어떻게든 살아나가는 거야. 그리고 이반이 나를 찾으면 그 자리에

126

있어주는 것. 내가 운이 좋다는 거 알아. 그들의 도움이 없었다면 버티지 못했을 거야. 이반이 필요로 할 때만 그럭저럭 겨우 힘을 내는 것 같아. 이 공동체 덕분에 내 하루하루가 어떻게든 굴러가. 아마도 내가 혼자 남겨지는 일이 없어서일지도 몰라. 내게 쉴 시간이 주어지기 때문일 수도 있어. 이반을 이반의 할머니에게 맡기고 부엌 식탁에 앉아 멍하니 허공만 바라보고 있을 시간이 주어지니까. 아니면 생후 9개월이 된 아기를 키우는 삶에는 선택지가 많지 않기 때문인지도.

자신의 삶을 완전히 뒤바꾼 비극이 일어난 것도 모른 채 이반은 기저귀를 적시고, 또 적셔. 기어 다니고 넘어져. 울다가 또 행복하게 웃어. 웃고 놀고, 욕조에서 물장구를 치고, 새로운 소리를 내. 소파를 잡고 일어서는 법을 익히고, 엉덩방아를 찧으면 토라졌다가, 작은 주먹을 탁자에 올리고 처음부터 다시 시작해. 이반의 삶은 계속되고 내 삶은 이반을 중심으로 돌아가. 이반은 내 하루 일과의 기둥이야. 때로는 이반 덕분에 억지웃음이 아닌 진짜 웃음을 웃기도 해.

그러는 와중에 가끔씩 새로운 감정이 튀어나와. 이 모든 것이 지나가고 나면 아마도 가장 뚜렷하게 남을 감정이. 투덜대고 징징대는 불만의 목소리가 들려. 내 주위에 이렇게 천사들이 많은데도, 이렇게 많은 도움과 사랑을 받고 있는데도 나는 말하고 싶어져. 고맙지만 싫다고. 나는 이걸 오직 '당신'과 하고 싶으니 다른 사람들은 모두 돌아가라고. 당신 없는 삶을 살아가는 법을 배울 마음은 조금도 없어. 그건 사절하겠어. 당신이 다시 돌아오기만 한다면, 내가 이 기이한 꿈에서 깰 수만 있다면 모든 것을 제대로 바로잡을 테니까. 정말이야. 앞으로 다시는 당신을 몰아붙이지 않을게. 당신이 더 잠을 잘 수 있게 해줄게. 당신의 속도에 절대 불평하지 않을게. 당신은 당신이 되고 싶은 사람, 당신이 되어야 하는 사람이 돼. 내게 시간을 조금만 더 줘. 내가 바로잡을 수 있게. 그렇게 할 수 있게 해줘. 자신 있어.

하지만 이제 몇 시간 뒤에 집 근처 장례식장에서 당신 부모님을 만나 장례식 계획을 세워야 해. 친구가 예약을 해두었어. 내가 거기 가 있는 동안 오빠가 이반을 데리고 산책을 할 거야. 친구는 내게 힘이 되어주려고 장례식장으로 올 거고.

그런데도 나는 약속 시간에 맞춰 샤워를 하고 옷을 입는 게 상상이 안 돼. 이 집을 나가서 10분 거리에 있는 장례식장에 가는 게 가능한지조차 모르겠어. 그건 도저히 내가 완수할 수 없는 과제 같아. 나는 이제 더는 혼자서 아침도 차려 먹지 못하는 사람인걸. 내가 할 수 있는 거라곤 앉아서 이반을 멍하니 바라보고, 이반과 놀아주고, 이반에게 젖을 먹이는 것뿐이야. 다른 모든 일은 되도록 손대지 않으려고 최선을 다해. 내가 기운을 더 차릴 때까지는 미루는 수밖에 없다고 말해. 그런데 오늘은 도저히 미룰 수 없을 것 같아. 약속 시간까지 두 시간도 안 남았어.

2013년 3월

아무리 노력해도 내 조급증이, 변화와 진전을 원하는 엄청난 욕구가 승리하고 말아. 잠시 숨을 고르면서 지금 이 순간을 누리고 천천히 가자는 내면의 모든 합리적인 논리가 모조리 반박당했거든. 고요한 시기가 어느 정도 지속되자 더는 내 충동을 억누를 수가 없었어. 모든 것을 무너뜨리고 도발해야 하는 충동 말이야. 마치 지금 서 있는 곳에서 우리를 억지로 밀어내야 하는, 우리가 충돌하고 넘어질 때까지 뒤흔들어야 하는, 그래서 결국 어디에 떨어지는지 끝을 봐야만 직성이 풀리는 사람처럼. 나도 이런 내가 이해가 안 돼. 이런 면을 딱히 좋아하는 것 같지도 않은데, 같은 일이 반복돼.

우리는 여행을 다닐 때만 완벽하게 의견이 일치하는 것처럼 보여. 그래서 그렇게 여행을 많이 다니는 건가. 함께 첫 커플 여행으로 아이슬란드를 다녀온 뒤로 우리는 미국, 일본, 유럽의 해변 휴양지에 다녀왔고, 여름휴가는 스웨덴 서쪽 해변에서 지냈어. 일상에서 벗어난 우리는 잠시 세상과 단절되어 이른바 특별한 삶을 즐겨. 저녁에는 책을 읽고, 맥주와 와인을 마시고, 돈을 쓰고, (내가 제안하는) 관광과 (당신이 선호하는) 휴식이라는 선택지를 두고 타협해. 우리는 거의 언제나 가까운 시일 내에 여행을 갈 계획을 세워둬. 우리는 즐겁게 여행을 했고, 또 여행 가는 걸 기대했고, 함께 여행 계획 세우는 일을 만끽했어. 여행에서 돌아오면 우리 관계가 한동안은 더 단단해진 것처럼 느껴져. 그리고 다시 새로운 여행 계획을 세우지.

지금은 2013년이고 우리는 탄자니아 잔지바르에서 두 주를 보내고 막 집에 돌아왔어. 구릿빛으로 탔고, 땀에 절었고, 시차로 몽롱한 상태고, 나는 내가 지루해하고 있다는 걸 깨달아. 앞으로 한동안은 여행을 하고 싶지 않아. 이제 여행에 신물이 나. 이게 우리 삶의 유일한 도전 과제일 수는 없어. 우리에게 즐거움을 주는 유일한 무언가일 수는 없어. 다른 게 필요해. 뭔가 더 의미 있는 걸 찾아야만 해. 내 몸의 세포 하나하나가 그렇게 느끼고 있어. 앞으로 닥칠 일이 눈에 그려져. 내가 또다시 분란을 일으킬 거야. 일단 저지르고 난 뒤에야 겨우 그걸 깨달을 정도로 있는 힘껏 모든 것을 무너뜨릴 거야. 내가 지난 1년간 미루고 미뤘지만 더는 미룰 수 없는 무언가가 시작될 거야. 우리가 이야기해야 하는 무언가가 있으니까.

전에도 이야기를 꺼낸 적이 있어. 하지만 어떤 결론이나 합의에는 도달하지 못했어. 시간이 흘렀어. 몇 달이 몇 년이 되었어. 나는 당신에게 확실하게 이야기하지 못했고 당신은 들을 준비가 되어 있지 않았어. 그 이야기를 처음부터 끝까지 전부 다시 하는 게 힘겨울 것 같아서 차마 또 꺼내지 못했어. 조금은 청혼하는 것처럼 느껴지기도 해. 사랑하는 사람이 싫다고 하면 어떻게 하지?

올해 나는 서른다섯이 돼. 그리고 아이를 갖고 싶어. 그건 확실해. 예전에는 꽤 오랫동안 아이를 원하지 않는다고 주장하기도 했어. 그러다 몇 년 전부터 잘 모르겠다고 말했지. 그리고 한동안은 서두를 필요 없는 척했어. 하지만 이제는 그럴 수가 없게 됐어. 그런데 당신이 나와 아이를 갖고 싶지 않다고 하면, 하다못해 시도조차 안 하겠다고 하면 나는 당신과 헤어져야만 해. 우리는 이 이야기를 해야만 해. 너무 오랫동안 마음에만 담아두고 있었어. 당신에게 부담을 주고 싶지 않지만 당신도 이 등식의 일부라서 당신과 담판을 지어야만 해.

사실은 내가 이미 선택지를 네 개로 추려놓았어. 그중 한 개만 우리가 헤어지는 걸로 결말이 나. 나머지 세 개는 내가 아이를 갖는 걸로, 그리고 그 세 개 중 한 개만이 당신이 그 아이의 생물학적 아버지인 걸로 결말이 나. 내가 아주 똑똑하고 현명한 사람이 된 것 같아. 이게 내가 정리한 선택지들이야.

1. 당신과 나는 헤어지지 않고, 아이를 가지기로 해.

2. 당신과 나는 헤어지지 않고, 나는 자궁이 있는 친구와 아이를 만들고 싶다고 말한 내 동성애자 친구와 아기를 가지기로 해. 당신은 아이의 생물학적 아버지가 아니므로 평생 짊어져야 하는 책임에서 벗어날 수 있어. 그러면서도 당신이 원하는 한 나와 함께 지낼 수 있어. (그게 아주 오랫동안이길 빌어.)

3. 당신과 나는 헤어지지 않고, 나는 2013년의 스웨덴과는 달리 미

혼 여성이 클리닉에서 정자를 제공받는 것을 허용하는 덴마크로 가서 인공수정 시술을 받아. 당신은 아이의 생물학적 아버지가 아니야. (앞서 언급한 2번의 평생 짊어져야 하는 책임에 관한 부분 참고.)

4. 당신과 나는 헤어져. 당신은 나와도, 그 누구와도 아이를 가지고 싶지 않아. 나와 아이를 키우느니 헤어지는 게 낫다고 생각해.

나는 내가 지혜롭고 합리적으로 정리했다고 생각해. 선택지가 하나가 아니니까 우리 둘 다 동의할 수 있는 걸 찾을 수 있을 거라고. 그래서 지난 1월 말에 이 이야기를 꺼냈을 때 나는 이 계획에서는 당신보다 훨씬 더 진도가 많이 나가 있었어.

우리가 처음으로 이 주제로 진지하게 대화를 시작했을 때 나는 굳이 포장하려고 애쓰지 않고, 그냥 종이에 적은 내용을 있는 그대로 말해. 그게 당신과 소통하는 가장 좋은 방법이라는 걸 아니까. 나는 아이를 원하는데 당신은 확실히 마음을 정하지 않은 상황을 타개할 해결책을 제안해. 선택지의 내용을 전부 읊은 뒤에 당신이 덧붙이고 싶은 내용은 없는지 물어. 당신은 혼란스러운 표정으로 종이에 적힌 내 선택지 목록을 멍하니 쳐다봐. 당신이 아직 한참 뒤처졌다는 걸 알 수 있어. 당신은 내가 이런 선택지를 마련했다는 것만으로도 얼마나 당신의 입장을 배려한 것인지조차 몰라. 지금은 우리의 직설적인 소통 방식에 익숙해진 터라 나는 사탕 발린 말은 하나도 더하지 않았어.

내가 당신을 얼마나 사랑하는지, 당신이 얼마나 멋진 아버지가 될지 같은 말로 이야기를 시작하지 않았어. 나는 종이를 펼쳐놓고 선택지를 차례차례 짚어나가며 되도록 사무적으로 설명했어. 당신이 이맛살을 찌푸리고 힘겨운 표정으로 종이만 쳐다볼 때도 차분하게 기다렸어.

당신은 그다지 끌리는 것 같지 않아. 아니, 오히려 아주 불편해 보여. 내가 제시한 선택지들은 모두 당신을 불안하게 만들어. 당신이 원하는 선택지는 '우리는 헤어지지 않고, 이대로 지내면서 아이 문제는 몇 년 더 있다가 논의한다'야. 하지만 그 선택지는 내가 받아들일 수가 없어. 그래서 목록에 넣지 않았어. 당신이 "조금 있다가"라고 말할 때 나는 그 말을 더는 믿지 않아. 당신이 그렇게 말할 때마다 결국에는 기다리다 지친 내가 혼자 결정하고 통보를 한 다음 당신도 그 결정에 따르게 하는 걸로 끝나니까. 이번에는 내가 기다리고 싶어도 기다릴 시간이 얼마나 있는지 확실하지가 않아. 내 몸이 언제까지 임신할 수 있을지 모르겠어. 심지어 이미 임신이 힘들 수도 있어. 나는 우리가 함께 지낸 지난 4년 동안 피임을 하지 않았어. 그렇다고 특별히 조심한 것도 아니야. 더는 기다리는 도박을 할 수가 없어. 불가능해.

첫 대화는 눈물로 끝이 나. 나는 당신에게 화가 나서 울고, 당신도 내게 화가 나서 울어. 우리 둘 다 양보하고 싶어 하지 않아. 그래서 잠시 보류하기로 해. 나는 실망했지만 포기하지 않아.

우리는 일주일 뒤에 다시 이야기할 시간을 정해. 협상을 잠시 중단하고 이 대화를 나누기 전의 우리로 돌아가. 익숙한 우리의 삶으로. 지금 중단한 이 대화처럼 위험하지 않은 것들로.

대략 일주일에 한 번은 마주 앉아서 서로를 화나게 하거나 슬프게 하거나 실망하게 할 시간을 확보하려고 노력해. 나는 당신에게 실망해. 당신이 우리 관계를 못내 확신하지 못하는 것 같아서. 나 스스로에게도 화가 나. 우리 관계가 늘 이런 식이었는데도 시간이 흘러가도록 내버려뒀으니까. 나는 매번 우리 삶에 변화를 일으키는 동력 역할을 하는 것에 지쳤어. 조금이라도 예측 불가능하면 이토록 강력하게 저항하는 당신에게도 지쳤어.

당신의 반응도 나와 크게 다르지 않아. 당신은 내가 당신을 밀어붙이는 것에 지쳤어. 절대 당신을 가만 내버려두지 않는, 현재 상황에 만족할 줄 모르는 나에게 지쳤어. 당신은 아빠 역할을 제대로 해낼 수 있다는 확신이 들지 않아서 부담감을 느낀다고 말해. 아직도 당신 자신의 삶을 어떻게 살아야 할지조차 모르겠는데, 어떻게 누군가의 부모가 될 수 있겠느냐고. 당신은 힘이 모자랄까 봐, 완전히 지쳐버릴까 봐 걱정된다고 말해. 나에 대한 사랑과는 전혀 무관한 일이라고 말해. 하지만 나는 그 말을 믿지 못하겠어. 내 마음속 깊숙한 곳에서 이런 목소리가 들려. 당신이 나를 정말로 사랑한다면 그런 위험은 기꺼이 감수할 거라고.

우리의 협상은 결코 아름답지 않아. 감미롭지도 않아. 울고 있는 상대를 위로하는 포옹이나 따뜻한 손길이 끼어들 여지가 없어. 우리 둘 다 기분 좋게 식탁을 떠난 적이 없어.

내가 이 문제에 대해 물러서지 않는 바람에 당신과 우리 관계가 상처 입고 있다는 걸 알아. 당신에게, 우리에게 이런 짓을 하는 내가 싫어. 그래도 억지로 양보할 수는 없어. 내 미래가 걸려 있는 문제니까. 당신도 내가 그런 생각을 하면 괴로워해. 나에 대한 사랑이 부족해서라고 생각하는 걸 싫어해. 나는 당신이 원하든 원하지 않든 이것은 결국 나에 대한 사랑의 문제일 수밖에 없다고 말해.

당신은 가끔 완전히 절망해서, 나와 아이가 있는 삶에 인생을 걸 준비가 된 사람이, 인생에서 무엇을 원하는지 확실히 아는 사람이 내게 어울린다고 말해. 눈물을 흘리면서 미안하지만 자신은 그런 사람이 아닌 것 같다고 말해. 자신이 이런 사람이어서 미안하다고 말해. 자신을, 자신의 두려움을, 더 나아가 자신의 이런 성격을 용서해달라고 말해. 당신이 그렇게 점점 우리 관계를 포기할 준비를 하는 것처럼 보여서 나는 상처를 받아. 나는 우리 관계를 포기하고 싶지 않아. 당신의 사과는 더더욱 원하지 않고. 나는 당신이 우리 관계를, 우리의 미래를, 우리가 함께 가족을 꾸리는 그런 미래를 믿기를 원해. 그게 왜 그렇게 힘든 거지? 대개는 서로 할 말이 없어져서 대화를 중단하게 돼.

협상을 시작한 지 두 달이 지났어. 우리는 마침내 합의해. 당신이 동의를 했다고 하기는 힘들지만. 아마 백기를 들었다는 표현이 더 정확할 거야. 당신은 내키지 않지만 우리가 헤어지지 않고 아이를 가지는 선택지가 가장 적은 희생을 치른다는 결론을 내려. 당신은 여전히 준비가 된 건 아니라고 주장해. 나는 여전히 당신이 준비가 될 거라고 주장해. 그때가 오면 말이야. 나는 우리가 이 지점에 도착했다는 것에 안도하지만 슬프기도 해. 다른 방식으로 다다랐으면 했으니까. 당신이 나 때문에 벼랑 끝에 몰렸다고 생각한다는 걸 알아. 그래서 슬퍼. 하지만 다른 한편으로는 이런 합의를 이끌어내기 위해 내가 이렇게까지 애써야 했다는 것에 화가 나기도 해. 나는 나와 아이에게 인생을 걸고 싶어 하는 사람에게 사랑받을 자격이 있다고 말해. 당신도 동의해. 그래서 더 슬퍼. 당신도 그렇게 생각해서. 내가 당신을 사랑해서. 당신이 우리 둘 중 더 배려하는 사람이라서. 그런데도 요즘 들어 우리 마음이 완벽하게 통하는 일이 좀처럼 없는 것 같아서.

가족을 꾸리는 일을 이런 식으로 시작하리라고는 상상도 못했지만, 나는 감상에 빠지지 않기로 해. 우리는 감상적인 사람들이 아니야. 당신도, 나도. 그건 우리가 아니야. 내가 적은 선택지 목록을 마지막으로 훑어 내려가는데 부끄러운 마음이 들어. 각 선택지 끝에는 각각 장점과 단점이 플러스 마이너스 기호로 표기되어 있어. "헤어지지 않고…… 아이를 가진다"가 플러스는 가장 많고 마이너스는 가장 적어. 마이너스 하나 옆에는 이렇게 적혀 있어. "악셀. 감당하지 못할 수도 있음." 그걸 적은 건 당신이야. 당신의 깔끔한 손글씨는 큼직하게 휘갈겨 쓴 내 손글씨와 대비돼. 당신이 적은 글자는 크기는 작아도 아주 큰 의미를 담고 있어. 그 단어들에 담긴 것들이 비수가 돼서 내 가슴에 꽂혀. 하지만 나는 당신이 틀렸다고 되뇌어. 당신은 힘을 낼 거야. 견뎌낼 거야. 우리 삶에 완전히 새로운 의미가 생길 거야. 훗날 우리는 서로를 사랑하기가 더 쉬워질 거야. 왜냐하면 이제 아주 사소한 것들은 일일이 따지고 들 기회가 적어질 테니까. 이번이 내가 당신에게 강요하는 마지막 변화야. 이게 마지막이라고 나 자신에게 맹세해. 나는 선택지 목록을 서류철에 넣은 뒤 철 지난 세금명세서 뭉치와 함께 상자 속에 숨겨.

2014년 11월

이제 나는 장례식장의 고객이야. 장례 절차를 논의한 후에 집에 들고 온 서류를 보니 내가 의뢰인이라고 적혀 있어. 나는 장례식장의 의뢰인이야.

하늘에는 먹구름이 끼어 있었고 장례식장에 가는 길에는 비가 쏟아졌어. 장례식장 입구에 도착하자마자 주차장에 세워진 당신 부모님의 차가 보였어. 나도 15분 일찍 도착한 거였는데.

당신 어머니는 담배를 피우고 계셔. 어깨를 잔뜩 움츠린 채 가냘픈 몸을 코트로 단단히 감싸고서. 온몸에 힘이 잔뜩 들어가 있었고, 추위에 떨고 있는 것 같았어. 당신 아버지는 안절부절 못하며 자동차와 주차장 모퉁이의 표지판과 장례식장 건물 입구를 서성이고 계셔.

지난 며칠간 당신 부모님과 나는 이야기를 거의 하지 않았어. 슬픔에 빠진 우리가 서로 소통하기는 쉽지 않았어. 당신 부모님은 전화를 자주 걸고, 당신 아버지는 매번 이반과 나를 사랑한다고, 우리를 위해 언제든 달려오겠다고, 우리는 언제까지나 당신 가족의 일원이라고 말해. 나는 나도 그걸 원한다고 말해. 진심이야. 하지만 지금 당장은 그렇게 되는 방법을 모르겠어. 지금 당장은 어떻게 해야 한 가족의 일원이 될 수 있는지 모르겠어. 내 가족의 일원조차 될 수가 없는걸. 당신 부모님은 나보다 훨씬 더 자주 우리를 만나고 싶어 하시는 것 같아. 우리를 보살피고 싶어서인지, 아니면 이반의 삶에서 밀려날까 걱정해서인지는 모르겠어. 아마도 내가 도움이 필요하다고 생각하셔서겠지. 하지만 지금은 그럴 힘이 없어. 사람들과의 접촉은 종류를 막론하고 나를 지치게 해. 특히 당신의 죽음을 슬퍼하는 사람들과 있을 때는 더 그래. 나는 듣고 있을 수가 없어. 뇌가 정지해버려. 어떻게 위로해야 할지, 어떻게 문장을 끝맺어야 할지조차 모르겠어. 다른 사람이 울기 시작하면 그 자리에서 뛰쳐나가 문을 걸어 잠그고 숨고만 싶어져. 내가 울기 시작해도 나는 그 자리에서 뛰쳐나가 문을 걸어 잠그고 숨고 싶어져. 나머지 세상을 밀어내고 문을 꼭 닫아버리고 싶은 충동을 어떻게 처리해야 할지 모르겠어. 때로는 당신 부모님이 전화하면 친구에게 대신 전화를 받게 해. 내가 이반을 돌보느라 바쁘다거나 자고 있다고 말해달라고 해. 그러고 나면 부끄러운 마음이 들어. 당신 부모님과 만날 때는 아주 짧게 끝내. 두 분이 우리 집 현관을 나서서 당신들 집으로 돌아가는 걸 볼 때면 더 부끄러워져. 하지만 진실은 이거야. 우리는 서로를 위로할 수가 없어. 우리는 무슨 일이 벌어졌는지 이해하지 못해. 각자 자기 내면의 악마와 싸우고 있어. 나는 생각해. 적어도 두 분에게는 서로가 있잖아. 내가 밀어내더라도 최소한 서로의 품에서, 서로의 말에서, 그들이 오랫동안 공유한 관계에서 위안을 얻을 수 있잖아. 하지만 오늘 우리는 당신 장례식을 논의하려고 만날 거야. 피할 수는 없지만 우리 중 누구도 기대하고 있지는 않아.

장례식장에 들어가자 장의사가 마중을 나와. 키가 작은 여자로, 이름은 듣자마자 잊어버렸어. 그 여자가 나를 바라보는 시선이 마음에 안 들어. 내 팔에 손을 얹고 위로의 말을 건네는 것도 싫어. 의례적인 몸짓일 뿐 따뜻한 마음이 느껴지지 않아. 그 사람은 이미 수없이 반복했을 일이니까. 그 사람에게 우리는 일상의 일부일 뿐이니까. 나는 그 사람과 그 사람이 하는 친절한 말을 경멸해. 얘기를 되도록 짧게 끝내고 얼른 여기를 떠나야겠다고, 그리고 가능하다면 다시는 돌아오지 않겠다고 결심해.

　문이 열리고 내 친구가 들어와. 검은색 원피스를 입고 하이
힐을 신은 모습이, 직장에서 이곳으로 서둘러 온 거야. 숨이 턱
밑까지 차 있어. 문득 친구가 주차장에서 장례식장 입구까지 뛰
어왔을 거라는 생각이 들어. 어쩌면 여기 오려고 중요한 회의에
서 빠졌는지도. 친구가 이 일 때문에, 우리 때문에, 이반과 나 때
문에, 이 끔찍한 상황 때문에 시간을 냈다고 생각하니 죄책감이
들어. 내가 입술을 움직여 소리 없이 "고마워"라고 하자 친구는
이마를 찡그리면서 "됐어"라고 낮은 목소리로 말해. 나는 내 친
구를, 그녀의 무뚝뚝한 성정을 사랑해. 그녀는 뒤에서 나를 살
짝 안은 다음 내 옆 의자에 앉아. 그렇게 상담이 시작돼. 나는
앞만 쳐다보면서 그 누구와도 눈을 마주치지 않으려고 노력해.
오늘만큼은 무너지지 않을 거야.

　둥근 탁자에 높이 쌓아놓은 서류 더미 맨 위에서 당신 이름
이 보여. 뜻밖에도 내 의지와는 상관없이 그걸 보자마자 내 안
에서 뭔가가 무너져. 아무런 경고도 없이, 그렇게 불쑥 당신이
이 방에 존재하면서도 존재하지 않는다는 게 참을 수가 없어.
갑작스럽게 눈물이 터지고, 스스로도 놀랐지만 멈출 수가 없어.
당신 부모님이 나를 보고 있어. 당신 아버지가 나를 따라 울기
시작해. 그러면서 내 이름을 부르고 또 불러. 아무도 나를 안아
주려고 하지 않았고, 그게 고마워. 친구가 내 등을 쓸어주면서
장의사에게 목례를 해. 장의사는 미안해하는 기색이야. 나는

마음을 가라앉히려고 숨을 깊이 들이마셔. 그래야 상담이 시작될 테니까. 우리 모두 이걸 얼른 해치우고 싶어 하니까.

마음을 가라앉히려는 노력은 실패해. 적어도 처음 15분 동안은 계속 눈물을 쏟아내. 장의사가 내뱉는 단어 하나하나에 눈물샘이 자꾸만 터져. "당신 이름이 카롤리나죠." 그녀가 말하자 나는 거의 통곡하느라 답 대신 고개만 겨우 끄덕여. "악셀의 동거인이고요." 이어지는 말에 나는 계속 울면서 고개를 끄덕여. 이제 울음을 멈추기는 글렀어. "그리고 두 분 사이에는 어린…… 이반이 있군요." 장의사가 이반의 이름을 확인하느라 눈을 내리고 서류를 봐. 그렇게 나는 둥근 탁자 건너편에서 눈물 바다에 빠져. 의례적인 질문에 고개를 끄덕이고 사망자의 주소를 확인해주고 나자 갑자기 눈물이 그쳐.

우리는 장례식에 관한 사무적인 부분들을 하나하나 정하기 시작하고 어느새 모든 것이 쉬워져. 번호가 매겨진 질문 목록을 받아 들자 이 상담에도 끝이 있다는 사실이 떠올라. 당신 부모님과 내가 당신 장례식을 치르는 데 이견이 있을지도 모른다는 걱정은 다 쓸데없었어. 나한테 그랬던 것처럼 당신은 부모님에게도 확실하게 말해두었어. 땅에 묻히고 싶지 않다고. 당신은 당신의 재를 바람에 날려주길 바랐지만 우리는 스코그쉬르코고르덴 묘지공원에 안치하는 게 가장 합리적인 타협 방안이라는 데 동의해. 우리는 작은 장례식을 원해. 그런데 초대해야 하는 동료, 친구, 친척의 이름을 적어보니 순식간에 100명이 돼.

그보다 더 많을 것도 같아. 우리는 스코그쉬르코고르덴 성십자가 교회에서 장례식을 치르기로 해. 200명을 수용할 수 있는 장소야. 장례식을 주관할 장례 집행관도 정해. 장례식장에서 추천한 사람이야. 정신을 차릴 새도 없이 상담이 마무리되고 있어. 자리에서 막 일어서는데 전화가 와. 모르는 번호야.

친구가 묻지도 않고 대신 전화를 받아. 이제는 내 반응과 생각을 너무 잘 읽으니까. 바깥세상이 끼어들 때마다 내가 불안감에 휩싸이는 것도 너무 잘 아니까. 꽃 배달 행렬이 잠잠해질 기미가 전혀 보이지 않아. 하루에 적어도 두세 번은 오는 것 같아. 그리고 매번 건물 출입문을 열어달라는 전화가 오고. 정말 지긋지긋해. 그 많은 꽃을 꽂을 꽃병도 없어. 시간이 지나면 꽃병 물에서 냄새가 나는 것도 견딜 수가 없어. 친구는 실례하겠다고 말하고 일어나서 상담실을 나가. 나는 친구가 배달 직원과 통화하면서 지금 우리가 있는 주소로 오라고 말하는 걸 들어. 나는 속으로 욕을 해. 꽃 따위 개나 주라지. 하지만 곧바로 후회해. 꽃이 무슨 죄라고. 다들 걱정과 사랑을 담아서 보내는 건데. 나를 더 힘들게 하려고 보내는 게 아닌데. 그걸 기억해야겠어. 마음을 다잡아야 해.

장례식장 안내데스크 앞에서 서로 안아주면서 작별 인사를 나누는데 트럭 한 대가 주차장으로 들어와. 친구가 나를 보며 말없이 물어. 나는 고개를 끄덕이고 친구는 달려가 트럭 운전사

와 이야기를 해. 그제야 꽃 배달 트럭치고는 너무 크다는 생각을 해. 그때 친구가 커다란 택배상자를 두 팔 가득 안고 돌아와. 친구만큼이나 큰 상자야. 하이힐을 신은 친구는 비틀거리면서 장례식장 입구로 들어오려고 몸을 옆으로 틀어. 나처럼 친구도 배달된 물품이 꽃이 아니라는 사실을 깨닫고 놀란 듯해.

10킬로그램짜리 고양이 사료였어. 우리와 더는 살지 않는 고양이를 위한 사료. 당신이 죽은 뒤 지인의 가족에게 입양 보낸 그 고양이. 이 모든 일이 벌어지기 며칠 전에 인터넷으로 주문했을 거야. 까맣게 잊고 있었어. 하이힐을 신은 친구가 두 팔 가득 10킬로그램이나 되는 고양이 사료를 들고 있어. 나와 당신 부모님은 이 상황을 어떻게 받아들여야 할지 전혀 감도 못 잡고 있고. 택배상자 너머로 나를 보는 친구의 입이 씰룩거려. 웃음이 터져 나오려는 게 보여. 억지로 참고 있어. 나는 시선을 돌려. 지금 우리 둘이 여기서 웃는 건 옳지 않다는 생각을 하면서. 다시 친구를 흘깃 봐. 그 택배상자를 들고 있으니까 친구가 한없이 작아 보이는 건 사실이야. 더는 참을 수가 없어. 우리 둘은 웃음을 터뜨려. 웃음이 멈추질 않아. 눈에서 눈물이 흘러. 왜 이게 이렇게까지 웃긴지 모르겠어. 하지만 웃겨. 그렇게 일주일 만에 처음으로 웃어. 결국 더는 웃기지 않다는 생각이 들지만 계속 웃어. 이제 다시는 웃지 못할 것 같거든. 그러니까 이 순간 내가 쥐어짤 수 있는 웃음은 전부 짜내야겠어. 나는 웃으면서 장의사에게 인사를 하고 여전히 웃는 얼굴로 당신 부모님을 안아

드린 뒤 자동차를 타고 장례식장 주차장을 나서는 당신 부모님
에게 손을 흔들어.

2013년 6월

생리가 닷새나 늦었어. 아직은 당신에게 이 사실을 알릴 용기가
안 나. 이런 선택을 하도록 당신을 몰아붙인 것에 여전히 죄책
감을 느끼고 있거든. 아마도 지나치게 자주 강조한 것 같아. 금
방 임신이 되지는 않을 거라고, 아주 오래 걸릴 수도 있다고, 심
지어 임신을 못 할 수도 있다고. 우리 또래 커플은 대개 임신하
기까지 1년 이상 걸린다고 하니까. 적어도 책에는 그렇게 나와.
나는 당신을 위로하려고 이런 정보를 전달해. 당신은 아직도 우
리가 '함께' 결정한 사항을 받아들이지 못하는 것 같거든. 최근
몇 달 동안 우리의 성생활은 쾌락과는 거리가 멀었어. 배란테
스트기에 소변을 묻힌 뒤 배란이 되었다고 나오면 당신과 관계
를 가져. 당신은 마치 죄를 짓고 있는 사람처럼 나와 눈도 잘 안
마주쳐. 끝나면 나는 당신에게 고맙다고 말하고 싶은 걸 꾹 참
아. 대신 시간이 걸릴 거라고 강조해. 그러면 당신이 중얼거려.
아니, 아마 지금 당장 생기는 중일걸. 매달 배란기가 지나고 나
면 나는 한껏 들뜬 기분에 사로잡혀. 이번에는 성공했을까? 이
번에는 아기가 와줄까? 우리가 임신을 시도한 지 3개월째야. 그

144

리고 생리가 닷새 늦었어. 그런 사실을 당신에게 도저히 알릴수가 없어. 오늘 아침에 임신테스트기를 쓸 거라고는 더더욱 말못 해. 양성 반응이 나오더라도 당신에게 알릴 용기가 없을 거라는 생각이 들어. 그러다 그거야말로 말도 안 되는 생각이라는 걸 깨달아.

월요일 아침이야. 우리 둘 다 곧 일하러 나가겠지. 당신은 노트북을 무릎에 올려놓고 소파에 앉아 있어. 나는 슬쩍 화장실로 가. 특별한 일이 있어서 화장실에 가는 게 아니라는 듯이 휘파람을 불면서. 임신테스트기에 소변이 잘 묻도록 조심하는데손이 떨려. 결과가 어떻게 나올지 불안해. 임신한 게 아니면 좋겠다고 생각해. 그리고 임신한 거면 좋겠다고 생각해. 그런 식으로 계속 왔다 갔다 해. 어느 쪽도 최선의 결과는 아니야.

설명서에서 지시한 대로 임신테스트기를 세면대에 올려놔.곧 빨간 줄이 하나 나타날 구멍을 뚫어져라 쳐다봐. 임신한 게아니라는 뜻이지. 빨간 줄이 두 개 나타나면 임신한 거고. 1초가 더디게 흘러. 나는 일어나서 손을 씻어. 비누 거품이 테스트기에 튀어. 자연스럽게 움직일 수가 없어.

빨간 줄 하나가 나타나. 누가 봐도 알 수 있는 또렷한 선이.나는 다른 줄이 나타나는 자리를 계속 쳐다봐. 숨을 멈추고서.젠장, 아무것도 없잖아! 왜 아무것도 없는 거야? 나한테 뭔가 문제가 있는 걸까? 불임이면 어떻게 하지? 어, 잠깐. 뭔가 있는데?

헛것을 본 건가? 줄이 하나 더 있지? 흐리지만 옅은 핑크색 선이? 어쨌거나…… 선이지?

그래, 줄이 하나 더 생겼어. 나는 작은 테스트기를 들어 꼼꼼히 살펴봐. 두 번째 선이 점점 더 또렷해져. 테스트기에 줄이 두 개 생긴 거야. 내가 임신을 한 거야. 맙소사, 나 임신했어! 당신에게 어떻게 말하지? 나는 1년 전에 내가 산 아파트 화장실에 혼자 있어. 당신은 문 반대편에서 소파에 앉아 일을 하고 있고. 고양이는 당신 옆에 누워서 꾸벅꾸벅 졸고 있어. 그리고 나는 임신을 했어. 내 몸 안에 생명이 자라고 있어! 당신과 내가 만든 작은 생명이! 믿기지가 않아.

심장이 하도 쿵쾅대서 몸 밖으로 튀어나올 것 같아. 지금 이 사실을 당신에게 알려야 해. 지금 당장. 지금이어야만 해. 하지만 겁이 나. 임신을 한 게 당신을 배신한 것처럼 느껴져서. 나는 화장실 잠금장치를 더듬더듬 풀고서 양성 반응이 나온 테스트기를 손에 들고 소파로 가서 당신 옆에 앉아.

내가 옆에 앉았는데도 당신은 고개를 들지 않아. 나는 아주 불편한 자세로 있어. 당신 쪽으로 몸을 지나치게 기울이고 있지만 당신과 닿아 있지는 않아. 나는 당신 어깨를 툭 쳤고, 당신은 고개를 들어 나를 봐. 왜 불렀는지 궁금한 표정이야. "이야기할 게 있어." 내가 말해. "뭔데?" 당신이 말하고 의아한 눈빛으로 나를 봐. 당신은 내 손에 들린 테스트기를 보지 못했어. 나는 테스트기를 들어서 흔들어 보여. 숨을 깊이 들이마신 뒤에 내가 하고 싶은 말의 요점을 술술 뱉어내. "나 임신했어." 중간에 숨이 모자라는 바람에 마지막 문장에서 내 목소리가 갈라져. 지금 이 순간 내 심장 박동 소리가 커지면서 방 안을 가득 채워. 내 목을 지나가는 정맥이 긴장을 못 이겨 튀어나오는 게 느껴져. 그러면서도 저절로 입꼬리가 올라가. 긴장해서인지 행복해서인지는 모르겠어. 어느 쪽이건 당신은 전혀 웃지 않고 있어. 입을 꾹 다문 채로, 손가락이 노트북 자판 위에서 얼어붙었어. 당신 몸 전체가 굳었어. 당신 눈에서 뭔가가 벌어지고 있지만 그게 뭔지 나는 모르겠어. 당신은 그 자리에 꼼짝 않고 가만히 앉아 있어. 당신 눈만 내 얼굴과 허공을 오가. 내 얼굴은 미소를 띤 채 굳어버렸어. 다시 원래대로 돌아가려면 얼굴을 한껏 찡그려야 할 것 같아. 마치 영원과도 같은 시간이 흘러. 무슨 말을 더 해야 할지 모르겠어.

당신이 답을 했으면 좋겠어. 당신이 어떤 감정을 느끼는지 이야기해줬으면 좋겠어. 당신의 침묵이 두려워. 그 침묵이 끝나면 어떤 일이 벌어질지 두려워 못 견디겠어. 갑자기 사과를 하고 싶은 충동이 일지만 꾹 참아. 지금은 당신이 말을 할 차례야. 그리고 마침내 입을 열어.

"확실해?" 당신은 속삭이듯이, 나지막하게 물어. "그런 것 같아." 테스트기를 다시 한 번 들여다보면서 내가 말해. 지금은 빨간 줄 두 개가 선명하게 보여. "시간이 걸릴 거라고 했잖아." 당신이 중얼거려. "시간이 걸릴 '수도' 있다고 했지." 내가 말해. 당신은 다시 침묵해. 우리는 소파에 나란히 앉아 있지만 나는 감히 당신에게 손을 대거나 기대지 않아. 당신이 화가 난 건지, 슬픈 건지, 충격을 받은 건지, 아니면 아주 조금이라도, 마음속 깊숙한 곳에서는 기뻐하고 있는 건지 알 길이 없어. 나는 어떤가 하면, 죄책감을 느껴. 감사함과 차분한 결심이 뒤섞인 죄책감을. 잘되어야만 해. 잘될 거야. 내가 잘되게 만들 거야.

이제 당신이 말을 해. 이 소식을 처리할 시간이 필요하다고 말해. 그러더니 일어나서 가방을 챙겨. 당신은 코트를 입고 현관으로 나가 신발을 신어. 문을 나서기 전에 무슨 말인가를 더 하려는 듯 잠깐 멈춰. 나는 당신을 마주 보고 서 있어. 그곳까지 당신을 따라 나갔어. 어떻게든 당신과 눈을 마주쳐보려고. 당신은 지금은 일하러 가야 한다고 말해. "나중에 이야기하자." 나는 당신에게 다가가. 당신이 손만 뻗으면 서로에게 안길 정도로 가까워졌어. 하지만 우리는 그러지 않아. 당신도 손을 뻗지 않고, 나도 손을 뻗지 않아. 대신 나는 키스해달라고 말해. 당신은 하지 않아. 당신은 내가 임신했다고 말한 뒤 처음으로 내 눈을 봐. "이 소식을 처리할 시간이 필요해." 당신이 또 한 번 말해. "미안해." 그리고 나가버려. 나는 닫힌 문을 봐. 당신 발이 서둘러 계단을 내려가고 거리로 나가는 소리가 들려. 당신이 건물을 나가면서 출입문이 쾅 닫히는 소리가 들려. 곧 당신은 지하철을 타겠지. 일터 중 하나로 가겠지. 나는 당신이 어떤 감정을 느끼는지, 어떤 생각을 하는지, 왜 그런 것들을 나와 나누지 않는지 알고 싶어. 그러면서도 내가 그런 것들을 알 자격이 없다는 생각이 들어.

　나는 고양이가 떠난 소파가 있는 거실로 돌아가. 고양이가 현관문 앞에서 야옹거리는 소리가 들려. 고양이도 당신이 갑자기 떠난 것에 혼란스러워해. 당신이 방금 전까지 앉아 있던 자리가 여전히 살짝 들어가 있어. 탁자 위 당신 이어폰 옆에 임신 테스트기가 놓여 있어. 거기에 놓은 기억이 없는데. 지난 30분 동안의 기억은 안개처럼 흩어졌어. 나는 머릿속을 정리하고 숨을 깊이 들이마시려고 애써. 슬퍼할 때가 아니야. 시간을 좀 주자. 지금은 내가 배려할 차례야. 앞으로는 당신에게 정말 잘할 거야. 그래서 당신이 이게 무조건 좋은 소식이라고 느끼도록 만들 거야. 우리에게 아이가 생길 거고, 가족이 되는 거야. 셋이 될 거야. 이건 무조건 좋은 소식이 되어야만 해. 당신에게도.

2014년 11월

내 무기력증에게 경쟁 상대가 생겼어. 바로 점점 커지는 내 조급증이야. 뭔가를 해야만 해. 집중할 수 있는 일이 필요해. 하지만 아주 단순한 일만 해도 금방 피로해져. 다시 무기력증으로 돌아가고, 다시 소파 위에 늘어진 자세로 돌아가. 그래서 문제야. 오늘 나는 이반과 산책을 나왔어. 목표는 도서관에 갔다가 우표를 사서 오는 거야. 아주 적절한 도전 과제라고 생각해.

내가 읽은 애도에 관한 책 중 하나에서는 애도하는 사람들이 이러는 게 일반적이라고 해. 잃어버린 사람에 대한 비이성적인 갈망을, 완수를 목표로 삼은 도전 과제들을 만들어내는 방식으로 발산한다고. 잠재의식이 정상성으로 돌아갈 방법을 찾고 있고, 그래서 의식이 그런 갈망을 과제로 변환해 할 일을 만드는 거라고.

이런 책들을 읽은 뒤에 나는 어딜 가나 당신이 보이는 것도 애도하는 사람들이 일반적으로 겪는 일이라는 것을 알게 돼. 후드티를 입고 마트 근처를 걸어가는 키 큰 사람이 눈에 들어오면 내 몸이 본능적으로 반응해. 저기 당신이 있네. 잠시 동안 나는 그 사람이 당신이라고 생각해. 장을 본 나를 도와주러 나온 거야. 그전에도 자주 한 것처럼.

그런데 아닌가 봐.

그래, 아니구나.

당신이 아니야.

앞으로 다시는 당신일 수가 없어.

앞으로 장 본 물건은 나 혼자 들고 가야 해. 그런 생각을 할 때면 가슴이 너무 아려서 몸 전체가 마비돼. 나는 기계적으로 계속 앞으로 나아가. 장바구니를 걸고 유모차를 미는 내 손목에 자국이 생기지만 아무 느낌이 없어. 나는 이제 아무것도 느끼지 못해. 내 뇌가 재충전되면 다시 현실적인 문제들을 향해 돌진해. 뭘 해야 하지? 어디로 가야 하지? 지금 내가 뭘 하고 있었지?

그렇게 몇 시간이, 실은 그저 몇 분일 수도 있지만, 흘러가. 나는 당신을 찾으면 안 된다는 걸 잊어. 그리고 다시 당신이 보일 거야. 그렇게 같은 과정을 반복해. 저기 당신이 있네! 아니야. 저건 당신이 아니야. 다른 사람이야. 저건 여전히 살아 있는 다른 누군가야.

갑자기 모든 사람이 딱 당신만큼 키가 큰 것 같아. 모든 사람이 키가 크고 남색 후드티를 입고 당신이 하던 것처럼 그렇게 나를 향해 걸어와.

저기 당신이 있네. 저기도. 저기도. 아니야. 저 사람도 당신이 아니야.

2013년 8월

여름이야. 그래서 나는 다시 이렇게 땀을 흘리고 있어. 나만 그런 거 아니지? 매년 여름이 점점 더 더워지고 있는 거 맞지? 내가 기억하는 내 어린 시절 여름은 이렇지 않았어. 내 갑상선에 이상이 있는 건지도 모른다는 생각이 들어. 아니면 내가 임신해서 그런 걸지도.

스톡홀름에 혹서가 닥쳤어. 차를 몰고 지하철역들을 차례

차례 지나가면서 나는 연신 땀을 흘리고 있어. 몇천 크로나를 더 주고라도 에어컨 달린 차를 사지 않은 걸 후회해. 4월에 이 2000년식 폭스바겐 폴로를 중고로 살 때만 해도 구모델을 사고 돈을 아끼는 게 합리적인 선택 같았는데. 4월과 5월은 시원했어. 어차피 장을 보러 가거나 승마장에 갈 때 말고는 차를 몰 일이 별로 없으니까. 당신 아버지 말에 따르면 단순한 차가 고장이 나도 고치기 쉽다고 했으니까. 그런데 여름이 왔고, 어김없이 혹서도 따라왔어. 이제 이른 아침이나 해가 진 후가 아니면 도저히 이 차를 탈 수가 없어. 그런데도 우리는 백미러가 무용지물이 될 정도로 차 안을 가득 채우고서, 그것도 한낮에 2주 동안 빌린 여름 별장으로 가고 있어.

어제 나는 임신 12주차에 접어들었어. 지금까지는 특별할 것 없는 임신 기간을 보내고 있어. 몇 번 입덧이 찾아왔지만 그 외에는 평소와 다를 게 없어. 아직 배도 나오지 않았고 아주 친한 친구와 가족 외에는 내가 임신한 사실을 몰라. 당신도 당신 부모님과 형제들, 그리고 제일 친한 친구에게만 얘기한 것 같아. 당신은 조금 더 기다리고 싶다고 말해. 이제 휴가철이 되었고 우리가 아는 사람들은 모두 떠났어. 우리도 페링쇠 섬에 있는 별장을 빌려서 그곳으로 가는 중이야. 평소처럼 내가 운전하고 있어. 그러지 않는 게 미친 짓이겠지. 당신은 운전면허증이 없으니까. 당신은 내 옆에 앉아서 고양이 캐리어와 그 안에서 울어대는 고양이를 무릎에 올려놓고 있어. 매번 빨간불에 걸리는 게 짜증이 나. 어떻게 계속 빨간불인 거지? 다른 사람들은 도대체 이 길을 어떻게 빠져나가는 거야? 차 안 온도가 30도는 될 거야. 나는 열기에 잔뜩 짜증이 나. 차도, 울어대는 고양이도 열을 받았어. 나는 그저 거기에 가고 싶을 뿐이야.

6월에 불안불안하게 임신 소식을 전한 후 (당신은 혼자만의 세계로 들어가버렸어. 아마도 절망이라 짐작되는 감정을 처리할 시간과 공간이 필요하다고 했어. 나도 내가 느끼는 분노와 외로움을 처리하려고 당신처럼 나만의 세계로 들어가버렸고.) 우리의 일상은 다시 예전의 리듬을 되찾았어. 나는 내 할 일을 했어. 승마장에 가서 말을 타고, 가끔 친구도 만나고, 회사를 착실하게 다니면서 시간을 보냈어. 당신도 당신 할 일을 했어. 우리는 임신 이야기를 꺼내는 일이 거의 없어. 가끔 나오더라도 금세 그만뒀어. 나는 당신과 공유하지 않을 때 임신한 상황을 더 즐길 수 있다는 걸 깨달았어. 아직 초기인 지금은 이게 더 편하다고 스스로를 달랬어. 겉으로 보기에 내 몸이 달라지지도 않았는데 당신이 어떤 감정을 느끼기 어려운 건 당연하다고, 내 몸이 변화를 보여야 당신에게도 현실로 다가올 거라고. 그러니 지금은 그냥 내가 나를 돌보자고 말이야.

나는 태아가 어떻게 발달하고 있는지, 내 몸 안에서 어떤 일이 벌어지고 있는지를 알려주는 앱을 다운받았어. 내 생각과 감정은 임신 경험이 있는 가까운 친구들과 나눴어. 당신에게 임신 사실을 일깨우기가 싫어서 당신이 옆에 있을 때보다는 출퇴근길에 가족과 통화를 했어. 동료들에게 매주 내 배의 옆모습을 찍어달라고 부탁했어. 그 사진들은 휴대폰에 저장해두었지만 당신에게는 보여주지 않았어. 나는 이런 식으로 일이 진행된 게, 그리고 이렇게 빨리 임신한 게 부끄러워서 내 임신 사실을 당신 면전에 들이대는 걸 피했어. 시간이 지나면 나아질 거라고 생각했어. 배가 불러오면. 아기가 태어나면. 아무리 늦어도 아기가 태어난 뒤에는 모든 게 달라질 거라고 말이야.

6월이 7월이 되었고, 지금은 8월이야. 작고 파란 우리 차가 드로트닝홀름 궁전 옆을 지나가. 곧 페링쇠에 도착할 거야. 여름 별장에 도착하면 짐을 풀고, 깨끗하게 세탁한 이불을 침대에 깔 거야. 샤워를 하고 부엌에 있는 라디오를 틀고 공영방송을 듣겠지. 오늘 밤에는 불을 피우고 바비큐 요리를 할 거야. 부둣가로 산책을 나가고 당신은 수영을 할 수도 있겠지. 내일 내 친한 친구가 일을 마치고 올 거고, 며칠 뒤에는 오빠 부부가 올 거야. 그다음에는 당신 친구들이 올 거고. 며칠 지나면 당신 부모님이, 그리고 그다음에는 우리 엄마가 올 거야. 거기서 보낼 날들이 기대돼. 책을 읽고 하루 종일 당신과 붙어 있을 날들이 기다려져. 스웨덴에서 여름 별장을 빌리는 건 처음이야. 하지만 우리가 해외로 여행할 때, 우리가 예외적인 삶을 사는 그때와 비슷한 작용을 한다면 아주 멋진 시간이 될 거야. 지금 우리에게 딱 필요한 시간이지. 우리는 벗어나야 했어. 정지 버튼을 누르고 서로를 돌보는 거야.

빌린 집 마당으로 차가 들어설 즈음에는 고양이가 잠잠해졌어. 우리는 거의 30분 동안 편하게 대화를 나누었고 심지어 당신은 왼손을 무심코 내 오른쪽 허벅지에 올리기도 했어. 당신 손바닥의 온기가 내 얇은 바지 사이로 스며들었어. 나는 그만 울컥해서 눈물을 흘릴 뻔했어. 당신이 그런 식으로 내 몸에 손을 얹는 게 정말 오랜만이었어. 그동안 그런 손길을 그리워했다는 걸 깨달아. 당신을 그리워했다는 걸 깨달아. 정말이지 우리에게는 이런 휴가가 절실히 필요했어.

2014년 11월

9일째 되는 날 이반이 늦잠을 자. 우리는 9시까지 침대에 누워 있어. 늦잠 잘 기회가 너무나 뜻밖에 찾아왔기 때문에 잠시 오빠에게 미안한 마음이 들어. 몇 시간 전부터 우리가 깨어나길 기다리고 있었을 텐데. 보통은 6시 전에 깨기도 하니까. 우리가 잠에서 깨면 그 전날 밤을 여기서 보낸 누군가가 함께해줘. 잘 때를 빼고는 한시도 우리 둘만 있게 내버려두고 싶어 하지 않는 것 같아. 나도 누군가가 있는 게 싫지 않아.

침실 창밖에 해가 뜬 지 한참이 지난 후에야 우리는 마침내 거실로 나와. 오빠가 아침 뉴스를 틀어놓고 커피를 마시고 있어. 오빠가 거기 있는 광경은 낯설지가 않아. 자기 집에 있는 사람처럼 편안한 모습이야. 어떤 의미로는 오빠가 당신이 떠난 자리를 채우고 있어. 오빠는 소파에 앉을 때 당신이 늘 앉던 자리에 앉아. 당신처럼 등을 기대고 무릎에 노트북을 올려. 꼭 당신 같아. 오빠도 원하면 집에서 일할 수 있어. 프리랜서 번역가라서 딱히 사무실에 매여 있지 않아. 당신처럼 오빠의 작업량도 들쑥날쑥해서, 거의 없다시피 하다가 또 마감을 맞추려고 밤을 새워야 할 만큼 많다가 해. 오빠가 여기 있으니까 안전하게 느껴져. 우리는 굳이 이야기하지 않더라도 몇 시간이고 같이 있을 수 있어. 오빠는 다른 누구보다도 나를 잘 알아. 모든 걸 꼭 말로 내뱉지 않아도 뜻이 통할 때가 많아. 오빠는 내가 기분이 어떤지, 어떻게 지내는지, 기분이 조금은 나아졌는지, 뭘 좀 먹었는지, 필요한 건 없는지 끊임없이 묻지 않아. 내가 필요한 게 있으면 말할 거라고 믿으니까. 나는 실제로 그렇게 해. 샤워를 하고 싶거나 쉬고 싶을 때는 그렇다고 말해. 이반을 돌봐달라고 부탁해. 하지만 무엇보다 그냥 오빠가 여기 있다는 게 좋아. 옆에 있으면 마음이 놓여. 가끔은, 아주 가끔은, 거의 만족에 가까운 그런 감정을 느껴.

나는 아침 인사를 하고 늦잠을 잤다고 말해. 언제부터 일어나 있었는지 물어. 오빠는 대략 한 시간 전에, 라고 말해. 영어로 된 계약서를 스웨덴어로 번역하고 있다고 덧붙여. 나는 오빠가 앉아 있는 곳을 지나 욕실로 가. "커피 끓여놨어." 내가 이반을 데리고 욕실로 가서 문을 닫는데 오빠가 큰 소리로 말해. 이반의 기저귀를 가는 중에 당신이 죽은 뒤로 이반을 목욕시킨 적이 없다는 데 생각이 미쳐. 우리의 저녁 일과가 깨졌고 그걸 복원해야겠다는 생각을 미처 하지 못했어. 나는 지금 당장 이 상황을 바로잡기로 해. 이반의 잠옷을 벗기고 냄새를 맡아. 이반이 웃을 때까지 보드라운 배에 키스를 해. 그러면서 이반에게서 얼마나 좋은 냄새가 나는지 새삼 느껴. 열흘 가까이 목욕을 시키지 않았는데도. 아기들은 어떻게 이렇게 좋은 냄새가 나는 거지?

이반을 다 씻기고 현관 앞 복도를 지나가는데 우편물 투입구로 들어온 편지가 현관 바닥에 놓여 있어. 스웨덴 국세청 로고가 찍힌, 공문서처럼 보이는 봉투야. 나는 그 봉투를 얼른 집어 들고 거실로 가. 오빠에게 이반을 넘기고 부엌에서 커피를 한 잔 따른 뒤 식탁에 앉아 편지를 열어.

서류가 달랑 한 장 들어 있어. 제목에는 "사망 확인서"라고만 적혀 있고. 정부 문서보관소에서 보낸 거야. 제목 밑에는 '사망자 정보' 항목이, 그리고 그에 해당하는 내용이 나와. 당신 이름(당신의 길고 아름다운 이름), 사회보장번호, 그리고 그 옆에 "사망"이라는 단어가 적혀 있어. 그다음 항목은 '사망자의 자녀'. 이반의 이름과 사회보장번호가 적혀 있어. 그게 다야.

나는 한참 동안 이 서류를 가만히 들여다봐. 읽고 또 읽어.

내 눈이 '사망'이라는 단어와 '사망자의 자녀'라는 문구 사이를 오가. 당신 이름 전체를 뚫어져라 봐. 그리고 이반의 이름 전체도. 가슴이 조여와. 이 서류로 뭘 하라는 건지 모르겠어. 다 아는 내용인데도 손에 들고 있는 것만으로 마음이 아파. 쓰레기통에 버리고 싶어. 쓰레기봉투를 마당 쓰레기장으로 가져가 던져넣은 다음 뚜껑을 쾅 닫고 이런 편지를 받았다는 사실 자체를 부정하고 싶어. 이 서류로 뭘 하라는 건지, 내가 뭘 하기를 바라는지, 이걸로 뭘 할 수 있는지 알 수 없어서 마음이 아파.

나는 마지막으로 이반의 이름을 읽어. 이름 가운데 뭔가가 빠진 것 같아. 첫 이름과 마지막 이름 사이에 빈 공간이 있어. 뭔가가 들어 있어야 할 공간. 그게 뭔지 깨닫자 안도감이 밀려와. 그래, 그래야만 해. 당연하잖아. 이제야 그런 생각이 들다니 믿을 수가 없어. 그게 유일한 정답이야. 이제 국세청 명부에서 당신은 산 자에서 죽은 자로 바뀌었으니까, 그리고 그 사실을 이 편지로 우리 면전에 들이밀었으니까, 이반은 당신 이름을 물려받게 될 거야. 당신 이름 전체가 이반의 이름 사이에 자리 잡을 거야. 당신 이름이 사망자의 이름일 수만은 없어. 죽음에게 당신을 전부 내줄 수는 없어.

결단을 내린 나는 노트북을 열고 스웨덴 국세청 홈페이지에 들어가서 이반의 이름을 변경하는 데 필요한 서류를 다운받아. 명의변경 신청 절차가 간단하고 무료라는 사실에 아주 잠깐이나마 승리의 기분을 맛봐. 필요한 정보를 기입한 뒤 당신이 죽었다는 사실과 내가 이반의 단독 보호자라는 사실을 입증하는 이 서류를 첨부한 뒤 신청 서류를 봉투에 넣어서 보내면 돼. 나는 거실에 있는 오빠를 불러서 내 계획을 알려. "애 아빠의 이름을 이반의 중간 이름으로 넣을 거야." 내가 말해. 오빠는 내가 예상했던 대로 답해. 쓸데없는 말을 덧붙이지 않고, 감상적인 표현도 덧붙이지 않고, 질문도 덧붙이지 않아. "당연히 그래야지. 아주 좋은 생각이야."

2013년 9월

오늘 당신은 나와 함께 산전 진료소에 왔어. 당신이 같이 오는 건 이번이 처음이야. 내가 혼자 가지 않은 첫 산전 검사이기도 하고. 요즘 당신은 바쁘고, 내가 같이 가겠느냐고 물을 때마다 피곤해 보였어. 그래서 묻는 걸 그만뒀어. 당신에게 내 조산사를 억지로 만나게 하고 싶지는 않았으니까. 창피했는지도 모르고. 이런 생각이 여러 번 내 머리를 스쳐 지나갔거든. 조산사가 만나는 커플 중에서 한쪽 부모가 아이가 생긴 걸 기뻐하지도 않고 아기가 태어날 날을 기다리지도 않는 커플은 우리가 유일할 거라는. 나는 그런 사실을 굳이 남들에게 보이고 싶지 않았어. 조산사도 남이니까. 당신이 일을 하도록, 당신만의 속도로 받아들이도록 내버려두는 편이 나아. 산전 진료소에는 나 혼자

가도 돼.

그런데 오늘은 특별해. 엄숙하기까지 해. 오늘은 임신 20주
차에 하는 정밀초음파 검사를 받는 날이야. 오늘 우리는 아기
가 잘 자라고 있는지, 손가락이 열 개이고, 발가락이 열 개인지,
주수에 맞게 자라고 있는지 볼 거야. 성별도 알 수 있지. 오늘 검
사를 손꼽아 기다렸어. 당신에게 말은 안 했지만, 화면으로 내
배 속에 있는 아기를 보면 당신 마음에 어떤 변화가 일지 않을
까 하는 기대도 하고 있어. 오늘 당신 안에 기쁨의 불씨가 생기
길 바라. 미래에 대한 희망의 불씨가. 작은 태아가 당신의 마음
을 사로잡길, 미래에 대한 당신의 불안을 믿음으로 바꿔주길,
우리 관계에 대한 확신을 심어주길 바라. 다소 무리한 기대라는
건 알지만 어쩔 수가 없어.

진료소 대기실에는 커플이 아주 많아. 의자에 앉거나 일어서
는 건 고사하고 숨을 쉬는 것조차 버거워 보일 정도로 배가 부
른 임신부들도 있어. 전혀 티가 나지 않는 사람도 있어. 아마도
첫 진찰일 거야. 아이를 데리고 온 커플도 있어. 아이에게 곧 동
생이 생길 테지. 손을 잡고 있는 커플도, 아무 말 없이 잡지를 넘
기는 커플도 있어. 내가 속으로 비웃는 커플은 마치 그 안에 무
슨 일이 있어도 지켜야 하는 무언가가 있는 것처럼 임신부의 배
에 손 두 쌍을 올려놓은 커플이야.

재잘재잘 수다를 떠는 커플을 보면서 엄청난 질투심에 휩싸
여. 그들은 대화 내용을 남들이 들을 수도 있다는 사실을 전혀

개의치 않는 것 같아. 한 커플은 자꾸 서로의 말에 끼어들어서는 상대의 문장을 완성하고 과거의 아주 웃긴 일화가 언급되면 동시에 큰 소리로 웃어. 우리가 저 커플이었으면 좋겠어. 우리도 이 대기실에서 수다를 떨고 함께 웃고 손을 잡고 있었으면 좋겠어. 하지만 우리는 그런 커플이 아니야. 우리는 예비 아빠가 신문을 훑어보고 예비 엄마가 다른 커플의 애정 넘치는 관계를 질투하는 그런 커플이야. 다른 이들 눈에도 그게 보이는지 궁금해. 내가 다른 사람들을 지켜보는 것처럼 누군가가 우리를 지켜보는지 궁금해. 우리를 보면서 우리를 가엾게 여기는지 궁금해. 불쌍한 사람들 같으니. 서로 이야기할 게 없나 봐. 어쩌다 둘이 커플이 된 거야? 정말 저 둘이 아이를 가져도 괜찮은 걸까? 나는 그런 몹쓸 생각들을 밀어내. 지금은 전혀 도움이 되지 않는 생각들이니까. 이미 꽤 오래전부터 그런 생각들은 하지 않으려고 노력했어. 다른 커플을 부러워하지 말자. 다른 사람과 비교하지 말자. 명심해. 다른 커플의 사정이 어떤지는 밖에서 보는 것만으로는 알 수 없어. 나는 그냥 투사하고 있는 거야. 지금 당장 멈춰야 해.

상황이 저절로 해결돼. 조산사가 우리 이름을 부르는 바람에 내 질투, 치졸함, 투사가 중단돼. 나는 벌떡 일어나. 대기실을 가로질러 가면서 당신 손을 잡아. 이야기하면서 웃는 커플 옆을 지날 때는 보란 듯이, 최대한 애정을 담아서 꼭 잡아. 그 커플을 슬쩍 봐. 그들에게 인정받으려고. 그들이 우리를 봐주길 기다려. 하지만 그들은 올려다보지 않아. 서로의 이야기에 빠져 있으니까. 우리는 그들에게 아무것도 아닌걸. 그들에게 아무것도 아닌 존재로 머물 수는 없어. 철저히 충동적으로, 내가 무슨 일을 하는지 분석할 새도 없이 나는 지나가면서 그 커플 중 여자 쪽의 발을 밟아. 여자가 웃느라 여전히 환한 얼굴을 들고서 나를 따뜻하게 바라보며 "앗, 미안해요"라고 말해. 나는 그녀에게 미소를 보이며 "사과는 제가 해야죠"라고 말해. 잠시나마 나는 존재해. 나와 그녀 둘 다 존재해. 우리는 서로 마주 보며 웃는 두 임신부야. 우리의 미래는 너무나도 밝으니까 서로 마주 보고 웃을 수 있는 거야. 몇 초 뒤 그 순간은 지나가버려. 우리는 그 커플 옆을 지나 조산사의 진료실로 발길을 돌려. 그 커플은 하던 이야기를 계속 이어가. 우리 생각은 털끝만큼도 안 하겠지. 당신 손은 차갑고 축축해. 내 손이 그런 걸지도.

우리는 초음파실에 들어가. 나는 당신 손을 놓아. 당신은 그런 내 손을 붙잡지 않아. 나는 마음을 닫고 내 안으로 들어가. 이걸 얼른 끝내고 싶어. 침대에 누워 셔츠를 올려. 얼음처럼 차가운 젤이 배 위에 퍼지는 걸 느껴. 검사가 시작될 거야.

2014년 11월

나는 집 근처 진료소 대기실에서 기다리고 있어. 이반은 현재 우리를 돌볼 차례인 친구에게 맡기고, 여기에는 혼자 오겠다고 고집을 부렸어. 친구는 내가 의사를 찾아가서 무슨 일이 생겼는지 알린 뒤 장기 병가를 신청해야 한다고 강력히 권했어. 이미 육아휴직 중인데 왜 굳이 그래야 하는지 이해할 수 없지만 되묻지 않고 친구의 말에 순순히 따르기로 해. 친구는 훗날을 위해 육아휴직 기간을 아껴야 한다면서, 내가 지금 휴직 중이라고 해서 병가를 신청할 수 없는 건 아니라고 말했어. 나는 친구의 말을 믿어. 친구가 전화로 상담 약속을 잡았을 때는 친절한 의사인 것 같았대. 친구의 느낌이 맞았으면 좋겠어.

대기실에서 기다리는 나를 본 의사는 나와 눈도 마주치지 않고 돌아서면서 한숨을 쉬듯 "따라오세요" 하더니 복도로 돌아가. 나는 살짝 당황하면서 일어나 그를 따라가. 이 의사는 왜 내 이름을 부르지 않는 거지? 내가 누군지 알아서?

의사의 진료실은 복도 끝에 있어. 그가 문을 열고 먼저 들어가면서 문을 열어놔. 내가 당연히 따라 들어올 거라고 생각하나 봐. 나는 들어가. 하지만 벌써부터 불길한 예감이 들어. 일단 진료실에 들어서자 그는 책상에 앉아 화면을 바라봐. 키보드로 뭔가를 치기 시작해. 그리고 헛기침을 해. 내 쪽은 보지 않은 채 뭐라고 중얼거려.

"어, 그러니까, 왜 오셨죠?"

나는 어떻게 답해야 할지 몰라서 가만히 있어. 그의 얼굴만 쳐다봐. 그가 고개를 들고 나를 볼 때까지 잠자코 기다려. 시간이 조금 걸려. 그는 머리를 긁적이면서 계속 화면만 봐. 그리고 이제, 마침내 성공해. 의사가 고개를 들고, 처음으로 나를 똑바로 봐. 눈썹을 치켜 올리면서 질문을 반복해. 이번에는 조금 더 크게, 간신히 문장 전체가 들릴 정도로.

"그러니까, 왜 오셨냐고 물었습니다만?"

미처 깨닫기도 전에 나는 화가 치밀어. 분노가 폭발해. 하도 화가 나서 그를 한 대 치고 싶어. 어떻게든 그에게 고통을 주고 싶어. 나는 숨을 크게 들이마셔. 심장이 튀어나올 듯 요동쳐. 목구멍이 좁아져서 말을 하는데 목소리가 갈라져 나와.

"제가 왜 여기 왔는지 모른다는 말인가요?"

침묵. 의사는 다시 화면을 봐. 자판 몇 개를 영혼 없이 두드려. 컴퓨터가 전혀 도움이 안 되나 봐. 그는 다시 나를 슬쩍 봐.

"그게…… 기억이 가물가물해서요."

기억이 가물가물해서라니. 죽여버리고 싶어. 내 두 손으로 목을 조르고 싶어. 내가 왜 여기 왔는지 기억 못 한 죄로, 내 이야기를, 반복해서 이야기하는 것은 고사하고 내가 간신히 살아내고 있는 내 이야기를 내 입으로 하게 만든 죄로. 하지만 나는 이야기해. 이야기해야만 하니까.

"그래요. 일주일 전에 파트너가 자던 중에 죽어서 왔어요. 생후 8개월이 된 아기를 돌봐야 해서요. 지금 당장 그 아이를 어떻게 돌봐야 하는지 모르겠어서요. 누군가가 전화해서 이 상담 약속을 잡을 때 모든 걸 이야기했을 텐데 기억나지 않는다고

요? 환자가 왜 상담 약속을 잡는지 적어두지 않나요? 그런 게 가능하긴 해요?"

의사는 나를 봐. 눈에 감정이라고는 전혀 없어. 월요일 죽은 당신만큼이나 죽은 것처럼 보여. 더 죽었는지도 모르지. 더 못생겼어. 못됐고, 눈이 죽었어. 말을 하는 걸 보면, 그의 무례한 성대가 단어를 내뱉는 걸 보면 살아 있긴 한 것 같지만.

"그러니까…… 그래서 왜 오셨나요?"

이제 나는 큰 소리로 웃기 시작해. 더는 못 참겠어. 너무 터무니없잖아. 나는 병가 신청을 하러 왔다고 말해. 그는 얼마나 오래 쉬어야 하느냐고 물어. "의사는 당신이잖아요. 나는 이게 어떤 식으로 진행되는 건지도 몰라요. 내가 번아웃증후군인지, 외상증후군인지, 쇼크 상태인지, 이 상태가 얼마나 오래 지속될지도요." 그는 왜 병가를 신청하느냐고 물어. 이미 육아휴직 중이지 않느냐고. 나도 왜 그래야 하는지 완벽하게 이해는 안 되지만 최대한 사무적으로 말해. 나는 부모 노릇도 겨우 하고 있고 살림은 손도 못 대고 있다고. 아침에 옷 입는 것조차 도움을 받아야 하는 식물 상태나 마찬가지라고. 그는 다시 화면을 봐. 생각을 하는 듯해.

"상실로 인한 슬픔은 질병이 아닙니다. 급성 스트레스 반응 정도라고 봐야겠네요. 2주 드리겠습니다."

나는 그를 쳐다봐. 포기해. 분노가 사그라들고 대신 엄청난 피로가 몰려와. 의사가 무슨 말을 하는지 모르겠어. 그는 키보드 위에서 천천히 손가락을 움직여. 내게 2주간의 병가를 내주는 진단서의 칸들을 채워. 내 사회보장번호를 물어. 나는 답해. 주소를 물어. 또 답해. 파트너의 사망 일자를 물어. 그것도 말해. 그는 내 일상 중 어떤 부분을 감당할 수 없느냐고 물어. "전부요, 아무것도요, 아무것도 못 하겠어요." 그는 청소와 설거지도 포함되느냐고 물어. 나는 그렇다고 말해. 그는 장 보기와 쓰레기 버리기도 포함되느냐고 물어. 나는 그렇다고 말해. 그는 아마도 스웨덴 사회보장국 홈페이지라고 짐작되는 화면에 천천히 정보를 기입해.

이제 나는 그를 보고 있지 않아. 그의 머리 위쪽 벽에 찍힌 점만 보고 있어. 앞으로 살아 있는 동안 다시는 이 의사의 눈을 보지 않겠다고 결심해. 그의 휴대폰이 울려. 그는 가운 앞주머니에서 전화기를 꺼내 받아. 누군가와 통화를 시작해. 언제 어디서 점심을 먹을지 이야기해. 가야 한다고 말해. 환자가 있다고. 나는 내 귀를 의심해. 인류애가 싹 사라져. 나는 다 끝난 거냐고 물으면서 일어나. 그가 말해. "행운을 빌어요. 또 필요한 게 있으면 연락하세요."

2013년 12월

오후야. 나는 소파에 누워 담요로 다리를 덮었고, 그 담요 밑에는 고양이도 있어. 내 몸의 윤곽이 꼭 산맥 같아. 봉우리가 있고 계곡이 있어. 먼저 가슴이 솟아 있고 계곡으로 이어져. 둥근 배가 솟아올라 있고 또 계곡으로 이어져. 그러다 내 종아리 위에 늘어져서 잠을 자고 있는 고양이가 위로 곡선을 그리고 마지막 봉우리인 내 발 앞 마지막 계곡으로 이어져. 내 발이 담요 밑에서 높이 솟았다가 가라앉으면서 산맥의 마지막을 장식해. 그곳에서 당신 몸의 윤곽선이 시작돼. 당신은 내 발이 끝나는 곳에서 등을 기대고 앉아 있어. 배 위에 노트북을 올려놓고 귀에는 이어폰을 꽂고 있어. 소리가 새어 나와 당신이 무슨 음악을 듣는지 알 수 있어. 당신이 몸을 흔드는 걸로 볼 때 당신은 내가 일어난 걸 아직 몰라. 내가 여기 누워서 당신을 관찰하고 있다는 것도. 당신은 고개를 까딱거리고 손가락으로 드럼을 치고 음악에 맞춰 발을 들썩거려. 아주 편안하고 기분이 좋아 보여. 소파 끄트머리에서 춤을 추다시피 하고 있어.

나도 행복해. 오늘은 일요일이야. 나는 한 시간 정도 낮잠을 자고 막 일어났어. 앞으로 남은 평생 내내 임신 상태로 지내도 좋을 것 같아. 나쁘지 않아. 여름이 가을이 되고 초음파 검사에 따르면 내 안에서는 건강한 작은 남자아이가 자라고 있어. 엔스케데에 있는 우리 집 침실 창밖 낙엽이 다 떨어졌고 밤이 워낙 길어서 점심 직후부터 시작되는 것처럼 느껴져. 그 모든 일을 겪고 난 뒤 우리 삶은…… 평온해졌어. 임신은 순조롭게 진행되고, 한 달이 지날 때마다 나는 내 마음가짐과 속도가 점점 당신을 닮아가는 것처럼 느껴. 처음으로 내 일정을 행사나 활동으로 채워야 한다는 강박에 시달리지 않아. 내 평생 처음으로 한낮에 잠들 수 있어. 그리고 그걸로 스트레스를 받지 않아. 처음으로 주말을 소파에 누운 채로 보내고 싶다고 생각해. 당신과 함께 우리가 좋아하는 TV 쇼를 몰아 보면 더 좋고. 가끔 뭘 먹거나 장 보러 가는 것 정도는 할 수 있겠지.

당신도 이런 우리의 속도를 즐기는 것 같아. 우리는 여전히 앞으로 다가올 일에 대해 거의 이야기하지 않아. 나는 내 안에서 자라는 아기에게 무슨 일이 일어나고 있는지 당신에게 말하는 일이 거의 없어. 아기가 정말 세게 차면, 그래서 밖에서도 알아차릴 수 있을 때는 셔츠를 들어서 당신에게 보라고 가리켜. 당신은 가끔 내 배를 쓰다듬지만 아기가 차면 손을 떼면서 조금은 겁이 난다고 말해. 내게 아프지 않느냐고 묻고, 나는 조금 아플 때도 있지만 괜찮다고 말해. 당신은 고개를 돌려. 나는 카메라를 꺼내서 이리저리 휘어지고 움직이는 내 배를 찍어. 나중에 이 영상을 함께 보면 재미있을 거라고 생각하면서. 우리 아이도 함께 보고 싶어 할 수도 있고. "아가, 이것 좀 봐. 여기 엄마배 속에 네가 들어 있어." 그런 순간을 상상하는 게 즐거워.

냉장고에는 아기가 태어나기 전에 예비 부모가 해야 할 일 목록을 붙여뒀어. 내가 산 육아 잡지에서 본 거야. 나는 성실하게 목록에 나오는 각 항목을 차례차례 지워나가. 아기가 얼마나 크게 태어날지 알 수 없으니까 중간 사이즈의 옷을 준비했어.

기저귀 갈이대, 깔개, 수건을 마련했어. 병원에 가져갈 짐을 꾸렸어. 출산 계획서를 적어두었어. 아기 침대, 범퍼 침대, 카시트를 구입했어. 검색을 하고, 실제로 몰아본 뒤 유모차를 샀어. 목록에 나오는 항목은 이제 거의 다 완료했어.

임신과 육아와 관련된 것들을 혼자 처리하는 데 이제 익숙해진 건지, 아니면 내가 온전히 주도권을 행사하는 걸 즐기는 건지 모르겠지만 이런 식으로 출산 준비를 하는 게 싫지 않아. 지금 우리 관계는 아주 좋고 내가 당신에게 부담을 더 안기지만 않는다면 모든 게 다 잘될 것 같아. 당신은 다시 밤에 나를 안아주기 시작했어. 나는 잠이 들면서 당신 손을 꼭 잡아. 그리고 당신이 내 옆에 있어서 정말 다행이라는 생각을 해.

2014년 11월

나는 부엌 식탁에 앉아서 지난 몇 주간 꽃과 함께 받은 카드를 모아둔 하얀 서류함을 멍하니 보고 있어. 곧 폭발할 것 같아. 편지나 카드를 한 장만 더하면 정말로 터질지도 몰라. 대부분의 꽃다발은 이제 쓰레기통으로 들어갔지만 카드와 편지 더미는 전혀 줄어들지 않았어. 서류함은 한껏 부풀어 오른 채 바로 저기에서 나를 향해 말하는 것 같아. "나를 열어요. 나를 읽어요." 나는 곧장 행동하기로 해. 단숨에 카드를 몽땅 다 읽어버리고 다시는 쳐다보지 않을 거야.

손으로 적은 메모들이 나를 향해 밀려와. 모두가 내 생각을 하고 있어. 그리고 사랑에 대해 이야기해. 모두가 당신을 사랑했고, 나를 여전히 사랑하고, 모두가 언제든 달려올 준비가 되어 있어. 한 동료는 카드에 사탕을 동봉했어. 어릴 적 친구는 지금 내 삶이 칠흑같이 어둡게 느껴진다는 걸 안다고 말해. 승마장 친구는 내가 "폭풍이 몰아치는 바다"에 떠 있다고 묘사해. 친구의 어머니는 이반을 위해 하늘색 양말을 떠서 카드와 함께 보냈어. 열 개 정도를 읽다가 멈춰. 그냥 못 하겠어.

그 사람들의 말이 전혀 위로가 되지 않아. 카드를 읽어도 아무 느낌이 들지 않아. 울지도 않아. 비통해하지도 않아. 마음이 따뜻해지거나 고마운 마음도 들지 않아. 그냥 단어들이 적힌 종잇조각들일 뿐이야. 카드는 아무것도 바꾸지 못해.

모두들 내게 벌어진 일이 불공평하다고 생각하는 것 같아. 다들 "정말 불공평해"라고 말해. 나는 그런 말을 들으면 어떻게 대꾸해야 할지 모르겠어. 화가 나지만 그런 티를 내지 않으려고 애써. 삶은 원래 불공평한 거야, 나는 생각해. 좋은 일과 나쁜 일, 슬픈 일과 기쁜 일이 모든 사람에게 공평하게 분배되어 있다고 믿는 사람은 없잖아, 안 그래? 그렇게 믿는 사람이 있어? 나만 빼고 다들 그렇다고 믿는 거야? 세상은 그렇게 돌아가지 않아. 인생이란 건 그렇게 굴러가지 않아. 갑자기 아버지가 암으로 돌아가셨을 때가 떠올라. 나는 열여덟이었고 내 친구 중에는 부모가 아프거나 죽은 애가 한 명도 없었어. "정말 불공평해, 네가 이런 일을 당할 이유가 없는데"라고들 말했어. 좋은 뜻으로 한 말이겠지. 그때도 지금처럼 그들이 보이는 동정에 어떻게 대처해야 할지 알 수가 없었어.

그래, 나는 생각해. 불공평한 거 맞아. 내가 이런 일을 당하다니 불공평해. 그런데 또 뭐가 불공평한 줄 알아? 당신이 이런 일을 당했다는 거. 당신은 죽어 마땅한 사람이 아니었어. 우리 둘 중에서 당신이 더 좋은 사람이었는데. 살아 있어야 할 사람은 내가 아니라 당신인데. 우리 둘 중 한 사람이 죽어야 한다면 그건 나였어야 했는데. 나는 그렇게 생각해. 공평한 걸로 따지자면 말이야. 하지만 다 부질없는 얘기지. 지금의 나에게 공평함은 전혀 관심의 대상이 아니야. 내가 당한 일이 불공평하다고 말하는 건 당신에 대한 모욕처럼 느껴져. 나는 여전히 여기 있는걸. 이반과 함께 있는걸. 살아 있는걸. 나는 이겼고, 당신은 졌어. 나를 동정하지 마. 불공평한 일을 당한 건 내가 아니야. 다들 오해하고 있어. 불공평한 일을 당한 건 다른 누구도 아닌 당신이야.

또 하나 내가 자주 듣는 말은, 다들 내 일로 인해 "큰 영향을 받았다"는 거야. 그들에게 삶이 얼마나 부서지기 쉬운 건지 일깨워줬대. 어떤 사람은 오늘 밤 자기 남편과 아이들을 조금 더 꼭 안아줄 거라고 말해. 왜 나한테 그런 걸 이야기하는지 모르겠어. 나는 오늘 밤 당신을 더 꼭 안아줄 수 없는데. 2주 전 당신과 마지막으로 보낸 밤에도 당신을 조금 더 꼭 안아주지 않았어. 오늘 밤 서로를 더 꼭 안아줄 가족들은 하나같이 내일도 여전히 함께 일어나겠지. 인생은 공평하지 않으니까.

그냥 심사가 뒤틀리기 시작한 것 같아. 상관없어.

2014년 2월

회사에 나가지 않은 지 일주일이나 됐는데도 아기는 나올 기미가 없어. 지루해 죽겠어. 어제 나는 오르스타비켄을 한 바퀴 돌았어. 질척거리는 눈을 뚫고 언덕길을 4킬로미터도 넘게 걸었어. 그러기에는 너무 얇은 신을 신고서. 쇠데르 병원 옆을 지나갈 때는 속도를 높였어. 그런 강도 높은 신체 활동이 산통으로 이어지길 기대했지만 아무 일도 일어나지 않았어. 내 몸은 산달이 꽉 찬 임신부의 몸으로 지내는 게 만족스러운가 봐. 아기도 그 안에 있는 걸 지나치게 좋아하는 것 같아.

나는 계속 걸었고 결국 다시 집으로 돌아왔어. 진통이 느껴지는지 또다시 기다려봤어. 지금인가? 이런 식으로 시작하는 건가? 이따가 밤에 시작하려나? 11시쯤 가진통이 잦아지고 사타구니 부근도 조금 아팠기 때문에 오늘 밤에는 시작될 거란 기대를 품고서 침대에 들어갔어. 그렇게 잠이 들었어. 그리고 다시 한 번 산달이 꽉 찬 임신부인 채로 새로운 하루를 맞이하며 일어났어. 여전히 아기가 나올 기미가 보이지 않아. 어젯밤 느낀 수축은 기억으로만 남았어. 나는 크게 실망해. 절대 아기가 나올 것 같지가 않아. 이제 아기를 기다리는 데 지쳤어. 8개월 반 동안은 포근했어. 이제는 아니야. 얼른 다음 단계로 넘어가고 싶어. 여기 아기가 있었으면 좋겠어. 내 몸 밖에 있었으면 좋겠어. 우리 둘이 함께 나눌 수 있는, 당신과 나의 아기를 원해. 우리가 평생 함께 사랑할 수 있는 아기를. 이제 나올 때가 됐어.

당신은 여느 때처럼 일하러 갔어. 당신이 매일 아침 어디로 가는지는 모르지만, 우리는 앞으로 당신이 언제나 휴대폰 벨소리를 켜놓는 게 좋겠다고 합의했어. 얼마나 중요한 회의에 참석 중이든 상관없이 무조건 전화를 받아야 한다고도. 이제는 언제든 아기가 나올 수 있으니까. 출산예정일을 엿새나 넘겼는걸. 병원에 가져갈 짐을 다 꾸리니 두 개가 되었어. 냉장고는 견과류, 사탕, 탄산음료, 과일, 그리고 유통기한이 곧 지날 스무디로 꽉 채워져 있어. 간식과 영양제를 사러 갔을 때 조금 흥분했었나 봐. 장바구니를 두 개나 채울 필요는 없었는데. 하지만 남는 게 모자라는 것보다는 낫잖아. 내일이 없다는 듯이 쇼핑하던 날 난 그렇게 생각했어.

내 안에는 아기 외에도 초조함이 자라고 있어. 보고 싶었던 영화는 한 편도 빠짐없이 다 봤고, 지난주에는 중간 휴식 시간도 없는 세 시간짜리 연극을 보고 왔어. 밤에 자는 게 점점 더 어려워지고 있어. 아기는 오른쪽으로 누운 자세 말고는 다 싫은가 봐. 다른 자세로 누우면 마음에 안 든다는 티를 내. 이제는 움직일 때마다 엉덩이가 아파. 신발끈을 묶기가 어려워. 무엇보다 어떤 신체 활동을 해도, 심지어 화장실이나 부엌에만 가도 불쾌한 트림이 나와. 이 모든 게 이제 지긋지긋해.

출산예정일을 엿새 넘긴 오늘 나는 지하철을 타고 산스보리에서 슬루센으로 갈 거야. 사촌을 만나서 커피를 마시고 책을 좀 사려고. 아기가 태어나면 책 읽을 시간이 엄청 많을 테니까. 잠이 든 아기를 가슴에 올려놓고, 아니면 아기 침대에 뉘이고서 소파에서 평화로운 시간을 보내는 걸 상상해. 늘 신선한 과일로 채워서 손이 닿는 곳에 놓아둘 예정인 새 과일 바구니를 사두었어. 나는 그 옆에서 등을 기대고 앉아 하루 종일 책을 읽고 수유를 하는 거지.

오늘은 화장을 하고 레깅스를 신고 검은색 미니 원피스를 입었어. 복도 거울에 비친 내 모습을 보면서 내가 정말 섹시해 보인다고 생각해. 임신한 뒤로는 전과 달리 피부가 아주 매끈하고 보드라워졌어. 새로 얻은 배와 가슴도 나랑 잘 어울리는 것 같아. 이게 다 끝나면 그리울 것 같아. 그렇게 나는 뒤뚱뒤뚱 지하철역으로 걸어가. 지하철 시간표는 이제 외울 지경이야. 15분 뒤 사촌을 만나.

카페 입구에서 사촌을 만나 안아주는데 속옷에 뭔가 묻은 것 같은 느낌이 들어. 오줌이 조금 샌 걸까? 그 유명한 점액질

마개가 흘러나온 걸까? 양수가 터진 걸까? 사촌에게는 아무 말 하지 않아. 아직은 확실하지 않으니까. 우리는 자리에 앉아 수다를 떨고, 웃고, 커피를 마시고, 점심을 먹어. 나는 그 이상한 느낌에 대해 잊어. 그렇게 한 시간을 보내고 헤어질 시간이 돼. 사촌은 다시 회사로 돌아가야 해. 사촌을 안아주고 작별 인사를 하려는데 또 이상한 느낌이 들어. 뭔가가 흘러나오고 있어. 많이는 아니지만 계속 흘러나오고 있어. 나는 여전히 아무 말도 하지 않아. 사촌을 보낸 뒤 화장실로 가. 속옷을 살펴보지만 양이 많지 않아서 양수가 터진 것 같지는 않아. 나는 또 기다려보기로 해. 조금 떨어진 서점으로 천천히 걸어가. 읽고 싶은 책이 없어서 그냥 집으로 돌아가기로 해. 지하철역 출구를 빠져나오는데 날이 어두워지기 시작해. 곧 저녁 먹을 시간이 되겠지.

저녁 식사 무렵에는 이상한 느낌이 충분히 오래 지속되었다는 생각에 쇠데르 병원 산부인과에 전화를 걸어 어떻게 해야 하는지 물어. 전화를 받은 친절한 여자가 아직은 걱정할 것 없다고 부드럽게 말하면서, 다만 혹시 모르니까 병원에 올 수 있다면 오는 게 좋겠다고 말해. 출산예정일을 엿새나 넘긴 상태이긴 하니까. 하지만 서두를 건 없다고 강조하면서 저녁을 먹고 와도 된다고 말해. 나는 당신과 저녁을 먹어. 오늘 메뉴는 미트볼이야. 병원에는 나 혼자 가는 게 좋겠다고 결정해. 아무것도 아닐 가능성이 높은데, 30분 뒤에 어차피 다시 돌아올 거라면 당신과 가방까지 다 챙겨 가는 건 쓸데없는 짓 같아서. 당신은 고양이랑 같이 집에 남는 게 좋겠다고, 혹시 당신이 와야 한다면 그때 오는 게 좋겠다고 결정해.

  나는 7시 30분에 산부인과 진찰실에 도착해. 조산사의 검진은 3분밖에 걸리지 않았고, 그녀는 양수가 새고 있고 양수에 태변이 섞여 있다고 말해. 양수에 태변이 섞여 있다는 건 아기가 양수에서 배변을 했다는 뜻이야. 나는 곧 그게 오늘 밤에는 집에 돌아가지 못한다는 걸 의미한다는 걸 알게 돼. 내 몸이 준비가 되었건 그렇지 않건 출산을 해야만 한다는 걸. 아기는 스트레스를 받고 있는 게 확실하고, 그래서 얼른 나와야만 해. 그런 정보를 들은 나는 가슴이 울렁거려. 이제 시작됐어. 드디어 출산을 하는 거야.
  아주 짧고, 뜻밖에도 아프지 않은 검진을 받은 나는 자궁 입구가 3센티미터 열렸다는 말을 들어. 조산사는 이제 수축이 시작되었으니 곧장 파트너에게 연락을 하라고 말해. 나는 그 말에 따라. 당신에게 전화하고, 당신은 우리 오빠에게 전화해. 오빠는 언제든 연락을 받는 즉시 우리 아파트로 와서 우리가 없는 동안 고양이를 돌봐주기로 했거든.
  당신이 도착할 무렵 나는 배정받은 분만실에서 편하게 지내고 있었어. 당신은 가방 두 개, 장바구니 두 개, 당신 가방, 그리고 집으로 가는 길에 쓸 카시트를 끌고 오느라 얼굴이 새빨갛게 달아올랐어. 분만실에 들어서는 당신을 보자마자 나는 웃음을 터뜨려. 마치 우리가 여기로 이사 오는 것 같았거든. 당신을 여기로 안내한 조산사는 우리 아들의 심장 박동을 기록하는 모니터를 들여다봐. 그녀도 우리 짐을 보고 한마디 했지만 웃지는 않았어. 검은 털모자 아래로 땀이 흐르고 있는 게 보여. 내가 웃는 걸 보고 당신이 안심했다는 것도 알겠어. 당신은 병원을 좋아하지 않아. 그래서 딱히 이 순간을 기다리지 않았어.

나는 어떤가 하면, 평소보다 더 쾌활하게 굴어. 오늘을 당신과 나 모두에게 전환점이 되는 날로 만들겠다고 마음먹었으니까. 게다가 드디어 시작되었다는 게, 분만 과정이 공식적으로 시작되었다는 게 기뻐. 그리고 아직은 기분이 괜찮아. 그렇게까지 아프지 않으니까. 당신은 분만의자에 반쯤 누워 있는 내게 다가와. 가방과 장바구니를 내려놓고 내 볼에 키스를 하면서 괜찮은지 물어. 나는 괜찮다고 답해. 그리고 앞으로 몇 시간 동안 당신이 앉아 있어야 하는 의자를 가리켜. 내가 당신을 거기 가두기라도 한 것처럼 미안해하면서. "좁지만 원한다면 여기 나랑 같이 누워도 돼." 내 말에 당신은 고개를 저어. 농담하는 거지, 하고 말하는 듯한 표정으로. 당신은 잘 생각이 전혀 없으니까 의자에 앉아 있겠다고 말해.

당신은 의자에 앉아 휴대폰을 꺼내서 뭔가를 쓰기 시작해. 고객들에게 앞으로 며칠은 연락이 닿지 않을 거라고 알리는 이메일을 보내는 거라고 말해. 나는 사진을 찍어달라고 부탁해. 내가 여전히 멀쩡해 보이는, 아직 배가 불러 있는 마지막 몇 시간을 기록으로 남길 사진을. "잠깐만, 금방 해줄게." 당신이 말해. 계속 뭔가를 쓰느라 바빠. 나는 흥분한 상태로 기다려. 수축이 거의 느껴지지 않아. 이번 달 내내 느꼈던 거랑 비슷해. 하지만 조산사는 이번에는 진짜라고 말해. 나는 내가 별로 아파하지 않는다는 사실이 자랑스러워.

조산사가 나갈 때 내가 수축이 거의 느껴지지 않는다고, 분만 진통이 이것보다는 훨씬 고통스러울 거라고 생각했다고 말하자 그녀는 혀를 차면서 "좀 더 기다려보세요, 곧 진짜가 올 테니까"라고 말해. 그리고 내게 안정을 취하라고, 차분하게 최대한 휴식을 취하라고 말해. 또 분만 진통을 파도라고 생각하라고, 파도가 밀려올 때마다 목표 지점에 더 가까워진다는 사실에 집중하라고 조언해. 나는 고개를 끄덕여. 수백 번도 들은 이 말을 처음 들어보는 사람인 것처럼. 조산사는 필요하면 침대 옆에 있는 빨간 버튼을 누르라고 말하고 나가. 이제 우리 둘만 남았어. 당신은 이메일을 다 보냈지만 내 사진 찍어주는 걸 잊었어. 휴대폰을 점퍼 주머니에 넣어버리고는 점퍼를 의자 등에 걸어놨어. 당신에게 사진 찍어달라고 다시 부탁하는 게 부질없고 바보 같은 일처럼 느껴져. 그래서 포기해. 분만실 구석에 있는 작은 세면대 위의 거울 속 내 모습을 직접 찍고 다시 침대로 돌아와. 우리는 당신 노트북으로 TV를 봐.

몇 시간이 지난 뒤에 통증이 몰려와. 아주 맹렬하게. 밤 11시가 지난 뒤 나는 파도를 떠올리면서 호흡법을 실시하는 걸 포기하고 어두운 복도로 나가 "무통 주사!"라고 소리를 질러. 내 목소리가 어찌나 큰지 복도 전체에 울려 퍼져. 빨간 버튼이 있는 걸 잊었어. 조산사가 나타나서 내 어깨를 감싸고 다시 분만실로 데리고 들어와. 그녀는 내가 운이 좋다고, 내 척추에 바늘을 꽂을 의사가 마침 응급실에서 올라오는 중이라고 말해. 한시간도 기다리지 않았는데, 척추에 주사를 놓아줘. 아파. 바늘이 들어올 때 당신 손을 꼭 잡아. 하지만 거의 즉시 통증이 사라졌고 그 뒤로 한두 시간 정도 다시 기분이 좋아져. 나는 당신에게 두 번 이상, 아마 나 스스로에게 한 말인 것 같기도 하지만, 이제 최악은 지나갔다고, 이제 척추에 주사를 놓았으니 통증을 느낄 일은 없다고 말해. 왜 그런 생각을 했는지 모르겠지만 그렇다고 믿어.

그 믿음이 깨지기 전까지는. 출산에 관한 내 자료 조사가 여전히 많이 부족했다는 걸 깨달아. 수축과 수축이 몰려오는 것 사이의 차이를 꼼꼼하게 읽지 않은 게 분명해. 새벽 1시가 되자 나는 이제 계속 우리 분만실에 머무는 조산사를 붙들고 끙끙대기 시작해. 똥을 싸야 할 것 같다고, 아기가 엉뚱한 구멍으로 나오는 것 같다고 말하면서. 그러다 모든 것이 아주 빨리 진행돼. 수축이 정말로 몰려오기 시작하고 어느새 조산사 두 명과 의사 한 명이 나타나 내 안을 들쑤시고, 모니터를 쳐다보고, 옥시토신과 무통주사 투여량을 늘렸다 줄였다 하고, 이제 나는 내가 뭘 얼마나 투여받고 있는지도 모르겠어. 그들은 아직은 배에 힘을 주지 말라고 지시해. 아기가 아직 자세를 제대로 잡지 않았다고, 조금 더 기다려야 한다고. 하지만 나도 어쩔 수가 없어. 해도 되는지 안 되는지와는 무관하게 내 몸에 힘이 들어가. 그들은 내게 밀어내는 대신 소리를 지르라고 해. 나는 그렇게 해. 비명을 지르고, 내 목구멍에서 나오는 그 소리가 너무나 낯설어. 수축이 일어날 때마다 숨이 막히는 느낌이야. 그것도 매번 더 오랫동안 숨이 멈춰. 곧 모든 게 그냥 기나긴 하나의 비명이 돼. 나는 눈을 감아. 섰다가 기었다가 누웠다가 하며 자세를 바꿔. 조산사가 시키는 대로 하지만 눈을 뜨지는 않아. 뜰 수가 없어. 너무 아파서. 나는 비명을 지르고 컥컥거려. 몸이 두 동강 나는 것 같아.

당신이 이 방 어디에 있는지, 무얼 하는지 전혀 모르겠어. 아마도 진통이 잠시 물러간 사이에 빨대를 넣어서 물컵을 쥐여준 게 당신일 거야. 아니면 여전히 의자에 앉아 있는지도 모르지. 얼마 전까지만 해도 임신한 당신의 파트너였지만 지금은 울부짖는 동물에 불과한 나와 안전거리를 확보한 채. 아무래도 상관없어. 나는 앞이 안 보이는걸. 생각도 할 수 없는걸. 지시를 따를 수가 없어. 울부짖는 것밖에 못 하겠어. 곧 나는 둘로 찢어질 거야. 곧 산산조각 날 거야. 당장 멈춰야 한다고, 이대로는 실패한다고, 내 배를 당장 가르라고 큰 소리로 외치려고, 어떻게든 단어들을 연결해서 문장을 만들어낼 이성을 찾아 헤매는 바로 그

180

순간 나는 거의 끝나간다는 걸 깨달아. 이것도 어디선가 읽었어. 출산 경험담을 엄청나게 많이 읽은 나는 더는 못 하겠다고 생각하는 바로 그 순간, 그때가 거의 끝나가는 순간이라는 걸 알고 있어. 한 번의 수축만 더 견디면 돼.

새벽 4시 45분에 아기가 내 안에서 쏟아져 나와. 모든 통증이 사라지고 나는 조용해져. 갑자기 다시 숨이 쉬어져. 진통이 멈췄고 나는 몇 초간 내 숨소리를 들어. 비명 소리가 분만실을 다시 가득 채울 때까지. 다만 그 소리는 내가 내는 소리가 아니라 아기가 내는 울음소리야. 나는 그 소리에 눈을 떠. 내 비명에 비하면 너무나 가냘퍼. 불빛 때문에 눈이 부셔. 나는 눈을 깜빡거려. 시간이 좀 걸리지만 다시 제대로 볼 수 있게 된 내 눈에 당신이 보여. 내 곁에, 내 머리맡에 서 있는 당신이. 수축 중간중간에 내게 물을 준 건 당신이 맞나 봐. 내가 처음 본 건 당신이고 당신은 내게 정말 잘했다고 속삭여. 모든 것이 잘 끝났고, 우리 아들이 건강하고 아름답다고 말하면서 내 볼을 쓰다듬어. 나는 내 볼이 땀에 절었다는 걸 깨달아. 내 다리 사이 어딘가에서 비명 소리가 들리고 조산사가 웃으면서 말해. "어지간히 화가 난 모양이구나, 꼬마야." 그리고 몇 초 뒤 갑자기 내 가슴 위에 아기가 놓여. 눈썹을 잔뜩 찡그린 성난 아기가, 머리에는 진홍빛 모자를 쓰고 내 가슴 위에서 쪽쪽거려. 나는 아기를 안으려고 애쓰지만 이렇게 작은 아기를 어떻게 안아야 하는지 모른다는 걸 깨달아. 자연스럽게 할 수 있는 게 아니야. 미끄덩거리는 아기는 내가 평생 처음 보는 성난 눈썹을 하고 있어. 나는 아기가 내 젖꼭지를 물 수 있게 도와. 그동안 당신은 조산사의 도움을 받아 탯줄을 잘라. 아기는 계속 비명을 지르고 울어. 나는 통증이 끝났다는 안도감과 함께 피로가 몰려오는 것을 느끼며 아기를 내려다봐.

조산사 중 한 명이 다시 힘을 주라고 말해. 태반이 나올 수 있게 한 번만 더. 나는 시키는 대로 해. 아주 조금 아파. 그녀는 태반을 보고 싶은지 묻고 나는 됐다고 말해. 조산사가 내게 아주 잘했다고 말해. 이제 회음부를 꿰맬 텐데 조금 따끔할 거라고 말해. 나는 아기를 또 낳아야 하는 것만 아니라면 뭘 해도 괜찮다고 생각해. 이제 당신은 내 사진을 찍어. 마침내 내 사진을. 나는 사진을 찍는 당신이 웃고 있는 걸 봐. 전에는 당신이 내 사진을 찍으면서 웃은 일이 거의 없었다는 게 생각나. 그리고 지금 내가 정말 못생겼을 거라는 생각을 해. 우리 아들은 내 가슴 위에서 쪽쪽거리면서 울고 있어. 내가 여태껏 본 중에서 가장 화가 난 아기라는 생각을 해. 그런데 갑자기 조용해져. 아기가 내 젖꼭지를 빨고 있어. 적당한 자세를 찾았나 봐. 그리고 눈썹이 아주 조금 누그러져. 아기가 젖꼭지를 빠는데 느낌이 이상해. 간지러우면서도 따끔거려. 나는 당신을 보고 당신과 시선이 마주쳐. 당신은 내게 정말 잘했다고 속삭이고 우리는 아주 오랜만에 마주 보고 웃어. 어느새 당신과 내가 전부가 아니게 됐어.

셋이 됐어. 이제는 우리 셋이 가족이야.

2014년 11월

오늘 아침에는 샤워를 했어. 요즘 나는 샤워를 매일 하지 않아. 기름진 머리와 땀 냄새에 익숙해졌어. 하지만 오늘은 손님이 오기로 되어 있어. 장례 집행관이 오고 있어.

새로운 사람을 만나는 건 정말 힘들어. 그리고 며칠 전 의사와의 끔찍했던 면담도 전혀 도움이 되지 않았어. 장의사는 이 집행관이 당신과 나 모두와 잘 맞을 거라고 생각해. 장의사가 우리에 대해 어떻게 조금이라도 알 수 있는지 도저히 이해가 가지는 않지만 말이야. 장의사는 이 집행관이 전통에 얽매이지 않는, 따뜻하고 문화적 감수성이 뛰어난 멋진 연설가이며 자연 친화적인 사람이라고 소개해. 게다가 우연히도 오래전 이 장의사의 제자이기도 했대. 당시에는 장례 집행관이 뭘 하는 사람인지 잘 몰랐지만, 종교적인 요소를 뺀 목사 같은 사람일 거라고 짐작했어. 구글 검색을 해보니 내 짐작이 맞았어.

장례식장에서 받은 장례식 날짜는 몇 주 뒤야. 당신이 죽은 날로부터 6주 뒤. 예약할 때만 해도 그날이 영원히 오지 않을 것처럼 멀어 보였는데, 갑자기 시간이 빨리 지나가는 것 같아. 곧 당신을 화장하겠지. 나는 의자에 앉아 당신 재가 담긴 단지

옆의 당신 사진을 멍하니 바라보고 있겠지. 그것도 수백 명의 사람들과 함께. 속이 이상해. 그런 생각을 하는 것만으로도 속이 울렁거려. 현관 초인종 소리에 그런 생각을 멈춰.

한 시간 뒤에 부엌 식탁에 앉아서 나는 집행관의 첫 방문 목적이 나와 당신과 우리의 관계에 대해 내 입으로 듣는 거라는 걸 알게 돼. 그녀는 내 이야기를 들으면서 고개를 끄덕여. 메모를 하고 질문을 해. 내가 눈물을 보여도, 내가 말을 중단하고 화장실로 가서 차가운 물을 얼굴에 끼얹어야 할 때도 불편해하지 않는 것 같아. 그리고 동정심도 내비치지 않아. 우리가 그녀가 접한 가장 끔찍하거나 슬픈 사례가 아닌가 봐. 그게 고마워.

두 시간을 함께 보낸 뒤 떠나면서 집행관은 내게 숙제를 줘. 당신 장례식에서 어떤 음악을 틀지 정하라고 해. 장례식장에서 낭독할 편지를 쓰라고 해. 내가 읽을 수 있으면 읽고 아니면 그녀가 대신 낭독해준다고. 또 이건 내가 낸 아이디어인데, 당신 친구와 동료에게 당신이 어떤 사람이었는지 묘사하는 편지를 써달라고 부탁할 거야. 당신과 나눈 우정에 대한 이야기를 곁들여서 말이야. 그녀가 시를 몇 편 보내줄 거래. 내가 읽어보고 장례식 전까지 마음에 드는 걸 고르면 된대.

집행관과 내가 이렇게 만난 이유는 함께 행사를 기획하기 위해서라는 데 생각이 미쳐. 이건 내가 할 줄 아는 일이야. 나는 행사를 기획하는 일에 익숙해. 이번 주에 해야 할 숙제를 받았고, 열흘 뒤에 있을 다음 만남에는 당신 부모님도 올 거야. 거의 기대가 될 정도야. 이제 뭔가가 굴러가기 시작했어.

2014년 3월

이반은 이제 생후 3주가 되었고 매일 저녁마다 몇 시간씩 울어
대. 저녁 7시 30분쯤 시작해서 영원처럼 느껴질 정도로 오래도
록 울어. 하지만 결국 끝이 나긴 해. 밤 10시나 10시 30분쯤 되
면 울다 지쳐서 잠이 들거든. 그즈음에는 나도 기진맥진한 상
태야. 한번은 무기력감에 못 이겨서 나도 울음을 터뜨렸어. 가
끔은 당신이 깜짝 놀라 일어나서 옷을 입고 여전히 목청껏 우
는 아기를 유모차에 태워서 데리고 나가. 눈과 진흙탕을 뚫고
밤 산책을 하는 거야. 내게 진정할 시간을 주려고. 그 소리에서
잠깐이라도 벗어날 시간을 주려고. 신생아를 돌본다는 게 이런
건 줄은 상상도 못 했어. 내가 머릿속에 그린 그림은 이게 아닌
데. 전혀 아닌데.

 이 일로 나는 내가 초보 부모로서 발휘할 거라고 믿은 힘과
자신감을 실제로는 갖추지 못했다는 걸 깨달아. 나는 내게 주
어진 새로운 역할에 금방 적응할 수 있을 거라고 생각했어. 부
모 노릇과 그에 따르는 책임을 자연스럽게 수행할 수 있을 거라
고, 건강한 아기를 낳기만 하면 나머지 일들은 저절로 해결될
거라고 생각했어. 나는 뭐든 잘해냈으니까. 아주 유능한 행사

기획자였으니까. 엄청난 압박감 속에서도 일을 잘 처리했으니까. 나 자신에게 너무나 실망했어. 힘이 들어도 견딜 수 있게 해줄, 내가 아기에게 느낄 거라고 생각한 엄청난 모성애도 내 생각과는 달리 저절로 샘솟지 않았어.

무엇보다 나는 내가 감당할 수 없을 만큼의 무거운 압박감과 부담감에 시달리고 있어. 내 아이가 자지러지게 울기 시작하는데도 진정시키지 못한다는 것이 괴로워. 내가 아무리 속삭이고 달래고 안고 흔들고 노래를 부르고 젖을 물리고 기저귀를 갈아주어도 소용이 없어. 아무것도 효과가 없어. 아기는 내 품에서 몸을 비틀면서 울어. 매일 밤 나는 자존감이 조금씩 떨어져. 나 자신이 무능하고, 쓸모없고, 부모가 될 자격이 없다는 생각이 점점 더 커져만 가. 누군가 이 상황에서 나를 구해줬으면 좋겠어. 일주일도 넘게 이렇게 아기가 끝도 없이 우는 일이 반복되자 나는 말해. "뭔가 이상이 있는 거야. 어딘가 아픈 게 분명해. 뭔가가 잘못됐어. 의사에게 알려야 하지 않을까?"

당신은 우리가 이미 오전에 의사와 통화했다는 사실을 상기시켜. 아기가 밤에 우는 건 지극히 정상이라고 말했다는 것도. 의사는 아마도 영아 산통이거나 배에 가스가 차서 그런 걸 거라고, 다른 원인이 있을 수도 있지만 심각한 문제가 있는 건 아니라고, 대체적으로 잘 먹고 잘 자고 전반적으로 잘 지내고 있다면 괜찮다고 말했어. 하지만 내게는 심각한 문제처럼 느껴져. 나는 이 상황에 대한 통제력과 자신감 모두를 잃고 있어. 소아과 간호사는 아기가 9개월이나 자궁에 있다가 세상 밖으로 나오는 건 아주 큰 충격이라고 지적해. 조금 기다려주라고, 다 괜찮아질 거라고 말해. "당신은 당신이 해야 할 일을 하고 있어요." 그녀가 말해. 나를 위로하려는 거겠지만 전혀 위로가 안돼. 아기가 자지러지게 우는 일이 반복될 때마다 나도 다시 무너지면서 아주 낯선 도피 충동에 시달려. 당신은 우리 아들의 울음소리에 나만큼 흔들리는 것 같지 않아. 아기를 안고 속삭이면서 나도 진정시키려고 애써. "소아과 간호사가 한 말 기억하지? 우리는 잘하고 있어." 내가 저녁에 누군가에게 도움을 청하거나, 어딘가로, 아마도 병원에 데려가고 싶어 할 때마다, 뭘 해야 할지 아는 다른 누군가에게 책임을 떠넘기고 싶어 할 때마다 당신은 그렇게 말해. 아기가 울음을 그치지 않으면 내 피부가 떨려. 실은 울음이 시작되기 전부터 그래. 하루 종일 불안감이 점점 고조돼. 뭔가 엄청나게 잘못된 것 같은데 어떻게 바로잡아야 할지 모르겠어. 내가 어쩌다 이런 상황에 놓이게 됐는지, 어떻게 해야 여기서 빠져나갈 수 있을지 모르겠어. 나는 이런 생각들이, 그리고 내 무능함이 부끄러워.

집에 온 지 보름이 조금 지났어. 지금까지 당신은 거의 모든 업무를 집에서 처리하고 있어. 마트에 잠깐 다녀오기는 해. 당신이 나가면 나는 긴장해. 정말로 우리 아기를 나 혼자 돌볼 수 있을까? 또 자지러지게 울면 어쩌지? 그리고 멈추지 않으면? 당신이 하루만 더 집에서 일하는 게 좋겠어. 그다음 날에도. 나는 "곧 나 혼자 있을 수 있을 거야, 하지만 아직은 아니야"라고 말해. 당신은 하루 더 집에서 일해. 그리고 그다음 날에도.

하지만 3주가 끝나가자 당신은 곧 고객의 사무실로 나가봐야 한다고 말해. 집에서 모든 걸 다 처리할 수는 없다고. 우선은 아주 잠깐 나갔다 올 거라고 말해. 한 번에 두세 시간 정도씩 나갔다 오겠다고. "두세 시간이라니." 내가 투덜대. "그건 잠깐이 아니잖아!" 당신은 괜찮을 거라고, 무슨 일이 생기면 곧장 집으로 달려오겠다고 말해. 당신은 어느 쪽이 나은지 물어. 오전에 다녀올까, 아니면 점심 먹고 오후에 다녀올까? 친구를 부를래, 아니면 움살라에 있는 새엄마 집에 며칠 가 있을래? 당신은 침착하게 해결책에 집중해. 나는 어떤 입장이냐 하면, 확신이 없어. 두렵고, 등 떠밀리는 것 같고, 전혀 마음에 들지 않아. 나는 할 수 없이 오전에 다녀오는 게 좋겠다고 말해. 그때가 이반이 가장 기분 좋은 시간이니까. 나는 당신에게 다짐을 받아. 이반을 달랠 수 없다고 하면 당장 달려오겠다는, 몇 시간이 지났는데도 울음을 그치지 않으면 집에 오겠다는 다짐. "그러면 집에 올 거지?" "그래. 집으로 올게. 맹세해."

그렇게 우리는 월요일부터 당신이 일터로 나가는 데 합의해. 나도 육아휴직에 들어가. 이반은 이제 거의 생후 1개월이 돼가. 창피해서 차마 당신에게 솔직하게 말하지는 못했지만 속으로 이반이 얼른 생후 9개월이 되는 날만 기다리고 있어. 그래야 다시 일하러 나갈 수 있으니까. 내가 스스로 유능한 사람이라고 느끼는 곳, 내가 처리할 수 있는 과제들이 주어지는 곳으로 돌아가고 싶어. 내가 잘하는 일로 돌아가고 싶어. 당신이 월요일부터 일하러 나간다는 사실이 질투 나.

밤에 당신이 자는 동안, 나는 이반 때문에 깨서 젖을 물리거나 기저귀를 갈아주고 난 뒤에 다시 잠을 청하는 일이 거의 없어. 대신 산후우울증을 검색하면서 나도 우울증에 걸린 게 아닌지 고민해. 내 마음이 왜 이런지 모르겠어. 내가 이렇게까지 마음이 약해지다니 믿기지 않아. 우울증에 걸린 게 아닐까? 하지만 그래서는 안 되는 거잖아. 나는 아기가 태어난 직후에 힘든 일들은 다 내가 감당하겠다고 약속했어. 잘해낼 자신이 있다고, 잘해낼 수 있다고 약속했어. 당신은 그냥 옆에 있기만 해도 된다고, 내가 다 할 거라고 말했어. 지금 내 감정들로 당신에게 부담을 줄 수는 없어. 그래서 나는 밤늦게까지 구글 검색에 매달려. 목록을 차례차례 짚어가면서 아마도, 거의 확실하게 산후우울증인 것 같다고 생각하면서. 그리고 계속 스스로에게 말해. 혼자 해결해야 한다고.

나는 다음 주 이반의 정기 검진일에 소아과 간호사와 이야기해보기로 마음먹어. 알고 지낸 지 몇 주밖에 되지 않았지만 벌써 수도 없이 통화했어. 거의 매일, 이반의 그칠 줄 모르는 울음과 배에 난 발진 때문에. 다음에 병원에 갔을 때 그녀에게 내 상태를 알리기로 해. 내가 우울증에 걸린 게 맞는지 아니면 그냥 초보 부모라서 마음이 약해진 것뿐인지 판단해달라고. 이게 무엇이건 얼른 해결해야 해. 어제 해결했다면 더 좋았겠지만.

2014년 11월

오늘 아침 나는 당신 옷을 살펴보고 있어. 화장할 때 입힐 옷을 찾으려고. 당신과 함께 재가 되어 단지에 담길 옷을. 이 옷들이 어떻게 될지 상상하는 게 힘들어. 오늘 장례식장에서 옷이 필요하다고 연락이 왔어. 곧 당신의 몸도 옷과 함께 화장될 거라는 데 생각이 미쳤어. 장례식장 측에서는 당신의 화장 날짜를 안타깝지만 알려줄 수 없다고 말하면서 대신 실제로 화장이 끝나면 문자를 보내주겠다고 해. 그냥 절차가 그렇대. 절차. 과정. 내가 모르는 것들, 내가 이해할 수 없는 것들, 내가 익숙하지 않은 것들, 그리고 익숙해지고 싶지 않은 것들. 그래서 묻지 않았어. 그리고 이제 당신 옷 상자를 열 거야.

　제일 위에 놓인 상자를 열자 당신 냄새가 쏟아져 나와. 나는 잠시 완벽하게 혼란에 빠져. 이 상자들 속에서는 당신 냄새가 여전히 살아 있어. 사라지지 않았어. 당신은 아직 여기 있어. 당신 셔츠에서 당신 냄새가 나. 당신의 향수 냄새와 살 냄새가 뒤섞여 있어. 당신에게서 늘 얼마나 좋은 냄새가 났는지가 새삼스

레 떠올라. 당신에게 그 이야기를 한 번도 하지 않았다는 걸 깨달아. 내가 당신 냄새를 얼마나 좋아했는데. 그 냄새를 맡으면 마치 집에 온 것 같았는데. 이제 그 냄새는 이 상자들 속에서만 존재해. 그리고 곧 그것마저 사라지겠지.

나는 제일 위에 놓인 남색과 검은색 체크무늬의 두꺼운 모직 셔츠를 꺼내서 얼굴을 묻어. 눈을 감아. 다시 눈을 떠. 셔츠 깃에 코를 대. 다시 눈을 감아. 숨을 깊이 들이마셔. 당신이 여기 있는 것 같아. 당신을 안고 있는 느낌이야. 당신에게 안겨 있는 느낌이야. 아주 가까이에 있는 것처럼 느껴져. 나는 한동안 당신 셔츠 깃에 코를 댄 채로 앉아 있어. 그러다 친구에게 맡긴 이반이 칭얼대는 소리가 들려. 그 소리에 나는 꿈에서 깨. 이 일을 끝내야 해. 얼른 해치워야 해.

나는 우리가 처음 만났을 때 당신이 입고 있었던 셔츠를 골라. 무릎 양쪽 모두에 구멍이 나고 뒷주머니가 당신 지갑 모양으로 늘어진 낡은 청바지도 꺼내. 속옷은 평범한 걸로 골라. 하얀 민소매 셔츠와 검은 양말 한 켤레, 그리고 털모자도. 힙스터 비니라고 부르면 질색했던 검은색 털모자야. 나는 그걸 가지고 당신을 놀려댔지. 당신은 자신은 힙스터가 아니라고 주장했어. 광고업계에서 일하는 유행에 민감한 신경질적인 남자가 절대 아니라고. 자신은 그냥 그 모자가 마음에 들었고 우연히도 잘 어울리는 것일 뿐이라고. 나도 그렇게 생각했어. 솔직히 당신보다 그 모자가 더 잘 어울리는 사람은 없다고 생각할 정도였으니까. 그래도 나는 계속 놀려댔어. 그 모자가 유행인 건 사실이었고, 스톡홀름의 힙스터는 한 명도 빠짐없이 그 모자를 쓰고 다녔는걸. 자신이 유행 타는 걸 그냥 인정하라고 하면 당신은 늘 완강히 부인했어. 당신이 부츠를 신고, 스키니 진을 두꺼운 양말에 넣어서 입는 건 우연일 뿐이라고. 어쩌다 보니 이 논쟁이 몇 달이나 계속되었어. 한번은 당신이 내게 힙스터를 정의하는 웹페이지 링크와 사진을 첨부한 이메일을 보내기까지 했어. 그 메일에서 당신은 자신에게 해당하지 않는 모든 내용에 밑줄을 그어두었어. 나는 답장으로 당신이 그 메일에 첨부된 사진 속 사람들처럼 입고 있는 사진들을 보냈고. 그런 식으로 계속되었어. 우리 둘 다 주장을 굽히지 않는, 반은 재미로 반은 아주 진지하게 임하는 시시껄렁한 논쟁거리. 지금 나는 그 모자를 두 손에 들고 여기 앉아 있어. 이게 힙스터 모자인지 아닌지 우리가 합의하지 못했다는 걸 깨달아. 이제는 아무래도 좋아. 당신의 검은 털모자는 당신의 몸과 함께 불태워질 거야. 그게 유일하게 옳은 결론이야.

나는 봉투에 옷가지들을 챙겨 넣고 당신 셔츠로 눈물을 훔쳐. 상자를 닫기 전에, 현실로 돌아오기 전에 마지막으로 당신 냄새를 맡아. 이반이 있는 현실로, 혼자 남은 현실로, 당신 옷 봉투를 들고 장례식장으로 가야 하는 현실로 돌아오기 전에.

2014년 5월

부모가 된 지 3개월이 됐어. 오늘 밤 나는 처음으로 이반과 떨어져 지낼 거야. 기대하고 있어. 걱정하고 있어. 얼른 나가고 싶어. 망설이고 있어. 그걸 원하면서도 원하지 않아. 어쨌든 저녁 6시 30분이 되면 시작될 일이야. 내 계획은 서너 시간 정도 외출하는 거야. 곧 결혼하는 가장 친한 친구의 파티에 갈 거야. 결혼 전 모여 즐길 수 있는 마지막 기회야. 부디 잠 못 이루는 밤들과 초조한 저녁들, 죄책감과 고립감을 완전히 잊고 벗어나는 데 성공하기를.

요즘 들어 이반에게서 도망치고 싶은 충동이 커져만 가. 모자관계를 끊는 것까지는 아니어도 이반과 거리를 두고 싶어. 잠시 동안만. 아주 조금만. 아주 많이. 물론 그런 이야기를 입 밖에 내지는 않아. 당신에게조차도. 하지만 걱정이 돼. 내가 상상하던 따뜻한 부모가 절대 될 수 없을까 봐 두려워. 내가 부모가 되기에 적합하지 않은 인간인 건 아닌지 걱정돼. 임신하기 전에 당신이 걱정했던 모든 문제들은 알고 보니 당신이 아닌 내가 걱정했어야 할 문제들이었어.

이반이 울 때 달랠 수 있는 유일한 사람이 나라는 게 공포스러워. 앞으로는 계속 이반과 연결되어 있을 거라는 생각만으로도 숨이 막혀. 나는 집에 갇혀 지낸다고 불평을 해댔어. 집에서 벗어나고 싶은 갈망을 아주 크고 분명하게 알렸고 당신은 최대한 그런 욕구를 채워주려고 했어. 밖에 나가서 친구를 만나라고, 산책을 하거나 승마장에 가라고 격려했어. 나는 그러겠다고, 곧 그렇게 할 거라고 말했지만 실제로 그러지는 않았어. 언제나 그러지 않아야 할 이유가 생겼어. 이반이 감기에 걸렸거나, 성장통을 겪는 중이거나, 배앓이를 하거나, 계속 젖을 물리는 것 외에는 울음을 그치게 할 방법이 없거나 등등. 이반과의 관계를 어느 쪽으로 끌고 가더라도 못 견딜 것 같아. 이반과 어느 정도 거리를 두고 싶어. 하지만 이반과 떨어지는 건 싫어. 이반 때문에 갇힌 것 같으면서도 이반과 조금만 떨어져도 불안해. 앞으로는 늘 이런 식일 거라는, 이반에게서 멀어지면 불안하고, 함께 있으면 긴장할 거라는 생각을 하면 덜컥 겁이 나.

우리 둘이 이반을 평등하게 공동 양육한다는 계획은 물 건너간 지 오래야. 그래서 부끄러워. 이반이 태어나기 전까지는 자신 있었어. '내 아이는 부모 중 어느 쪽과 있어도 안전하게 느낄 거야. 모유도 분유도 잘 먹기 때문에 엄마와 있든 아빠와 있든 평화로운 시간을 가질 수 있을 거야. 밤에는 이반을 번갈아가며 보살피고, 상대방이 아이를 잘 돌볼 거라고 안심하면서 이틀에 한 번꼴로 숙면을 취할 거야.' 그러다 이반이 태어났고 현실은 달랐어. 다른 정도가 아니라 우리의 계획은 철저히 실패했어.

이반은 젖병을 빨지 않아. 젖병을 물리면 사레가 들리며 뱉어내고, 그러면서 점점 더 배가 고파지면 더 크게 울어. 나는 이반이 울도록 내버려두질 못해. 나랑 있건 당신이랑 있건. 이반이 울면 나는 번개처럼 이반을 당신 품에서 낚아채 젖을 물려. 그럴 때마다 당신은 말해. 계속 이런 식이면, 자신에게 젖병 물릴 기회를 주지 않으면 앞으로도 나아지지 않을 거라고 차분하게 지적해. 나도 그 말이 옳다는 걸 알지만 어쩔 수가 없어. 그냥 그렇게 내버려둘 수가 없어. 아주 드물게 억지로 아파트를 나설 때면 당신에게 10분마다 문자를 보내. 당신이 솔직하게 이반이 울고 있다고 답하면 나는 서둘러 돌아와. 실패자가 된 기분으로 다시는 이 일을 입 밖으로 내지 않겠다고 맹세해. 이건 내가 상상하던 것과 너무나 달라. 이반 또래 아이가 있는 친구들과 동료들이 자유롭게 외출을 하고 친구들을 만나고, 직장에도 나가는 걸 봐. 심지어 나가서 와인을 마시는 친구도 있어. 나는 어떠냐고? 나는 계속 젖을 물려. 분리수거하러 나가는 것조차 엄청난 결심이 필요해. 정말 이보다 더 부끄러울 수가 없어. 무엇보다 이건 내가 계획한 것과 너무나도 달라.

그렇다고 당신 역시 이반이 울 때 완벽하게 평온한 것은 아니야. 그래서인지 내가 당신 품에서 이반을 낚아채도 화를 내지 않아. 그럴 때 나는 대개 이미 브래지어를 벗어던지고 셔츠를 어깨에 걸쳐서 수유할 준비를 마친 상태야. 수유만이 우리가 아는 유일한 대처법인 듯해. 다른 대책을 세우는 건 불가능해 보여. 그래서 나는 거의 집에서만 지내. 그리고 당신은 우리 둘 모두를 위해 그 외의 살림을 거의 다 도맡아 하고 있어. 당신은 장을 보고 요리를 하고 청소를 하고 집안 정리를 하고 고양이 배설물통을 비우고 기운이 남아도는 고양이와 놀아주고 이반의 기저귀를 갈고 이반이 기분이 좋을 때면 안아줘. 게다가 일도 해. 당신은 최근에 다시 업무량을 꽤 늘렸어. 당신과 달리 나는 30분 이상 집을 비운 적이 없어.

하지만 오늘 밤은 나갈 거야. 그리고 이제 그 순간이 왔어. 나는 이반이 더는 젖을 먹고 싶지 않다고 분명하게 의사 표현을 할 때까지, 즉 내 어깨에 토할 때까지, 계속 젖을 먹였어. 그래서 오늘 밤에 입고 나갈 원피스에 하얗고 미끄덩거리는 토사물 자국이 남았어. 물티슈로 그 자국을 닦으면서 아무도 눈치채지 못하기를 바라. 냄새도 거의 나지 않는다고 스스로를 세뇌해. 무슨 일이 있어도 오늘 밤에는 이 원피스를 입어야 하니까. 옷을 갈아입을 시간도 없고 달리 입을 옷도 없어.

나는 젖을 비웠어. 그렇게 젖병 네 개를 채웠어. 가득 채운 젖병은 냉장고에 넣어두었어. 우리는 오늘 밤을 위해 2주 전부터 이반에게 젖병 물리는 연습을 했어. 잘되지는 않았지만. 이반은 젖이 아닌 건 전부 뱉어내고 거부해. 하지만 우리는 포기하지 않았어. 딱 한 번 이반이 젖병을 빨았어. 별로 큰 기대는 하지 않지만, 인간은 쉽게 희망을 버리지 않는 존재이고 지금 나라는 인간은 오늘 밤 아들 없이 친구의 파티에 가기를 원해. 단 하루만. 그것도 두세 시간 동안만.

나는 계단을 내려가며 벌써부터 당신에게 걱정 어린 문자를 보내고 싶은 충동을 눌러. 이미 오늘 밤 계획을 한 번이 아니라 두 번이나 점검했다는 사실을 떠올리면서. 당신은 젖병이 어디에 있는지 알아. 몇 도로 데워야 하는지도, 이반에게 젖병을 어떤 자세로 물려야 하는지도. 기저귀 가는 법도 알아. 지금 당장 당신에게 알려줄 새로운 정보는 없어. 그런데도 현관 앞에서 기다리는 택시에 올라타면서 나는 계속 뭔가 불안한 마음이 들어. 도심으로 들어가면서 걱정스레 휴대폰을 확인해. 결국 포기하고 당신에게 잘 지내는지 묻는 메시지를 보내. 나는 근 한 시간 동안 열 번이나 반복한 말을 다시 반복해. 괜찮으니까, 정말로 괜찮으니까 내가 집으로 돌아와야 할 일이 있으면 말해달라고, 아주 사소한 문제라도 생기면 즉시 나한테 알려달라고 부탁해. 당신에게 답문자가 와. "다 잘될 거야. 그냥 즐거운 시간 보내. 우리는 잘 지내고 있어." 나는 휴대폰을 주머니에 집어넣어. 오늘 밤은 즐겁게 지내보겠다고 마음먹어. 즐기는 법을 잊은 건 아닌지 걱정해. 즐거운 시간을 보낸 게 아주 오래전 일처럼, 전생에서나 가능했던 일처럼 느껴져.

약속 장소에 도착해서 계단을 뛰어올라가. 숨을 몰아쉬며 입구에 들어선 뒤 다른 손님들과 포옹을 주고받아. 오늘 점심때부터 파티를 즐긴 친구들인데도 하나같이 생생해 보여. 빛을 내뿜고 있어. 반짝거리는 드레스를 입고 펄 섀도를 칠한 눈으로 웃고 있어. 나는 어깨에 토사물 자국이 있고 눈 밑 다크서클이 턱까지 내려와 있어. 게다가 뭔가에 쫓기는 듯한 표정을 하고 있겠지. 하지만 정말 그런지는 모르겠어. 그냥 내 기분 탓일 거야.

나는 곧장 바에 가서 샴페인 한 잔을 받아. 그리고 다시 한 바퀴 돌면서 사람들과 포옹을 하고 안부를 나눠. 내 전 상사가 요즘 어떻게 지내냐고 물어. 나는 잘 지내고 있다고 답해. "아기가 몇 개월 됐지? 6개월?" 나는 3개월이라고 답해. 그녀는 큰 소리로 웃어대. "오, 저런. 3개월이라고? 앞으로도 한참 더 고생하겠군. 그 못된 꼬마녀석들은 사람이 자도록 내버려두질 않잖아." 나는 고개를 끄덕이며 따라 웃어. 마치 내가 그런 상황에 거리를 두고 객관화하는 것이 가능한 것처럼. 그러고는 샴페인 잔을 들어서 벌컥벌컥 두 번 들이켜. 잔이 비었어. 나는 바를 곁눈질하면서 한 잔 더 받을 수 있을지 가늠해. 티 안 나게 살짝 갔다 오면 아무도 모를 거야. 이렇게 외출하는 일이 거의 없잖아. 나는 잔을 채우러 바에 몰래 갔다 와.

음악이 하도 시끄러워서 친구들이 뭐라고 말하는지 알아들을 수가 없어. 누군가 볼륨을 줄여주면 좋겠어. 나는 마치 다 들리는 사람처럼 최선을 다해 대화를 나누는 척해. 대화 내용은 대부분 이반과 처음 부모가 된 내 경험에 관한 것이야. 다들 사진 속 이반이 너무나 귀엽다고 말해. 아주 행복한, 사랑스러운 아기 같다고. 나도 그렇다고 말해. 하지만 더 길게 얘기하진 않아. 지금은 이반 생각을 하지 않으려고 최선을 다하고 있으니까. 대신 다른 손님들은 하루를 어떻게 보냈는지 물어. 대화가 시들해지는 듯하면 나는 다른 무리를 찾아가. 집에 돌아가기 전에 최대한 많은 친구와 대화를 나누겠다고 결심했거든. 조금은 성급하게 무리를 옮겨 다녀서 그 어떤 대화에도 활발하게 참여하지 못해. 그전에는 어떻게 친구들과 이야기를 했는지, 무엇에 대해 이야기했는지 잘 기억이 안 나. 내 마음은 이반과 당신에게가 있어. 배경에 깔린 음악 소리가 너무 커. 내 미소에는 진심이 담겨 있지 않아.

갑자기 친구 한 명이 내 옆에 나타나. 그러자 기분이 좋아지면서 마음이 편해져. 나랑 제일 친한 친구야. 내 피난처. 여기가 내가 한동안 찾고 있던 그 자리야. 나는 친구를 꼭 안아주면서 보고 싶었다고 말해. 친구도 나를 꼭 안아주면서 내게 문자를 보여줘야 한다고 말해. 당신에게 막 받은 문자라고.

안녕. 카롤리나가 근처에 있으면 전화 좀 해달라고 말해주겠어? 큰 문제는 아닌데, 이반에 관한 거라서. 악셀.

나는 친구에게 휴대폰을 돌려줘. 그제야 내 휴대폰을 입구 옷장에 걸려 있는 재킷 주머니에 넣어둔 게 생각나. 어떻게 그런 멍청한 짓을 할 수가 있지? 당신이 얼마나 오랫동안 내 연락을 기다리고 있었을까? 집에 무슨 일이 생겼기에 친구에게까지 문자를 보낸 걸까? 여기 온 건 실수야. 이런 짓을 저지른 것만으로도 나는 형편없는 부모야. 나는 너무 부끄러워 밖에서 택시를 잡을 무렵에는 엉엉 울고 있어. 기사에게 주소를 불러주면서 최대한 빨리 가달라고 말해. 일종의 응급 상황이라고 말하면서.

엔스케데에 가려고, 집에 가려고, 당신과 이반에게 가려고 스칸스툴 다리를 건너면서 나는 5분이면 도착한다는 문자를 보내. 집을 비워서 미안하다고. 우리 아파트 앞길에 들어서는데 당신에게서 문자가 와.

> 이런, 미안해. 이반은 막 잠들었어. 젖병을 물지 않으려고 해서 조금 고생했지만 결국 잘됐어. 지금은 다 괜찮은데. 지금이라도 방향을 돌려서 돌아가지그래? 걱정하게 해서 미안해!

나는 택시 기사에게 요금을 지불하고 아파트 입구로 들어서. 그 파티로 돌아가고 싶은 마음은 전혀 없어. 거기에 간 걸 후회해. 뿐만 아니라, 집을 비운 것 자체가 부끄러워. 당신을 아직 준비가 안 된 게 분명한 이반과 둘만 남겨둔 게 부끄러워. 친구들 사이에서 그렇게 긴장한 게, 45분밖에 버티지 못했다는 게 부끄러워. 이제 나는 아기와 떨어지는 상황을 견디지 못하는 부모가 되었어. 게다가 파티의 주인공과는 제대로 이야기를 나누지도 못했다는 게 생각나면서 더 부끄러워져. 거기 도착하자마자 그 친구부터 찾아갔어야 했는데. 내 마음 가득 수치심을, 역설적이게도 내 몸 가득 안도감을 느끼면서 최대한 조용히 현관문을 열고, 내 집에 몰래 들어가. 앞으로 이런 상황은 피하겠다고 결심하면서. 좋지 않아. 당신에게도, 이반에게도, 내게도. 한동안은 그냥 포기하고 집을 지켜야겠다고 마음먹어.

거실로 몰래 들어가니 당신은 소파에 기대앉아 있어. 무릎에는 노트북을 올려놓고 소파 팔걸이에는 콜라를 올려놓았어. 노트북 스피커로 음악 소리가 낮게 들려. 우리 아들은 당신 옆 요람에서 자고 있어. 등을 대고 턱은 살짝 올린 채 아주 곤히 자고 있어. 미소를 띠고 있는 것 같아. 내가 발꿈치를 들고서 거실 양탄자 위로 다가가자 당신이 고개를 들어. 당신은 내가 화가 났거나 실망했는지, 오늘 밤 말다툼을 벌이게 될지 재빨리 파악하려고 애쓰고 있어. 나는 어느 쪽도 아니야. 그냥 당신 무릎에 앉아서 당신 목에 얼굴을 묻고 당신 체취를 맡은 뒤 잠이 든 우리 아기를 보고 싶어. 다시는 당신도, 이반도 떠나고 싶지 않아. 그러니까 떠나지 않을 거야. 당신은 두 팔을 벌려 이 가족으로 돌아온 나를 환영해.

2014년 11월

어떻게 된 일인지 잘 모르겠지만 지난주부터 나는 점점 더 많은 일을 혼자서 할 수 있게 됐어. 쓰레기를 버렸고 우편물을 확인했고 식기세척기를 여러 번 사용했어. 가게에도 갔고 이반이 먹을 음식도 요리했어. '요리'라고는 해도 시판 이유식을 데우거나 스파게티 소스를 데운 정도를 말해. 하지만 그것도 뭔가를 만들긴 한 거니까. 발전한 거야. 이제 친구들은 하루 24시간을 붙어 있지 않아. 대개 오전이랑 이른 오후에는 나 혼자야. 그러다 4시나 5시쯤 그날 당번인 오빠, 엄마, 친구들이 와서 내 짐을 덜어줘. 저녁을 만든다거나 혼자서 저녁 시간을 보내는 것 같은 엄청난 과제는 아직 완수하지 못했어. 게다가 그런 날이 오는 게 기대되지도 않아. 영원히 지금처럼 계속되었으면 좋겠어.

2014년 6월

상담사가 내게 이반의 울음소리에 대처하는 요령을 혼자서 연습해야 한다고 말해. 그녀는 그걸 '대피'라고 불러. 이반이 울 때 이반과 내 감정을 대피시키는 법을 익혀야 한다고 말해. 이반이 울면 숨을 깊이 들이마시고 이건 위험하지 않다고 스스로에게 환기하는 거야. 울음은 신생아에게 유일한 의사소통법이라는 것과 내가 부모로서 할 수 있는 모든 방법을 동원해 이반을 달래고 있다는 걸 명심해야 해. 이반이 우는 건 내 탓이 아니야. 이반은 아무 문제 없어. 문제가 있는 건 이반이 아니라 나야. 그리고 계속 연습하면 나아질 거야.

　나는 상담사에게 아주 고마워하고 있어. 마침내 이반의 소아과 의사에게 내가 얼마나 힘든지 고백할 용기를 낸 후로 매주 만나고 있어. 매주 한 번 나는 내가 잘하고 있다는 확인을 받아. 매주 한 번 우리는 이반이 울음을 터뜨리고 달래지지 않을 때마다 내가 어떤 기분이 드는지에 대해 이야기해. 매주 한 번 나는 도망치고 싶은 내 충동에 대해, 다른 누군가에게, 나 아닌 다른 어른에게, 이걸 감당할 수 있는 다른 사람에게 모든 책임을 떠넘기고 싶은 충동에 대해 말해. 매주 한 번 나는 울어. 우리 관계에 대해, 우리 사이가 이렇게 돼버린 것이 서글퍼서. 상담사가 어떻게 이걸 다 해내는지 나는 정말 모르겠어. 하지만 매주 한 번 상담실을 나설 때마다 나는 더 행복하고, 더 강한 사람이 돼. 그리고 내 발걸음도 한결 가벼워져. 그녀는 내게 연습할 구체적인 숙제를 내줘. 그리고 나 자신의 능력을 믿을 수 있게 격려해. "당신 안에는 힘이 있어요. 당신은 할 수 있어요." 그리고 나는 그녀를 믿어. 그 말을 믿으려고 정말 노력하고 있어.

이제 휴가철이 되었어. 그녀가 내게 낸 마지막 숙제는 이거야. 올해 우리가 빌린 여름 별장에 갈 때 내가 당신과 이반을 두 시간 동안 기차에 태우는 대신 반드시 우리 차 뒷자리에 태워서 별장까지 운전해 가는 것. 막힌 도로 위에서 이반이 울 거라는 두려움 때문에 가족과 따로 가는 일은 없어야 해. 우리는 모두 함께 갈 거야. 이반은 뒷자리에서 아주 잘 있을 거고, 아빠와 엄마와 모두 함께 있을 거고, 나 역시 혼자가 아니라는 걸 기억해야 해. 그게 전부야.

그래서 우리는 지금 여기 앉아 있어. 우리 셋이서. 그리고 뒷자리에 앉은 당신 무릎에 놓인 고양이까지. 우리는 여름 별장으로 가는 길이야. 올해 우리 가족은 수가 늘었어. 그래서 차가 더 비좁게 느껴져. 우리는 출발 시간을 신중하게 정했어. 이반은 대개 오전 10시가 조금 지나서 잠이 들어. 그러니까 그때 출발하기로 했어. 나는 날씨의 신에게 구름 낀 날씨를 달라고 기도했어. 지금 스웨덴은 6월 중순이니까. 그리고 신이 내 기도를 들어줬어. 하늘은 잿빛이고, 차 안 온도도 견딜 만해. 짐은 전날 밤에 꾸려서 차에 실어뒀어. 모든 걸 꼼꼼하게 계획했어.

동네를 벗어나기도 전에, 좁다란 골목을 나서기도 전에 이반의 눈꺼풀이 무거워졌어. 당신은 이반 옆자리에서 내게 정기적으로 보고를 해. 나는 백미러로 당신에게 눈짓을 해. 당신은 손가락을 입술에 가져가 지금은 조용히 해야 한다는 신호를 보내. 고속도로로 들어선 우리 차는 아주 조용해. 이반은 잠들었고, 고양이는 꼼짝도 안 하고 있고, 당신은 고개를 숙인 채 휴대폰을 보고 있어. 내 두 손은 운전대 위에, 내 눈은 도로에 고정한 채 나는 우리 가족을 데리고 앞으로 나아가고 있어. 우리가 함께 보낼 여섯 번째 여름을 향해. 이반과 함께하는 첫 여름을 향해. 내가 이 과제를 완수했다는 걸 알리면 상담사가 얼마나 나를 자랑스러워할지 벌써부터 상상하고 있어. 상담사에게 얼른 말해주고 싶어.

2014년 11월

이제 당신 부모님도 장례 집행관을 만났어. 우리 집에서. 요즘 우리가 만나는 장소야. 내가 다른 곳에서는 아무것도 못 하는 것 같아서. 그리고 집행관이 마침 우리 집 근처에 살고 있기도 하고. 그러니까 여기서 만나는 게 합리적인 것 같아서.

당신 부모님이 집행관과 이야기하는 동안 나는 옆방에 앉아 있어. 하지만 무슨 말을 하는지 다 들려. 내가 전에는 들어보지 못한 일화를 통해 나는 당신이 아주 조심성 많은 아이였다는 걸 알게 돼. 일곱 살 많은 외향적인 형과는 반대로 무척이나 내성적인 아이였다는 걸. 나는 당신 아버지가 이야기하는 걸 들어. 당신 형과는 달리 어떻게 해도 당신을 즐겁게 할 수가 없었대. 당신을 자전거 뒤에 태우고 속도를 올려서 언덕을 내려가면 당신이 얼마나 심하게 울었는지 말했어. 당신은 얼른 자전거에서 내려 집 안에 있는 엄마에게로 달려가고 싶어 했다고. "그 애는 언제나 엄마와 있고 싶어 했어요." 당신 아버지가 말해. 아마도 그 말을 하면서 부엌 식탁에 앉은 당신 어머니를 봤는지도 몰라. 당신은 다섯 살이 될 때까지 엄마와 집에만 있었대. 엄마와 함께 빵 굽는 걸 좋아했고, 토베 얀손의 무민 이야기 읽는 걸 좋아했고, 집 안에 있는 걸 더 좋아했대. 당신 아버지가 어린 당신을 잔디밭에 내려놓으면 울었다고 했어. 때로는 당신이 아버지를, 아버지의 불같은 성질과 큰 목소리를 무서워했다는 이야기를 들었어. 당신은 차분한 쪽, 생각하는 쪽, 꿈꾸는 쪽이었고 혼자 노는 걸 좋아하는 편이었다는 이야기도. 당신은 영리했어. "우리 가족 중에서 가장 똑똑했어요." 당신 아버지가 말했어. 당신 아버지가 울거나 코를 푸느라 이야기를 멈추는 소리가 자주 들렸어.

당신 어머니는 상담 시간 대부분을 침묵 속에 보내. 평소보다 더 말이 없으셔. 당신 어머니의 상심은 당신 아버지의 상심처럼 쏟아져 나오지 않아. 하지만 그 상심이 당신 어머니를 속에서부터 잠식하고 있는 게 느껴져. 당신 어머니는 만날 때마다 점점 더 마르시는 것 같아. 담배를 피우러 자주 발코니로 나가고, 어둠 속에서 가만히 생각에 잠기셔. 나도 함께 괴로워해. 당신 어머니를 위로할 방법을, 적어도 당신 어머니의 마음에 닿을 방법을 알고 싶어. 하지만 어떻게 해야 할지 모르겠어. 위로의 말이 떠오르지 않아. 아버지를 대하기는 더 쉬워. 거의 언제나 먼저 말을 하시니까. 울고, 말하고, 가끔 웃기도 하고, 또 울고. 당신 아버지의 몸짓은 여전히 커. 이런 애도의 시간 속에서도 자신의 본래 모습을 가장 잘 유지하고 있는 것 같아. 집행관은 부엌에서 이런 이야기들을 들으면서 메모를 해. 당신 아버지는 마음속 이야기를 다 꺼냈고, 당신과 당신 어린 시절에 관한 이야기에서 잠시나마 기운을 얻은 것처럼 보여.

이야기 속 당신 모습이 하도 생생해서 마치 당신이 내 눈앞에 있는 것 같아. 안경을 쓴 파랗고 커다란 눈, 집에서 자른 탁한 갈색 머리의 깡마른 소년. 생각이 많고 예민한 아이. 절대 자러 가고 싶어 하지 않는, 늘 어른들과 같이 파티에 늦게까지 남아 있기를 원하는 아이. 책을 아주 많이 읽고, 언제나 공상에 빠져 지내는 아이. 살짝 긴장하고 있는 아이. 모든 것이 차분하고 한결같기를 원하는 아이.

당신과 내가 당신 어린 시절에 대해 제대로 이야기한 적이 없다는 게 이상해. 이런 이야기들을 듣고 있자니 어떻게 나와 지내는 동안 당신이 어린 시절 이야기를 한 번도 하지 않았는지 궁금해져. 내가 묻지 않아서였을까? 아니면 당신이 과거 이야기를 하고 싶지 않았던 건가?

우리가 만난 첫 주를 기억해. 휑한 호른스툴의 당신 아파트 침대에서 대부분의 시간을 보냈지. 어느 날 당신이 뜬금없이 어린 시절의 트라우마 같은 건 없다고 선언한 것도 기억나. 부정하는 게 틀림없다고 내가 생각한 것도 기억나고. 당신이 안경 쓰는 걸 정말 싫어했다고 말한 것도, 중학교 졸업 무렵 콘택트렌즈를 끼게 돼서 정말 기뻤다고 말한 것도 기억나. 중학교 때 방에서 몰래 술을 만들어 친구들에게 팔았다고 지나가는 말처럼 했던 것도 기억나고. 폭음을 하고 집에 돌아가는 길에 흙구덩이에 빠졌다던 이야기도 기억나고. 그리고 당신이 싸움을 피했던 일도. 그 외에는 기억나는 게 별로 없네. 우리는 과거에 대해 별로 관심이 없었던 걸까? 아니면 나만 관심이 없었던 걸까? 당신은 내 어린 시절에 대해 제대로 알고 있었을까? 우리 부모님의 이혼과 새 가족과 이사와 다툼과 병과 죽음에 대해? 지금 생각해보니 내 어린 시절에 대해 이야기한 적이 거의 없었던 것 같아. 지금에 와서야 바보 같았다는 생각이 들어. 커플이라면 서로를 알아가는 단계에서 꼭 거치는 부분을 그렇게 건너뛰었다는 사실이 말이야.

우리가 더 많은 대화를 나눴더라면 좋았을걸. 최근 몇 년간 우리 사이가 그렇게까지 조용하지 않았다면 좋았을걸. 당신 부모님이 당신 이야기를 하는 걸 듣고 있으니까 당신이 내 안에서 생생하게 살아나. 당신이 어떤 사람이었고 어떤 사람으로 자랐는지를 보게 된 것 같아. 이제야 모든 것이 이해가 가. 그런데 너무 늦었어. 당신을 사랑할 기회가 또 주어지면 좋겠어. 당신의 모든 면을 온전하게 사랑할 기회가. 우리 이야기를 다시 쓸 수 있으면 좋겠어. 그러면 당신에게 다른 사람이 되어줄 텐데. 질문을 더 많이 하고, 더 많이 듣고, 더 이해하고, 더 인내심 깊은 사람이. 하지만 그건 불가능해. 그래서 대신 이렇게 내가 놓친 당신의 조각들을 듣고 있어.

2014년 8월

나랑 친한 친구가 오늘 결혼해. 나는 그 친구를 '꼬마 새우'라고 불렀어. 나이도 어렸고, 전에 일하던 직장에 인턴으로 왔을 때 처음 만났거든. 하지만 결혼식 피로연 축사에서 나는 그 별명을 졸업시키고 이제 그녀를 어엿한 어른으로 인정하기로 했어. 친구는 이 사실을 아직 몰라. 머리를 하느라 내게 등을 돌리고 앉아 있어. 머리를 꽃과 나뭇가지로 장식할 거야. 거울에 비친 친구의 얼굴이 보여. 행복하다는 걸 알 수 있어. 행복하지 않은 친구의 얼굴이 어떤지 아니까. 오늘은 얼굴에서 빛이 나. 환하게 웃으면서 우리와 잔을 들고 있어. 우리는 하루 종일, 결혼식과 피로연 시작 직전까지 친구 옆을 지키려고 왔어. 나는 추리닝을 입은 채로 친구가 빌린 스위트룸의 더블베드에 앉아서 친구를 보고 있어. 내 손에는 샴페인 잔이 들려 있고 침대 위에는 저녁 전까지 내가 골라야 하는 드레스 두 벌이 놓여 있어. 목구멍까지 차오른 울음을 억지로 누르는 중이야. 내 눈물이 기쁨의 눈물이라는 보장이 없어서. 사진사가 사진을 몇 장 찍을 때 미소를 지었지만 진짜 미소처럼 보이지는 않을 것 같아. 나는 샴페인 잔을 서둘러 비우고 일어나서 화장실에 가. 거울에 비친 내 모습을 멍하니 봐. 눈 밑 다크서클을 보면서 당장 그만두라고 스스로를 꾸짖어. 이런 식으로는 안 돼.

거울 속에서 나를 바라보는 저 사람은 질투에 사로잡혀 있는 걸까? 내가 느끼는 게 질투라는 가장 못난 감정인 걸까? 나는 다른 사람의 행복을 함께 기뻐해줄 줄 모르는, 원래 질투가 많은 사람인 걸까? 어찌 된 일인지 꼬마 새우의 행복에 비친 내 삶이 너무나도 무미건조하고, 허무하고, 심지어 불쌍하게 느껴져. 언젠가부터 친구와 나는 예전처럼 서로가 필요할 때 옆에 있어주지 못했어. 당신과 내가 도심 밖으로 이사하고 도심의 사교계와 모임에서 멀어지기 시작하면서, 지금은 6개월이 된 아이가 태어나면서, 나는 친구의 삶을 멀리서 지켜보는 일이 더 많아졌어. 문자와 SNS로 소식을 접하고, 친구가 영혼의 단짝이자 약혼자인 예비 신랑과 세계를 여행하는 걸 지켜봤어. 친구는 여전히 콘서트 기획 일을 하고 파티를 즐겨. 다만 지금은 남자친구가 늘 옆에 있어. 약혼식 직후 두 사람이 친구들과 건배할 때, 나는 손에 휴대폰을 들고 임신한 몸을 소파에 붙인 채 인스타그램에 올라온 사진에 '좋아요'를 누르는 걸로 대신했어. 친구가 자신의 인연을 찾았다는 걸 알 수 있었어. 예전에는 나와 같이 여행을 다녔었는데. 어떤 행사에 가든지 서로의 짝이 되어주었는데. 서로에게 거의 모든 걸 이야기했는데. 하지만 지금은 그게 아주 오래전 일이 되어가고 있어.

내 슬픔이 일종의 애도라는 걸 깨달아. 애도가 질투보다는 나은 것 같아서 나는 조금 울어도 된다고 허락해. 아주 조금만. 친구의 중요한 날을 내 감상 어린 향수로 망칠 수는 없으니까. 친구는 자신의 인연을 찾았어. 나도 그렇고. 내게는 이반과 당신이 있어. 당연히 그래야만 하는 거야. 이게 어른이 된다는 거지. 카롤리나, 정신 차려.

나는 얼음처럼 찬물로 세수를 한 뒤 당신에게 별일 없는지 문자를 보내. 이반이 여전히 젖병을 빨지 않아서 걱정이 돼. 우리는 성공한 적이 없고, 그래서 젖병을 물린다는 계획은 거의 포기하다시피 한 상태야. 덕분에 나는 밤낮없이 수유 중이고. 오늘 우리 계획은 당신이 한 시간 내에 호텔로 오면 내가 이반에게 점심 수유를 하는 거야. 그다음에는 새엄마가 와서 결혼식이 진행되는 동안 이반을 돌보면서 근처에서 산책을 하다가 하객들이 예식장을 떠나 피로연장으로 가면 우리와 다시 합류하는 거지. 그때는 공원 벤치에서 저녁 수유를 할 거야. 낯선 사람들이 내 가슴을 봐도 상관없어. 그런 일에는 익숙해진 지 오래야. 일단 이반이 배를 채우고 나면 새엄마와 함께 집으로 보낼거야. 우리는 이반이 좋아할 만한 이유식은 전부 쌓아두었어. 모유를 채운 젖병과 분유도 냉장고에 넣어놓았고. 보모로서의 새엄마의 자신감은 아주 견고해서 내가 염려하는 상황이나 응급 대처법은 가볍게 흘려들었어. 그래도 나는 그런 것들을 정리해서 냉장고에 붙여놓았지. 우리는 이반과 떨어져 지내는 첫날을 사소한 부분까지 꼼꼼하게 계획해두었어. 그러니까 아주 순조롭게 지나갈 거야. 그런데도 불안한 기분이 드는 건 어쩔 수가 없어. 왜 부모가 된다는 게 이런 느낌이라는 걸 아무도 이야기해주지 않았을까? 다시 자유로운 기분을 느끼는 날이 올까?

이반의 점심 수유 시간이 다가오고 있어. 준비를 해서 당신을 호텔 로비에서 만날 시간이야. 문을 나서면서 나는 잠깐 수유하고 오겠다고 방에다 대고 큰 소리로 외쳐. 너무 큰 소리로 말한 것 같지만 아무도 내 말을 듣지 못했어. 다들 건배하고 껴 안고 예비 신부에게 감탄하느라 바빴으니까. 나는 대답 없는 내 외침이 마음속에서 메아리치는 걸 들으면서 방을 나서. 그들을 방해한 게 바보같이 느껴져. 그렇게 사소한 일로 그들의 관심을 끌려고 했다는 사실이. 오늘 내 수유 계획에 신경 쓰는 사람은 아무도 없을 텐데. 나는 다시 한 번 친구와 얼마나 소원해졌는지 깨달아. 또다시 눈물이 차올라. 바보 같은 눈물이야. 오늘은 눈물 흘릴 시간이 없어. 화장을 해야 하고, 카메라를 보고 웃어야 하고, 피로연장에서 옆자리에 앉은 누군가와 대화를 나눠야 하고, 축사를 읊어야 하고, 피로연에 가야 해. 그렇게 할 생각이야. 더는 울지 않을 거야.

2014년 11월

오늘이 한 달째야. 오늘이 오기를 기다렸어. 한 달이라는 건 이정표가 되는 아주 중요한 날이니까. 아직도 무슨 일이 벌어졌는지 제대로 이해는 안 돼. 한 달이 지난 지금 오히려 어떻게 계속 살아가야 할지 더 모르겠다는 생각이 들어. 그저 지나가는 날과 달을 세는 것이 계속할 만한 전략이 아니라는 건 알겠어. 곧 내 삶을 뭔가 의미 있는 걸로 채우기 시작해야 해. 이 폐허 더미에서 뭔가를 일으켜 세워야 해. 하지만 아직 그 정도에 이르지는 못했어. 이반은 거의 10개월이 다 돼가. 나는 육아휴직이 아닌 병가 중이야.

가족과 친구들은 여전히 돌아가면서 불침번을 서고 있어. 매일 밤 누군가가 함께 있어줘. 하지만 매일 조금씩 더 많은 시간을 혼자 보내고 있어. 오빠가 가장 자주 와. 그다음은 나머지 가족들, 그중에서도 새엄마, 여동생, 친엄마가 자주 와. 그리고 친구 두세 명도. 당번 일정표는 우리 집 부엌에 걸려 있어. 오전 당번, 오후 당번, 밤 당번. 하지만 지금은 일정표를 거의 보지 않아. 누군가 오기만 한다면 누구든 상관없으니까. 가족들과 친구들은 내가 무너지는 걸 막기 위해 조용하지만 결연하게 일하고 있어. 청소를 하고, 장을 보고, 요리를 하고, 필요한 물품들을 내게 묻지도 않고 사서 채워줘. 그들은 내가 뭘 원하는지 전혀 모른다는 걸 알고 있어. 적어도 내게 주어진 것들 중에는 내가 원하는 게 없어. 내가 원하는 건 돌려받을 수 없고, 우리는 그것에 대해 이야기하는 것을 최대한 피해.

그들은 내게 음식을 주고, 나를 대신해 집 정리를 하고, 저녁에 내가 멍하니 소파에 앉아 있을 때 옆에 함께 있어줘. 나와 이반이 자는 방 옆방에서 자고, 내가 일어날 때 일어나 아침을 준비해줘. 커피를 끓여줘. 이반과 함께 놀아주고 내가 꼭 샤워를 하게 해. 오후에는 떠나. 그러면 나는 할 일을 떠올리는 데 온 힘을 쏟고 이반을 유모차에 태워 산책을 하고, 저녁이 되기까지 끔찍한 일이 생기지 않도록 최선을 다해. 이런 삶이 거의 일상처럼 느껴지기 시작했어. 하지만 이런 삶이 영원할 수 없다는 걸 알아. 더 빠른 속도로 앞으로 나아가야겠지.

나는 싸울 의지가 거의 없어. 내게 야망이나 계획이라고 할 만한 것이 있다면 그건 오직 이반에 관한 거야. 이반에게 좋은 유년 시절을 선사하고 싶어. 이반에게는 행복한 기억이 필요해. 이반의 유년 시절이 슬픔으로 채워지지 않도록 내가 애도 과정을 얼른 끝마쳐야 해. 내가 도달하고 싶은 지점이 그곳이라는 걸 알아. 하지만 어떻게 해야 갈 수 있는지를 모르겠어.

2014년 9월

요즘 이반이 잠든 동안 당신과 나는 가까운 미래에 대해 논의해. 그다지 유쾌한 대화는 아니야. 우리 둘 다 별로 하고 싶지 않은 이야기지만 해야만 하는 이야기니까. 우리는 변화의 한복판에 있어. 당신은 그 변화가 얼마나 대단한지 아직 깨닫지 못한 것 같아. 곧 당신도 육아휴직에 들어가서 파트타임으로 일해야 해. 그런데 아직 고객들에게 그 사실을 알리지 않았어. 이반을 반나절 동안 돌보면서도 지금처럼 일할 수 있을 거라고 생각하는 것 같아. 당신은 그래야만 한다고, 당신이 알아서 하겠다고 말해. 그래서 나는 걱정이야.

"저녁 먹을 때 집에 와서, 두세 시간 정도 함께 시간을 보낸 다음 밤에 일할게." 당신은 말해. "계속 그렇게 할 수 있을 거라고 생각해?" 내가 물어. "그렇게 해야만 해." 당신이 말해. "지금 내가 손을 놓을 수 있는 프로젝트가 하나도 없어. 고객을 반 년 동안 관리하지 않으면 다른 사람을 쓴단 말이야. 독립한 뒤로 지금까지 이 고객 리스트를 만드느라 얼마나 힘들었는데." 당신은 내가 공감해주길 기대하면서, 당신이 왜 일만 하고 쉬지 않는 삶을 지향하는지 내가 이해해주기를 기대하면서 말해. 나는 이반을 일터에 데리고 갈 생각이냐고 물어. 이반을 소파에 두고 안내데스크 직원에게 봐달라고 부탁할 거냐고. 당연히 당신은 이런 내 질문에 화를 내. 정말로 자기를 그렇게 못 믿느냐고 반문해. 나는 답하지 않아. 대신 이렇게 말해. "당신 이야기가 얼마나 정신 나간 소리처럼 들리는지 알아? 일은 일대로 하면서 아기도 돌보겠다니. 미안하지만 그건 불가능해. 우리가 합의했던 거랑 다르잖아." 당신이 무슨 말인가를 웅얼거려. 나는 뭐라고 했냐고 물어. 당신은 "우리는 아무것도 합의하지 않았어"라고 말해. 그때는 내가 당신 말을 듣기를 무조건 거부했어. 나는 입을 다물어.

당신은 한숨을 쉬고, 당신 앞 허공 어딘가에 시선을 고정해. 당신은 나를 설득할 방법이 없어. 당신도 당신 주장이 미친 소리처럼 들린다는 걸 아니까. 하지만 당신은 그렇게 밀고 나갈 생각이야. 고객을 단 한 명도 놓칠 생각이 없어. 그냥 스스로의 체력을 희생시키려고 해. 그렇게 마음먹은 거야.

나는 배 속에 돌덩어리가 가라앉은 것 같은 불안감에 또 하룻밤을 뒤척이며 보내. 내 안의 목소리가 큰 소리로 말해. '이건 아닌데.' 그리고 나는 내가 우리를 어디로 몰아넣은 건지 회의에 빠져. 지금 내가 복직하지 않는 편이 나을지 고민해. 이반은 이제 7개월밖에 안 됐으니까. 가을까지 집에 있을 수 있을까? 내년까지 복직을 미루면 어떨까? 하지만 나도 일하고 싶어! 적어도 하루에 네 시간은 어른이 되고 싶다고. 그것도 아주 유능한, 일을 하고 동료와 웃고 점심도 먹는 그런 어른으로 지내는 삶으로 돌아가고 싶어 죽겠다고. 그걸 포기하고 싶지는 않아! 게다가 내 상사는 2주 뒤에 내가 나타날 거라고 알고 있어. 이제 와서 바꾸기에는 늦었어.

오늘 밤에도 중간에 일어나 수유를 한 뒤에 깨어 있어. 나는 몇 시간을 뜬눈으로 보내. 내 머릿속에서는 결론이 나지 않는 생각이 꼬리를 물고 이어져. 당신은 깊은 잠에 빠진 것 같아. 그런데도 요즘 당신은 늘 피로가 덜 풀린 채로 일어나. 나는 끊임없이 잔소리를 해. 일을 너무 많이 한다고. 그런 식으로 계속할 수는 없다고. 당신은 점점 더 말이 없어져. 당신 속으로 깊이, 깊이 들어가고 있어. 내가 자러 갈 때면 아직 할 일이 조금 남았다고 말해. 그리고 몇 시간이 지나가. 침실 밖 부엌에서 당신이 키보드 치는 소리가 들려. 마침내 자러 들어오는 건 자정이 지나서야. 나는 잠든 척해. 당신이 내 옆에서 담요를 덮느라 부스럭거리면 이반이 뒤척이면서 웅얼거려. 우리는 잘 때 서로를 품에 안지 않아. 그러지 않은 지 꽤 오래됐어.

게다가 우리는 지금 사는 곳에서 몇 블록 떨어진 곳에 있는 임대료 상승률 제한 아파트에 당첨됐어. 계획에 없는 일이었지만 기회가 생겼고 잡지 않을 수가 없었어. 그리고 이제 이삿날까지 한 달밖에 남지 않았어. 우리가 사랑하는 이 아파트를 떠나 조금 더 새거고, 더 못생기고, 훨씬 더 실용적인 아파트로 가야 해. 스톡홀름의 임대료 상승률 제한 아파트 대기자 명단에 이름을 올린 뒤 아무런 기약도 없이 13년을 보냈는데, 갑자기 우리 동네에 있는 커다란 방 두 개짜리 아파트에 입주할 기회를 얻은 거야. 당연히 나는 그 아파트로 이사해야 한다고 주장했어. 더 실용적이니까. 더 크니까. 엘리베이터가 있으니까. 넓은 발코니가 있으니까. 여유 공간이 생기니까. 임대료 상승률 제한 아파트인 데다 스톡홀름에서 그런 아파트의 입주권을 따기란 하늘의 별 따기보다 더 어려운 일이니까. 지금 당장은 무리라는 생각이 들어도 장기적으로 보면 더 나은 선택이니까. 커다란 새 엘리베이터가 있어서 유모차에서 잠든 이반을 그대로 아파트까지 데리고 들어올 수 있으니까. 이반에게도 자기 방이 생길 테니까. 서향을 바라보는 어마어마하게 큰 발코니에서 봄과 여름에 저녁 식사를 할 수 있을 테니까. 당신도 집에서 일할 공간이 확보될 테니까.

나는 그 아파트에 입주해야 한다고 주장했고, 얼마 뒤에 당신도 동의했어. "아무리 시기가 좋지 않더라도 기회가 주어졌을 때 낚아채야지. 이사업체를 고용하면 돼. 우리가 할 일이라고는 이 아파트를 팔고, 이곳에서의 우리 삶을 상자에 담아 옮기는 게 전부야. 그 정도는 할 수 있잖아?" 나는 당신을 다독여. 우리는 할 수 있다고 합의했고, 할 수 있어야만 해. "누가 알아? 이삼 년 뒤에 우리가 그 널찍한 아파트에 앉아서 지금 우리가 겪고 있는 이 혼돈의 시기에 대해 이야기하며 웃을 날이 올지도." 내가 말해. "그래, 그럴지도." 당신이 말해. 하지만 풀 죽은 목소리야. 의심이 가득한 목소리야. 실은 나도 그랬어. 여전히 그래. 이제 진짜로 짐을 싸기 시작해야겠어.

2014년 11월

당신 장례식이 이틀 뒤로 다가왔어. 이날을 한 달도 넘게 기다리는 동안 나는 점점 더 마음이 초조하고 급해졌어. 그냥 얼른 장례식을 해치우고 다음 단계로 넘어가면 안 될까? 나는 상실의 경험으로 힘들어하는 젊은 사람들이 모인 온라인 커뮤니티 두세 곳에 가입했어. 아직 아무 이야기도 털어놓지 않았지만 다른 사람들 글은 자세히 읽고 있어. 특히 상실을 겪은 직후의 시간들에 대해. 계속해서 접하게 되는 이야기는 장례식이 끝나면 그 많던 친구들과 지인들이 안전망에서 빠져나가 각자의 삶으로 돌아간다는 거야. 그래서 새로운 유형의 외로움과 허무함이 밀어닥친다고 해. 또 반복해서 다뤄지는 또 다른 이야기는 장례식이 하나의 기념비적인 날이 된다는 거야. 장례식 전까지는 아무것도 진짜처럼 느껴지지 않다가 진정한 의미에서의 작별 인사를 하게 되는 날이라고. 그런 이야기들을 읽으면서 얼른 장례식을 해치우고 싶다는 마음이 커져. 얼른 해치우고 싶지만 또 겁도 나.

우리가, 당신의 직계가족이 커다란 예배당 제일 앞줄, 당신의 재를 담은 단지와 가까운 곳에 앉을 거라고 했어. 모두의 눈이 우리를 향하겠지. 장례식 참석 의사를 밝힌 사람이 거의 150명이나 돼. 그 많은 사람이 여기 모일 거라는 생각을 하면 온몸이 경직돼. 당신이 죽은 뒤로는 서너 명 이상과 같은 공간에 있어본 적이 없어. 그 자리에 앉아 있는 것만으로도 힘들겠지. 이반을 안고서, 숨을 쉬려고 애쓰면서. 우리의 상실과 슬픔을 그렇게 많은 사람에게 한꺼번에 내보인다는 생각만으로도 긴장돼. 그 사람들이 나를 정말 불쌍하게 여길 거라는 생각에, 내가 그 사람들의 최악의 악몽을 몸소 살아가는 견본이 되었다는 생각에 불편해져. 그 사람들이 벤치에 앉아 서로의 손을 더 꽉 잡을 거라는 생각. 나 같은 운명에 처하지 않아서 정말 감사해할 거라는 생각. 나는 장례식 자체를 취소해야겠다는 마음을 억지로 밀어내고 더 현실적인 부분들에 대해 생각하려고 애써. 이반에게 무슨 옷을 입힐지에 집중해. 누가 내 옆에 앉아서 이반이 소리를 지르거나 내가 감정을 추스르지 못할 때 대신 돌봐줄 수 있을까. 예배당까지는 어떻게 갈까. 집으로 돌아올 때는 어떻게 올까. 그날 저녁에는 무엇을 먹을까. 우리 집에서 누가 밤을 보낼까.

요즘에는 그런 실무적인 것들에 대해 생각하면 마음이 조금 차분해져. 기분을 전환하는 데 아주 효과적인 방법이야. 실무적인 것에 집중하면 덜 슬퍼져. 나와 이반의 미래를 구체적으로 계획하는 데 점점 더 많은 시간을 쓰고 있어.

더 최근에는 우리 관계에 대해서도 더 현실적인 관점에서 바라보면 위로가 돼. 당신이 죽기 전부터 우리는 어떻게든 안 될 관계였다고 생각하면 어쩐지 마음이 편해져. 당신이 죽지 않았다면 우리가 헤어졌을 거라고, 내가 결국에는 싱글맘이 되었을 거라고 말이야. 우리가 서로를 행복하게 만드는 일에 얼마나 재주가 없었는지, 내가 당신을 행복하게 만드는 일에 얼마나 형편없었는지, 그래서 당신이 언젠가는 지긋지긋해져서 나를 떠났을 거라는 생각을 해. 당신은 다른 사람을 만났으면 더 행복했을 거야. 내가 어떤 의미에서는 꽤 오래전부터, 당신이 살아 있을 때도, 우리가 함께 있을 때조차도 혼자였다는 것을 스스로 인정하면 어느 정도 위로가 돼. 그런 생각을 하면 아주 잠깐이나마 마음에 평화가 찾아와. 하지만 내가 아무리 애써도 그런 생각들은 곧 사라져.

그 외에 나는 당신이 얼마나 독특한 사람이었는지 생각해. 그리고 내가 그걸 전혀 알아보지 못했다는 걸 인정할 수밖에 없어. 나는 당신을 특별하게 만드는 것들을 어떻게든 몰아냈어.
때로는 내가 당신 같은 사람을 다시는 만날 수 없을 거라는 생
각을 해. 당신만큼 내게 잘해주는 사람은 없을 거라는. 아무도
당신처럼 나를 조건 없이 사랑해주지 않겠지. 아무도 당신만큼
나를 다독일 수 없겠지. 당신 같은 사람을 다시는 못 만날 거야.

　내가 당신에게 얼마나 빠져들었는지, 그런데도 당신과 사랑
에 빠진 그 순간부터 내 마음을 사로잡은 당신의 성격에 불만
을 품기 시작한 것에 대해 생각해. 내가 늘 당신을 바꾸려고 애
썼다는 걸 생각해. 누군가와 사랑에 빠져놓고는 자신이 사랑에
빠진 그 사람을 곧장 바꾸려고 하는 사람이 나 말고 또 있을까.
당신이 천천히 가고 싶어 할 때마다 내가 당신의 등을 떠밀었던
모든 순간에 대해 생각해. 나는 살아남은 쪽이 될 자격이 없어.

　당신에게 편지를 썼어. 장례식을 위한 간단한 글귀로 시작했
는데 일단 쓰기 시작하니까 멈출 수가 없었어. 당신에게 할 말
이 그렇게 많은 줄 몰랐는데, 내 안에서 말들이 쏟아져 나왔어.
편지를 쓰는 동안에는 꼭 당신이 그 방에 있는 것만 같았어. 결
국 네 장이나 썼어. 우리가 처음 만났을 때 당신이 어땠는지, 당
신을 그토록 사랑스럽고 독특한 사람으로 만든 것이 무엇인지
설명하려고 애썼어. 당신이 얼마나 심지가 굳었는지, 얼마나 솔
직했는지, 얼마나 포장하거나 장식하는 데 재주가 없었는지, 그
리고 당신이 거짓말을 절대 하지 않는 사람이었다는 것에 대해.

당신의 충성심, 배려, 차분함에 대해. 당신이 얼마나 의지가 되는 사람이었는지에 대해.

편지는 헌사가 되었어. 나도 모르게 그렇게 됐어. 내가 설명하는 당신의 인격 하나하나가 나를, 내 인격을, 당신에게 있지만 내게는 없는 부족한 점들을, 당신을 평화롭게 살도록 내버려두지 못하는 내 무능함을 더 깊은 그림자로 끌고 들어갔어. 이틀 동안 편지를 수정한 뒤 새엄마와 우리 둘 모두를 아는 친구 두 명에게 보냈어. 다들 울면서 내게 전화했어. 편지를 쓴 지 사흘째 되던 날 집행관에게 그 편지를 보냈고, 내가 해야 할 것들을 마무리했어. 당신 동생도 추도문을 썼는데 직접 읽을 거라고 해. 어떻게 그럴 힘을 낼 수 있는지 모르겠어.

집행관은 모든 게 순조롭게, 아름답게 진행될 거라고, 지금은 그저 쉬면서 기다릴 시간이라는 말로 나를 안심시켜. "공허는 공허로, 상실은 상실로 내버려두라." 장례식을 열 시구야. 이 명령이 2014년 12월 어느 날 아침 당신의 재에게 작별 인사를 하기까지 남은 마지막 시간을 보내는 나를 따라다녀. 공허는 공허로, 상실은 상실로 내버려두라. 빛을 기다리는 동안에는.

2014년 10월

새 아파트 발코니에서 잿빛 콘크리트 마당을 내려다보며 서 있어. 그네 두 개와 모래 상자가 전부인 저 작은 놀이터에 이반을 데리고 가면 어떻게 반응할지 궁금해하면서. 당장 오늘 오후에 데리고 갈지도 몰라. 이곳이 이반이 자랄 곳이야. 이곳이 이반의 마당이 될 거야. 여기서 걸음마를 떼고, 숨바꼭질을 하고, 마당 옆으로 기차가 지나가는 걸 보게 될까? 이곳에서 친구를 사귀게 될까? 근처 다른 아파트 마당에서 친구들과 몰려다니고 담배를 피우는 10대 소년이 될까? 이곳에서 첫 키스를 하게 될까? 아니면 더 먼 곳, 이를테면 도심에서 하게 될까? 이반이 어른이 된다는 상상을 하면 아찔해지지만 그래도 나는 그런 상상을 멈추지 않아. 달리 할 일이 없거든. 이제 이곳이 우리가 살 집이야.

지금 아파트는 텅 비었어. 그래서 집 같은 냄새가 나지 않아. 전구도 없고, 화장실 수도꼭지에서 물이 새. 아파트 한쪽 창문들은 시내버스가 정기적으로 다니는 번잡한 도로로 나 있어. 반대쪽 창문들은 콘크리트 마당을 내려다봐. 발코니에 서 있으면 규칙적으로 지나가는 지하철을 볼 수 있어. 지금은 오후 2시가 조금 넘은 시각이야. 한 시간 내로 우리 짐이 도착할 거야. 당신과 오빠는 지금 옛 주소에서 그 짐을 트럭에 싣고 있어. 두 사람이 도착하면 나는 이반을 안은 채 우리 가구와 60여 개의 상자가 이 아파트에서 제자리를 찾아가도록 지시할 준비를 하고 있고. 우리가 어쩌다 그렇게 많은 물건을 소유하게 되었을까? 그 많은 물건이 어떻게 방 하나짜리 아파트에 다 들어갔을까? 이 아파트에서는 어떻게 보일까? 나는 부엌으로 들어가. 이 아파트가 못생겼고, 터무니없을 정도로 개성이 없다는 생각을 애써 밀어내. 대신 아주 실용적이라고 되뇌어. 우리가 우리 취향을 더하면 된다고 스스로를 설득해. 우리는 이곳을 우리 집으로 만들 거야. 당신과 나와 이반과 고양이가. 이곳에서 이반은 통잠을 자게 될 거야. 나는 긍정적인 생각을 해. 이반에게 방 하나를 내줄 거고 그러면 당신과 나는 서로에게로 돌아갈 방법을 찾을 수 있을 거야. 지금은 내가 육아휴직 중이라 소득이 준 상태지만 6개월 뒤에 육아휴직이 끝나고 우리 둘 다 복직하면 이 아파트의 임대료가 그렇게까지 비싸다고 느껴지지 않을 거야. 개성이 있건 없건 이 아파트에서 우리는 함께 미래를 설계할 거야. 옛 아파트는 팔았어. 그 돈은 우리 계좌에 들어 있지. 만일의 사태에 쓸 비상금이 생긴 거야. 여름에는 여행도 할 수 있어. 그러니까 미래는 밝은 셈이야.

주머니에서 휴대폰이 울려. 꺼내서 확인하기도 전에 당신이 출발했다는 걸 알아. 당신이 아닌 오빠가 다시 문자를 보내. "출입문 열어놔. 지금 가고 있어." 오빠는 트럭 앞자리에서 찍은 사진으로 그 사실을 증명해 보여. 당신들은 지금 막 옛 주소를 떠나는 참이야. 갑자기 배 속에 무거운 돌덩어리가 가라앉은 것 같아. 이제 당신은 옛 아파트의 문을 마지막으로 닫았어. 진짜로 이게 현실이 된 거야. 나는 엘리베이터를 타고 5층에서 1층으로 내려가. 오빠가 시키는 대로 출입문을 열어놔. 멀리 고속도로를 내다보면서 로터리에 트럭이 나타나기를 기다려. 이반이 아기띠에서 몸을 비틀기 시작해. 막 기기 시작한 터라 안겨서 꼼짝 못 하는 걸 싫어해. 모든 바닥, 가구, 다리, 문턱을 탐험해야만 해. 고양이를 쫓아다녀야 해. 의자 다리를 물어뜯어야 해. 이제 아기띠에 갇힌 지 꽤 됐어. 곧 바닥에 내려놓아야 할 거야. 하지만 아직은 아니야. 커다란 트럭이 막 로터리를 돌았거든.

트럭이 도착하고 당신들은 하나둘씩 앞좌석에서 내려. 먼저 오빠가. 그다음에는 트럭 기사가. 그리고 마지막으로 당신이. 머리에 털모자를 썼고, 뺨이 창백해. 당신이 내 쪽으로 오는데 얼마나 피곤한지가 보여. 나는 오빠를 안아주고, 당신을 안아주고 뺨에 키스를 해. 짐 싣는 데 어려움은 없었는지 물어. 당신은 없었다고 말해. 서둘러 트럭 뒤쪽으로 가. 집중하고 있어. 얼굴이 창백해.

2014년 12월

예배당이 사람들로 꽉 찼어. 빈자리가 하나도 없어. 심지어 내가 모르는 사람도 있어. 일어서는데 무릎이 떨려. 당신이 좋아하던 노래가 스피커에서 울려 퍼져. 그 소리에 나는 장례식이 시작하기도 전에 울음을 터뜨려. 그냥 음향기기를 테스트하고 있는 것뿐인데. 그리고 그 뒤로 두 시간 내내 울어. 더는 나올 눈물도 없어. 나는 여기를 나갈 때까지 고개를 숙이지 않으려고 온 정신을 집중해.

이 마지막 순간들을 빨리 감아서 얼른 조문객들을 내보내고 싶어. 그들의 손을 일일이 잡고, 눈을 마주치고, 위로받고 싶지 않아. 이제 나는 서서 사람들에게 안기고 있어. 수백 개의 팔이 나를 안고 울며 고맙다고, 정말 아름다운 장례식이었다고 말해. 그리고 필요한 게 있으면 꼭 연락하라는 당부를 받아. 나는 고맙다고, 와줘서 고맙다고, 그런 말을 해줘서 고맙다고, 그렇게 배려해줘서 고맙다고 말해. 조문객의 물결이, 친구와 지인과 친척과 동료의 물결이 끝나지 않을 것 같다가 갑자기 끝나. 이제 예배당에는 가족만 남았어. 남은 건 서로에게 작별 인사를 하는 것뿐이야. 그리고 당신에게. 마지막으로. 원한다면.

장례식이 끝났고 당신 가족은 나만큼이나 당황하며 서 있어. 우리 중 누구도 이런 날을 어떻게 마무리해야 하는지 몰라. 조문객들이 예배당을 다 빠져나간 뒤에 우리가 이렇게 남겨지리라는 걸 설명받지 못했어. 이제 어떻게 하지? 음악은 멈췄어. 교회를 서성이는데 우리의 신발들이 돌바닥에 닿으면서 내는 소리가 울려 퍼져. 우리는 혼란에 빠진 채 서로를 안아. 당신 형이 재 단지 옆 당신 사진에 손을 올려. 어깨가 들썩이는 걸로 보아 울고 있는 것 같아. 하지만 확실하지는 않아. 당신에게 뭔가를 속삭이고 있는지도 모르지. 어느 쪽이건 가까이 다가갈 생각은 없어. 방해하고 싶지 않으니까. 이반을 안고 있지 않으니 내 완벽한 보호막이 사라진 느낌이야. 현실에 대한, 나와 다른

226

사람들을 나누는 경계가 되어주는 보호막. 이반을 안고 있으면 사람들이 내게 말과 행동을 조심해. 이반이 없으면 생각나는 대로 말하고, 그래서 현실을 있는 그대로 말하기도 해. 나는 그게 싫어.

단지 옆 탁자는 수백 송이의 장미로 덮여 있어. 하얀 백합과 이름 모를 꽃도 있어. 그리고 그만큼 많은 카드와 화환도. 장의사가 내 옆으로 오고 나는 진부한 말 외의 이야깃거리를 찾아 머릿속을 뒤져. 얼마나 아름다운 장례식이었는지에 관한 어색한 찬사를 더는 듣고 싶지 않아. 나는 장례식에 누가 화환을 보냈는지 내가 알아두어야 하지 않느냐는 질문으로 장의사의 말을 막아. 감사 카드를 보내야 하잖아요, 내가 말해. 그리고 초대장에 적힌 연구 기금에 기부한 사람이 있나요? 그것도 확인해야 하지 않나요?

장의사는 지금 당장은 그런 것들을 생각하지 않아도 된다고 말해. 모든 걸 확인하지 않아도 된다고. 대신 내가 알아야 하는 내용은 전부 우편으로 보낼 거라고 말해. 그리고 내 어깨에 손을 올린 뒤, 내가 듣고 싶어 하지 않는 바로 그 말을 해. "아주 아름다운 장례식이었어요." 그녀가 말하면서 내 눈을 봐. 오늘은 더 이상 눈물을 흘리기에는 너무 지친 내 눈을. "아주 잘했어요." 나는 고개를 끄덕이면서 고맙다고 말해. 그녀가 무슨 말을 하는지, 내가 뭘 그렇게 잘했다는 건지 제대로 알지 못하면서도. 하지만 지금은 그 이상 다른 말은 아무것도 할 수가 없어.

예배당 안쪽 방에서 기어 다니고 있는 이반을 찾아가. 이반은 나를 보자 얼굴이 환해지면서 내 쪽으로 기어 와. 나는 이반을 안아 올려. 새엄마가 나를 안아줘. 나는 새엄마의 품속으로 사라지고 싶지만 품에서 빠져 나와. 이제 여기를 떠나야 해. 새엄마가 어떻게 집에 가고 싶으냐고 물어. 나는 걷고 싶다고 말해. 가는 길에 장을 볼 수도 있고. 엄마도, 오빠도, 여동생도 우리와 함께 돌아갈 거야. 오늘은 다 같이 저녁을 먹을 거야. 나는 갑자기 축하하고 싶은 생각이 들어. 이제 마침내 끝났다는 사실에 건배하며 와인을 마시고 싶어. 또 하나의 이정표를 통과했어. 그 일과 나 사이에 또 하루가 더해졌어. 우리는 다 같이 교회를 나서. 당신 가족에게 작별 인사를 해. 마지막으로 안아드려. 곧 연락하겠다고 말해. 그리고 12월의 어둠 속으로 들어가. 나는 발길을 돌려 걷는 동안 뒤돌아보지 않아. 앞에 거대한 십자가가 달린 교회를 돌아보지 않아. 고개를 숙이고 앞만 봐. 묘지를 통과하는 보행로에 시선을 고정해. 그다음에는 우리 동네 사거리에. 그리고 마트에. 저녁으로 뭘 먹을지 생각하기 시작해. 집 냉장고에 차갑게 식힌 와인 한 병이 있는지 생각해.

마트에서 한 남자가 치즈케이크 시식 행사를 하고 있어. 앞치마를 두르고 우스꽝스러운 모자를 썼어. 지나가는 사람들에게 새로운 맛을 시식해보라면서 불러. 나는 그의 눈을 피하면서 고개를 저어. "됐어요." 그리고 계속 걸어가. 오늘은 치즈케이크를 먹고 싶지 않아. 지나가는데 내 등에 대고 말하는 그 남자의 목소리가 들려. 말투가 달라졌어. "다음엔 얼굴에 미소라도 띄워요! 웃는 얼굴에 침 뱉는 사람은 없으니까!" 그리고 침묵. 그 침묵이 내 귓가에 울리기 시작해. 그의 목소리, 내게 웃어야 한다고 말하는 그의 목소리가 그 침묵 속에서 울려.

고개를 흔드는 내 눈에 다시 눈물이 흐르기 시작해. 눈물방울이 이반 모자 위로 떨어져. 여기서 나가야 해. 나는 마음을 다잡고 출구로 다시 발길을 돌려. 사탕 코너와 계산대를 지나쳐. 자동문을 통과해서 사거리로 나가는데 새엄마가 시식 코너의 그 남자에게 한마디 하는 게 들려. "지금 막 남편 장례식을 치르고 온 애라고요, 맙소사, 제발 말하기 전에 생각 좀 하라고, 이 멍청아." 등 뒤로 자동문이 닫히는 순간 마지막으로 들린 말이야. 그렇게 산스보리 사거리에서 이반을 아기띠에 안은 나는 홀로 남겨졌어. 비가 내리기 시작해. 재킷으로 이반을 감싸. 더이상 축하하고 싶은 마음이 들지 않아. 그냥 집에 가고 싶어.

2014년 10월

이사를 하면서 당신은 무리했어. 완전히 지쳐버렸어. 당신은 늘 자고만 싶어 해. 다른 걸 할 기운이 없어. 이반과 놀 때면 자주 이반 옆 바닥에 누워. 이반이 기어가도 매번 따라가지는 않아.

그러면 이반이 돌아서서 다시 당신에게로 기어 와. 당신만큼 우리 아들 얼굴을 환하게 밝히는 사람도 없어. 당신이 지쳐 있을 때조차 말이야. 두어 번 이반이 집의 나머지 공간들을 탐험하는 동안 당신 혼자 바닥에 깐 담요 위에 누워 있는 걸 보기도 했어. 아이를 들어 올릴 때면 힘겨워하는 것처럼 보여. 마치 아이가 갑자기 무거워지기라도 한 듯이. 당신이 걱정돼. 감기에 걸린 건 아닌지, 이사 때문에 심리적 부담을 느끼는 건 아닌지 고민해. 지난번에 이사했을 때도 당신 상태가 별로였잖아. 자신의 뿌리를 한 번 더 뽑아서 옮기는 게 당신에게는 수난인 걸까? 집으로 삼았던 또 하나의 장소를 떠나는 것이? 그러고 나면 고통받는 걸까? 아니면 이미 기력이 소진된 걸까? 요즘 당신은 정말 정신없이 일하니까. 당신이 육아 단축 근무에 들어가기까지 닷새밖에 남지 않았어.

당신에게 보상하려고, 당신의 부담을 덜어주려고 나는 몸과 마음을 바삐 움직여. 짐은 내가 거의 다 풀고 정리했어. 저녁에 이반이 새로 생긴 자기 방에서 잠들면 나는 미친 듯이 일해. 옷은 옷장에, 책은 책장에, 부엌살림은 부엌 찬장에, 기타 물건들은 새 아파트의 수많은 수납장 중 하나에. 이곳에는 짐을 넣어둘 공간이 충분해.

늦은 밤에, 내가 짐을 푸는 동안 당신은 부엌에 앉아서 일을 하고, 우리 사이에는 새로운 종류의 침묵이 단단히 자리 잡았어. 당신은 내가 말하면 중얼거리면서 답해. 당신 눈썹 사이에 주름이 잡혔어. 한번은 부엌에 갔더니 당신이 식탁에 엎드려 있었어. 노트북 위로 쓰러진 것 같았어. 잠이 든 것도 같았고. 나는 조심스럽게 당신 어깨에 손을 올리고 괜찮으냐고 물었어. 당신은 벌떡 일어나더니 그냥 쉬고 있었다고 말했어. 아무 문제 없어, 당신이 말했어. 나는 더 묻지 않았어. 대신 마음 한구석을 괴롭히는 걱정들을 밀어내고 계속 짐을 풀고 정리했어. 저장해둔 내 기력을 한껏 끄집어내서 우리 모두를 위한 집 만들기에 집중했어.

월요일에 나는 복직해. 오전 8시 30분부터 12시 30분까지 일하는 동안 당신이 이반을 돌볼 거야. 내가 집에 돌아오면 당신이 일하러 나갔다가 저녁 시간에 집으로 돌아와. 여느 가족처럼 저녁을 함께 먹어. 이반을 재워. 당신은 다시 일을 해. 그게 우리 계획이야. 우리는 그러기로 합의했어. 나는 지금처럼 한동안은 밤에도 이반을 돌볼 거야. 아직까지 이반이 자기 방에서 혼자 잠을 잔 적은 없어. 잠이 들고 한 시간이 지나면 깨서 울며 나를 찾아. 젖을 빨면서 다시 잠이 들어. 자면서 계속 뒤척거려. 발을 내 배나 허벅지에 대고 밀어. 나도 아직 우리 방에서는 제대로 자본 적이 없어. 하지만 곧 그렇게 될 거라고 스스로에게 말해. 여기 온 지 아직 두 주밖에 되지 않았으니까.

우리의 계획은 내가 밤을 맡고 당신이 오전을 맡는 거야. 이반이 잠에서 깨면 내가 이반을 데리고 당신에게 가. 그리고 침대로 들어가. 아직 이른 시간이라면 두세 시간 정도 휴식을 취해. 출근하려면 7시 30분에는 일어나야 해. 그 이후에는 당신과 이반 둘만 남아. 당신을 위해 나와 이반이 자주 가던 공원과 실내 놀이터를 표시한 지도를 만들어놨어. 각 주소에 일일이 동그라미를 치고 개방 시간을 적어놨어. 이반이 특히 좋아하는 장소에는 따로 표시를 했어. 당신은 아직까지 지도를 들여다볼 여유가 없어. 때가 되면 볼 거라고 말해. 지금은 이사로 너무 피곤해. 지금은 미래 계획을 세우기에는 너무 지쳤어. 하지만 결국에는 괜찮아질 거라고 내게 약속해. 나는 당신 말을 믿으려고 애써. 왜냐하면 무엇보다 내겐 다른 선택지가 없으니까.

2014년 12월

곧 당신이 죽은 지 두 달이 될 거야. 두 번째 달의 마지막 날이 다가오고 있어. 당신이 떠난 뒤로 이반은 치아가 두 배나 많아졌어. 이반이 뭔가 새로운 걸 할 때마다, 이를테면 지난주처럼 혼자 서기 시작할 때마다 나는 당신에게 말하고 싶은 강렬한 충동을 느껴. 당신에게 문자를 보내거나 전화를 하고 싶어져. 우리 아들의 발달이 어떻게 진행되고 있는지 알리고 싶어져. 전화기를 꺼내 화면만 멍하니 바라본 게 한두 번이 아니야. 이 소식을 누구와 나누지? 누가 관심을 가질까? 누가, 당신 외에 누가 우리 어린 아들이 매일 커가는 상황을 보고받고 싶어 할까?

대개 나는 당신 부모님이나 새엄마나 엄마를 택해. 단체 문자를 보낼 때도 있고, 개별 문자를 보낼 때도 있어. 다들 곧장 답을 해. 모두 이반에게 집중해줘. 그 아이의 발달을 자랑스러워하고 SNS에 사진을 올려. 이반에게 애정을 느끼고 표현해. 이반의 삶에 최선을 다해 참여하고 있어. 잘못하는 게 하나도 없어. 그런데도 내 신경을 긁어. 그들이 당신이 아니라는 단순한 이유 하나만으로. 그들은 가족으로서, 지원군으로서 아주 좋은 사람들이야. 하지만 애 아빠를 대신할 수는 없어. 인생의 동반자가 될 수 없어. 그런데도 인생의 동반자이자 이반의 아빠인 당신이 없기 때문에 나는 그들에게 이반의 발달 상황을 보고해. 그렇게 하지 않고 흘려보내는 것보다는 나은 것 같아서. 이번 주에 그들은 이반의 이가 난 것을 축하했고 이반이 우리 집 가구를 잡고서 일어서는 동영상을 봤어.

나는 머릿속으로 계속 당신과 이야기해. 우리 아들이 커가는 과정을 세세하게 나누면서. 여기 없는 것에 화를 내. 나는 거듭 당신에게 마지막에 우리 관계를 그렇게 만든 것에 용서를 구해. 그런 지루하고도 힘든 삶을 살게 내버려뒀을 뿐 아니라 그런 삶을 살도록 부추긴 것을. 당신은 더 나은 삶을 누렸어야 해. 나는 내게 주어진 것에 감사할 줄을 몰랐어. 그래서 그 삶이, 우리 관계가 손에서 빠져나가도록 놔뒀어. 어떻게 그런 나 자신을 용서할 수 있을지 자신이 없어.

당신이 남긴 공백 속에서 나는 당신의 소리를 떠올려. 당신의 소리가 그리워. 욕실에서 끊이지 않던 나지막한 당신의 샤워 소리. 양치하고 가글하는 소리. 재채기 소리와 하품 소리. 당신이 일하는 동안 이어폰에서 새어 나오던 음악 소리. 이반에게 말하는 당신의 목소리. 심지어 내가 미래나 집안일과 관련해 당신에게 잔소리를 할 때 당신이 억누르던 한숨 소리조차 그리워. 막 잠에서 깬 당신 목소리. 오후에 전화 너머로 들리던 당신 목소리. 늦은 밤 당신 손가락이 키보드를 두드리는 소리. 밤에 내가 이반과 누웠을 때 옆방에서 멀게 들리던 당신의 코 고는 소리. 새벽에 일어나서 화장실에 가느라 복도를 걸어가던 발소리. 당신의 모든 소리가 그리워.

이제 우리 집은 조용해. 가족들과 친구들이 하나둘씩 자기 삶으로 돌아가고 있어. 내가 읽은 대로 장례식이 끝난 뒤 뭔가가 바뀌었어. 그 무렵 친구들은 불침번 서는 걸 그만뒀어. 24시간 돌아가던 일정표가 드문드문 이어지는 방문으로 대체되었고, 대신 언제든 전화를 하라거나 부르라고 환기하는 문자가 자주 와. 뭔가 필요한 것이 있으면, 그것이 무엇이든, 언제든 말하라고 당부하는 그런 문자들. 나를 보살피느라 휴가를 냈던 사람들은 일터로 복귀했어. 내 달력은 다시 내가 채워야 하는 것이 되었어. 여전히 하루하루가 지나가길 기다리면서 시간을 보내. 여전히 거의 매일 밤 누군가가 찾아오기는 하지만 내가 그들에게 부담이 되고 있다는 생각이 커져만 가.

아침이면 공백이 모습을 드러내. 아무 일정이나 계획 없이 아이와 함께 잠에서 깨는 게 새로운 스트레스 요인이야. 점점 안절부절못하게 돼. 다시 계획을 세우기 시작했어. 거의 매일 집 근처 쇼핑몰로 향하는 구실을 만들어. 이반에게 새 모자가 필요하지 않나? 이제 추워지니까 따뜻한 속옷이 필요하지 않을까? 게다가 크리스마스 선물도 사야 해. 커피가 떨어져가. 오늘은 빨래하기가 싫어. 그냥 새 양말을 사야겠어. 그리고 결국 찾는 걸 찾지 못하고 집으로 돌아와.

어제 아무것도 사지 않고 쇼핑몰의 회전문을 빠져나오는데 밖에 문을 활짝 열어둔 구급차가 보였어. 구급대원 두 명이 구급차 뒤에서 들것을 꺼냈어. 쇼핑몰에 응급 환자가 생겼나 봐. 나는 다시 들어가 볼까 고민했어. 속이 울렁거리면서 거의 위로가 되는 생각이 떠올랐어. 이제 내가 아닌 다른 누군가의 삶이 변하겠구나. 이런 일을 당하는 게 나만이 아니구나.

구급대원이 몸을 일으키는데 그중 한 명이 두 달 전 아침 우리 아파트에 온 그 사람인 걸 알게 돼. 군더더기 없는 몸짓, 살짝 헝클어진 머리, 자상한 눈. 나와 이반 외에 당신이 죽은 걸 본 사람은 그 사람이 처음이었어. 충격에 빠진 나와 소통하려고 최선을 다한 사람이야. 당신이 잠든 중에 평화롭게 죽은 것 같다고 말하면서 나를 위로하려고 했고, 경찰이 오는 게 딱히 나를 의심해서가 아니라 통상적인 절차라서 그런 거라고 설명해줬어. 내가 다시는 들어가지 않겠다고 한 현관문을 넘어가게 도와줬고, 마지막까지 내 손목을 꽉 잡아줬어.

　나는 쇼핑몰의 회전문을 통과하는 그와 눈을 마주치려고 애써. 그를 멈춰 세우고 안아준 다음 고맙다고 말하고 싶은 충동을 억눌러. 그는 나를 보지 않아. 바로 코앞을 스쳐 지나가. 들것이 회전문을 통과할 수 있을지 가늠하는 것 같아. 그는 자신의 일을 할 뿐이야. 오늘은 다른 누군가를 돌봐야 해. 다리가 부러졌거나 머리를 부딪친 환자처럼 여전히 살아 있는 사람일 수도 있어. 그가 자신의 일을 하는 것처럼 나도 내 일을 할 거야. 이반의 엄마라는 내게 주어진 일을. 집에 돌아가 이반에게 점심을 먹이고 낮잠을 재울 거야. 그리고 나중에 또 쇼핑몰에 오겠지. 뭔가 살 게 있었잖아, 안 그래?

2014년 10월

화창한 가을의 어느 토요일이야. 우리는 주말에 예테보리에서 놀러 온 친구와 브런치를 먹으러 시내로 나가는 지하철을 탔어. 그 친구는 원래 내 친구였는데 당신과 만나자마자 친해졌어. 그게 거의 5년 전이었는데 그 후로 당신과 그는 아주 친한 사이가 되었어. 그 친구는 솔직하고, 다정하고, 잘 웃고, 전혀 잘난 척하지 않아. 당신은 그런 사람을 좋아해. 지난 몇 년간 함께 만나서 늦게까지 술에 취해 보낸 날들이 많았어. 한때는 콘서트, 페스

티벌, 술집, 식당에서 자주 만나곤 했어. 서로의 도시에 갈 일이 있으면 무조건 만났어. 몇 해 전 여름에는 티요른 섬에 있는 친구의 부모님 여름 별장에서 다 같이 일주일을 보냈고, 당시 밤을 지새우면서 만들어낸 우리만의 농담은 여전히 유효해. 만날 때마다 그리운 듯 그 농담을 반복했어. 하지만 그런 날이 급격히 줄었어. 이반이 태어난 뒤로는 아파트 밖에서 저녁을 보낸 적이 별로 없어. 실은 그 친구를 1년 만에 만나는 거야. 그래서 산스보리 역에서 메드보리아르플라첸 역으로 지하철을 타고 가는 우리는 둘 다 평소보다 기분이 좋아.

당신은 오늘 검은 모자를 썼어. 이반도 거의 똑같은 모자를 썼어. 당신 셔츠는 파란색에 검은 줄무늬가 들어가 있어. 이반의 스웨터도 비슷한 색과 무늬야. 당신이 아기띠를 멜 때마다 이반은 당신 품에서 활짝 웃어. 그렇게 높이 매달려 있는 게 좋은가 봐. 둘이 얼마나 닮았는지 감탄하면서 지하철 승강장에서 사진을 찍어. 사진 속에서 이반은 환하게 웃고 있어. 왼쪽 뺨에 볼우물이 들어갔어. 당신도 웃으니, 같은 자리에 있는 볼우물이 드러나. 두 사람이 아름답다고 생각해. 메드보리아르플라첸 역 출구를 빠져나와 당신과 나란히 비요른 공원 옆을 지나가는데 아주 자랑스러운 기분이 들어. 당신에게 오늘 서둘러 집에 돌아가야 하느냐고 물어. 당신은 아니라고 말해. 뜻하지 않게 일감이 줄었고 잠시 쉬어가기로 했다고. 그 말에 나는 행복해져. 당신과 함께 여유롭게 보내는 하루가 기대돼. 이반이 잠든 뒤에 우리가 좋아하는 TV 쇼를 보자고 말해. 집에 가는 길에 대형 마트에서 스테이크를 사기로 해. 내일은 당신 부모님 집에 차를 끌고 가서 고장 난 와이퍼를 고치자는 계획을 세워. 우리가 마지막으로 뭔가를 함께한 게 언제였는지 생각해. 이런 게 그리웠다는 걸 깨달아. 어느 순간 나는 당신 손을 잡아. 날씨가 선선해. 이반은 아기띠에 매달려 당신 배에다 대고 옹알거려. 친구와 인사를 나누면서 지금 이 순간 우리가 얼마나 행복한지가 그에게도 보이는지 궁금해져.

2014년 12월

이 집에서 보내는 첫 크리스마스야. 엄마와 새엄마, 동생, 오빠, 올케, 그리고 친한 친구 두 명이 내가 있는 엔스케데에 모였어. 우리는 이런 식으로 크리스마스를 보낸 적이 한 번도 없어. 내가 기억하는 한 크리스마스는 끊임없는 기차 여행과 되도록 많은 가족들을 만날 수 있도록 복잡한 일정을 짜는 거였어. 하지만 올해는 모두 우리 집에 모였어. 나는 거의 행복하기까지 해. 엄마가 부엌에서 음식을 만들어. 햄 요리를 하고 케일 파이를 구워. 거실에서는 새엄마가 이반과 놀고 있어. 이반은 누군가의 손을 잡거나 가구를 잡고서 돌아다니는 법을 얼마 전에 터득했어. 미국의 크리스마스 캐럴을 담은 오빠의 재생목록이 스피커를 통해 흘러나와. 나는 소파에 앉아서, 끓인 와인 마시고 있어. 아파트는 바닥에서 천장까지 꾸몄고 심지어 거실 구석에다 크리스마스트리도 세워놓았어. 그 아래에는 크리스마스 선물이 넘치도록 쌓여 있고. 곧 우리는 다 같이 점심을 먹고 크리스마스 때면 방영하는 디즈니 만화 〈도널드 덕〉을 본 뒤 곧장 크리스마스 선물 개봉식을 할 거야.

명절이 최악이라고, 누군가를 잃은 사람들은 입을 모아 말해. 나는 이미 그 사실을 알고 있었어. 아버지가 돌아가신 뒤 맞은 첫 크리스마스를 기억하니까. 나는 막 고등학교를 졸업했고 우리를 묶어주던 사람을 잃은 분해된 가족과 함께 크리스마스를 보내야 하는 처지였어. "그냥 버텨내기만 하면 돼." 다들 말해. "해가 거듭될수록 쉬워지기는 하는데, 그래도 여전히 힘들기는 할 거야. 한 번, 두 번, 아마도 세 번째쯤 되면 조금 나을걸."

나는 경험으로 정말 그렇다는 걸 알아. 명절에 더 보고 싶을 거야. 하지만 원래도 당신과는 함께 보낸 적이 없어서인지 이번 크리스마스에 당신의 부재가 딱히 더 크게 느껴지지는 않아. 우리의 크리스마스 전통은 박싱데이 전까지는 각자 따로 보내는 거였으니까. 당신은 크리스마스이브를 늘 당신 부모님과 보냈어. 나는 우리 집에 남고. 그러니까 올해도 다른 해와 다를 게 없어. 내가 그들에게 가는 대신 내 가족이 여기에 모였다는 것을 빼면. 올해는 아이가 있다는 것, 당신이 지금 당신 부모님 집에 있지 않다는 것, 당신이 박싱데이에 돌아오지 않는다는 것,

우리가 다시 일상으로 돌아가거나 함께 새해 계획을 세우지 않으리라는 것, 올해 당신이 죽었다는 것, 그런 것들을 제외하면 모든 것이 여느 크리스마스와 별로 다를 게 없어.

나는 오늘 당신 부모님이 어떤 기분일지 생각하지 않으려고 애써. 당신 부모님에게 문자를 보냈고 답장도 받았어. 우리는 서로에게 "상황은 그렇지만" 최대한 즐거운 크리스마스를 보내길 바란다고 말해. 하지만 전화를 하지는 않아. 지금 당신 부모님 집이 어떨지 상상이 가. 아마 아주 어두울 거야. 당신 부모님은 불을 환하게 켜두는 걸 좋아하지 않으시잖아. 거의 언제나 부엌과 거실을 약간 어둡게 하고 계시지. 크리스마스에는 다이닝룸 식탁 위 샹들리에의 초에 불을 붙여. 지금쯤 당신 동생이 가 있을 거고. 예년처럼 크리스마스를 축하할 거야. 축하한다는 말은 적절하지 않은지도. 축하할 게 뭐가 있겠어. 이제는 당신을 그리워하고 당신이 있어야 할 빈자리를 느껴야 하는 날이 되었으니 정말 견디기 힘드실 거야. 나는 끓인 와인을 로켓보다 더 빠른 속도로 마시면서 바쁘게 지내려고 애쓰고 있어. 이반도 그런 나를 돕고 있어.

점심을 먹은 뒤에 나는 초조해지기 시작해. 눈이 내리기 시작해서 일찍 날이 어두워졌어. 친구들은 다음 방문지를 향해 떠났어. 엄마는 뜨개질감을 꺼냈고. 뜨개바늘이 규칙적인 소리를 내며 엄마 손 안에서 서로 부딪치고 있어. 오빠는 부엌에서 뒷정리를 하고 있어. 이반이 칭얼대는 소리가 점점 커져. 피곤하고 심심한 거야. 나는 안절부절못하고 있고. 나머지 하루를 어떻게 보내야 할지 고민이야. 남은 하루가 도저히 끝나지 않을 것 같아.

아이디어가 떠올라. 우리가 지금 공원묘지로 가서 당신을 위해 초를 켜면 어떨까? 이반과 내가 함께 눈 속을 걸어 우리의 첫 크리스마스를 당신과 보내면 좋지 않을까? 꼭 슬프지만은 않을 거야. 그보다는 아름답고 의미가 있겠지. 검은색 겨울 모자가 눈 속에서 하얀색으로 바뀔 거고, 발밑에서는 눈이 뽀드득 소리를 낼 거야. 이반은 신선한 공기를 맡으면 더 쉽게 낮잠을 잘 거고. 나는 가족들에게 이반을 유모차에 태워 잠깐 산책을 하고 오겠다고 말해. 그리고 조용히 외투를 걸쳐. 현관 복도에서 쾌활하게 인사말을 던진 뒤 누군가 걱정하거나 함께 가겠다고 말하기 전에 빠져나와.

마트는 여전히 영업 중이야. 곧 크리스마스 햄이 세일에 들어갈 거라는 공지가 눈에 띄어. 냉장식품 진열대를 지나서 묘지용 초가 나란히 놓인 선반을 찾아. 계산대에는 산타 모자를 쓴 소년이 웃으며 지키고 있어. 계산을 하니 메리 크리스마스라고 말해. 나도 웃으면서 메리 크리스마스라고 말해. 텅 빈 사거리로 다시 나와서 목표 지점을 향해 출발해.

스코그쉬르코고르덴 공원묘지로 가려면 또 다른, 더 작은 묘지를 지나가야 해. 그 주변을 서성이는 가족들이 몇 보여. 서로 손을 잡고 있어. 크리스마스 전통에 따라 조부모의 묘지를 방문해 깜빡거리는 촛불 위로 고개를 숙이고 있어. 나는 지나가는 사람들이 하나같이 서너 명씩 무리를 짓고 있다는 사실을 눈치채.

앞장서 가던 유모차가 이제 조용해졌어. 이반이 잠이 든 거야. 여기 오는 게 그렇게까지 좋은 아이디어는 아니었던 것 같아. 집을 나서기 전에 상상했던 것만큼 아름답지가 않아. 눈은 축축하고 무거워. 도로는 발자국으로 뒤덮였고 발가락이 얼었어. 몇몇 가족들이 장수를 누리고 간 사랑했던 이의 묘지에서 초를 켜고 있고. 그런데 여기에 내가 있어. 추모 언덕으로 혼자 걸어가는, 불과 두 주 전에 서른넷의 나이로 죽은 당신의 재를 뿌린 내가. 얼어 죽을 것 같아. 발아래서 뽀드득 소리가 나지 않아. 모자는 젖었고, 눈으로 하얘지지도 않았어. 집으로 돌아가야 하나 고민해. 집까지의 거리를 가늠해보니 절반도 더 온 걸 깨달아. 그렇다면 임무를 완수하는 게 낫겠어.

공원묘지 전체가 촛불로 깜빡거려. 오늘 추모 언덕 근처에서 초를 켜야겠다는 영감을 받은 사람은 나만이 아닌가 봐. 하지만 둘러보니 아직도 여기 있는 건 나밖에 없어. 다들 어디로 간 거지? 시간을 봐. 3시 10분이야. 크리스마스가 되면 스웨덴 국민 대부분이 보는 〈도널드 덕〉이 막 시작했어.

이곳의 추모 언덕을 구성하는 작은 둔덕으로 가는 길이 촛불로 아른거려. 촛불이 길의 경계를 표시해. 깜빡거리는 불빛이 겨울의 어둠을 뚫고 빛나면서 엄숙한, 거의 신성한 분위기를 만들어내. 그것 때문인지, 아니면 내려간 기온 때문인지는 모르겠지만 나는 몸을 떨기 시작해. 보행로에 멈춰 서서 주변을 둘러봐. 갑자기 길을 잃은 느낌이야. 계속 길을 따라 끝까지 가야 하나? 아니면 여기서 멈춰야 할까? 이 길은 어디서 끝나지? 어디부터가 추모 언덕이지? 초는 어디에 둬야 할까? 내가 가져온 초두 개를 놓을 자리가 있을까?

초들을 어디에 놓아야 할지 모르겠어. 이곳에는 이미 초가너무 많아. 빈자리가 없어. 당연히 내 초들이 들어갈 자리도 없어 보여. 나는 유모차 옆에 쪼그리고 앉아. 여전히 잠든 이반을잠깐 보고는 초를 꺼내 들어. 초에 불을 붙이고 눈 속에 나란히꽂아. 잠시 그 자리에 쪼그리고 앉은 채로 있어. 이렇게 축축한날씨에도 촛불이 꺼지지 않을 거라는 걸 확인하고서 일어나. 유모차를 돌려서 뛰는 것까지는 아니어도 최대한 빠른 속도로 언덕을 걸어 빠져나가. 갑자기 텅 비어버린 묘지에서 깜빡거리는촛불에 둘러싸여 있자니 그 어느 때보다 외로워. 눈물이 쏟아지려 해. 굳이 참아야 할 이유가 없어서 흐르도록 내버려둬.

처음에는 차분하던 울먹임이 곧 커지면서 들썩임이 돼. 이반을 깨우지 않도록 최대한 억눌러. 바보 같은 아이디어였어. 눈이내리는 크리스마스이브에 잠든 아이를 태운 유모차를 몰면서묘지를 돌아다니고 싶지 않아. 나는 속도를 높여. 거의 뛰다시피 해. 숨이 차오르자 울음이 잦아들어. 질척이는 눈 속에서 유모차를 미는 일이 쉽지 않아. 나는 이반을 살피는 일에 온 신경을 집중해.

다시 작은 묘지에 다다랐을 때 누군가 내 이름을 부르는 게 들려. "카롤리나?" 들어본 듯하지만 누구인지는 모르겠는 여자의 목소리가 말해. 나는 못 들은 척할까 망설여. 그냥 계속 갈까, 고개를 숙이고 모른 척 지나칠까. 하지만 그럴 수 없다는 걸 깨달아. 고개를 들지 않으면 부딪힐 거야. 주저하면서 눈을 들어. 목소리의 주인공은 과거에 알고 지내던 지인이야. 친구의 전 여자친구. 몇 년 동안 못 봤어. 오늘 그녀도 엄마와 할머니로 보이는 노인과 함께 묘지를 걷고 있어. 그 친구가 내 이름을 다시한 번 불렀고 서로 눈이 마주쳐. 나는 웃으면서 안녕이라고 말해보지만 목소리가 잠겨서 매끄럽지 않아.

그녀는 잠시 망설이다 앞으로 다가와서 팔을 벌리고 나를 꼭 안아. "들었어, 정말, 정말 슬픈 일이야." 그녀가 속삭여. "그래, 슬퍼." 내가 속삭여. 우리는 그렇게 서 있어. 어깨 너머로 그녀와 함께 있던 여자들이 망설이다가 계속 걸어가는 걸 봐. 방해하고 싶지 않은 거겠지. 나는 그녀의 코트 깃 속에서 코를 훌쩍여. 그녀는 계속 나를 안고 있어. 내가 이런 일을 겪게 돼서 정말, 정말 미안하다고 말해. "빌어먹을 인생 같으니." 나는 계속 울어. 내 생각을 정리할 수가 없어. 말로 표현하는 건 더 못 하겠고.

잠시 후 우리는 똑바로 서. 메리 크리스마스라고 말하고 또 연락하자고 말해. 나는 이런 모습을 보여서 미안하다고 말해. 다시 길을 걷는데 부끄러워져. 생각해봐. 남 앞에서 무너졌어.

나는 다른 사람의 동정을 사는 그런 부류의 사람이 되었어. 크리스마스에 잠든 아이를 유모차에 태우고 울면서 묘지를 돌아다니는 그런 부류의 사람. 하도 진부해서 진짜 같지도 않아. 나는 다시 한 번 이런 바보 같은 아이디어를 낸 나 자신을 욕해. 다시는 이런 짓을 하지 않겠다고 맹세해. 그리고 집으로 가. 〈도널드 덕〉이 거의 끝나가고 있어. 올해 크리스마스도 거의 끝나가고 있어. 곧 첫 크리스마스를 버텨낸 게 될 거야.

2014년 10월

당신이 이 세상에서 보낸 마지막 날 저녁 우리는 침묵 속에서 당신 부모님 댁을 나와 차를 타고 우리 집으로 돌아가. 당신은 내가 뉘네스베겐에서 길이 막혀서 스트레스를 받자 한숨이 나오는 걸 참아. 백미러로 당신이 참고 있는 걸 봐. 이반은 당신 옆 카시트에서 점점 더 큰 소리로 칭얼대기 시작해. 나는 당신에게 아이의 관심을 돌릴 새로운 오락거리를 찾아보라고, 이반을 어떻게든 달래보라고 말해. 그리고 불필요한 정보지만, 나로서도 꽉 막힌 도로는 어떻게 해볼 수가 없다고 강조해. 당신은 괜찮다고 말해. 다시 한 번 한숨이 나오는 걸 참아. 내게 뒷좌석에 신경 쓰지 말고 운전에 집중하라고 말해.

245

당신이 이 세상에서 보낸 마지막 날 우리는 주차를 하고 나서 집에 가기 전에 동네 마트에 들러. 냉장식품 진열장 앞에서 오늘 저녁으로 선지 소시지에 링곤베리 잼을 곁들여 먹어도 괜찮겠냐고 물어. 당신은 물론 괜찮다고, 달리 먹고 싶은 것도 없다고 말해. 나는 소시지를 바구니에 넣고 계산대로 가면서 간식 진열대는 그냥 지나가. 돌아보지 않아도 당신이 사탕류가 진열된 선반에서 캐러멜과 젤리를 집어 들었다는 걸 알아. 계산대에 소시지와 우유를 올려놓자 당신도 그 옆에 사탕 봉지를 깔끔하게 펴서 올려놓아. 내가 계산을 하고 당신은 이반을 아기띠에 안고 있어. 우리는 아무 말 없이 집까지 조용히 걸어가.

당신이 이 세상에서 보낸 마지막 날, 우리는 저녁으로 선지 소시지와 링곤베리 잼을 먹어. 7시가 가까워지자 나는 이반을 재울 준비를 해. 내가 소파에서 이반에게 젖을 먹이는 동안 당신은 부엌 식탁에 노트북을 올려놓고 앉아. 당신이 캐러멜 포장지를 벗기는 소리가 들려. 당신은 노트북을 보면서 캐러멜을 먹어. 당신 등이 굽어 있어. 나는 당신을 불러. 내가 이반을 재우러 들어가면 고양이랑 좀 놀아주면 좋겠다고 말해. 당신은 이미 그럴 생각이었다고, 자러 가기 전에 놀아주겠다고 말해.

마지막 날 밤 8시에 나는 이반을 대신해 당신에게 잘 자라는 인사를 해. 당신은 부엌 식탁 위 노트북에서 눈을 떼고 이반의 머리에 키스해. 나는 이반을 데리고 침실로 가. 이반이 잠이 들 때까지 젖을 먹이고 잠시 어둠 속에 머물러. 샤워를 하고 싶은데 너무 피곤해. 그래서 그냥 밖의 침묵에 귀를 기울여. 당신은 아직 부엌에 있어. 아주 열심히 귀를 기울이면 당신이 키보드 두드리는 소리를 들을 수 있어. 약속과 달리 고양이랑 놀아주지 않아서 나는 짜증이 나. 고양이가 얼마나 지루한 하루를 보냈는지 생각하면 죄책감이 들어. 우리가 당신 부모님과 하루를 보내는 동안 고양이만 혼자 아파트에 남겨졌어. 나는 조심조심 일어나서 침실 밖으로 나가. 당신이 있는 곳으로.

나는 새 집 부엌 냉장고 앞에 서서 당신을 마지막으로 봐. 당신에게 더 일할 거냐고 물어. 당신은 오래 걸리지 않을 거라고 말해. 아주 오래 걸리지는 않을 거라고. 그냥 몇 가지만 처리하면 된다고. 그렇게 말하는 당신은 나를 보지 않아. 지금 하고 있는 일에 온 신경을 집중하고 있어. 하긴, 나도 오늘 오후에 당신에게 그다지 상냥하지 않았어. 나는 분위기를 바꾸려고 막 부엌에 들어와서 내 다리에 몸을 비비기 시작한 고양이를 들어올려. 고양이를 이반의 유모차에 태워줘. 고양이가 유모차 모서리에 앞발을 올려놓고 내가 흔드는 박자에 맞춰 고개를 까딱까딱 흔들어. 아주 웃긴 광경이야. 나는 당신의 관심을 끌어보려고 해. "이것 좀 봐." 내가 말해. 당신은 눈을 들어 거기 서 있는 우리를 봐. 고양이를 본 당신은 작게 웃어. 잠깐이지만 정말로 재밌어하는 것 같아. 그러고는 다시 고개를 숙여 노트북을 봐. 나는 우리 사진을 찍어달라고 부탁해. 당신은 휴대폰을 들어. 우리 사진을 한 장 찍고, 또 한 장 찍어. 휴대폰을 내려놔. 당신 시선은 다시 노트북에 고정돼. 하던 일로 다시 돌아가고 싶어 해. 그것이 무엇이건 당신이 자러 가기 전에 끝내야 하는 일로.

내가 마지막으로 당신에게 잘 자라고 말할 때 나는 그게 마지막이라는 걸 몰라. 알았다면 잘 자라고 훨씬 더 다정하게 말했을 거야. 당신에게 키스를 했을 거야. 내가 당신을 얼마나 사랑하는지 말했을 거야. 지난 몇 달간 그런 식으로 대해서 미안하다고 말했을 거야. 하지만 나는 그렇게 하지 않아. 그냥 이반의 유모차에서 고양이를 조심스럽게 꺼내 바닥에 내려놓고 오늘 밤은 이반과 자겠다고 말해. 이유는 설명하지 않아. 우리 둘 다 이반이 깨는 순간 나를 찾아서, 젖을 찾아서 올 거라는 걸 아니까. 당신은 반대하지 않아. 눈은 여전히 노트북에 고정한 채로 내가 그러도록 내버려두고, 나는 그렇게 해. 그리고 진짜 마지막으로 당신을 떠나. 내일 아침 일찍 다시 당신을 볼 거라고 생각해. 하지만 그렇게 되지 않을 거야. 우리는 다시는 서로를 볼 수 없을 거야.

마지막으로 당신에게 보낸 문자는 이반에 관한 거야. 나는 당신에게 이반이 야경증을 앓는 것 같다고 써. 당신은 내 문자에 답하지 않아. 아침에 그 이야기를 할 수 있을 거라고 생각해.

마지막 날 밤 나는 잠이 들어. 당신 옆방에서. 나는 우리에게 앞으로도 수천 일이 남았다고 믿으면서 잠이 들어. 이게 우리의 마지막 밤이야. 그 밤을 우리는 함께 보내지 않아.

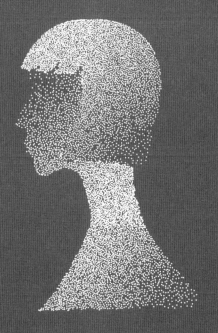

2015 - 2016

2015년 1월

새해가 된 지 일주일하고 하루가 지난 날 편지가 도착해. 당신 재를 스코그쉬르코고르덴 추모 언덕에 뿌렸다는 내용이 적혀 있어. 나는 부엌 식탁에서 그 편지를 읽어. 짧아. 한 문장이 전부야. 전혀 공문서처럼 보이지 않을 뿐 아니라 마치 필체를 시험하는 노인이 쓴 쪽지처럼 보여. 반송 주소도 없고, 인사말도 없고, 끝자락에는 서명도 없어. 나는 우리 집 부엌 식탁에 앉아서 편지를 한 번 읽고, 두 번 읽어. 이 편지를 읽고 나서 내가 느끼는 감정이 무엇이건 간에 그 감정을 온전히 느끼려고 노력해. 이 정보로 무엇을 해야 하는지 파악하려고 노력해. 나는 편지를 내려놓아. 부엌을 한 바퀴 돌아. 더러운 유리잔 하나를 식기세척기에 넣어. 커피 주전자를 가스불에 올려 커피 물을 끓여. 부엌 조리대를 닦아. 어떤 식으로든 끝났다는 느낌, 종착역에 도착했다는 일종의 안도감이 들기를 기다려. 아니면 적어도 내 슬픔에 깊이가 더해지기를 기다려. 하지만 아무것도 느껴지지 않아. 당신이 절대 땅에 묻히고 싶지 않다고 내게 말한 걸 떠올려.

당신은 당신 재를 숲이나 바다에 뿌려주기를 원했어. 방문해야 할 것 같은 의무감을 아무도 느끼지 않을 그런 장소 말이야. 요란 떨지 말라고 했어. 당신은 그런 걸 원한다고 말했어. 하지만 당신은 결국 엔스케데의 스코그쉬르코고르덴 공원묘지에 뿌려졌어. 당신을 배신한 것 같은 기분이 들어.

2015년 2월

나는 이제 혼자서도 꽤 잘 지내지만 여전히 밤이 너무 싫어. 모든 게 조용해지고 나면, 그리고 이반을 재우고 나면, 이반이 첫 울음을 터뜨리기 전까지 딱 45분이 주어져. 올해 초 모유 수유를 중단한 뒤로 이반은 엄청난 양의 분유를 먹어. 분유를 먹는 중간중간에 이유식으로 보충을 해. 밤중에 젖병을 데워야 하는 일은 한 번도 없었고 모든 게 거의 내가 원하는 대로 흘러가고 있어. 딱 하나, 야경증만 빼고. 최근 몇 달간 이반의 운동 기능이 발달하면서 더 심해졌어. 나는 매일 밤 경기를 일으키는 내 아이를 진정시키지 못하는 내 무능함에 점점 더 넌더리가 나.

낮에는 우리도 다른 가족과 거의 다를 바 없이 지내. 놀이터를 찾아다니고 친구를 만나. 커피를 마셔. 사람들을 만나. 아주 많이 돌아다녀. 이반은 빠른 속도로 성장하고 있어. 말을 하고, 걷기 시작했고, 우리가 만나는 한 살짜리 또래 아기들처럼 삶을 사랑하는 것 같아. 우리는 함께 웃어. 그 아이는 내게 즐거움을 주고, 나는 그 일로 아이가 상처를 입었을지도 모른다는 생각은 되도록 안 하려고 노력해. 하지만 그러다 오전이 오후가 되고 또 저녁이 되면 우리는 집으로 향하고, 노을이 짙어지면서 내 불안도 커져. 내 뇌는 어떻게든 빠져나갈 방법을 궁리해. 오늘 밤 친구 집에서 잘 수 있을까? 누군가 오늘 밤 와서 우리와 함께 있어 줄 수 있을까? 빠른 시일 안에 이곳을 떠날 수 있을까?

당신이 죽은 이 아파트에서 이사 나가는 날을 꿈꾸고 있어. 나는 매일 그 생각을 해. 매일 밤 그 문제로 이렇게 저렇게 고민해. 더는 여기서 살고 싶지 않아. 이사 가고 싶어. 다른 어딘가에서 새 출발을 하고 싶어. 나는 아직도 우리가 쓰던 침실에 들어가기가 꺼려져. 엔스케데에서 친구들이 있는 곳까지 가려면 지하철을 타고 한참을 가야 하는 게 싫어. 우리 집 창밖으로 보이는 거리가 싫어. 그 거리를 끊임없이 오가는 버스가 싫어. 아파트 뒷마당과 그 잿빛 바닥이 싫어. 밤이 되면 나는 곧 이사를 해야겠다는 생각을 해. 더는 여기서 살고 싶지 않아. 우리가 이곳으로 이사 온 뒤로는 내내 정상이 보이지 않는 산을 오르는 기분이었어. 하지만 적어도 그때는 당신과 함께였어. 우리는 함께 가정을 꾸릴 작정이었어. 당신 없이는 그렇게 할 힘이 없어. 여기를 떠나야 해.

2015년 4월

내가 또 한 번 이삿짐을 꾸리고 있는데 스웨덴 국립범죄의학국에서 편지가 와. 은행과 협상하느라 씨름하고 아파트를 구경하느라 이리저리 뛰어다니면서 힘든 한 달을 보낸 후에 마침내 새로 이사할 집을 찾았어. 두 주 뒤에 이삿짐 트럭이 올 거야. 나는 우리의 새 주소, 새 출발이 가능한 장소라는 목표 지점에 도달할 수 있도록 기운을 내기로 했거든. 이제 덕분에 하루하루가 거의 의미 있는 것처럼 느껴져. 내게 주어진 과제가 확실하고 달성해야 하는 목표는 더 확실하니까. 이사할 날이 손에 닿을 듯 가까워지자 미래가 거의 기대되는 무언가로 느껴져. 이반이 오전 낮잠을 자는 거실에서 내가 욕실용품을 정리 중인 화장실로 가는데 현관 복도에 놓인 편지가 눈에 들어와.

당신이 죽은 지 거의 6개월이 되는 날에 온 거야. 그들은 시간이 걸릴 수 있다고 말했어. 최대 6개월 정도까지도. 나는 어떻게 그렇게 오래 걸릴 수 있는지 믿을 수가 없었어. 당신은 죽은 지 몇 주 만에 몸이 재가 되어 바람에 날렸는데 어떻게 당신의 사망 원인을 아는 데 반년이나 걸릴 수 있는 거지? "그렇게 오래 기다릴 수 없어요." 나는 불평했어. "지금 알고 싶어요. 아이에게 중요한 문제라고요! 답을 듣지 못하면 앞으로 나아갈 수가 없어요." 당신 사건을 담당한 경찰은 아주 친절하고 성실한 남자였어. 알지 못한다는 게 얼마나 괴로운지 이해하는 것 같앉어. 그는 이런 부류의 수사에 대해 모든 절차를 상세히 알지는 못하지만 유전자 샘플을 가지고 현미경으로 분석하는 과정을 거친다고 알고 있다고 부드러운 목소리로 말했어. 전 세계에 흩어진 연구소에 샘플을 보내야 할 수도 있다고. 그들이 능장을 부리는 게 아니라 그냥 시간이 걸리는 일이라서 그렇다고.

시간이 지나면서 나는 당신의 정확한 사망 원인에 대해서는 관심을 덜 기울이게 됐어. 처음에는 당신 몸속에서 정확하게 무슨 일이 벌어졌기에 당신이 죽은 건지 생각하느라 밤을 새우곤 했는데, 시간이 지나면서 그런 생각은 옅어졌어. 지금은 거의 모든 시간을 이반 생각을 하며 보내. 어떤 병이 당신을 죽였는지는 중요하지 않아. 그걸 안다고 바뀌는 것은 없으니까. 어떤 일이 있었건 당신은 여전히 죽은 상태일 거야. 하지만 만약 당신이 어떤 유전적인 질환으로 죽었다면 나는 앞으로 이반도 자다가 죽을지 모른다는 두려움 속에서 남은 평생을 보내겠지. 그런 삶은 상상조차 하기 싫어.

나는 현관 복도 깔개 앞에서 허리를 숙인 채 차마 그 봉투를 집어 들지 못하고 바라만 보고 있어. 몇 초가 지나기도 전에 내 몸 전체에 아드레날린이 솟구쳐. 편지를 들어서 봉투를 뜯기 시작하는 내 손이 얼마나 떨리는지가 느껴져. 혼자 있을 때 이 편지를 읽어서는 안 된다는 생각이 불현듯 들지만 손가락이 멈추질 않아. 기다릴 수가 없어.

편지는 짧은 배경 정보로 시작해. 이미 알고 있는 내용이라 재빨리 훑어 내려가. 당신이 10월 17일 동거인과 함께 사는 장소에서 사망한 채로 발견되었으며 외상의 흔적은 없었다고 적혀 있어. 그다음 항목은 "병리학적 변화 관찰 소견"이야. 당신 심장이 비대해졌고 동맥에 경미한 죽상동맥경화증이 발견되었으며, 심실 뒤쪽 벽에 염증이 있었다고 적혀 있어. 이 정보는 내게 아무 의미가 없어. 나는 나열된 정보를 다시 읽어. 그때 심실이 어떻게 생겼는지, 경미한 죽상동맥경화증이 뭔지 내가 전혀 모른다는 걸 깨달아. 맨 마지막 줄에 있는 항목은 알아볼 수 있어. "심장근육병증." 나는 그 단어를 다시 읽어. 심-장-근-육-병-증. 심장근육병증이 심장 질환이라는 건 알아. 젊은 사람이 갑자기 심장마비를 일으키는 원인이 무엇인지 조사를 했으니까. 나는 계속 읽어. "화학적 분석"이라는 목차 밑으로는 당신 체내에서 약이나 알코올 성분은 발견되지 않았고, 당신 눈의 안방수(眼房水)에서 발견된 포도당 수치는 정상 범위 내였다고 나와. 나는 이미 오래전에 당신이 자살했을 가능성은 없다고 결론 내렸지만 이 정보에 안도해. 흑백으로 아주 선명하게 나와 있어. 당신은 죽고 싶어 하지 않았어. 당신의 혈액 수치는 정상이야. 당신은 다른 원인으로 죽었어.

나는 그다음 항목과 문장을 여러 번 읽어. 처음에는 단어들에 담긴 의미를 제대로 이해하지 못한 채 천천히 읽어. 그다음 읽을 때는 마지막 단어 뒤에 물음표를 찍어. 이 말을 정말 믿어도 될까? 나는 그 문장을 세 번째로 읽어.

심장사 후 유전적 분석 결과 병리학적 유전 이상은 발견하지 못함.

"병리학적 유전 이상은 발견하지 못함." 내가 지금껏 읽은 가장 아름다운 다섯 단어야. 내가 바라는 바로 그런 의미라면 말이야. 나는 감히 희망을 품지 않아. 이반이 살 거라는 의미일까? "병리학적 유전 이상은 발견하지 못함"은 이반이 무사할 거라는 의미일까? 감히 희망을 품어도 되는 걸까? 편지는 사망 원인을 확정할 수 없지만 수사 결과 질병으로 인한 사망인 것으로 보이며, "아마도 환자의 심장 질환과 관련된 합병증"이 원인일 가능성이 높다는 요약문으로 마무리돼.

나는 부엌 식탁 앞에서 오래도록 서 있어. 편지를 읽고 또 읽어. 병리학적 유전 이상은 발견하지 못함. 병리학적 유전 이상은 발견하지 못함. 병리학적 유전 이상은 발견하지 못함. 나는 그 단락을 휴대폰으로 찍어서 친구에게 보내. 우리가 바라는 그런 의미가 맞는지 친구가 아는 전문가에게 확인해달라고 부탁해. 그리고 같은 사진을 가정의로 일하는 또 다른 친구에게도 보내면서 이 정보를 해석해서 최대한 빨리 답장을 달라고 부탁해. 나는 휴대폰 옆에서 편지를 쳐다보며 기다려.

몇 분 뒤 전화가 울려. 친구가 전문의와 이야기했고, 우리가 바라는 그런 뜻이 맞다고 말해. 당신이 뭔가 유전적인 질환으로 죽었다는 소견은 전혀 없다는 거래. 당신의 질환이 유전되는 것이라고 생각할 만한 이유가 없다는, 말 그대로 병리학적 유전 이상을 발견하지 못했다는 의미라고 말이야. 나는 전화기에 대고 울먹이고 친구는 나를 진정시켜. 진정할 수가 없어. 같은 질문을 묻고 또 물어. 그러니까, 그 사람의 병이 유전되는 게 아니라는 게 '확실하다'는 거지? 그녀는 그런 것 같다고 말해. "하지만 확인해서 나쁠 건 없으니까 심장 전문의와 상담 예약을 해서 이반에게 검진을 받게 하자. 혼자 다 감당하려고 하지 않아도 돼." 전화기 너머에서 친구가 말해. "이제 안심해도 돼. 이반은 살 거야. 좋은 결과야. 우리가 바라던 최선의 결과야. 알겠지? 믿을 수 있지?"

내가 믿을 수 있을지 잘 모르겠어. 의사들이 한목소리로 이반이 당신과 같은 병으로 죽을 위험이 없다고 말해주면 좋겠어. 앞으로도 그 말을 수없이 더 들어야 할 거야. 하지만 친구의 말은 좋은 출발점이야. 낮 동안 그 정보가 천천히 스며들어. 오늘 편지로 받은 결과는 우리가 바라던 최선의 결과야. 나는 그 사실에 안도해도 좋다고 스스로에게 허락해. 믿어야만 해. 그리고 조금은 희망을 품어야 해.

2015년 5월

새 아파트에서 보내는 첫 밤이야. 그 밤을 나는 혼자 보내고 있어. 최근 몇 주 동안 나는 이번 이사를 위해 열심히 일했어. 친구들, 당신 부모님, 당신의 형과 동생, 그리고 내 오빠의 도움을 받아서. 당신 형과 동생이 새 아파트의 벽 전체에 페인트칠을 하고, 모든 침실 바닥에 카펫을 깔고, 벽장 한쪽 벽을 뜯어줬어. 그 벽장이 이제 이반의 방이 되었어. 벽을 뜯어낸 자리에는 창이 달린 문을 달았어. 내 방 빛이 이반 방에도 들어가도록. 내가 사랑하는 사람들과 나에게는 아주 치열한 두 주였어. 하지만 우리는 최선을 다해 서로 도왔어. 열심히 일했어. 그리고 오늘 낮에 이삿짐 트럭이 시간 맞춰 옛 아파트를 떠났어. 우리가 성공한 거야.

트럭이 마지막으로 엔스케데를 떠나자 나는 환희에 휩싸였어. 잘 있어, 바보 같은 엔스케데야! 잘 있어, 바보 같은 아파트야! 내가 돌아오는 일은 절대 없을 거야! 영화였다면 트럭 창문을 열고 상반신을 내민 채 바람에 머리카락을 날리며 소리쳤을 테지만. 현실의 나는 안전벨트를 매고 제자리에 얌전히 앉아서 속으로만 욕을 퍼부었어. 나는 돌아보지 않았어. 백미러를 곁눈질로 보지도 않았어. 트럭이 우리의 새 집을 향해 달리는 동안 주행거리가 늘어나는 게 기뻤어. 이삿짐 트럭이 스톡홀름의 외곽 남쪽과 도심인 쇠데르말름 지구를 연결하는 다리를 건널 때는 나도 모르게 작은 비명이 새어 나왔어.

친구들과 함께 당신 사진들을 액자에 끼워서 새로 칠한 이반 방 벽에 걸었어. 우리는 당신이 웃고 있는 흑백사진을 골랐어. 장례식 때 썼던 사진이야. 그리고 당신 어머니에게 받은 어린 시절의 당신 사진도. 그다음에는 당신과 이반이 함께 찍은 작은 사진들을 모아서 한 액자에 넣었어. 그중 하나에서 당신과 이반은 소파에 함께 누워 있어. 이 사진을 찍었을 때 당신과 이반이 어떤 소리를 내고 있었는지 정확하게 기억나. 이반은 입을 활짝 벌린 채 웃고 있고, 그 안에는 이가 딱 두 개 나 있어. 또다른 사진에서는 둘이 부둣가에 앉아 있어. 작년 여름 절벽에서 두 사람을 내려다보면서 찍은 사진이야. 가장 사랑스러운 사진은 이반 사진이야. 당신은 손만 나온 사진. 당신이 이반을 맑은 파란 하늘 위로 들어 올리고 있어. 이반을 높이 들어 올리고 있는 당신은 손목 부근까지만 보여. 이반의 얼굴은 당신을 마주보며 아래쪽을 향하고 있어. 활짝 웃는 모습이고 입에서는 투명한 빛처럼 침도 한 줄기 떨어져. 머리에 쓴 하얀 모자 때문에 얼굴에 그늘이 드리워진 이반이 하늘과 아주 뚜렷하게 대비를 이루고 있어. 이반이 언젠가는 이 작은 사진들이 담긴 액자를 보며 즐거워했으면 해. 나중에 우리는 이걸 '아빠 액자'라고 부르게 될 거야.

이반 방에는 나무로 만든 장난감 상자도 있어. 당신 아버지가 만든 건데 우리는 이걸 '아빠 상자'라고 불러. 당신 아버지는 이 상자를 만드는 일에 온 정성을 쏟았어. 완성하기까지 한 달이 걸렸지. 작업실에서 만드는 내내 당신이 곁에 있는 것처럼, 마치 바로 옆에 서 있는 것처럼 느껴졌대. 내면에서 당신 목소리가 들렸고, 그렇게 당신과 대화를 나누는 동안 당신은 당신 아버지에게 바라는 바를 아주 분명하게 전달했대. "이제 정신 차리세요. 이렇게 절망에 빠져서 무너지시면 안 돼요. 다 놓아버리면 안 돼요. 아직 살아야 할 날이 남았잖아요. 아버지를 필요로 하는 사람들이 있어요. 이제 어머니를 보살펴주세요. 카롤리나가 이반을 돌보는 것도 도와주세요. 그들에게 힘이 되어주세요." 당신은 아버지가 못을 박고, 사포를 문지르고, 조립을 하는 동안 그렇게 말했대. 이사하는 때에 딱 맞춰서 상자가 완성되었고 그 상자는 지금 이반 방에 놓여 있어.

당신 아버지가 당신과 대화를 나눴다는 이야기를 들으면서 나는 내 이야기라는 생각이 들었어. 상황은 다르지만 나도 그렇거든. 나는 여전히 결정을 하기 전에 당신과 논의해. 그게 나와 이반에게 좋은 거라고 생각하는지 물어. 때로는 조르기도 하고 잔소리를 하거나 논쟁을 벌이거나 합리적인 이유를 대거나 설득하기도 해. 당신이 살아 있기라도 한 것처럼 말이야. 여전히 그 습관을 버리지 못한 거야. 내 머릿속에서 당신은 이번 이사에 의문을 제기했어. 내가 은행에서 빌려야 하는 돈이 싱글맘에게는 너무 액수가 커서 경제적으로 불안정해질 수도 있다고 생각했어. 해고당하면 어떻게 해? 당신이 말했어. 그런 일은 없을 거야. 내가 답했어. 그런 일이 생긴다 해도 또 다른 일자리를 찾으면 돼. 여기서 계속 살 수는 없어. 불가능해. 우리는 이 이사를 두고 밤새 논쟁을 벌였어. 내게 안전망이 되어주는 사람들

근처에서 살면서 안정감을 얻을 수 있다는 장점과 나를 불안하게 만드는 아파트를 떠난다는 장점을, 대출금이 확 늘어난다는 단점과 그런 돈을 들이고도 생활 공간이 더 좁아진다는 단점을 비교했어. 동이 틀 무렵 우리는 내가 이사를 해도 좋다는 결론에 도달했어. 그리고 그렇게 했어.

　나는 발코니로 나가. 내일 이반에게 제일 처음 보여줄 곳이야. 그리고 나머지 방들과 장난감과 가구와 벽에 걸린 사진들도 보여줄 거야. 이반이 보고 싶어. 이 첫 밤을 이반과 함께 보냈으면 좋았을걸.

2015년 6월

당신을 잃은 뒤 보내는 첫 여름이야. 이반이 영유아 어린이집에 다니기 전 마지막 여름이기도 하고. 나는 1년 반을 쉬었고 곧 복직할 거야. 한 주가 여전히 길게 느껴져. 정해진 일정이나 계획이 없는 날들이 함께 해주는 사람들이 없는 날들만큼이나 많아. 그래도 우리는 우리에게 맞는 일상을 꾸려가고 있어. 엔스케데에서의 삶보다는 훨씬 더 수월해. 그곳에서는 모든 거리가, 모든 가게가, 모든 사거리가, 모든 도서관이, 모든 놀이터가 당신을 떠올리게 했어. 우리 아파트의 모든 공간이 당신을 그리워했고, 밤늦은 시간에는 침묵이 매섭게 울려 퍼졌어. 그곳에서는 미래가, 이반의 남은 유년 시절이 불가능한 과제처럼 여겨졌어. 이곳에서 우리는 어느 정도 정상적인 삶에 가까운 삶을 살기 시작했어. 아직도 내가 서툰 부분이 있겠지만 적어도 하루에 깨어 있는 모든 순간을 죽을 만큼 두려워하지는 않게 됐어. 이사는 아주 좋은 선택이었어.

낮에는 실내 놀이터와 공원을 찾아다녀. 어린아이가 놀기에 더 적합한 공원은 어딘지, 물병을 채울 수 있는 공원은 어딘지, 날이 너무 덥고 옷이 몸에 달라붙기 시작할 때 시원한 나무 그늘이 없는 공원은 어딘지 알게 됐어.

우리가 우리만의 리듬을 찾았다고 말할 수 있을 정도야. 일주일에 한 번은 당신 부모님 댁을 찾아가. 우리는 당신 부모님을 할머니, 할아버지라고 불러. 일주일에 한 번은 오빠 부부와 저녁을 같이 먹어. 그리고 하루 정도는 근처에서 이반 또래 아이를 키우는 친구와 저녁을 같이 먹어. 어떤 날에는 육아휴직 중인 다른 부모들을 공원에서 만나. 나는 이반이 어린이집을 다니기 전까지 남은 날을 몇 달이 아닌 몇 주 단위로 세기 시작했어. 두 달만 있으면 이반은 낮 시간을 어린이집에서 보내고, 나는 그 시간을 직장에서 보내게 될 거라는 게 믿기지 않아. 그런 변화의 날이 다가올수록 그날을 기다리면서도 동시에 두려워해.

나는 일을 할 기운이 없을까 봐, 아니면 일이 더는 즐겁지 않을까 봐, 아니면 그런 일을 겪은 뒤라서 동료들과 교감할 수 없을까 봐 걱정해. 언제까지나 이반이 내 옆에 붙어 있지 않으면 불완전한 존재가 된 느낌일까 봐, 이반을 보고 싶어 하거나 걱정하는 마음이 내가 일을 하는 데 방해가 될까 봐 걱정해. 무엇보다 나는 이반에 대해 걱정해. 이반이 어린이집을 싫어하면 어쩌지? 어린이집에서 이반을 먹이거나 재우는 요령을 익히지 못하면? 울고 있는 내 아기를 다른 누군가의 품에 떠넘기고 돌아서는 느낌에 익숙해지고 싶지 않아. 무엇보다 나는 이반이 어린이집 선생님과 교감하지 못할까 봐 걱정해.

다른 한편으로는 변화가 필요한 때가 왔다는 걸 알아. 우리 삶이 이런 식으로 지속되면 아주 우울할 거야. 나는 지루해질 거고, 불만을 품을 거고, 그런 감정들은 내 양육 태도에도 영향을 미치겠지. 곧 우리가 깨어 있는 모든 시간을 재미있는 활동으로 채우기가 버거워질 거야. 지금의 일상이 유지되는 건 임시방편이기 때문이야. 나는 휴식이 필요해. 이반과 함께 있을 때 지금처럼 그 아이에게 충실하기 위해서는 나만의 영역에 접속하는 시간이 필요해. 이반과 떨어져 지내는 법을 배워야 해. 이반 역시 내가 없어져도 세상이 끝나지 않는다는 걸 알아야 해.

2015년 7월

깜빡 잠이 들었던 나는 말이 풀을 뜯고 콧김을 내뿜고 걷고 뛰고 울음소리를 내고 꼬리로 파리를 쫓는 소리에 깨. 그 모든 소

266

리에는 윙윙대는 파리 소리가 따라붙어. 월란드의 파리 떼가 창밖과 침실에 있는 내 귓가에서 윙윙대고, 여름이 거의 끝나가고 있어. 지금 우리는 새엄마, 여동생과 함께 월란드 동부 해안의 별장을 빌려서 지내는 중이야. 이곳에서 나는 하루의 대부분을 그 두 사람에게 짜증 내는 데 쓰고 있고. 그 사실이 부끄러워. 뒤엉킨 감정들의 덩어리 속에서 하루하루가 지나가. 두 사람에게 화를 냈다가 두 사람을 피하기도 했다가 못되게 군 걸 보상하려고 일부러 두 사람에게 관심 있는 척하기도 해.

여행 넷째 날이야. 우리가 당신을 잃은 뒤 맞는 첫 여름의 마지막 여행날이야. 오늘 우리는 바닷가에 갈 예정이야. 나는 이반 옆 뒷좌석에 앉아 있어. 이반에게 장난감을 쥐어주는 일과 친구에게 문자를 보내는 일을 번갈아 하고 있어. 차에서 두 사람이 나누는 대화에는 끼지 않아. 질문을 받으면 짧게 대답해. 분위기를 띄우려는 새엄마의 노력이 자꾸 실패해. 친구에게 문자를 보내면서 나는 왜 짜증이 나는지 자세히 설명하려고 애써. 하지만 문자를 보내는 순간 내가 부당하게 군다는 걸 깨달아. 그 두 사람이 나와 이반을 잘 보살펴주지 않는다는 불평이 얼마나 배은망덕하게 들리는지는 말할 것도 없고. 두 사람은 날 보살펴주고, 하루에 두세 번 내가 샤워를 하거나 책을 들고 소파에 누울 수 있게 휴식 시간을 주잖아. 두 사람 덕분에 점점 까다로워지는 이반 재우기도 몇 번 건너뛰었어. 그런데도 나는 짜증이 나. 두 사람은 휴가를 만끽하는데 나만 바쁠 때가 더 많은 것 같아서. 불공평하다는 생각이 들어. 둘이서는 카드 게임을 하고, 일광욕을 즐기고, 단걸 먹고, 농담 따먹기를 하잖아. 꼭 지켜야 하는 일과 같은 게 없으니까. 내 삶은 그 두 사람의 삶과 극명하게 대비돼. 나는 끊임없이 뛰어다니고 기어 다녀. 24시간 일하느라 바빠. 이반의 엄마라는 일을 하느라. 정말이지 돌아버리겠어.

나를 도와주는 사람들에게 화를 내면 안 된다는 걸 알아. 함께 여행을 가자고 초대해준 사람들에게 화를 내면 안 돼. 내 버팀목이 되려고 노력하는 사람들에게 더 많은 것을 요구하고 화를 내는 건 허락할 수 없어. 그런데도 나는 가족, 친구, 내 인간관계 전체에 화를 내고 있어. 내게는 없는 모든 것을 가지고 있는 그들이 미워. 세상과 내 운명에 화가 나. 그리고 마음 깊숙이 그런 나 자신이 미워. 내가 절대 되지 않겠다고 맹세한 그런 사람이 되어가고 있어서.

나는 이반이 어린이집에 다니고 우리 삶이 다음 단계로 넘어갈 때까지 남은 날을 세어봐. 18박 19일 남았어. 어쨌든 그때가 되면 지금보다 더 나빠질 수는 없을 거라고 생각해. 곧 18개월에 걸친 육아휴직이 끝나. 뭔가 새로운 게 다가오고 있어. 제발 지금보다는 더 수월하기를. 제발 그때는 내가 더 나은 인간, 더 나은 부모, 더 나은 친구, 더 나은 딸이 되어 있기를.

2015년 8월

이반의 어린이집에는 어른용 의자가 없어. 그래서 나는 뭔가를 엮어 만든 아이용 의자에 억지로 몸을 끼웠어. 의자가 너무 낮아서 무릎을 작은 책상 아래 밀어 넣은 채 쪼그리고 있고, 내 커피는 어린이집 오전 활동이 끝난 뒤 정리하지 않은 크레용과 공책에 둘러 싸여 있어. 다른 부모들과 커피를 마시는 중이거든. 이반의 어린이집 적응기간 셋째 날이자 마지막 날인 오늘, 내가 절대 불가능하다고 생각하던 일이 일어났어. 이반이 낮잠 시간에 잠이 든 거야. 그것도 복닥거리는 교실에서. 마루에는 매트리스가 깔려 있고 벽에는 베개가 줄지어 놓인, 다른 열두 명의 두 살배기들과 그만큼이나 많은 부모에 둘러싸인 그곳에서. 나는 너무 흥분한 나머지 말을 멈출 수가 없어. 맞은편에 누가 앉았는지는 전혀 모르겠지만 그건 중요하지 않아. 중요한 건 이반이 잠이 들었다는 거야. 내 아이가, 깜깜하고 조용한 방이나 단조로운 소리가 들리는 움직이는 유모차가 아니면 결코 잠들지 못하던 우리 아이가 다른 아이들과 어른들로 가득 찬 교실에서 잠이 들었어. 상상조차 못 한 일이야. 전례가 없는 일이야. 기적이라고!

적응기간 첫날 부모들이 둘러앉아 자기소개를 할 때 나는 한부모 가정은 우리뿐이라는 걸 깨달았어. 다른 열두 명의 아이들은 부모가 모두 살아 있고 함께 살고 있었어. 내가 이반의 엄마고 아빠가 없다는 사실을 얼른 덧붙였을 때 방 분위기가 바뀌었다고 느낀 건 내 상상에 불과할 거야. 선생님이 다음 부모에게 서둘러 차례를 넘긴 것도 내 상상에 불과할 거야. 부모 중 몇몇이 고개를 살짝 기울이면서 격려하듯이, 아빠가 없는 게 이상하거나 슬프다고 생각하지 않는다는 걸 증명이라도 하듯이 고개를 끄덕인 것도 다 내 머릿속에서 만들어낸 광경이었을 거야. 나는 잔뜩 긴장하고 있었으니까 확실하지 않아.

내 맞은편에 앉은 학부형은 좋은 사람 같아. 커피를 천천히 마시면서 내가 이게 가능하리라고 한 번도 생각하지 않았다는 말을 몇 번이고 반복하는데도 인내심 있게 듣고 있어. "우리 아이들이 벌써 이렇게 커서 이제 어린이집에 다닌다는 걸 생각해보세요! 단체로 잔다는 걸 생각해보라고요. 서로 친구가 될 수도 있겠죠. 우리가 일일이 알 수 없는 자신들만의 세계가 생길 거예요." 그런 생각을 하는 것만으로도 눈가가 촉촉해져. 그가 고개를 끄덕이며 내 말에 동의해. 아이들이 태어난 뒤로는 시간이 정말 빨리 간다고 말해. "아이들을 키우면 그럴 수밖에 없어요. 언제나 무슨 일인가가 벌어지고 있으니까요." 나는 갑자기 우리 이야기를 나누고 싶은 충동을 느껴. 그러면 이 분위기에 찬물을 끼얹는 게 될 거라는 생각을 하기도 전에 먼저 내 입에서 말이 흘러나와. "이반 아빠가 꼭 1년 전에 죽었어요. 그 뒤로는 둘이서만 살았고요. 내가 이반과 떨어져 지내는 건 이게 처음이 될 거예요." 내가 설명해. 여전히 기분이 좋아.

내 앞에 앉은 상냥한 학부형은 이 정보에 어떻게 반응해야 할지 곤란해하는 것 같아. "아, 정말 안됐군요. 슬픈 이야기네요." 그는 내게 당신이 어떻게 또는 왜 죽었는지 묻지 않아. 그래서 나는 고마워. 세세한 사항까지 이야기할 기분은 아니거든. 그냥 그 말만 하고 싶었어. 나는 그가 묻지 않은 질문에 대한 답과 함께 그가 느끼고 있을 거라고 의심되는 불편한 감정을 손짓으로 밀어내. "우리는 괜찮아요. 이반과 나는요. 요즘 들어 많은 일을 겪었지만요. 그래서 어린이집 입소가 아주 반가운 휴식처럼 느껴져요. 게다가 이반이 새로운 사람과 관계를 맺는다는 게 중요해요. 자기가 안전하다고 느낄 수 있는 사람들, 위안을 얻을 수 있는 사람들과요." 그 학부형은 고개를 끄덕이면서 이해한다고 말해. 나는 앞으로가 기대된다고 강조해. 이 상황의 모든 장점을 나열해. "아주 훌륭한 어린이집이잖아요." 내가 말해. "아이들을 아주 잘 돌봐주죠." 그도 동의해. "정말 멋진 어린이집인 것 같아요." 대화는 다시 안전한 주제로 돌아와.

이반이 어린이집에 다닌 지 나흘째 되는 날 어린이집에서는 복도에 아이들 옷을 넣어두는 상자들을 배치했어. 상자 위에는 첫날 찍은 아이의 사진이 걸려 있어. 사진 위에는 아이의 이름과 부모 이름을 적어놓았고. "부모"라는 단어가 모든 이름표 아래에 붙어 있어. 이반의 이름표도 예외는 아니야. 부와 모. 두 명이어야 하는 거지. 이반의 사진을 보니, 뺨이 눈물로 얼룩져 있

271

고 표정은 잔뜩 흐린데 거기에 "부모: 카롤리나"라고 적혀 있어. 순간 얼어붙어. 잠깐 생각할 겨를도 없이 나는 오늘 이반이 처음으로 나 없이 남겨질 교실로 가던 발걸음을 멈추고, 위층에 있는 어린이집 원장실로 가. 문을 두드리고 바쁘시냐고 물어. 원장은 친절하게 나를 맞이하면서 괜찮다고 말해. 내 의도는 되도록 신중하고 능숙하게 이반의 이름표에서 '부'라는 단어는 빼도 되는지 묻는 것이었지만 실제로는 그렇게 되지 않았어.

대신 나는 울음을 터뜨리며 이번 주에 내 마음에 상처를 준 것들을 나열해. 이름표에 대해 말하면서 사진 속 이반이 너무나 슬퍼 보이는 것에 대해, '부모'라는 항목 옆에 내 이름만 적혀 있는 것이 너무나 외로워 보이는 것에 대해, 이반 반의 다른 친구들은 모두 부모가 둘 다 있는데 이반만 엄마뿐이라는 것에 대해 이야기해. 나는 매일 어린이집에서의 하루가 끝날 때마다 누군가에게 전화를 걸어 하루가 어땠는지 이야기하고 싶었다는 것, 하지만 내가 정말로 전화를 걸고 싶은 사람은 이반의 나머지 부모, 지금 여기 없는 사람뿐이라서 휴대폰 화면만 하염없이 들여다본 것에 대해 이야기해. 어린이집이 끝난 뒤 다른 부모들이 아이를 데리고 곧장 집에 갈지 공원에 들러서 놀다 갈지를 두고 다투는데 나는 그런 것들을 의논할 사람이 아무도 없다는 것과, 그런데 거기에다가 그 이름표까지 더해지니 내 외로움이 어린이집 복도에 가득 울리도록 비명을 지르는 것만 같고, 그래서 도저히 두고 볼 수가 없었다는 걸 설명하려고 애써.

그러고 나서 울음을 터뜨려서 미안하다고 말해. 이 어린이집이 정말 멋지다고 생각한다는 걸 강조하고, 이반이 여기에 다닐 수 있어서 감사하게 생각한다고 말해. 어린이집 원장은 아주 자상한 여자야. 그녀는 오늘 당장 이반의 이름표를 바꾸겠다고 약속해. 미안하다고, 어린이집의 잘못이라고 말해. 언제든 다른 제안이나 문제가 있으면 전화를 걸거나 상담 예약을 해도 좋다고. 심지어 자기를 찾아와줘서 고맙다고까지 해.

하루가 지나고 다음 날 다시 어린이집에 와. 이름표는 수정되었어. 이제는 "보호자"라고 되어 있고 그 옆에 내 이름이, 그리고 그 위에는 이반의 사진이 있어. 사진도 바꿔줬어. 뺨에 눈물 자국이 하나도 없는, 더 행복해 보이는 이반이 카메라를 바라보고 있어. 나는 이것으로 내가 더 행복해졌는지 곰곰이 생각해보지만 아무 느낌도 들지 않아. 그저 어제 원장실에 가서 소란을 피운 것이 조금 부끄러울 뿐이야.

2015년 9월

어린이집 적응기간이 끝났어. 이름표로 인한 소동은 이미 잊힌 지 오래야. 적어도 내가 이반을 어린이집에 데려다주거나 데리러 가서 이반을 너무나 잘 돌봐줘서 고맙다는 인사를 넘치도록 퍼부을 때는 그런 척해. 나도 곧 복직 과정이 마무리돼. 이반과 집에서 지내는 시기와 복직하는 시기 사이에 주어지는 2주의 적응기간도 이제 며칠이면 끝나. 안타깝게도 나는 딱히 쉬거나 회복된 느낌이 들지 않아. 그토록 고대하던 해방감은 아직 얻지 못했어. 대신 이제 하루 종일 이반과 떨어져 지내는 데서 오는, 진정되지 않는 불안감에 시달리고 있어. 우는 이반을 달래려고 애쓰는 선생님의 품에 그 아이를 두고 돌아설 때, 억지로 발길을 돌릴 때, 내 몸의 모든 세포가 비명을 질러. 그래서 나는 전혀 해방된 느낌이 들지 않아. 때로는 어린이집에서 겨우 한 블록 떨어진 곳에 멈춰 서서 나도 울어. 그럴 때면 당신에게 전화를 걸고 싶어져. 그럴 때면 당신과 실천할 수 있었을지도 모를 공동 육아가 그리워져.

2015년 10월

당신 1주기는 화요일이야. 그냥 평범한 화요일. 나는 이반을 어린이집에 데려다주고 지하철을 타고 출근해. 1주기라는 걸 아무에게도 말하지 않기로 했어. 누가 안아주는 것도, 동정하는 것도 싫어. 무엇보다 울고 싶지도 않고. 일하고 싶어. 내게 주어진 업무에 집중하고 싶어. 시간이 흐르도록 내버려두고 모든 것이 평소와 다름없는 척하고 싶어. 평범한 날은 아니지만. 출근해서 회사 건물의 문을 열고 사무실을 향해 계단을 달려 올라가면서 아무도 달력을 보며 그날이라는 걸 알아채지 않기를 빌어. 내 자리에 도착한 순간 내 소원은 결코 이루어지지 않으리라는 걸 알게 돼.

내 책상 위에는 시나몬롤이 담긴 작은 접시와 카드가 놓여 있어. 아주 크고 멋진 빵이야. 아마도 버터를 듬뿍 넣어 만들었을 거고 아무 가게가 아닌 진짜 제과점에서 샀을 거야. 카드를 집어 들기 전에 사무실을 한번 둘러봐. 하지만 아무도 고개를 들지 않아. 컴퓨터 앞에 앉으면서 화면 뒤에 숨어 카드를 집어 들어. 카드에는 깔끔한 글씨로 이렇게 적혀 있어.

사랑하는 카롤리나! 그것에 대해 굳이 이야기를 나눌 필요는 없지만 그냥 오늘 당신에게 빵과 위로의 포옹을 주고 싶었어요. K.

내가 그렇게 잘 알지는 못하는 동료가 보낸 카드야. 분명히 사려 깊은 사람이고 오늘이 당신이 죽은 지 1년이 되는 날이라는 걸 기억한 사람이야. 나는 그 사람의 배려에 감동받아 눈물이 차오르지만 울지 않도록 노력해. 직장에서 울면 안 돼. 소란스럽게 굴어서는 안 돼. 사람들의 마음을 불편하게 만들면 안 돼. 그들이 너를 동정하게 하지 마. 오늘만은 안 돼. 스스로에게 이런 명령을 하는 게 도움이 된 것 같아. 눈물은 흘러내리지 않았고 나는 이메일을 확인하는 데 집중해. 옆방에서 일하는 그 동료에게 이메일을 써. 진심을 담아 고맙다는 말을 전해. 대문자와 느낌표를 동원해서. 곧바로 포옹을 덧붙인 그녀의 답장이 도착해. 그 뒤로 우리는 서로에게 더는 이메일을 보내지 않아. 그리고 다른 사람들도 그것에 대해 이야기하지 않아. 심지어 내 옆자리에 앉은 사람은 빵이 어디서 났는지 묻지도 않아. 그래서 모두들 알고는 있지만 말은 안 하는 거라고 짐작해.

점심때는 다른 동료가 점심을 사주겠다고 해. 아무렇지 않은 말투로 자기가 살 차례라고 말해. 그 동료를 좋아하고 다른 계획도 없어서 그러자고 말해. 피자를 먹으면서 그는 우리가 그것에 대해 꼭 말해야 하는 건 아니지만 언제든 자신에게 도움을 요청하라는 말로 그 주제를 언급해. 어릴 때 가족을 잃은 그는 상실을 겪은 가족으로 살아간다는 게 어떤 건지 안다고 말해. 애도하는 방식에 옳고 그른 건 없다고 강조하면서 누구나 자신만의 방식으로 애도한다는 걸 안다고 말해. 그 말을 들으면서 내 마음이 차분해져. 꼭 이야기해야 한다는 부담은 없어. 하지만 그래도 우리는 그것에 대해 조금 이야기해. 그런 다음 피자를 먹으면서 다른 이야기를 해. 나는 두어 번 큰 소리로 웃어.

오늘은 당신 부모님과 통화하지 않아. 요즘은 아주 자주 연락하는데도 말이야. 당신 부모님이 일주일에 한 번 나 대신 이반을 데리러 가서 내가 조금 늦게 퇴근할 수 있게 이반을 우리 집에서 돌봐주셔. 그런 날이면 퇴근길에 저녁거리를 사 들고 가고 우리는 다 함께 저녁을 먹어. 저녁을 먹고 난 뒤에 당신 부모님은 떠나고 나는 이반을 재워. 우리 모두에게 적절한 일과를 찾은 것 같아. 당신 부모님은 손주를 정기적으로 만날 기회를 얻고 나는 조금 늦게 퇴근하고 당신 부모님과 정기적으로 함께 저녁 먹을 기회를 얻어. 우리는 자주 문자를 주고받고 통화도 해. 두 분은 나와 어린이집 선생님 외에 이반이 가장 자주 만나는 어른 들이 되었어. 나는 두 분을 내 가족이라고 생각해. 하지만 1주기 에는 서로 이야기하지 않아. 1주기에 우리는 서로를 위해 기도하 고 있다고만 문자를 보내. 애도하는 중에도 우리는 함께 견뎌낼 방법을 찾은 것 같아. 가장 힘든 날에는 서로에게 혼자 있을 공 간을 줘. 그게 최선이라는 암묵적인 합의 같은 게 생긴 거야.

저녁에는 내 친구 두 명이 찾아와. 우리는 미트볼과 매시포테 이토를 만들어. 우리가 외식할 때면 주문은 늘 당신이 했어. 당 신은 생선이나 해산물 요리를 좋아하지 않았고 언제나 익숙한 요리만 주문했어. 당신이 살아 있을 때는 그걸 두고 다들 놀리 며 한마디씩 했지. 그래도 늘 결국 미트볼과 매시포테이토와 링 곤베리 잼을 주문했어. 거의 원칙처럼 말이야. 집에서는 저알코 올 맥주를 마셨고 식당에서는 일반 맥주를 마셨어. 당신이 없 는 지금은 당신을 기념하거나 기억할 때마다 그 메뉴를 먹어. 당신 생일과 1주기에. 이반이 특히 좋아해.

식사 자리는 분위기가 좋고 우울하지 않아. 당신을 기억하 며 건배를 할 때조차도. 이반은 매시포테이토에 얼굴을 그려 넣 어. 모든 게 아주 좋아. 이반이 빨대 컵을 들고서 "건배"라고 크 게 외쳐서 우리는 웃어. 친구들이 요리도 하고 설거지도 해. 그래서 나는 아무것도 하지 않아도 돼. 친구들이 떠난 뒤 안도의 한숨을 내쉬어. 아주 훌륭하게 오늘을 넘긴 것 같아서. 1주기를 마무리했어. 앞으로 또 다음 주기가 차례차례 돌아오겠지만. 점점 더 쉬워지겠지.

나는 이반이 잠든 후에야 울어. 컴퓨터에 저장된 당신 사진을 봐. 내 인생의 동반자였던 당신, 내 일상에 존재했던 사람, 내가 모든 것을 나눈 사람에 대한 기억을 떠올리려고 애써. 우리 삶이 어땠을지 상상해봐. 당신이 살아 있었다면 이반에게 어떤 아버지가 되었을지를. 그러다 지난 한 해를 돌아봐. 내가 평소에는 잘 보지 않는, 컴퓨터에 저장된 당신 사진 수백 장을 넘겨봐. 얼굴을 확대하면서 당신이 얼마나 아름다운 사람이었는지를 생각해. 그리고 내가 당신에게 그런 말을 해준 적이 별로 없다는 것도. 나는 조금 울어. 하지만 곧 스스로에 대한 경멸이 가득 차올라. 눈물을 짜내기가 쉽지 않았거든. 내 눈물이 자기연민의 눈물일 뿐 당신을 그리워하는 마음에서 나온 게 아니어서 부끄러워. 화면을 보며 몇 분을 보낸 뒤 나는 일어나서 노트북을 닫아. 부엌 뒷정리를 마무리하고 내 저녁 일과를 시작할 때가 됐어. 그런 다음에는 침대로 가서 하루를 마무리해야지. 오늘 밤 잠이 들고 내일 새로운 하루를 맞이하는 게 기대돼. 다음 날이 오는 것이.

2015년 12월

나는 매서운 바람을 헤치면서 당신이 유년 시절을 보낸 들판을 가로질러, 도시로 돌아가는 버스를 놓치지 않으려고 서두르고 있어. 잠든 아이를 막 당신 아버지에게 넘긴 참이야. 당신 아버지는 이번이 당신 어머니나 나 없이 처음으로 이반과 둘이서만 산책하는 거라고 말했고, 그렇게 말하며 자랑스러워하시는 것 같았어. 헤어질 때 허리를 꼿꼿이 세우고 내게 활기차게 손을 흔드셨지. 당신 아버지는 내게 마지막으로 다시 한 번 걱정하지 말라고 말했어. 그냥 긴장을 풀고 회사 크리스마스 파티를 잘 즐기다 오라고. "우리가 전부 알아서 하마. 우리가 아이를 네 명이나 키워냈다는 걸 잊지 마. 이건 아무것도 아냐."

나는 돌아서서 당신 아버지와 이반이 당신 부모님 집으로 이어진 들판 너머로 사라지는 걸 봐. 당신 아버지가 옳기를 바라. 나는 살짝 죄책감을 느껴. 이반이 오늘 아침만 해도 화장실 바닥에 가득 토했는데, 그리고 오늘 기저귀가 갈수록 엉망이었는데, 정말 파티에 가도 괜찮은 걸까? 죄책감 뒤에는 걱정이 따라와. 당신 부모님이 이반을 침대에 눕히기 전에 기저귀를 확인 안 하시면 어쩌지? 이반이 내가 옆에 없어서 잠을 못 자면 어떻게 해? 속이 안 좋은 아이를 처음으로 당신 부모님 댁에서 하룻밤 보내게 하는 게 정말 좋은 생각일까? 하지만 이제 어쩔 수 없어. 마음을 바꾸기에는 너무 늦은걸. 몇 분만 있으면 날 태울 버스

279

가 올 거고 도시로, 연례 크리스마스 파티를 시작하려고 사무실에서 나를 기다리는 동료에게로 데려다줄 거야.

일단 버스에 자리를 잡고 앉자 엄청난 해방감에 휩싸여. 탈출한 것 같은 기분이야. 이제 시골에 있는 당신 부모님에게 어떤 일이 벌어지건 상관없다는 기분이 들어. 이반의 기저귀를 갈거나 이반의 토사물을 닦으러 내가 그곳에 있을 수 없으니까. 나도 휴식이 필요해.

사무실로 가는 길에 옷가게에 잠깐 들러 반짝이는 상의를 사는 데 성공해. 파티의 주제는 '현란함과 화려함'이야. 그리고 내가 지금만큼 현란하지도, 화려하지도 않다고 느낀 적도 없었을 거야. 나는 현란하거나 화려한 옷도, 장신구도 없어. 그 주제를 무시하고 그냥 있는 옷을 입고 가기로 했는데 가게 쇼윈도에 비친 내 모습이 전혀 마음에 들지 않았어. 피곤한 얼굴, 혈색 없는 뺨, 믿을 수 없을 정도로 짙은 다크서클, 보풀투성이 털모자, 한때 당신이 입고 다니던 커다란 코트. 가게에 들어선 나는 제일 먼저 눈에 띈 반짝이 셔츠를 집어 들어서 값을 지불하고 서둘러 빠져나와. 지금은 매 분 매 초가 중요하니까. 언제라도 당신 부모님이 전화를 걸어 돌아오라고 말할지 모르니까.

크리스마스 파티를 위해 뷔페가 차려져 있어. 내가 제일 좋아하는 동료 두 명이 내 양옆에 앉아 있고. 그중 한 명은 나만큼이나 목이 마른가 봐. 우리는 자주 건배를 하고 둘이서 와인 한 병을 비워. 사무실 대화 소리가 점점 더 커져만 가. 나는 큰 소리로 웃으면서 즐겁게 지내고 있어. 곧 버스를 타고 집에 돌아가야 해. 당신 부모님에게 11시까지는 돌아오겠다고 했거든.

9시 30분에 당신 어머니에게 문자가 와. 이반이 아주 평화롭게 자고 있고 속도 많이 좋아진 것 같다고 전해. 나는 와인 한 병을 새로 따서 동료와 건배를 하며 그 소식을 축하해. 이제 사소한 음악 퀴즈 시간이야. 어려운 문제들은 아니지만 음악업계에서 일했던 내 경험이 유용하게 쓰여. 우리 팀이 이겨서 우승 상품으로 샴페인을 받아. 그 병도 따서 또 건배를 해. 10시 30분이 다가오고 슬슬 집으로 돌아갈 준비를 해야 한다는 걸 알아. 하지만 파티가 이제 막 흥겨워지기 시작했는걸. 게다가 나도 정말 즐기고 있고. 집에 가기 싫어. 나는 퇴장을 질질 끌어. 그러다 내가 거의 이야기를 해보지 않은 동료와 대화를 나눠. 그녀에게 한 남자와 결혼해서 20년을 같이 살 수 있었던 비결을 물어. 대화는 커플 상담으로 이어지고 우리 둘 다 커플 관계를 유지하려면 정말 많은 노력이 필요하다는 데 동의해. 그녀가 다른 누구보다도 나를 잘 이해한다는 생각이 들어. 나는 그녀와 친구가 되고 싶어. 더 많은 동료가 대화에 참여해. 그중 한 명이 근처 술집에 노래방 기계가 있는 룸을 예약했다고 선언해. 거기에 11시까지 가려면 지금쯤 나가야 한다고. 나는 내 생각을 입 밖으로 소리 내 말해. "나는 거기 낄 수 없어." 동료들이 나를 설득해. 여기서 한 시간을 보내나 거기서 한 시간을 보내나 별로 달라질 건 없잖아? 당연히 함께 가야지. 넌 그럴 자격이 있어. 나도 나 자신과 논쟁을 벌여. 한 시간 더 논다고 해서 큰일 날 건 없잖아. 택시를 타고 가면 자정까지는 들어갈 수 있어. 내 상사가 나도 꼭 가야 한다고 말해. 회사가 택시비를 대겠다면서. 나는 그래도 괜찮을지 당신 어머니에게 문자를 보내. 곧바로 답문자가 와. "계속 있어! 이반은 잘 자고 있으니까." 나는 동료들과 노래방 술집으로 가.

새벽 2시를 지날 무렵 택시가 당신 부모님 집 앞으로 다가가. 나는 하도 노래를 불러서 목이 쉬었고 내 몸은 분명히 알코올 냄새에 찌들었을 거야. 안 그러면 오히려 이상한 거야. 나는 거실로 몰래 들어가. 당신 어머니가 여전히 잘 자고 있는 이반 옆에 누워서 책을 읽고 있는 게 보여. 나는 최대한 똑바로 발음하려고 노력하면서 말을 해. 내 혀가 꼬였다는 걸 알아차리셨을 텐데 티를 내지 않으셔. 내가 즐거운 시간을 보내서 기쁘다고 말하고는 잘 자라고 인사한 뒤 위층 안방으로 가셔. 나는 양치질과 세수를 건너뛰고 반짝이 셔츠를 벗은 뒤 이반 옆으로 기어 들어가. 나는 아직도 흥분 상태야. 어둠 속에서 이날 밤의 기억들을 더듬으며 미소를 지어. 스스로에게 나는 여전히 그런 사람이라는 걸 강조해. 여전히 친구들과 재미있는 시간을 보낼 수 있는 사람. 여전히 의자에 올라가 춤을 추고 농담으로 사람들을 웃길 수 있는 사람. 내가 겪은 일에 걸려 넘어지지 않고, 그 자리에 주저앉지 않고, 누군가의 동정이나 세심한 배려를 필요로 하는 일 없이 친구들과 하룻밤을 즐길 수 있는 사람이라고. 그런 일을 겪은 뒤에도 나는 여전히 인간이야.

2016년 1월

아침에 이반이 깨기 전에 내가 먼저 일어나는 날도 있어. 이반이 여전히 밤잠을 잘 못 잔다는 것, 그래서 나도 여전히 밤에 잠을 잘 못 잔다는 걸 감안하면 그런 날이 너무 자주 있어. 기회가 주어지면 무조건 잠을 청해야 하는데도 매일 아침 일찍 깨. 그리고 그럴 때면 해야 하는 일을 절대 하지 않아. 침대에서 몰래 빠져나와 씻고 곧 시작할 하루를 준비하지 않아. 나는 그 자리에 누운 채 이반만을 바라봐. 자고 있는 이반의 이목구비는 아름다워. 평화로워 보여. 깨어 있을 때는 좀처럼 볼 수 없는 얼굴이야. 잘 때만 보이는 작은 보조개가 보여. 자고 있는 이반은 당신을 닮았어. 입에는 미소를 머금고 있어. 스스로에게 만족한 듯 보여. 내가 모르는 뭔가를 알고 있다는 듯이. 두 팔을 머리 위로 펼친 채 등을 대고 누워 있어. 악몽은 끝났고 지금은 자면서 끙끙거리지 않아. 때로는 내가 그렇게까지 눈빛을 쏘아대는데도 이반이 깨지 않는다는 사실에 놀라. 이반을 보면서 이반이 어떤 삶을 살게 될지 생각해. 이반을 보고 있으면 썩 아름답지만은 않은 사랑이, 걱정과 무기력으로 채워진 사랑이 내 안에서 깨어나. 그리고 그것이 내가 애초에 잠을 다시 청하기가 어려운 이유이기도 하지. 나는 이반을 바라보면서 이반이 깨기만을 기다려. 이반은 곧 만 두 살이 돼.

이반의 어휘 속에서 당신은 기억이 아닌 개념이야. 이반에게 당신은 '아빠 악셀'이고, 그 사람은 죽었어. 당신 사진이 우리 집 냉장고와 이반 방에 걸려 있지만 이반은 당신이 누구인지 알지 못해. 때로는 삼촌인지 물어. 특히 당신이 더 젊고 머리가 길었을 때 사진을 보면. 이반은 자기 아빠가 죽었다는 건 알지만 그게 거의 전부야. 아직까지는. 이반은 어린이집 친구들은 엄마와 아빠가 데려다주고 데리러 온다는 걸 알아. 하지만 왜 자기는 그렇지 않은지 몰라. 이반이 아빠가 죽었다고 말할 때 슬픔이나 상실감 같은 건 없어. 그냥 사실을 말할 뿐이야. 그 아이는 그 사실을 있는 그대로 말해. 그 말에 반응하는 건, 그 말에 의미를 부여하는 건 어른들이야. 이반의 세계에서는 다른 아이들처럼 엄마와 아빠가 있는 게 아니라 엄마인 나만 있어. 매일 자기를 어린이집에 데려다주고 데리러 오는 사람도 엄마. 감기나 중이염에 걸려 진찰을 받아야 할 때 보살펴주는 사람도 엄마. 기침을 할 때면 밤늦게까지 옆을 지키는 사람도 엄마. 자기가 토한 걸 치우고 기저귀를 갈아주는 사람도 엄마. 자기를 유모차에 태워서 공원에 데리고 나가는 사람도 엄마. 함께 기차를 타고 웁살라에 있는 할머니와 이모를 만나러 가는 사람도 엄마. 거의 매일 아침 일찍 일어나서 자기를 보고 있는 사람도 엄마. 다음 날, 다음 주를 어떻게 괴롭지 않게, 되도록 즐겁게 보낼지 걱정하고 해결책을 찾아 미친 듯이 뛰어다니는 사람도 엄마. 하지만 이반은 아직 그런 차이를 몰라. 나는 이반이 가능한 한 오래도록 아이로 남아 있으면 좋겠다고 생각해.

2016년 2월

이반의 두 번째 생일이야. 만 두 살이 된 거야. 올해 우리는 집에서 생일을 축하해. 아파트에 가까운 가족들만 초대했어. 그러니까 대략 스무 명 정도 되는 무리가 별로 크지 않은 공간에 꽉꽉 들어차 있어. 내 혈육들의 부재가 눈에 띄어. 오빠는 이사를 해 멀리 있고 여동생도 자기 일 때문에 바빠. 새엄마는 출장 중이고. 새엄마를 요즘 거의 만나지 못해서 이반이 크게 실망하고 있어. 엄마와는 이번 주말에 더 차분한 분위기에서 이반의 생일을 기념할 거야. 그래도 괜찮아. 파티를 돕는 손길이 전혀 부족하지 않으니까. 이반과 놀 기회를 얻으려고, 이반에게 선물을 주려고, 이반과 함께 사진을 찍으려고 사람들이 줄을 서서 기다리는 듯해. 대화 내용은 거의 다 이반에 관한 거야. 이반이 얼마나 사랑스럽고 영리한지, 클수록 얼마나 당신을 닮아가는지 등등. 그렇게 많은 응원의 목소리를 들으니 마음이 따뜻해져. 커피 머신과 보온병 사이를 바삐 오가며 생각해. 여기 이반을 사랑하는 사람이, 오늘 그 아이와 함께 축하하고 싶어 하는 사람이 이렇게나 많아. 당신이 없는 이곳에 당신 대신 당신 가족 스무 명이 이반을 위해 모였어. 나쁘지 않은데.

지금 당신 형이 거실에서 목소리를 높이고 있어. 자신을 둘러싼 익숙한 얼굴들 사이에서 내 얼굴을 찾고 있는 이반에게 생일 축하 노래를 불러줄 시간이 된 거야. 이반과 내 시선이 마주친 순간 나머지는 침묵 속 상호 이해 단계로 넘어가. 이반은 두 손을 뻗으면서 재빨리, 세 걸음 만에 내 앞으로 와. 나는 노래를 부르는 나머지 가족들과 이반의 눈높이가 같아지도록 이반을 안아 올려. 음정이 살짝 흐트러져. 당신이나 당신 가족이나 음을 정확히 내는 데는 그다지 재주가 없으니까. 하지만 멈추지 않고 끝까지 불러. 나는 이반이 앞을 보도록 들어서 노래를 부르는 당신 가족 한 명 한 명과 눈을 마주치게 해.

당신 누나야. 내게 정기적으로 문자를 보내고 내가 SNS에 올린 수많은 이반 사진에 늘 '좋아요'를 눌러주는 사람. 그녀의 눈은 이반에게 고정되어 있어. 노래를 부르는 안경 너머에서 눈물이 반짝여. 이반이 당신 어렸을 때랑 꼭 닮았다고 생각한다는 걸 알아. 당신 형이야. 당신을 발견한 뒤 내가 제일 먼저 연락한 사람. 당신에게 마지막 작별 인사를 하러 방에 들어설 때 나를 붙들어준 사람. 그때 울면서 "꼬맹이"라고 속삭였던 사람. 자신의 슬픔을 내색하는 대신 사랑을 실천하는 사람. 우리가 이 아파트에 이사하기 전에 휴가를 내서 아파트 전체를 리모델링해준 사람. 당신 동생이야. 당신을 롤모델로 삼았던 사람. 우리 중 당신 장례식에서 추모사를 낭독한 유일한 사람. 내가 이반을 대신 봐줄 사람을 찾을 때면 거의 언제나 자원하는 사람. 당신을 너무나 그리워한 나머지 가끔 출근하는 것조차 힘겨워하는 사람. 당신 아버지야. 나와 이반을 사랑한다고 끊임없이 말해주는 사람. 우리가 존재하는 것만으로 자신의 삶에 의미를 부여한다고 말하는 사람. 이반을 자신의 작업실로 데리고 가서 모터와 톱과 드릴에 대해 가르치는 사람. 몇 시간이고 이반과 함께 마루를 기어 다니면서 놀아주는 사람. 이반과 그림을 그리고 찰흙 모형을 만드는 사람. 나처럼 머릿속에서 당신과 독백을 나누는 사람. 자신의 슬픔이나 기쁨을 감추는 법이 없는 사람. 당신 어머니야. 여전히 너무나 고운 당신 어머니. 당신을 잃은 슬픔을 절대 극복하지 못할 사람. 언제나 이반을 위해 달려올 사람. 이반이 감기에 걸리고 내가 두려움에 떨 때 우리 집 소파에서 자는 사람. 이반을 유모차에 태워 이반이 잠들 때까지 산책하는 사람. 당신의 몸이 여기저기 쑤시는 그런 날에도. 그리고 당신의 형수, 매형, 조카들이야. 모두 여기 있어. 빽빽한 원을 만들어 이반을 둘러싸고서, 나를 둘러싸고서 노래를 부르고 있어. 모든 벽을 구석구석까지 울리면서, 침묵과 부재를 제압하면서, 그들이 할 수 있지만 잘하지는 못하는 것, 노래를 하고 있어. 여기 우리를 위해 있어. 나와 이반을 위해.

늘 그렇듯 나는 이반을 나와 나머지 세상을 나누는 방패로 삼아. 이반은 내가 울지 말아야 할 이유가 돼. 내 존재에 의미를 부여해. 내 구세주이자 한 줄기 빛이야. 우리의 공통분모이고, 우리를 연결하는 끈이고, 우리가 함께하고, 앞으로 나아가는 원동력이야. 우리가 사랑할 당신이 사라진 지금 우리가 당신 대신 사랑할 수 있는 존재야.

2016년 3월

아직 겨울이지만 낮이 점점 길어지고 있어. 내가 이반을 어린이집에서 데리고 오는 길이 더는 어둡지 않아. 때로는 유모차를 밀면서 아파트까지 가는 길을 내려갈 때 해가 여전히 빛나고 있기도 해. 아파트에 도착하면 곧장 저녁을 만들어. 당신이 죽은 뒤로 대략 500번째 먹는 저녁이야.

해가 길어져서일 수도 있고 겨울이 좀처럼 끝나지 않는 것 같아서일 수도 있는데, 나는 어쩐지 안절부절못하고 있어. 무엇보다 혼자 지내는 게 지긋지긋해. 내 생각들은, 특히 금지된 자기연민과 불평불만으로 가득한 그런 생각들은, 종종 결국 새로운 관계를 시작하는 것이 해답이라는 결론에 도달하곤 해. 내 외로움. 우리의 고립감. 이반의 불안감. 내 초조함. 요즘 들어 내가 새로운 사람을 만날 준비가 거의 되어간다는 생각을 자주해. 내 삶을 나눌 새로운 사람을 만날 수만 있다면 내 문제의 대부분이 해결될 것 같아. 이반의 문제도 그렇고, 허무함도 사라질 것 같아. 그 모든 것이 치유될 텐데.

하지만 안타깝게도 나는 어떻게 새로운 사람을 만나야 하는지 전혀 몰라. 어른이 되고 주말을 콘서트장이나 댄스클럽에서 보내지 않는 지금은 어떻게 사람들이 서로 만나는지 모르겠어. 홀로 아이를 키우는 싱글맘이 된 지금은 아무도 내게 관심이 없을 거라는 절망적인 생각도 들고. 내 비통한 마음 때문에, 아니면 수면 부족 때문에, 아니면 그냥 나이가 들어서인지 못생겨졌다는 생각도 들어. 무엇보다 시간이 없어. 나는 연장 근무를 해야 하는 경우가 아니면 절대 베이비시터를 쓰지 않아. 나에게는 여전히 나보다 이반이 우선이야. 내가 새로 만나는 사람은 나와 삶을 나눌 뿐 아니라 내 어린 아들과도 삶을 나누고 싶어 해야 해. 그런 사람이 존재한다는 게 상상이 잘 안 돼. 나에게 그런 행운이 찾아올 리 없다는 생각을 떨칠 수가 없어.

내 친구들은 그런 이야기는 그냥 흘려들어. 내가 새로운 사람을 만나는 것에 대해 언급만 해도 흥분해. 사람들은 매일 온갖 방식으로 만난다고들 말해. 내게도 그런 일이 일어날 거라고. 하지만 그러려면 먼저 내가 새로운 사람을 만날 준비가 되어 있다는 걸 알려야 해. 퇴근 후 잠깐 틈을 내서 술 한 잔을 하는데 친구 하나가 그 문제를 해결하겠다며 나서. 그러더니 내 휴대폰에 앱 하나를 깔고, 사회생활을 하며 쌓은 인내심으로 내게 사용법을 알려줘. 그 앱에는 남자들의 얼굴이 넘쳐나. 내 친구에 따르면 후보가 수천 명도 넘는대. 친구가 내 휴대폰 화면을 넘기는 걸 보면서 나는 어쩐지 스스로가 한참 구시대 사람이 된 기분이야.

내가 당신과 사귈 때는 우리가 아는 사람 중에 온라인에서 만나 사귀는 사람이 없었어. 적어도 내 친구 중에는 없었어. 그때 사람들은 파티에서, 클럽에서, 콘서트장에서, 행사 후 파티장에서, 그리고 대개는 공통의 지인을 통해서 만났어. 누군가 눈에 들어오면 페이스북으로 친구 신청을 할 순 있었을 거야. 하지만 그게 다야. 만남의 과정은 거의 대부분 언제나 같았어. 적어도 나는 그랬어. 와인을 왕창 마시고 무리 속에서 내 관심을 끄는 목표물을 찾아. 그 목표물을 지그시 바라보면 대개 나머지 과정은 저절로 진행됐어. 나는 내가 한때 그 일에 재주가 있었다는 기억이 나. 하지만 그건 오래전 일이야. 이제는 거의 10년 전 일이지. 내가 그런 재주를 마지막으로 사용한 게 당신이야. 그사이에 삶과 죽음이 있었고. 우리는 서로에게 끌려서 하나가 되었고, 하나로 지냈고, 시간이 흘렀어. 이반이 우리에게 왔어. 당신이 사라졌어. 환경이 달라졌어. 예전의 자존감은 내가 노력을 해야 그나마도 간신히 재구성할 수 있는 기억에 불과해. 게다가 휴대폰 화면에 떠다니는 남자들의 얼굴을 내가 바라는 그런 관계의 출발점으로 삼아도 될지 확신이 안 서. 그래도 내 친구는 포기하지 않아. 일단 새로운 만남에 도전해보기에는 이 방법이 제격이라고, 아마 더 나을 거라고, 지금은 다 이런 식으로 한다고, 그러니 익숙해져보라고 말해.

그래서 나는 그런 방식에 익숙해지려고 노력해. 앱을 켜면 남자 수백 명의 얼굴을 넘겨볼 수 있어. 내 친구가 앱 사용법을 가르쳐줘. 왼쪽으로 넘기면 얼굴이 곧장 사라져. 거절한다는 의미야. 오른쪽으로 넘기면 초대를 시작한 거야. 서로 채팅을 시작할 기회를, 상대를 더 잘 알아갈 기회를 얻어. 다만 그 남자도 오른쪽으로 화면을 넘겨야만 해. 처음에는 복잡해 보였지만 나는 곧 익숙해져. 스키를 타거나, 등산을 하거나, 거대한 고깃덩어리를 굽는 남자들의 사진을 계속해서 넘겨. 내가 보는 것들에 공포를 느껴. 계속해서 왼쪽으로 넘겨. 그리고 다른 사진, 다른 남자로 교체돼. 앱은 마치 끝나지 않는 게임 같아. 나는 거리에 얼마나 많은 독신자들이 돌아다니는지에 놀라.

나는 너무 많은 정보를 드러내지 않으면서도 나와 내 삶을 잘 보여준다고 생각되는 사진 네 장을 골라. 하나는 파티에서 행복해 보이는 나, 하나는 직장에서 컴퓨터 앞에 앉아 있는 나, 하나는 스무디를 마시면서 거리를 건너는 나. 그리고 마지막으로 카메라에 얼굴이 잡히지 않은 이반을 안고 있는 나. 얼굴은 보이지 않아도 이반의 존재는 확실하게 보여. 나는 그 마지막 사진을 고르고 나서 한참을 망설였어. 아이를 안고 있다는 사실을 드러내서 후보자들을 쫓아내고 싶지 않았어. 아이만 아니라면 나에게, 더 정확하게는 내 사진에 흥미를 보일 남자들을 말이야. 내가 아이가 있는, 그것도 사진 속에서 갓 돌을 넘긴 것처럼 보이는 아이를 키우는 엄마라는 사실을 외부인들이 어떻게 해석할지 궁금했어. 하지만 그건 있는 그대로의 사실이야. 내게는 아이가 있어. 내가 누구인지를 나타내는 핵심 요소이자 타협할 수 없는 부분이야.

이른 봄 나는 한동안 그 앱을 켜놓고 시간을 보내. 이반을 재운 뒤 앱을 들여다봐. 불만으로 가득한, 금지된 생각들을 몰아내. 희망을 가지고 긍정적으로 지내려고 최선을 다해. 바로 이 사진 너머에 더 나은 뭔가가 기다리고 있을지도 몰라. 내가 미래에 만날 거라고 상상할 수 있는 누군가. 나는 남자들을 차례차례 넘겨. 왼쪽으로 계속 넘겨서 엄지손가락에 쥐가 나. 낚시하는 남자를 거절해. 등산하는 남자를 거절해. 스키 타는 남자를 거절해. 비싼 셔츠를 입고 이상한 머리를 한 남자를 거절해. 술을 너무 많이 마시는 것 같은 남자를 거절해. 일을 너무 많이 하는 것 같은 남자를 거절해. 너무 어리거나 너무 늙은 남자를 거절해. 촌스러운 안경을 낀 남자를 거절해. 수염이 너무 긴 남자를 거절해. 자기소개 문구를 바보같이 적은 남자를 거절해. 맞춤법이 엉망인 남자를 거절해. 운동을 좋아하는 것처럼 보이는 활동적인 남자를 거절해. 모험을 함께할 사람을 구하는 남자를 거절해. 아이가 많은 남자라…… 거절해. 나는 모든 남자를 신중하게 재면서 넘겨. 마침내 후보가 한 명도 남지 않아.

몇 주 만에 150킬로미터 반경 안에 있는 모든 독신남을 다 넘겨봤어. 그런데 그중 단 한 명과도 연락이 닿지 않았어. 실망한 나는 그 소식을 친구에게 문자로 알려. 친구는 내 말을 믿지 않는 눈치야. 친구는 내게 화면을 캡처해서 증명하라고 말하고 나는 순순히 그렇게 해. 앱은 텅 빈 지도를 보여주면서 내게 며칠 있다가 다시 열어달라고 부탁해. "믿을 수 없어!!!" 친구가 문자를 보내. "귀엽거나 조금이라도 호기심이 생기는 사람이 단 한 명도 없었다는 거야?" 나는 창피해하면서 답해. "그래." 친구는 지나치게 까다롭게 군 나를 당연히 꾸짖어. 그녀는 단호하게 말해. 다시 인생 전체를 향해, 그리고 더 구체적으로는 앱에 등장하는 남자들에게 '좋아요'라고 답하라고. 내가 모두에게 '싫어요'라고 말하면 아무 일도 일어나지 않는다고. 그녀는 사진을 오른쪽으로 넘긴다고 해서 그 사람과 남은 평생을 함께 보내야 하는 게 아니라고 강조해. 친구 말이 옳다는 걸 알아. 얼굴 사진을 토대로 미래를 설계하는 사람은 없으니까. 하지만 아마도 나는 그냥 앱을 통해서 영혼의 단짝이자 인생의 동반자를 찾지 못하는 사람인 건지도 몰라. 그냥 다른 방식으로 그런 일이 일어나야만 하는 건지도 몰라. 그날 밤 나는 휴대폰에서 그 앱을 지워. 그리고 그 과제는 잠시 유보하기로 해.

2016년 4월

친구가 내게 이제 삶을 조금 즐길 때가 왔다고 말해. 그게 '이반 없이' 삶을 조금 즐길 필요가 있다는 말이라는 걸 알아. 베이비시터를 조금 더 자주 고용해봐. 더 자주 나가봐. 저녁에 친구들과 더 자주 어울려봐. "자신을 돌보면 더 나은 부모가 될 수 있어." 친구들이 말해. 그 주장을 뒷받침하는 생생한 묘사들을 곁들여가면서. 가장 흔한 비유는 비행기의 산소마스크야. 언제나 어른이 산소마스크를 먼저 써야 해. 그다음에 아이에게 산소마스크를 씌우는 거야. 안 그러면 둘 다 죽어. 부모 역할도 그런 식으로 해야 하는 건가 봐. 행복한 부모가 더 좋은 부모래. 내가 스스로를 위해 뭔가를 하면 자동적으로 이반을 위해 뭔가를 하는 게 된다는 거야. 친구들이 좋은 뜻으로 그런 말을 한다는 걸 알아. 내 심리상담사도 같은 말을 해. 더 자주 놀러 나가라고. 나도 알아. 하지만 잘못된 행동처럼 느껴져. 친구들이 일반론적으로는 옳다는 걸 알지만 내 아이에게는 옳지 않은 것처럼 느껴져. 그들은 나만큼 이반을 잘 알지는 못하니까. 그들은 우리가 다른 가족과 다를 바 없다고 생각하잖아.

아이를 동반할 수 없는 사교 모임에 초대를 받을 때면 나는 핑곗거리를 생각하기 시작해. 이반이 조금 아파. 주말 내내 어디 갈 거야. 엄마가 온대. 가고 싶지만 당장 베이비시터를 찾기가 어려워. 계속 찾아는 볼게. 갈 수 있게 되면 곧장 말할게. 어쨌든 초대해줘서 정말 고마워.

마지막 핑계는 절대 거짓말이 아니야. 이반의 외할머니가 최근 양쪽 고관절 수술을 받아서 목발을 짚고 다니고 있어. 이반처럼 활동적인 아이를 돌볼 수 있을 리가 없어. 다른 외할머니인 나의 새엄마는 새 일자리를 구했고, 그래서 거의 언제나 출장 중이야. 그리고 할머니와 할아버지는 늘 이반을 봐주시는걸. 적어도 일주일에 한 번은 꼬박꼬박, 내가 조금 늦게 퇴근할 수 있도록. 두 분에게 더 부담을 드리고 싶지 않아. 그런데 내가 그렇게 자주 초대를 거절하는 주된 이유는 되도록 언급하지 않아. 이반 때문이란 걸 말이야.

이반은 예전보다 지금 더 분리불안을 잘 느껴. 어린이집에 데려다주는 일은 두 학기나 다닌 지금도 여전히 가장 힘든, 우리 삶에서 가장 가슴 찢어지는 일과야. 어린이집 선생님이 내 다리에 매달려서 죽을듯이 우는 이반을 떼어내지 않은 날이 손에 꼽을 정도야. 매일 아침 나는 이반을 버린 것 같은 기분으로 출근해. 매일 저녁 나는 내 배신을 벌충하려고 이반에게 필요하다고 생각하는 모든 것에 더 충실하려고 노력하고, 더 안정감을 주려고 노력하고, 뭐든 더 하려고 노력해. 그 등식에는 내 시간이나 나를 우선순위에 둘 마음이 생기지 않아. 그런 감정을, 실은 내가 문제인 것 같은, 내 감수성과 부모로서의 내 나약함이 원인인 것처럼 들리지 않도록 설명하기가 힘들어. 설명하려고 하는 나를 바라보는 사람들의 눈빛을 봤어. 내 친구들이 내가 없는 곳에서 뭐라고 말하는지 상상을 해봤어. "조금 마음에 여유를 가지는 게 그렇게 어려운 걸까?" 시간이 지나면서는 그냥 하얀 거짓말과 핑계를 대는 게 더 쉽게 느껴졌어.

오늘은 내 가장 친한 친구의 마흔 번째 생일이야. 어릴 때부터 알던 친구고, 내게 한 달 전부터 생일 파티 이야기를 했어. 오늘 밤은 이반의 이모가 우리 집에 와서 잘 거야. 나는 친구 집에서 자기로 했고. 실은 이번 주 내내 괴로워하면서 파티에 가지 않겠다고 말할까 고민했어. 마음이 계속 오락가락했고, 결정을 할 수가 없었거든. 하지만 오늘 아침 이반이 어린이집 마당에서 미소를 띠면서 내게 손을 흔들었을 때, 그리고 여동생이 이반과 보낼 오늘 밤을 손꼽아 기다린다는 문자를 보냈을 때, 나는 그걸 파티에 가야만 한다는 신호로 받아들이기로 했어. 휴대폰으로 음악을 틀어놓고 와인 한 잔을 마시면서 욕실에서 화장을 해. 거실에서 동생과 이반이 웃는 소리가 들려. 나는 친구 아파트를 향해 거의 뛰다시피 걸어가는 내내 내가 첫 손님이 아니기를 바라.

나는 첫 손님이 아니야. 친구의 아파트는 사람들로 꽉 찼고 사람들이 계속 몰려와. 파티에 온 모든 사람을 본 건 아니지만 적어도 내가 본 사람들은 터무니없을 정도로 활력이 넘쳤어. 생기가 넘치고, 말끔하고, 마음이 편해 보여. 적어도 내 눈에 들어온 그 누구의 얼굴에서도 다크서클을 찾을 수가 없어. 흡연자들 무리는 부엌에 모여 있어. 주인 부부는 번갈아가면서 수시로 문으로 달려가 손님을 맞이해. 거실에서 사람들이 내가 처음 듣는, 그렇지만 아마도 최신 음악이라고 추정되는 음악에 맞춰 춤을 춰. 어디 앉아야 할지 파악이 안 돼. 나는 춤을 출 만큼 편안하지가 않고 그렇다고 부엌에 있는 흡연자들 무리에 낄 용기도 없어.

아이들 방으로 가. 복도와 주인 부부의 침실 사이에 끼어 있는 작은 틈새야. 오늘 저녁에는 디스코 볼과 의자 몇 개와 안락의자 한 개로 꾸며져 있어. 나는 빈 의자를 발견하고서 거기 모인 작은 무리 속으로 들어가 앉아. 그중에 아는 사람이 한 명 있어. 그가 곧 나를 대화에 끌어들여. 우리는 내성적인 사람과 외향적인 사람에 대해 이야기해. 그 무리에 있는 사람은 하나같이 자기가 내성적인 사람이라고 주장해. 나는 그 말을 전부 믿지는 않지만, 그리고 그들의 주장이 자랑처럼 느껴지지만 굳이 반박하지 않아. 나도 내성적인 사람이라고 말해. 우리는 우리가 이 아파트의 가장 외진 방에서 만났다는 사실이 우리 모두가 내성적인 사람이라는 걸 증명한다는 데 동의해.

나는 밤새 이 방에서 지내. 같은 의자에서, 같은 모퉁이에서, 부모 노릇과 인간관계와, 칵테일 레시피와 뮤직비디오와 SNS와, 고양이를 선호하는 사람과 개를 선호하는 사람에 대해, 그때그때 방에 흘러 들어오는 사람들과 끊임없이 대화를 나눠. 내가 대화를 나누는 사람들은 이곳에 앉아서 15분 내지 30분 정도 머물다가 다른 사람으로 교체되는 것 같아. 나만큼은 한 번도 이 자리를 못 떴어. 이 구석은 내 지정석이 되었어. 내 옆에 있는 와인 병은 한참 전에 비었어. 아마도 내가 다 비운 것 같아. 지금 일어서면 휘청거리지는 않을지 생각해봐. 시간을 보니 새벽 2시가 지났어. 집에 가기 전에 거실에서 잠깐이라도 춤을 추다 가야겠다고 생각해. 그제야 파티가 막 파장하고 있다는 걸 깨달아. 거실에는 아무도 없어. 음악이 여전히 요란하게 울리고 있지만 아무도 춤을 추고 있지 않아. 실망한 나는 다른 방으로 가봐. 오늘 밤 나를 손님방에서 재워주기로 한 친구를 찾아 나서. 두통이 시작돼. 곧 친구가 파티장을 떠났다는 사실을 알고는 나를 데려가지 않은 것에 상처 받아. 하지만 그럴 기운이 없어. 갑자기 마음이 급해져. 얼른 자야 해. 그래야 일어나서 이반이 있는 집으로 가지.

데이트 앱이 실패로 돌아갔고, 내가 간 마지막 파티가 작은 사교 재앙으로 끝났지만 우리 가족이 완전한 가족이 되기에는 뭔가가 여전히 부족하다는 느낌을, 점점 커져만 가는 그 느낌을 무시하기가 어려워지고 있어. 뭔가가 부족해. 엄밀히 말하면 누군가. 가족의 형태는 하나가 아니라고 나 자신에게 아무리 반복해서 말해도 소용이 없어. 내 가족은 반쪽짜리처럼 느껴져. 파괴되고 무너진, 뭔가 근본적으로 문제가 있는 가족처럼. 삶이라는 게 원래 이렇게 외로워야 하는 건 아니잖아. 문제는 내가 이 상황을 어떻게 바로잡아야 할지 모르겠다는 거야. 그런 와중에 한 남자와 편지를 주고받기 시작했어.

그는 홀아비고, 아이를 키우고 있어. 우리는 공통 지인이 있어. 그래서 지난 몇 년간 한 지인이 좋은 의도로 우리가 만나면 어떻겠냐면서 대화 중에 그의 이름을 몇 번 언급했어. 우리 둘 다 흔치 않은 경험과 상황을 공유하니까. 사람들이 내가 그 사람, 또는 인생의 동반자를 잃은 또 다른 사람과 만나면 어떻겠냐고 말할 때마다 나는 그런 제안을 하는 사람들에게 거절당한 느낌이 들었어. 그들이 내가 겪고 있는 일을 이해하는 친구를 만들면 좋을 거라는 식으로 말하면 그들이 더는 나를 감당하지 못하겠다고 넌지시 일깨우는 거라는 뜻으로 해석했어. 내가 너무 불만이 많다고, 자기연민으로, 우울증으로 가득해서 함께 있기가 어렵다는 뜻으로 말이야. 그래서 마음속으로 그들과 있을 때는 절대 불평하지 않겠다고 맹세했어. 그들의 배려에 고맙다고 말하면서도 속으로는 내게 일어난 최악의 사건을 공유한다는 이유로 사람을 사귀느니 평생 혼자 살겠다고 생각했어. 그건 새로운 삶을 포기하고 과거에 머물겠다는 뜻이잖아. 나는 그렇다고 생각했어. 계속 그렇게 생각했어. 내가 얼마 전 그 홀아비에게 편지를 쓰겠다고 마음먹은 그날까지는.

이반이 잠든 직후에 나는 늘 그렇듯이 초조함에 휩싸였고 페이스북에서 그를 찾아봤어. 별 정보는 얻을 수 없었어. 홀아비라는 정보도 없고, 아이 사진도 없었어. 우리는 공통 지인이 두어 명밖에 없었고 그가 올린 사진에는 시간이 남아도는 나 같은 스파이가 파헤칠 거리가 별로 없었어. 나는 이런 상황에서 내가 일반적으로 하는 행동, 내게 주어진 것들을 분석해서 나머지는 추측해 끼워맞추기를 할 수밖에 없었어.

그가 올린 사진에서 나는 그가 맞춤법을 잘 알고 글로 자신을 잘 표현한다는 결론을 내렸어. 최근 몇 년 동안 여행을 많이 다닌 것 같았어. 파리와 런던에서 찍은 사진에서는 고급 음식과 와인을 즐긴다고 추론했고. 잘난 척하는 사람일 수도 있겠다는 생각이 들었어. 그의 사진과 '상태' 밑에 달린 댓글과 '좋아요' 숫자로 판단하건대, 사람들에게 인기가 있거나 집단 아부의 대상일 거라고 해석해. 확실한 건 친구가 부족한 사람은 아니라는 거야. 그리고 그가 몇 년 전 갑자기 동거인을 잃었고 그래서 막 태어난 딸과 둘이 남겨졌다는 단서는 전혀 찾을 수가 없어.

결과적으로, 그의 프로필을 보면서 나는 뭐라 설명할 수 없는 이유로 그에게 호기심을 느끼는 동시에 살짝 짜증이 났어. 이 남자는 어떻게 혼자 아이를 키우면서도 그렇게 화려한 사회생활을 유지하고 있는 거지? 런던과 파리로 여행을 떠나면 아이는 누가 돌보지? 언제 그런 고급 와인과 음식들을 먹을 시간을 내는 거지? 왜 집에 앉아서 더 오래 애도하지 않는 거지? 그리고 딸은 어디 있는 거지? 태어난 이후로 줄곧 혼자 돌본다는 그 딸은? 모든 것이 거의 불편하게 느껴지기까지 했어. 당연히 내가 더 깊이 파헤쳐야 할 문제였어.

이반은 매일 밤 두 번 깨는데, 그사이에 그의 페이스북에 글을 남겼어. 내가 의도했던 것보다 길어졌어. 나를 소개하고, 내가 미친 사람처럼 보이지 않도록 우리의 공통 지인에 대해 설명하느라 두 단락을 채워. 그러고 나니까 내 상황과 내가 그에게 글을 남기는 이유를 설명하지 않는 것도 이상할 것 같았어. 사실 후자는 나도 제대로 이해하지 못하고 있지만. 그래서 그 단락도 꽤 길어졌어. 그런 다음 가벼움을 조금 더해야 하니까 시시한 얘기도 집어넣어야 했어. 그래서 마지막에 짧은 단락을 덧붙였어. 글이 너무 길어서 올리자마자 부끄러워졌지만 뭘 빼야 할지 알 수가 없었고 이반이 내 옆에서 뒤척거리면서 칭얼대기 시작했기 때문에 그대로 뒀어. 그가 답하지 않는다 해도 손해 볼 것 없다고 생각했어. 답한다 해도 딱히 얻을 게 있는 것도 아니었고. 그러니까 어떤 면에서는 그냥 본전인 셈이지.

다음 날 아침 답글이 왔어. 그런 글을 보내준 것에 감사하다고 짧게 인사하고 아주 조심스럽게 왜 내가 그런 글을 보냈는지 물었어. 내 글에서는 그 이유가 명확하게 드러나지 않았으니까 당연한 질문이었어. 나는 어린이집을 나서서 지하철을 타고 출근하는 길에 답글을 써. 사실을 있는 그대로 썼어. 왜 썼는지 나도 모르겠다고. 아마도 우리의 공통 지인이 한번 연락해보는 게 어떻겠냐고 말해서인지도 모르겠다고. 그리고 그 뒤로 우리는 매일 글을 주고받았어.

이 펜팔 친구는 거의 언제나 모호한 태도를 취해. 우리는 아이와 보내는 일상 속 일화를 나눠. 그리고 현실보다 조금은 더 유쾌한 일이었던 것처럼 꾸며. 적어도 나는 그래. 각자의 상실에 대해 언급했지만 자세히 설명하지는 않았어. 우리 둘 다 거기에 대해 자세히 말하고 싶어 하지 않는 것 같아. 하지만 우리의 현재 또는 과거의 사적인 삶에 대해서는 구체적으로 밝히기를 망설이지 않아. 금요일이면 서로 즐거운 주말을 보내라고 말해주고 가끔은 한번 들어보라면서 음악을 추천해. 때로는 사나흘 동안 한마디도 주고받지 않아. 우리 둘 다 만나자는 말은 안 해. 나는 그가 누군가와 살고 있다는 인상을 받았지만 대놓고 묻지는 않아. 그가 그런 사람에 대해 언급한 건 아니지만 글을 보내는 빈도수로 볼 때 주말과 저녁에는 바쁘다고 추측해. 물론 아이가 있으니까 그게 당연하지만. 나는 점점 더 호기심이 생겨. 한번 점심을 먹자고 제안할까 생각해. 그가 현실에서 어떤 사람인지 보고 싶어서. 하지만 아직은 용기가 안 나. 아마 곧 할 거야. 안 할지도 모르고.

2016년 6월

나는 공원 벤치에 앉아 오르스타비켄 수로를 멍하니 바라보고 있어. 내 앞에는 유모차가 있고 그 안에는 이반이 잠들어 있어.

이반이 이렇게 낮잠을 자면 밤에 재우기 힘들다는 걸 알아. 하지만 오늘만큼은 도저히 깨울 기분이 아니야. 벌써 공원을 세 군데나 돌았는데 아직 1시도 안 됐고, 기대와 달리 아는 사람을 아무도 만나지 못했어. 오늘은 특히 나처럼 아이를 키우는 친구들을 만나 어른들의 대화를 하고 싶었는데, 실패했어. 친구들이 다 바빠. 주말마다 시골 별장으로 가는 친구도 있고, 생일 파티나 미술관에 간 친구도 있고, 내 문자에 답하지 않은 친구도 서너 명 있어. 이게 나와 이반의 삶에서는 전형적인 주말이야. 아무런 계획이나 약속이 없는 주말. 이반을 위해 재미있는 이벤트로 몇 시간을 채우려고 혼자 애쓰는, 이반이 즐겁게 그 시간을 보낼 수 있도록 혼자 애쓰는 그런 주말. 그 속에서 나는 지루함에 숨이 막혀.

지금쯤은 이런 것에 익숙해졌어야 하는데, 아직 그러질 못했어. 명절이나 긴 연휴뿐 아니라 평범한 주말조차도 때로는 버겁게 느껴져. 동료들이 일터에서의 긴 한 주를 보내고 안도의 한숨을 내쉬는 금요일 오후가 되어도 나는 어쩐지 또 다른 근무를 시작하는 기분이 돼. 이반과 보내는 기나긴 이틀. 이제 만 두 살이 되었고 태어난 그날만큼이나 여전히 예민한, 다만 더 많이 움직이고 더 구체적인 요구를 하는 아들과의 주말이 시작되는 거야. 우리에게 주어진 이 시간을 어떻게 보낼지 미리 계획해두지 않으면 주말은 지루함과 지독한 외로움이 끝없이 이어지는 시간이 돼.

탄토룬덴의 공원 벤치에 앉아 수로의 반짝이는 물과 다리를 멍하니 보면서 나는 스스로에게 다른 삶을 꿈꾸는 걸 허락해. 당신이 여전히 살아 있는 꿈. 우리 두 사람은 함께 이반과 주말을 보내. 당신과 저녁 메뉴를 정하고, 요리를 하고, 다 같이 저녁을 먹고, 먹고 난 뒤에는 같이 식탁을 치워. 아마 와인도 한 잔할 수 있겠지. 같이 TV 쇼도 볼 수 있을 거야. 이반이 자기 방에 있는 누군가와 함께 웃는 소리가 들려. 이반이 잠든 뒤에는 저녁 식사나 파티 초대에 응해. 모든 토요일과 일요일이 이토록 길게 느껴지지 않는 꿈을 꿔. 5주짜리 휴가가 두려워지는 대신 손꼽아 기다리게 되는 그런 삶을 꿈꿔. 꿈을 꾸는 바람에 눈에 눈물이 고였다는 걸 깨달아. 나는 반사적으로 모자를 깊이 눌러써. 꿈꾸는 걸 그만두기로 해. 슬퍼질 뿐이니까. 내 꿈은 너무도 단순하지만 내 손이 닿지 않는 곳에 있어.

나는 휴대폰을 꺼내서 시간을 봐. 이반이 잠든 지 30분 정도가 지났어. 곧 깨워야 해. 어디로 가지? 갔던 공원 중 하나로 돌아갈까 아니면 집으로 갈까? 집으로 가면 뭘 하지?

그날 저녁, 결코 끝나지 않을 것 같던 하루를 보내고 그에게 편지를 써. 내 펜팔이자 지금은 (내 머릿속에서만) 영혼의 단짝 후보에게 점심을 같이 먹자고 제안하려고. 과장된 유머를 더해 나는 내 무료함을 묘사해. 지금의 내 처지를 이해하는 사람과 어른들의 대화를 나누고 싶어 죽을 지경이라고 말하면서, 너무 절박해 보이지 않으려고 지금으로부터 2주 뒤에 만나자고 말해. 원한다면 그의 집 근처 식당에서 만나도 된다고 해. 딸이 어린이집에 있는 동안 집에서 일한다는 걸 알거든. 뭔가 새로운 일이, 아무 일이라도 벌어지기를 절박하게 바라는 마음이 워낙 커서 그가 부담스러워 해도 상관없다고 생각해. 그냥 변화가 필요해. 촌스러운 음악 취향을 지닌 낯선 펜팔과의 점심도 그 어느 것 못지않은 변화니까.

그는 곧바로 답해. "좋아요. 베이비시터를 구할 수 있는지 확인해볼게요. 그러면 점심으로 끝내지 않아도 되니까. 점심거리를 사 와서 먹고, 와인도 한 잔 하죠."

답장을 받은 나는 가슴이 두근거려. 지금 무슨 일이 일어난 거지? 데이트 약속이 되어버린 건가? 점심거리를 사 와서 먹는다는 거랑 베이비시터를 구한다는 건 어떤 의미지? 나도 베이비시터를 구해야 할까? 베이비시터는 왜 필요한 거지? 뭔가 다른 걸로 이어질 거라고 생각하는 걸까? 나는 그러기를 원하는 걸까? 실제로 만나 보니 끔찍한 사람이면 어떻게 하지? 치아가 고르지 않거나 목소리가 이상하면 어떻게 하지? 자기 이야기만 쏟아내는 사람이면 어떻게 하지? 내가 작별 키스를 해주길 기대하면 어떻게 하지? 그보다 더 최악은, 나는 그에게 호감이 생겼는데, 그는 내게 호감을 느끼지 못하면? 긴장한 나는 최대한 아무렇지 않은 말투로 그의 제안을 받아들여. 베이비시터를 구할 수 있는지 알아본 다음에 만날 날짜를 정하자고. 그런 뒤 그

의 사진과 동영상을 찾아 인터넷을 마구 뒤져. 그리고 거의 7년
만에 처음으로 당신이 아닌 누군가와 키스를 나누는 게 어떤
느낌일지 상상해. 어쩔 수가 없어. 저절로 그렇게 돼.

이반은 '아빠 시기'를 통과하고 있어. 자주 당신에 대해 물어.
당신 사진을 봐. '아빠 상자'를 뒤지고 당신 지갑에서 낡은 카드
를 꺼내거나 오래된 여권에서 당신 사진을 찾으면 "아빠"라고
말해. 그 아이는 당신이 죽었다고 반복해서 말해. 그 말에 신경
쓰는 것 같지는 않아. 그냥 그 사실에 만족해. 하지만 1분 뒤에
당신이 언제쯤 그만 죽느냐고 물어. 이반은 외할아버지에 대해
서도 묻기 시작해. 우리 아빠 말이야. 우리 아빠도 죽었으니까.
그 아이는 이 모든 걸 이해하려고 애쓰는 것 같아. 이반의 아버
지는 죽었어. 외할아버지도 죽었어. 하지만 엄마랑 외할머니는
안 죽었어. 그리고 할머니와 할아버지도 안 죽었어.

이반이 이해하려고 애쓰는 게 보여. 하지만 아직 퍼즐 조각
을 완벽하게 맞추지 못했어. 너무 어리니까. 죽음은 너무 추상
적이야. 이반의 사고는 아직 구체적인 단계에 머물러 있어. 내가
처음에 천국에 대한 이야기를 꺼내서 도와주려고 한 것도 전혀
도움이 되지 않았어. 그 아이가 구름을 가리키면서 당신이 저
기 있느냐고 물으면 나는 뭐라고 답해야 할지 모르겠어. 나는
이렇게 말해. "아무도 확실히는 모른대. 사람들마다 다르게 생
각하는데 아무도 확실하게는 모른대." 이반이 천국에 올라가고

싶다고 말하면 나는 안 될 거라고 말해. 그러면 이반은 사다리를 가져오겠다고 말해. 당신이 달에 앉아 있느냐고 물으면서 실망한 목소리로 "그런데 보이지 않아요"라고 크게 말할 때면 나는 이게 내 능력 밖이라는 걸 깨달아. 이런 식으로 천국에 대해 이야기할 수는 없어. 최대한 조심스럽게 천국 이야기를 없었던 일로 되돌리려고 해봐. "그냥 그렇게들 말하는 것뿐이야." 내가 슬쩍 피해 가. "천국은 어떤 사람들은 믿고, 어떤 사람들은 믿지 않는 그런 거야. 죽으면 어떻게 되는지 아무도 몰라. 나도 몰라." 내가 더듬더듬 말을 이어가. "이상하지?"

이반은 내게 불신의 눈빛을 보내. 그 아이는 내가 계속 말을 이어가기를 기다리지만 나는 침묵해. 이해하기 더 쉽게 설명할 방법을 고민해. 하지만 실패하고 포기해. 아직 살아 있는 사람들 이야기를 하면서 주의를 돌리려고 해봐. 할머니들과, 이모와 삼촌들과, 할아버지 이야기를 하면서. 그들에 대해 이야기하는 건 쉬워. 주의를 돌리는 내 시도는 대체로 성공해. 하지만 당신에 대해 질문하는 일이 더 잦아지고 있어. 더 잘 답할 방법을 서둘러 찾아야 해. 당신이 어디에 있는지, 당신이 죽었다는 게 어떤 의미인지 조금은 더 일관성 있게 답해야 해. 아이에게 죽음에 대해 이야기하는 방법을 다룬 책들 읽기. 그 숙제를 해야 할 때가 왔어.

이반이 당신을 기억하기는 하는지 궁금해. 이반이 당신 사진을 볼 때 무슨 생각을 하는지 궁금해. 이반이 당신 없이 지낸

지 이제 1년 반이 지났어. 당신이 죽었을 때 이반은 아직 젖먹이였어. 이반이 당신을 알 기회가 있었다면 좋았을 거라고 생각해. 당신에 대한 기억, 당신에 대한 진짜 기억을 간직하고 자랄 수 있었다면 좋았을 텐데. 당신이 어떤 사람이었는지, 어떻게 말하고 웃었는지, 어떤 냄새가 났는지에 관한 기억들이 있다면 좋았을 텐데.

내 친구들은 새 펜팔과의 관계가 진행되는 양상을 신중하게 지켜봐. 내가 처음에 제안한 점심 약속은 식당에서의 저녁 약속으로 바뀌었다가 결국 그의 집에서 와인과 치즈를 먹는 걸로 확정됐어. 친구들은 내가 본행사를 건너뛰고 뒤풀이로 곧장 뛰어들었다고 생각해. "적어도 첫 만남은 공공장소에서 해야 하는 거 아니야?" 그들이 질문과 함께 경고 카드를 던져. 그 사람이 미친놈일 수도 있고, 일반적으로 남녀의 첫 만남은 공공장소에서 짧게 끝내는 거라고 지적해. 내 입장은, 그들이 왜 신중하게 구는지 이해하지만 그 조언을 받아들이지는 않겠다는 거야. 최근에는 흥미진진한 일 발끝에라도 가본 적이 없으니까. 그리고 그들은 아무것도 몰라. 지난 몇 주간 우리가 나눈 글을 못 봤고, 우리가 이미 서로에 대해 얼마나 많이 아는지 몰라. 그가 자기 집에서 만나는 게 좋겠다고 하면 나는 반대할 생각이 없어. 우리는 그냥 치즈를 조금 맛보고 와인을 조금 마실 거야. 이야기도 좀 하고. 이번 기회에 나를 이해해주는 친구가 생길지도 모르잖아. 우리가 꼭 식당이나 술집에서, 그것도 정해진 시간 동안만 만나야 한다고 고집을 부려서 이 기회를 놓칠 수는 없어. 나는 귀가 시간 엄수를 중요하게 생각하지 않는 베이비시터를 구했고, 그의 딸은 우리가 만나는 동안 할머니 집에 가 있을 거야. 나는 이 만남에 매우 들떠 있어.

전날 새 옷을 사러 간 나는 단지 내 옷들이 하나같이 오래되고 후줄근해서 새 옷을 사는 거지 그를 만날 때 입으려고 사는 건 아니라고 합리화해. 이반이 잠든 뒤 현관 복도 거울 앞에서 수없이 다른 조합으로 새로 산 옷들을 입고 벗는 것은 그 약속과는 아무 관계가 없다고, 그냥 새로운 옷을 입어보면서 즐기는 것뿐이라고 주장해. 거의 2년 만에 처음으로 제모를 할 때는 곧 여름이 다가오기 때문이라고, 어차피 몇 주 뒤에 할 것을 지금 하는 것도 나쁘지 않다고 변명해. 다른 이유는 없다고 강조해. 다른 이유는 전혀 없다고.

토요일 아침이고 이반이 밖에 나가고 싶어 해. 공원에 가고 싶다고, 친구들이 보고 싶다고 말해. 어떤 친구를 말하는 건지는 잘 모르겠어. 솔직히 아직 친구가 많지도 않아. 여전히 자기 또래보다는 어른을 더 좋아하는 아이야. 하지만 기질적으로 가만히 있질 못해. 그 아이는 실내에, 쇠테르말름의 우리 아파트에 있고 싶어 하는 일이 없어. 나가고 싶어 해. 문 앞에 서서 같은 말을 반복해. 다만 아주 놀라운 창의력을 발휘해서 단어의 순서를 다양하게 바꿔. "어서 가자, 엄마! 가자, 얼른! 엄마, 가자! 가자, 엄마! 엄마, 얼른!" 이반이 복도에서 분홍색 신발을 신어. 문고리를 잡아. 입이 쉴 새 없이 재잘거려.

나는 어제 한 화장이 눈 밑에 번진 채로, 헝클어지고 기름 진 머리로, 잠들 때 입고 있었던 티셔츠를 여전히 입은 채로 소 파에 기대 있어. 내 턱은 빨갛고 까졌어. 눈을 비비면 마스카라 가루가 떨어져. 나가기 전에 화장을 조금이라도 고치고 나가야 해. 양치질은 꼭 해야 하고. 이반에게 시간을 조금 더 달라고 부 탁해. 나가기 전에 커피를 마셔야 한다고, 그러니까 기다려주 면 이반이 제일 좋아하는 공원에 꼭 가겠다고 말해. 조금 효과 가 있는 듯해. 하지만 이반은 현관 복도를 떠나지 않아. 나는 오 늘 계획을 세우는 동시에 친구들에게 문자를 보내면서 집 안 을 천천히 돌아다녀. 6월의 어느 평범한 토요일이야. 특별할 것 없는 날. 하지만 나는 아주아주 오랜만에 가슴속 깊은 곳에서 부터 설레고 있어. 어제 마신 와인 때문에 머리가 아파. 휴대폰 이 끊임없이 울려. 이번만큼은 내 삶이 논란의 중심에 있어. 이 번에 친구들과 공유할 소식은 흥미진진하거든. 친구들은 흥분 했고, 궁금해했고, 느낌표와 각종 이모티콘을 붙여서 내게 질문 해. 나는 답할 시간이 없어. 이반이 현관문 잠금장치를 풀고 계 단 쪽으로 기어가고, 나는 반쯤 누운 몸을 겨우 일으켜 이반을 뒤쫓아 다시 데리고 들어와야 해.

뭐가 그렇게 대단한 뉴스라고 내 친구들은 모두 호들갑인 걸까? 어떻게 보면 흔히 접할 수 있는 소식이잖아. 그 소식의 주인공이 나만 아니었더라면, 지난 몇 년간 그쪽으로 감감무소식이던 내가 주인공이 아니었다면 말이야. 하지만 이제 내가 주인공인 소식이 생겼어. 나는 누군가와 잤어. 당신이 죽은 뒤 처음으로, 그리고 아주 솔직하게 말하자면 이반이 태어난 뒤 처음으로. 그리고, 그리고, 아마도 그 이전으로 거슬러 올라가더라도 처음으로. 그러니까 이게 거의 3년 만인 것 같아. 당신이 사라진 뒤로 그런 걸 그리워하지 않았다는 게 이상한 건지 잘 모르겠어. 섹스와 연애는 생각하는 것만으로도 지쳐. 그래서 별로 욕구를 느끼지 않았어. 내가 욕구를 느껴야 하는 대상이 뭔지도 확실하지 않았고. 어쨌든 그런 날이 오면 어떤 느낌일지 궁금하기는 했어. 행여나 그런 일이 다시 생긴다면 말이야. 누군가를 만나는 건 나와는 아주 거리가 먼 일 같았거든. 누군가와 잠자리를 갖는 것도. 다시는 없을 일 같았어. 그런데 모두가 말하던 대로 됐어. 내가 전혀 기대하지 않고 있을 때 그가 나타났어.

내가 택시에서 내린 건 새벽 3시 30분이었어. 우리 집 앞길에 이미 빛이 들고 있었어. 나는 어지러웠고, 술에 취했고, 턱에는 다른 남자의 수염 자국으로 발진이 나 있었어. 우리 집이 있는 5층까지 뛰어 올라갔어. 너무 늦어서 미안하다고 베이비시터에게 작은 소리로 사과하고 돌려보냈어. 양치질을 하고, 내 침대에서 자고 있는 이반 옆으로 다가갔어. 이반의 숨소리를 한동안 듣다가 다시 나왔어. 발코니에 서서 골목을 내려다봤어.

내가 이런 이유로 이렇게 늦게까지 깨어 있는 건 정말이지 오랜만이었어. 우리 집 바깥세상의 모든 것이 갑자기 아주 선명한 색깔로 칠해진 것 같았어. 아주 생생하게 살아 있었어. 잠시나마 나는 다시 내가 된 것 같았어. 이반의 엄마가 아니라, 애도하는 과부가 아니라, 어두운 과거로 상처 입은 사람이 아니라, 그냥 평범한, 조금 알딸딸하게 취한, 곧 중년이 되는, 그런데 뜻하지 않게 섹스를 하게 된 그런 여자. 내가 술에 잔뜩 취해서, 아드레날린에 취해서 택시 뒷자리에 올라타던 시절의 기억들이 몽글몽글 솟아났어. 새벽 4시가 다가오고 있었고 골목 끝에서 태양이 서서히 얼굴을 내밀었어.

침실로 돌아간 나는 살며시 이반 옆에 누워. 내 움직임에, 또는 내 입냄새에 이반이 깨지 않길 바라면서. 둘이서 저녁에 와인을 두 병은 마셨나 봐. 더 많이 마셨을 수도 있어. 세지 않았어. 내 죄를 모르는 이반은 행복해 보여. 몇 번 뒤척이더니 마침내 발 하나를 내 허벅지 밑에 밀어 넣어. 내 담요를 우리 둘 위에 덮고 눈을 감지만 잠은 자지 않아. 내 안의 뭔가가 어제 저녁을 기억속에서 다시 재현하고 싶어 해. 한 번만 더. 그리고 또 한 번 더.

그가 웃을 때의 입모양. 살짝 삐뚤어진 앞니. 언제나 갑자기, 아무런 경고 없이 터뜨리는 웃음. 내가 이야기할 때 나를 바라보던 눈빛. 첫 키스를 나누기 훨씬 전에, 우리가 침실에서 아직도 몇 미터는 떨어져 있던 때에 내게 아름답다고 불쑥 말한 것. 내 발목의 흉터를 쓰다듬으면서 자기가 본 가장 거친 흉터라고 말한 것. 그와 농담 따먹기를 하기 시작한 것. 그가 내 농담에 얼마나 빨리 반응했는지, 그리고 어떻게 내 농담으로 나를 저격했는지. 우리가 서로 비아냥거리기 시작한 것. 그가 농담을 하다가 얼마나 빨리 진지한 이야기로 넘어갔는지. 예상치 못한 타이밍에 농담을 그만두고 갑자기 대답하기 어려운 질문을 던지던 것. 내가 무슨 말을 해야 할지 몰라서 더듬거려도 시선을 돌리지 않던 것. 우리의 첫 키스와 두 번째 키스 사이에 내 베이비시터에게 늦을 거라는 문자를 보내라고 말한 것. 내 턱과 뺨에 닿은 그의 수염 자국. 그의 체취. 어떤 향수인지 알 것 같은데 이름이 떠오르지 않던, 욕실 선반을 몰래 열어봤을 때 본, 나도 갖고 있는 향수 냄새. 택시를 타고 집에 가는데 그가 문자를 보냈어. "또 이런 시간을 가지자." 나는 그 문자에 답했어. "물론이야."

계속해서 나는 그날 저녁 일어난 모든 일을 머릿속에서 재현해. 시험 전에 마지막 복습을 하는 학생처럼. 내가 내일 뭘 기억할지 누가 알겠어. 마지막으로 다시 한 번 떠올리지 않으면 이 늦은 밤에 어떤 기억을 잃게 될지도. 세 번째로 돌려보는 중에 잠이 든 것 같아.

오늘이 되어서야, 이반과의 평상시 삶으로 돌아온 뒤에야, 이반이 현관문을 향해 달려 나가는 때가 되어서야 당신 생각을 해. 죄책감이 물밀듯이 밀려와. 당신이 죽은 지 얼마나 되었는지 헤아려본 나는 거의 2년이 지났다는 걸 깨달아. 조금 보탠다면. 그래, 2년은 안 됐어. 1년하고 8개월이야. 하지만 나는 거의 2년이 지났다고 생각하기로 해. 1년 반보다는 나아 보이니까. 2년이라고 하면 1년이라고 하는 것만큼 심한 배신 같지는 않으니까.

이 화창한 6월에 이반을 유모차에 태워 골목을 따라 내려가면서 나는 당신이 지금 나를 보고 있다면 뭐라고 생각하고 있을지 궁금해져. 당신 모습을 머릿속에 떠올려. 당신에게 무슨 일이 있었는지 이야기해. 이 문제를 당신과 의논하고 싶어. 당신의 허락을 받고 싶어. 나는 곧장 핵심을 말해. 이런 대화에 긴 서두 따위는 필요하지 않아. "어젯밤 누군가와 잤어." 내가 당신에게 말해. "지금 나한테 화났어? 나, 그래도 되는 거였어? 그게 좋았다고 하면 내가 나쁜 사람일까?" 내 머릿속에서 당신은 곧바로 대답해. 놀라울 정도로 빠른 속도로 내게 축복을 내려. 그래서 내 기술이 녹슬었다고, 더는 당신을 있는 그대로 소환할 수 없게 되었다고, 대신 내가 바라는 당신을 소환하게 되었다는 생각이 들어. 어느 쪽인지는 모르겠지만 당신은 내 행동을 나무라지 않아. 괜찮다고 말해. 상관없어, 계속해도 돼. "이반만 잘 돌본다면 당신이 원하는 건 뭐든지 해도 좋아."

내 상상 속에서 나는 당신에게 축복해줘서 고맙다고 말하고 머릿속에서 당신과 대화 나누는 일을 잠시 멈추기로 해. 이렇게 할 때마다 내가 좀 정신이 나간 것 같아서. 게다가 고작 하룻밤이었는걸. 앞으로 또 그런 일은 없을지도 모르고. 별 의미는 없었어. 나는 당신에게 이해해줘서 고맙다고 말하고, 내 밖의 것들에 집중해. 내 앞에 있는 것들. 이반, 세상, 하늘, 태양, 도시. 그리고 갑자기 모든 것이 나를 환영하는 것처럼 보여. 내가 그 모든 것의 밖에서 들여다보고 있는 게 아니라 그 모든 것의 일부가 된 것처럼.

나는 휴대폰을 꺼내. 어느새 그에게 보낼 문자를 머릿속으로 작성하고 있어. 이제 그의 전화번호를 아니까. 그리고 아파트 현관문 비밀번호도. 그가 내게 한 말, 그가 내게 한 행위들에 대해 생각해. 그로부터 24시간도 안 지났어. 놀이터에 들어서자 잔뜩 흥분한 이반이 다리를 마구 차기 시작하는 그때 얼른 해치워. "어젯밤에는 고마웠어." 내 손가락이 써. "아주 즐거운 시간을 보냈고 가능하다면 또 만나고 싶어." 손가락이 계속 움직여. 그리고 '전송'을 눌러. 메시지가 전송됐어. 뭔가가 배 속에서 날아다녀. 웃음을 멈출 수가 없어. 내 입에서 웃음소리가 터져 나오다시피 해. 공원의 그네를 향해 유모차를 계속 미는데 하릴없이 웃으면서 돌아다니는 미친 사람처럼 보이지 않으려고 얼굴 근육의 움직임을 억제해.

휴대폰을 다시 주머니에 넣어. 이반 뒤를 쫓아서 달리는 내 심장이 여전히 크게 뛰고 있어. 이반은 이미 그네에 도착했고 나는 이반을 안아 올리면서 이반이 제일 좋아하는 노래를 불러줘. 그 노랫소리로 내 머릿속 생각들을 지우려고 애써. 내가 그네를 힘껏 밀어주자 이반이 기쁨의 비명을 질러. 나는 이반이 웃을 때마다 웃고 공원에서의 또 다른 하루가 시작돼. 다른 날

315

들과 다를 것 없는 하루가. 하지만 꼭 같지만은 않은 하루야. 내가 전날 밤 누군가와 잤거든. 그리고 당신은 그 후에 나를 축복해줬어. 당신의 허락을 받았어. 그리고 나는 그에게 문자를 보내서 다시 만나지 않겠느냐고 물었어. 그 외에는 모든 게 여느 날과 똑같아.

마지막으로 그와 연락한 지 42시간이 지났어. 그리고 나는 내내 그를 생각해. 여름 축제가 지나갔고, 그는 아직 내 문자에 답하지 않았어. 나는 바보가 된 것 같아. 너무 절박한 나머지 그에게 이미 여자친구가 있을 수도 있다는 걸 깜빡한 바보. 아무 망설임 없이 키스를 당하고, 유혹당하고, 또 다른 여자, 내가 아닌 여자로 구겨졌을 가능성이 큰 구겨진 시트가 깔린 침대로 이끌린 바보. 그렇게 순진하게 군 스스로를 비난하면서 나는 이미 벌어진 일을 최대한 매끄럽게 수습하려고 노력해. 내가 느낀 것보다 덜한 다른 무언가로 받아들이려고. 아무것도 아니었어. 그이상 다른 일이 일어나지 않더라도 상관없어. 그냥 그것으로 된거야. 더 나은 미래로 나아가기 위한 첫 단계였을 뿐이야. 그 미래가 그가 없는 미래라 하더라도 괜찮아. 그가 답하지 않는다고 모든 게 끝난 건 아니야. 우리는 그냥 즐긴 것뿐이야.

이렇게 스스로에게 선언해도 아무 소용이 없어. 현명하지만, 설득에는 영 재주가 없는 친구가 할 법한 말처럼 들려. 내가 고개는 끄덕여도 속으로는 받아들이지 못할 그런 말처럼. 나는 첫 만남 이후 솟아난 그를 향한, 오직 그를 향한 욕구를 극복하고 밀어내는 데 실패하고 있어. 그가 내 문자에 답하지 않았다는 불만으로 채워지고 있어.

이틀도 더 지난 후에야 그에게서 답문자가 와. "즐거운 시간을 보내게 해줘서 나도 고마워, 당연히 다시 만나야지." 그는 지금 당장은 "처리해야 할 문제가 아주 많다"고 말해. 하지만 이삼 주 뒤에 다시 시간을 내서 만나자고 말해.

문자는 짧아. 처음 읽었을 때 외워버렸지만 확실히 하려고 열 번은 더 읽어. 나는 단순한 이모티콘으로 답장을 대신해. 적당히 긍정적인 반응이라고 생각해. 지나치게 매달리는 것처럼 보여서 그가 부담을 느끼고 달아나게 하고 싶진 않아. 답을 하고 나서야 1분도 안 돼서 보냈다는 걸 깨달아. 그래서 걱정해. 서둘러 보낸 이모티콘 때문에 그가 다시 나를 만나고 싶은 마음이 줄어들까 봐. 나는 열세 살 정도의 감정으로 퇴보했어.

첫 주는 어떤 면에서는 쉬웠어. 그때는 내가 모르는 한 남자를 향한 열망과 집착을 나 혼자 감당하고 있었으니까. 그가 내 상상 속에서만 살아 움직였고 그래서 죄책감을 느끼지 않았으니까. 그러다 그가 다시 연락을 해서 바로 그날 저녁에 만나자고 제안했고, 그 뒤로 모든 것이 빠르게 진행되었어. 내 환상이 현실이 되었고, 그 현실에서 갈등이 생겼어. 현실을 마주한 나는 눈을 감을 수 없게 되었어. 내가 그것을 현실로 만들고 있는 당사자였고 그래서 책임도 져야 했으니까. 그가 연락하면 곧바로 답장을 보내는 사람도 나야. 그가 만나고 싶어 할 때면 늦게까지 일해야 하는 척하면서 베이비시터를 구하는 사람도 나야. 이반이 잠든 뒤에 밤새 전화기를 붙들고 통화하는 사람도 나야. 그런 것들을 하는 사람은 바로 나야. 그리고 내가 뭔가 잘못된 행동을 하고 있다는 의심이 내 마음 한구석을 쿡쿡 찔러. 그런데도 나는 또 그렇게 해. 그리고 또 하고, 또 해.

당신이 죽은 뒤로 2년이 채 안 됐어. 고작 1년하고 8개월이 지났어. 하지만 어떻게 내가 이보다 더 오래 기다려야 한다고 생각할 수 있는지 모르겠어. 아무 문제도 아니던 것이 내 삶에서 가장 큰 딜레마가 되었어. 이제 다른 사람을 만나도 되는 걸까? 이제 내가 다른 사람을 만날 준비가 된 걸까? 그렇게 한다면 나는 냉정한, 심지어 나쁜 사람이 되는 걸까? 당신을 잃은 지 이것밖에 안 되었는데 사랑에, 그래, 사랑에 빠지면 안 되는 걸까?

내 내면과 상관없이 외부의 일상은 그 자체로 생명을 지닌 것처럼 앞으로 나아가. 하루가 느릿느릿 지나가면서도 쏜살같이 지나가. 나는 그에게 가까워지고 당신으로부터 멀어지는 일들을 계속해. 나도 나를 멈출 수가 없어. 내가 이렇게 자제력이 떨어지는 사람인 줄 몰랐어. 내게 이렇게 시간과 기운이 많은 줄도 몰랐어.

갑자기 하루가 날개라도 달린 듯 휙 지나가. 당신 생각은 전혀 하지 않아. 어린이집이 끝나고 이반과 보내는 오후들이 예전만큼 부담스럽지가 않아. 공원에서 놀고, 장을 보러 가고, 아이들이 보는 TV 프로그램 앞에서 미트볼을 먹는 또 다른 저녁 시간을 시작하러 유모차를 밀고 집으로 향할 때도 예전처럼 비극의 주인공이 된 기분이 들지 않아. 오히려 그 반대야. 아주 흥미로운 인물이 된 것 같아. 그저 한부모 가정의 가장이 아닌 비밀스러운 삶을 살고 있는 누군가가 된 것 같아. 나를 원하는 남자가 있어. 이반이 잠들자마자 전화해도 좋다는 내 신호를 기다리는 남자. 내가 매력적이라고 생각하는, 즐겁게 대화를 나눌 수 있는 여자라고 생각하는 남자. 갑자기 나는 그냥 엄마, 애도하는 과부가 아니게 되었어. 갑자기 나는 이반이 아닌 다른 누군가에게도 뭔가 의미 있는 사람이 되었어.

이반이 저녁에 잠이 들면 우리는 통화를 해. 그리고 밤늦도록 몇 시간이고 통화를 계속해. 그의 목소리에 내 마음이 차분해지면서도 흥분해. 서로 알고 지낸 지는 몇 주밖에 안 됐지만 우리는 이미 모든 것에 대해 이야기했어. 상대의 문장을 끝내고, 상대에게 먼저 끊으라고 말해. 침묵 속에 기다리지만 어느 쪽도 끊지는 않아. 그렇게 기다리다 갑자기 웃음을 터뜨리고 다시 반복해. 억지로 통화를 끝내. 그리고 문자를 몇 번 더 주고받다가 마침내 잠이 들어서 두세 시간 정도 잠을 자.

나는 친구들에게 우리가 얼마나 오래 통화하는지 차마 말하지 못해. 3주 전만 해도 우리는 서로 모르는 남남이었어. 그리고 우리를 뺀 세상 모든 사람에게 그 3주는 평소와 똑같았어. 내게는 모든 것이 변했어. 뿌리째 뽑히고 뒤집혔어. 갑자기 내 생각과 행동이, 내 존재의 이유가 이반의 엄마로 지내는 것 이상이 되었어. 나는 그 감정을 마음껏 누리고 싶어. 혼자만 간직하고 싶어. 세상에 드러내고 싶지 않아. 적어도 아직은. 게다가 나는 우리의 이런 강렬한 유대감의 본질을 스스로에게 냉철하게 설명하려고 할 때마다 순진한 10대가 된 것 같은 기분이야. 그에 대해 이야기하는 것만으로도 얼굴이 빨개질 것 같아. 내가 얼마나 깊이 사랑에 빠졌는지 누구나 알 수 있을 것 같은데 나는 누구에게도 그런 사실을 인정하고 싶지 않아. 부적절한 것 같아서.

당신 부모님은 아무것도 모르셔. 당신이 아닌 누군가를 만났다고 말할 정도로 나는 용감하지 않아. 그는 당신이 아닐 뿐 아니라 당신과는 전혀 다른 사람이니까. 망설이지 않고, 빠르게 행동하고, 통화하는 걸 좋아하고, 모든 것을 시도해보고 싶어 하고, 모든 것에 대해 이야기하고 싶어 하고, 그 무엇도 두려워하지 않는 것처럼 보이는 사람이니까. 그 누구에게도 들어보지 못한 말을 내게 쏟아내는 사람이니까. 나처럼 삶이 눈 깜짝할 사이에 바뀔 수 있다는 걸 아는 사람이니까. 뭔가가 옳다고 느껴지면 기다릴 이유가 없다는 걸 아는 사람이니까. 나는 이게 옳게 느껴진다고, 이것이 내게 희망을 준다고 감히 말할 수가 없어. 적어도 당신 부모님에게만큼은. 무엇보다 당신 부모님이기 때문에. 나는 바로 얼마 전에 당신 부모님에게 내가 당신이 아닌 다른 남자를 만날 수 없을 것 같다고, 그리고 그 사실을 받아들이기로 했다고 말한 걸 떠올리면서 스스로를 원망해.

내가 당신이 아닌 사람에게 푹 빠졌을 뿐 아니라, 당신과는 전혀 다른 사람에게 빠졌다는 사실이 내가 당신을 있는 그대로 사랑하지 못했다는 걸 입증하는 결정적인 증거처럼 느껴져. 내가 이 비밀을 영원히 간직할 수 있을지 고민해. 어떤 일이 벌어지건 그건 훗날에 해결할 문제야. 지금으로서는 이건 우리만의 비밀이야. 이반이 잠이 든 뒤에 내가 무얼 하건 그건 내 사생활이야. 어떤 면에서는 이것이 곧 끝나길 바라고 있어. 세상에 알려야 하기 전에 거품이 꺼질 짧은 사랑이길 바라고 있어. 그러면 아주 많은 면에서 일이 훨씬 단순해질 거야. 하지만 또 다른 차원에 있는 나는 그게 내가 상상할 수 있는 최악의 결과라고 생각해. 너무 혼란스러워. 나는 심한 열병을 앓고 있어.

2016년 7월

그는 나와 나이가 같아. 나보다 훨씬 더 많은 경험을 했어. 나보다 더 오래 한부모로 지냈어. 그의 아이는 우리 아이보다 나이가 많아. 그는 긴 연애를 더 많이 해봤어. 아주 직설적이고, 절대 뭔가를 에둘러 말하는 법이 없어. 화려한 표현을 쓰는 것을, 사랑이나 상실감이나 함께 나누는 미래에 대해 감상적인 말을 하는 것을 두려워하지 않아. 말하는 속도가 아주 빨라서 단어와 생각을 매서운 속도로 쏟아내. 글을 쓸 때는 시적인 언어를 쓰고, 우리 윗세대나 쓸 법한 그런 옛 표현들로 채워. 그는 스스로를 중요한 사람이라고 여기고 나도 더 자주 그래야 한다고 생각하는 듯해. 그는 내가 냉소와 조롱으로 스스로를 보호한다고 말해. 나를 "쌀쌀맞은 고양이"라고 부르고, 그가 그렇게 부를 때면 나는 웃음이 나와. 지금껏 나를 그렇게 부른 사람은 없었어. 또 나를 자기가 본 가장 섹시한 인간이라고 생각하고 내게 그런 말을 하는 걸 부끄러워하지 않아. 그런 말을 들을 때면 나는 부끄러워하며 겸손을 떨고 농담으로 승화시켜. 하지만 그는 비꼬는 기색 없이 응답해. 내가 농담을 그칠 때까지 빤히 바라보다가 진심이라고 말해.

그는 나보다 더 열정적이야. 모든 면에서 훨씬 더 열정적이야. 그는 때로는 상상을 초월하는 불안감에 시달려. 때로는 화도 내. 우리 주변의 사람과 사건에 짜증을 내. 그 모든 바보들에 대해 침을 튀겨가며 화를 내. 광고업계와 예능 산업 전체를 혐오한다고 말해. 화를 낼 때면 뚜껑이 열려. 나는 그의 분노에 감탄하고, 그렇게 폭발하는 것을 보면서 속으로 활력을 얻어. 가끔은 그렇게 화를 내면 아주 속이 시원할 것 같아. 하지만 대체로 그는 행복해. 다만 '행복하다'고는 말하지 않고 '즐겁다'고 말해. 기본적으로 모 아니면 도인 유형의 사람이야. 그리고 나는 지금 내가 그의 모든 것이 되었다고 생각해, 아니 그렇게 되었기를 바라. 그는 지금 즐거운 이유가 나를 만났기 때문이라고 말해. 내 꿈을 꾸었다고, 나 같은 사람을 기다리고 있었다고 말해. 이것도 당신과 다른 점이야. 그는 나를 '좋아하지' 않아. 나를 '사랑해'. 나는 스펀지처럼 그의 말을 빨아들여. 마치 내가 평생 이런 식으로 사랑받기를 기다려왔던 것처럼. 내가 기다려온 단 한 사람이 그였던 것처럼. 열정적인 사람. 나를 자극하는 사람. 지금 현재를 살고자 하는 사람. 더 적당한 날을 기다리지 않는 사람. 나와 같은 속도로 사는 사람. 차마 믿기 어렵지만 드디어, 결국 그런 남자를 만났어.

이반은 유모차에서 아이스크림을 먹고 있어. 아주 기분이 좋아. 모든 자투리 잔디밭 위에서 뛰어다니고 싶어 하고, 지나치는 공원마다 들러서 놀고 싶어 해. 나는 그러도록 놔둬. 우리의 산책을 최대한 길게 끌어. 아주 서둘러 가면 꼭 18분이, 천천히 가면 22분이 걸린다는 걸 알고 있어. 나는 긴장했고, 7월의 열기로 땀이 나 셔츠가 젖을까 걱정해. 잠시 그늘에 머물려고 유모차를 멈춰. 이반이 아주 신나해. 이 특별할 것 없는 공원에서 이반이 막대기 하나를 탐색하는 동안 나는 잔디밭에 앉아. 땀이 마르기를 기다리고 있어. 이제 그의 아파트까지 이삼백 미터 정도밖에 남지 않았어. 사실 그다지 급할 건 없어. 하지만 이렇게 미적거린다고 내 긴장감이 가라앉을 것 같지도 않아.

우리는 그의 집에 가는 길이야. 넷이서 저녁을 함께 먹을 거야. 아이들이 처음으로 만날 거고, 별일 없으면 자고 올 거야. 그는 이반이 자기 침대 옆에서 잘 수 있도록 튜브 매트리스를 샀어. 냉동실에는 아이스크림이 있고 오븐에서는 아이들이 좋아하는 소시지 스트로가노프가 구워지고 있어. 침실 바닥에는 이반의 호기심 넘치는 손이 탐험할 수 있는 인형의 집이 준비되어 있어. 나는 문자로 사진 몇 장을 받았고 다 잘될 거라며 다독거리는 문자를 여러 통 받았어.

우리가 만난 지 5주가 지났어. 그동안 매일 밤 통화하며 다른 이들에게는 절대 털어놓지 않는 비밀을 서로 나눴어. 주중에는 함께할 시간을 조금이라도 확보하려고 점심시간에 만났어. 서로의 품에서 잘 기회를 마련하려고 베이비시터를 고용했어. 우리는 몸으로, 마음으로 서로에게 중독되었어. 서로가 운명의 사랑이라고 확신해. 한때는 듣기 낯설었던, 말하기 어색했던 단어들이 이제 내 일상에 흘러넘쳐. 서로 '사랑해'라고 말했다는 사실은 우리 둘밖에 몰라. 이미 함께 만들어가고 싶은 가족에 대해, 함께 키울 미래의 아이들과, 함께 살기 시작하면 사려고 하는 아파트에 대해 생각하고 있다는 걸 아무도 몰라.

하지만 한부모이다 보니 원하는 것만큼 자주 만나기가 힘들어. 일주일에 하루 이틀은 너무나 부족하게 느껴지고 나흘 닷새를 떨어져 지내는 건 견딜 수 없이 길게 느껴져. 우리는 서로에게 의존하게 되었어. 언제나 더 원해. 그리고 그게 문제가 되기 시작했어. 나는 우리 관계를 주변 사람에게 숨겨. 그게 무슨 비난받을 짓인 것처럼. 당신 부모님과는 거의 한 달 동안 만나지

324

않았어. 밤샘 통화로 늘 잠이 부족하고 쉬지 않고 문자를 주고받아 집중력이 떨어졌어. 몸과 마음이 딴 데 가 있다 보니 사회생활과 일에 지장이 생기기 시작했어.

우리가 만나려고 베이비시터를 고용해서 아이들 곁을 비우는 건 말할 것도 없고 내가 그의 몸 옆에서 몇 시간을 보내겠다고 이반을 남겨두기로 결정할 때마다 죄책감이 우편물처럼 도착해. 그와 함께 있을 때면 이반이 미치도록 그리워. 내 욕망을 채우려고 이반과 함께 보내야 할 시간을 희생하는 것이 부끄러워. 나는 나쁜 엄마가 된 기분이 들기 시작했어. 이반 없이 지내고 싶지 않아. 그리고 그는 아이들을 서로 만나게 할 준비가 되었다고 말해. 괜찮을 거라고 확신한다고 말해. 함께 보낸 마지막 밤에 우리는 장점과 단점을 비교했어. 우리가 서로에게 느끼는 감정이 이렇게 강하다면 아이들도 함께 시간을 보내기 시작할 때가 되었다는 데 합의했어. 그래서 오늘 나는 이반과 여기 있어. 그리고 여기 나무 아래에 앉아서 땀을 흘리고 있어.

그의 딸과 이반이 만나는 게 걱정돼. 그 아이가 나를 좋아하지 않을까 봐, 그보다 더 최악은 이반을 좋아하지 않을까 봐 걱정돼. 아니면 이반이 그 아이를 좋아하지 않을까 봐. 이반이 집에 가고 싶다고 할까 봐. 만 두 살 반이 된 아이에게 주어진 모든 권력을 동원해서 자신의 불만을 표현할까 봐. 모든 게 어색하거나 잘못된 것처럼 느껴질까 봐. 그리고 그렇게 되면 내가 너무 서두르고 있다는 것, 내가 사랑에 눈이 먼 나머지 현실감을 잃었다는 게 입증될까 봐. 내가 이반이 아닌 나를 우선순위에 두고 있는 것 같아서 걱정돼. 아무리 한 번의 저녁 식사, 한 번의 외박이라고 스스로를 설득해도, 그게 전부일 수도 있다고 설득해도, 나는 그렇지 않다는 걸 알아. 이것은 전환점이야. 나는 내 새로운 연인을 이반에게 소개하는 거고, 이반은 생후 8개월부터 나와 둘이서만 살았어. 우리는 당신을 잃은 뒤로 식탁에 빈 의자를 두고 살았어. 오늘 나는 그 그림을 바꿀 첫발을 내딛는 거야. 이게 이반에게 좋은 영향을 미칠지 아니면 상처를 줄지 모르겠어. 어느 쪽이건 사소한 일은 아니야.

2016년 8월

그렇게 갑자기 다시 가족이 된 것 같아. 부모가 둘 다 있고 아이가 둘인. 어색해야 하지만 어색하지 않아. 흐릿한 신혼 풍경처럼 하루하루가 흘러가. 우리가 하는 모든 것이, 모든 소풍과 저녁 식사와 발코니에서의 노을이 아주 순조롭게 풀리는 매일매일이. 이번에는 조금 더 큰 아이가 있어. 당신이 죽었을 때와는 달리 우리 아들은 이제 말을 하는, 자기 의지가 있는 하나의 인격체야. 들은 노래를 거의 완벽하게 따라 부를 수 있는 아이. 아이패드에서 앱과 게임을 감탄이 나올 정도로 정확하게 옮겨 다니는 아이. 자기 뜻대로 되지 않으면 화를 내고, 옷 벗는 걸 싫어하는 아이. 자러 가는 걸 싫어하고 늦게까지 어른들과 깨어 있는 걸 좋아하는 아이. 천국에 간 아빠에 대해 이야기하는 아이. 내 현재 연인을 여기 지구의 아빠라고 부르는 아이. 적어도 어느 정도는 복잡할 거라고 생각했는데. 그런데 모든 것이 아주 쉽게 흘러가. 믿을 수 없을 정도로 쉽게.

아이들이 서로를 마음에 들지 않아 할까 봐 걱정했던 건 다 기우였어. 그리고 나는 처음으로 이반이 다른 아이와 사랑에 빠지는 걸 지켜보는 경험을 했어. 더 나이가 많은 아이에게. 레고로 뭘 만드는 걸 보여주고 길을 건널 때면 손을 잡아주는 아이. 이반을 도발하고 더 큰 위험을 감수하게 하고, 더 많이 웃게 하고, 더 많은 것을 원하게 하는 아이. 다섯 살배기의 자신감과 모험심으로 그 아이는 이반에게 내가 보여주지 못한 세계를 보여줘. 때로 둘이 말다툼을 하기도 하지만 그러고 나면 화해해. 이반은 아침에 일어나면 더는 곧장 내 침대로 기어 오지 않아. 살면서 처음으로 나는 다른 부모들이 형제자매가 최고라고 한 말의 의미를 이해해. "형제가 있으면 서로 돌봐줘." 나는 이제 그 말을 믿어. 이반이 새로운 24시간짜리 동료에게서 받는 자극과 즐거움이 확실하게 보여. 사랑받고 싶은 내 이기적인 욕망 때문에 이반을 뭔가 충격적인 것에 노출시킨다는 내 초반의 걱정은 우리가 함께 보낸 여름 동안 완벽하게 사라졌어.

이번 여름휴가는 아들과 둘이서만 보내지 않았어. 올해 여름은 우리 넷이 함께 보냈어. 우리는 바닷가에 놀러 가고 아이들의 새 침대를 사러 가구점으로 탐험을 떠났어. 이제 우리는 각자의 아파트에 아이 침대를 두 개씩 마련했어. 우리는 성처럼 생긴 호텔에 머물렀고, 서로의 부모님과 시간을 보냈어. 우리는 애정과 환심을 사려고 서로의 아이에게 선물을 쏟아부었어. 그리고 성공했어. 수도 없이 많은 공원에서 놀았어. 함께 해외 여행을 가자는 말도 꺼냈지만 아직 실천하지는 못했어.

우리는 어느새 그동안 늘 멀찍이 떨어져서 지켜보기만 했던, 다른 가족들에게나 허락되었던 유토피아 한복판에 떨어졌어. 부모가 다 있고, 그게 당연하게 여겨지는 그런 유토피아. 우리는 서로를 사랑하는 것만큼이나 그 사실을 열렬히 사랑해. 그는 나와 아이를 갖고 싶다고 말해. 나는 그저 웃어넘겨. 그는 그 말을 또 해. 나는 또 웃어넘겨. 그러자 그가 진심이라고 말해. 나는 물론 우리도 아이를 가질 거라고 답해. 언젠가, 지금 우리의 아이들과 가족을 이루고 나면. 그는 그 답에 만족해. 하지만 다음 날 다시 물어. 나는 나와 미래를 함께 만들어가고 싶어 하는, 그래야만 한다고 주장하는 사람과 산다는 사실에 감동해.

저녁에 아이들이 잠들면 우리는 계속 이야기를 해. 와인을 마셔. 함께 잠을 자. 그러다 또 이야기를 해. 새벽 3시가 넘었다는 걸 깨닫고는 아이들이 깨기 전에 두세 시간이라도 눈을 붙이자고 말해. 그렇게 우리는 마지못해 침실로 가. 그러고도 한동안 어둠 속에서 속삭여. 마침내 잠잠해져. 그가 먼저 잠이 들고 작게 코 고는 소리가 새어 나와. 나는 그 소리를 들어. 내가 들은 것 중 가장 아름다운 코골이 소리라고 생각해. 나는 마지막으로 그를 보고 눈을 감아. 곧 우리가 꾸린 가족의 새로운 하루가 시작될 거야. 우리가 결코 가질 수 없을 거라고 생각했던 그 가족의 하루가.

여름휴가가 점점 끝나가. 스톡홀름이 다시 사람들로 채워지고 있어. 지하철은 더는 한가하지 않고 우리 골목의 주차 자리는 꽉 찼어. 공원은 다시 아이들로 붐벼. 내 휴대폰은 휴가에서 돌아온 친구들의 메시지로 점점 더 자주 울려. 곧 다시 만나고 싶다고들 말해. 나는 구체적인 약속 잡는 걸 피해. 어린이집이 개학하고 내가 다시 출근할 때까지 아직 일주일이 남았어. 그 한 주를 내 가족과 보내고 싶어서 다른 약속은 잡지 않아. 우리가 함께하는 활동 외에는 일정을 비워두고 싶어.

친구들은 내가 사이비 종교에 빠졌다고 생각해. 우리가 약혼과 동거를 고려 중이라고 말했을 때 친구 하나가 딱 그렇게 말했어. 지난달에는 내가 평소 만나던 사람들을 만날 시간이 없어서 대신 문자로 안부를 전했어. 내가 갑자기 없는 사람이 된 것에 대해 지금 당장 처리해야 할 일이 많아서라고 변명했어. 시간이 쏜살같이 지나간다고, 곧 만나자고. 그들은 나를 위해 기쁜 일이라고 말하면서도 자신들이 내 새로운 연인을 만나지 못한 게 이상하지 않느냐고 지적하기 시작해. 그를 정말 만나보고 싶다고 말해. 이 관계가 너무 급하게 진행되는 것 같다고도 말해. 자주 지적을 당하니 더는 무시할 수가 없게 됐어. 그들의 말을 듣다 보면 내 안에서도 죄책감 비슷한 감정이 생겨나. 그래서 나는 재빨리 휴대폰 화면을 끄고 문자 창에서 사라져. 곧 다시 답을 할 거라고 혼잣말을 하면서.

당신 부모님도 이 관계가 너무 빨리 진행되는 것 같다고 지적해. 무슨 일이 벌어지고 있는지 따라갈 수가 없다면서. 어느 날 나와 이반과 함께 오후를 보낸 저녁 식사 자리에서 그렇게 말해. 모든 걸 다 털어놓아달라고 말해. 아마도 그날 이반이 자기에게 이제 누나가 생겼다고 말했기 때문일 거야. 그 뒤로 집안 분위기가 확연히 바뀐 건 누구라도 알 수 있었어. 나는, 우리가 가끔 만나는 사이고 가족을 꾸리는 단계는 아니라는 거짓말이 다 들통난 것 같았어. 웃어넘기려는 내 시도는 벽에 부딪혀 튕겨나갔어. 저녁 식사 시간에 질문들이 쏟아져. "도대체 어떤 사람이니?" "둘이 사귀는 거야, 진지하게?" "너무 서두르는 것 같아." 두 분이 말해. "우리는 그냥, 이 모든 일에서 악셀은 어떻게 되는 건지 알고 싶어." 그들이 마침내 터뜨려. 그 뒤로 불편한 침묵이 이어져. 당신 아버지가 목소리를 가다듬어. "우리는 네 행복이 우선이야." 그리고 다시 한 번 강조해. "그렇다는 걸 믿어줘. 하지만 너도 왜 우리가 힘들어하는지 이해할 거야. 너무 확실하게 보여서, 그 애가…… 사라졌다는 게." '사라졌다'는 단어에서 당신 아버지의 목소리가 갈라져. 마지막 음절은 바람 소리처럼 새어 나와. 당신 아버지는 눈물로 얼룩진 안경을 벗어. 더는 아무 말도 하지 않아. 당신 어머니도 침묵해. 이제 내가 말할 차례라는 걸 알아. 하지만 무슨 말을 해야 할지 모르겠어.

내 뺨이 불타올라. 이런 대화에 대비하지 못한 나 자신을 원망해. 시간이 째깍째깍 지나가. 나는 당신 부모님을 볼 용기가 나지 않아. 그래서 저녁 식사 시간 내내 내 앞에 놓인 접시만 쳐다봐. 포크와 나이프와 음식 덩어리와 반만 베어 문 오이를. 접시는 아무 답도 주지 못하는데. 나는 내 침묵이 상황을 더 악화시킨다는 걸 알아. 하지만 무슨 말을 해야 할지 모르겠어. 계속 미친 듯이 옳은 답을 찾아. 당신 아버지가 한숨을 내쉬고 크게 훌쩍거려. 이반은 거실에서 놀고 있어. 이반이 지루해져서 다시 여기로 오는 건 시간문제야. 그들의 질문이 내 안의 약점을 건드려. 내가 아직 스스로 해결하지 못한 상처를.

왜냐하면, 이 모든 일에서 당신은 어디에 있는 거지? 당신은 냉장고 사진 속에 있어. 이반의 어휘에서 당신은 아빠야. 죽은 아빠. 이반의 방에는 아이인 당신과 어른인 당신 사진이 걸려 있어. 우리는 때때로 컴퓨터로 당신 동영상을 봐. 당신과 이반이 귀와 손과 발이 닮았다는 얘기를 해. 우리는 천국에 대해 이야기하고 당신이 이반을 얼마나 사랑했는지 이야기해. 이반이 태어났을 때 당신이 그 자리에 있었다는 것과 이반이 아기였을 때 언제나 당신을 웃게 했다는 것에 대해. 하지만 당신은 여기 있지 않아. 그냥 여기 없어.

당신은 내 하루에 없어. 내가 당신에 대해 이야기하고 당신에 관한 기억을 재구성하지 않는 한. 당신은 여기에 없어. 그래서 밤늦도록 이야기를 나눌 수 없어. 당신은 여기 없어. 그래서 이반의 유년 시절을 나와 함께 지켜볼 수 없어. 당신은 여기 없어. 그래서 이반과 미래에 관한 결정을 내릴 수가 없어. 당신은 여기 없어. 그래서 나를 위로할 수 없어. 당신 탓은 아니지만 당신은 여기 없어. 당신은 죽었어. 그리고 나는 혼자야. 당신은 죽었어. 그리고 나는 다른 누군가와 사랑에 빠졌어. 당신은 죽었어. 그리고 나는 다른 누군가와 함께 살아갈 기회를 다시 얻었어. 당신은 죽었어. 그리고 내게 그런 기회를 받을 자격이 있는지는 모르겠지만 그런 기회를 누리고 싶어. 당신은 죽었어. 그리고 나는 누군가를 만남으로써, 당신이 아닌 사람을 만남으로써 당신의 모든 흔적을 털어내고 있는 건지 알 수가 없어. 내가 하는 일이 허락되는 건지, 아니면 그래서 당신에 대한 내 사랑의 가치가 줄어드는 건지 알 수가 없어. 하지만 사실은 변하지 않아. 당신은 여전히 죽었어. 그리고 나는 그 사실을 두 분에게 차마 환기할 수가 없어. 그들이 이미 아는 사실을 말하면 그들에게 상처만 입힐 뿐이라는 생각이 들어. 당신이 죽은 뒤로 매일 겪는 상실감을.

마침내 내가 입을 열어. 조심스럽게, 꼭 필요한 것 이상으로 당신의 부재를 강조하지 않도록 노력하면서 두 분의 애타는 질문들에 답해. 두 분에게는 요즘 우리 삶의 변화가 갑작스럽게 느껴진다는 걸 이해한다고 말해. 나는 이런 변화가 우리에게도 갑작스러운 것이라는 걸 강조해. 당신은 이전과 마찬가지로, 여전히 우리 삶에 존재한다는 걸 강조해. 당신은 언제나 이반의 아빠일 거라고, 두 분은 언제나 이반의 할머니 할아버지일 거라고. 아무도 그걸 바꿀 수 없다고. 당신 아버지는 고개를 끄덕이며 그냥 조금 놀라서 그런 거라고 말해. 몇 달 전만 해도 내가 다시는 누구를 만날 수 없을 것 같다고 말했으니까. 그때 당신 부모님이 그 말에 다소 위로를 받았다는 걸 확실히 알 수 있어. 당신 아버지가 그 사실을 지적할 때 나는 내가 느끼고 싶지 않은, 다시는 생각하지 않으려고 하는 감정을 느껴. 나는 두 분을 배신했어. 당신을 배신했어. 내 맹세를 어겼어.

시간이 지나면서 대화가 흐지부지해져. 나는 할 말이 떨어졌고 이반이 들어와서 우리의 어색한 침묵을 깨. 이반은 할머니가 책을 읽어줘야 한다고 명령했고, 당신 어머니는 이반을 따라 거실로 나가. 나는 일어나서 그릇을 치우기 시작해. 당신 아버지에게 커피를 마시겠냐고 물어. 그는 커피를 마시기에는 너무 늦었다고 말해. 우리는 익숙한 대화 주제로 조심스럽게 돌아가. 우리가 익숙한 유형의 모임으로. 하지만 현관 복도에서 작별 인사를 하며 나누는 포옹은 평소보다 딱딱해.

"우리는 그저 너와 이반의 행복이 우선이야. 그걸 알아야만 해." 당신 아버지가 다시 말해.

"알아요. 이해해요." 나도 다시 말해.

우리는 서로에게 미소를 보이고 계단에서 작별 인사로 손을 흔들어. 곧 다시 만나요. 일정 보고 곧 다시 만날 계획을 세워요. 하지만 그들이 복도에 남긴 침묵이 무거워. 나는 이반과 놀면서 그런 침묵을 떨쳐내려고 애쓰지만 실패해. 당신 부모님의 걱정이 내가 대면하고 싶지 않았던 뭔가를 건드렸어. 내 친구들의 문자도 마찬가지야. 그들은 내 죄책감을 자극해. 이렇게 쉬울 거라고 생각하는 게 냉정하면서도 순진하다고 느끼게 해. 나를 다시 현실로 끌어내려. 내가 스스로에게조차 답할 수 없는 질문들을 들춰내. 내 선택지가 갑자기 줄어들고 남은 선택지 중에 완벽하게 마음에 드는 것이 없는 곤란한 입장에 놓여.

당신이 여기 없는데 어떻게 당신을 붙잡고 있을 수 있지? 당신이 우리에게서 멀어지는데 어떻게 당신을 붙잡고 있어야 하는 거지? 새로운 사랑을 포기해야 하는 걸까? 옛사랑을 잃는 것도 내 선택이 아니었는데도? 우리 삶에서 가장 중요한 사람들의 인정을 받지 못한 채 내가 앞으로 나아갈 수 있을까? 등식을 푸는 게 불가능해 보여. 남은 선택지는 바깥세상을 내 연애에서 최대한 멀리 떨어뜨려두는 거야. 그리고 내 연애도 바깥세상에서 최대한 멀리 떨어뜨려두고.

작정하고 그렇게 하는 건 아니야. 그냥 세상과 내 연애를 서로에게서 멀리 떨어뜨려놓는 것이 지금 당장은 가장 무난한 선택처럼 느껴질 뿐이야. 조금만 더. 나 자신에게 말해. 내 마음을 불편하게 하는 게 무엇인지 확실하게 파악할 때까지만. 내 주변 사람들이, 내 가족이, 친구들이 지금 상황에 익숙해질 때까지만. 그때가 되면 나는 모든 것과 모든 사람을 대면할 거야. 그리고 그들에게 걱정할 필요 없다고 설명할 거야. 그리고 우리가 서두른 건 사실이지만 그게 최선이었다는 걸 보여줄 거야. 나와 이반에게 주어진 모든 미래 중에서 이것이 최선의 선택지였고 나는 우리 둘 모두를 위해 욕심을 부리기로 했다고. 그들은 결국 이해할 거야. 그냥 시간이 조금 필요할 뿐이야. 내게는 시간이 조금 필요한 것뿐이야. 그때가 되면 나는 모두를 만족시킬 수 있는 삶으로 돌아갈 거야. 당신의 가족들, 내 친구들, 내 옛 가족들, 내 새 가족들을 모두 만족시킬 수 있는 삶으로.

여름휴가가 얼마 안 남은 어느 날 우리는 아이들이 옆방에서 영화를 보는 동안 부엌에서 와인을 마시고 랍스터를 먹어. 막 끝나려는 여름에 건배를 하며 함께 보내는 첫 여름을 이토록 멋지게 보낸 것을 자축해. 그릇을 정리하려고 일어서는데 그가 자기와 결혼하겠느냐고 물어. 처음에 나는 웃어. 농담이라고 생각해서. 그가 조금은 방어적으로 진심이라고 말하고 나는 웃는 걸 멈춰. "당신 미쳤구나." 처음에는 이렇게 말해. 그리고 그와 결혼하고 싶다고 말해. 이전의 내 삶과 그가 있는 지금의 내 삶이 한 주가 지날 때마다 점점 더 극명하게 대비되고 나는 남은 평생을 그와 함께 사는 것보다 더 현명한 선택을 상상할 수가 없어. 그와 함께하면, 둘 더하기 둘이 넷이 되고, 그게 내가 되고 싶어 하는 넷이야. 서로에게서 우리의 보금자리를 찾았는데 결혼하지 않아야 할 이유가 있을까? 한 번쯤은 충동적으로 행동해도 되지 않을까?

갑작스러운 결정에 환희에 젖은 우리는 소파에서 감자칩을 먹으면서 온라인으로 반지를 살펴봐. 우리는 둘 다 약혼을 해본 적이 없어. 나로 말하자면, 당신을 만나기 전까지는 그런 건 생각도 하지 않았어. 그러다 당신을 만났고 그때는 약혼이 선택지가 될 수 없었어. 당신과 함께 있는 것만도 이미 충분히 힘든 일이었으니까. 같은 공간에서 살거나 아이를 가지는 건 말할 것도 없고. 결혼 이야기를 꺼내는 건 당신의 성향으로 비추어볼 때 지나치게 진도를 빨리 나가는 게 되었을 거야. 그리고 그런 건 나한테 그다지 중요한 일도 아니었어. 많은 친구들과 달리 나는 신부가 되는 걸 꿈꾼 적이 없으니까. 그렇다고 결혼 자체를 반대하는 건 아니었어. 한 번도 해보지 않은 걸 사랑하는 사람과 같이한다는 건 특별한 경험이잖아.

나는 단순한 반지가 좋다고 말해. 입 밖으로 소리 내 말하지는 않지만 친구들이나 당신 부모님에게 우리가 뭘 계획하는지 알리고 싶지 않다는 생각을 해. 아직은. 그리고 외부인의 시선으로 본다면 누군가를 만난 지 얼마 되지 않았는데 이렇게 빨리 약혼하는 게 조금은 부끄러운 구석이 있어. 두 달 만에 약혼하는 건 어쩐지 10대들이나 할 법한 일이니까. 어른이라면, 특히 아이가 있는 어른이라면 새로운 관계를 조금 더 조심스럽게 접근할 테니까. 어떻게 진행되는지 지켜보고, 조심스럽게 나아가겠지. 그런데 그는 그렇게 생각하는 것 같지 않아. 우리의 결정에 행복한 것 같아. 그는 내가 반지 모양을 결정해도 된다고 말해. 나는 약혼은 몇 주 뒤에 하면 어떻겠냐고 말해. 그때쯤이면 우리가 만난 지, 조금 후하게 쳐서 두 달이 됐을 테니까. 우리가 만난 첫날부터 사귄 거라고 치면. 그는 내가 그런 식으로 생각하는 게 바보 같다고 생각하지만 나를 막지 않아. 지금으로부터 2주 후도 괜찮으니까.

다음 날 우리는 집 근처 쇼핑몰 보석점에서 만나. 나는 내가 아는 사람이 지나가다 우리가 여기 있는 걸 볼까 봐 신경이 쓰여. 우리가 뭘 하는지가 너무 빤하니까. 나는 신경 안 쓰는 척하지만 내가 사이비 종교에 빠졌다고 생각하는 친구들을 떠올려. 이 광경을 보면 그들의 짐작이 옳았다는 확신을 갖겠지. 당신 부모님과의 대화를 떠올려. 지금의 그들에게는 모든 것이 너무 빨리 진행되고 있다고 지적한 당신 부모님을. 나는 보석점에서 서둘러 일을 끝내려고 하지만 직원은 아주 느긋해. 파일을 넘기고, 우리 이름 철자를 확인하고, 우리 손가락에 다양한 사이즈의 반지를 끼워보고, 다른 반지를 들고 오고. 마침내 우리는 백금으로 된 단순한 반지를 골라. 맞는 사이즈를 찾고, 우리 이름과 예정된 약혼 날짜를 주문서에 기입해. 곧 나는 카드리더기에 카드를 넣고 계산해. 그는 전화기를 꺼내 그런 내 사진을 찍어. 내게 카메라를 보라고 말해. 후일을 위해 이 순간을 보존해야만 한다고 말해. 그는 휴대폰 뒤에서 활짝 웃고 있어. 나도 그를 따라서 웃어. 카메라를 들여다보며 웃고, 카메라 뒤에 있는 남자를 향해 웃어. 사진을 찍는 중간중간 나는 그의 등 뒤로 지나가는 쇼핑몰 손님들을 곁눈질로 살펴.

우리는 여름휴가 마지막 날 우리의 첫 싸움이라고 할 만한 다툼을 벌여. 다툼의 원인은 이반이야. 달리 말해 부모로서의 나야. 아니면 양육 전반에 관한 것일 수도 있고. 잘 모르겠어. 내가 이반에게 온통 신경을 쏟고 있어서 이반의 버릇이 나빠지는 것 같다는 그의 말로 다툼이 시작돼. 그는 내가 이반을 아기 다루듯 한다고 생각해. 그래서 두 아이들에게 관심이 불공평하게 배분되고 있다고도. 그는 모든 것이 이반 중심으로 돌아간다고 말해. 이반이 원할 때마다 내 침대에서 자는 것이 허용되고 이미 끊을 때가 되었는데도 아침과 저녁에 젖병을 물고 여전히 기저귀를 찬다는 점을 지적해. 배변 훈련을 할 때가 되었어, 그가 계속 이어서 말해. 이반은 뭔가가 자기 뜻대로 안 되면 아기처럼 투정을 부리면 해결된다는 걸 이미 잘 알고 있다고. 조금이라도 스트레스를 받거나 과잉 자극에 노출되거나 피곤하면 위로와 오락거리를 제공받는다고. 하루 24시간 내내 이반의 모든 필요에 반응하고 안아주고 위로하기 위해서라면 하던 일은 무조건 멈추기로 한 나는 이반에게 어떤 한계도 정해주지 않았어. 그는 이반이 소리에 민감해서 내가 샤워조차 못 한다는 사실을 지적해. 내가 영원히 이렇게 살 수는 없다고, 또 장기적으로 보면 이반을 위해서도 좋지 않다고 말해. 나는 이게 하루하루를 최대한 매끄럽게 보내는 나만의 방식이라고 설명해. 행복한 아이는 곧 행복한 부모를 말하니까. 내 주장은 전혀 먹히지 않아. 그는 이반에게 한계를 더 많이 정해주고, 이반의 비위를 덜 맞추면 오히려 기분 좋게 하루를 보내게 될 거라고 말해. 그는 나만이 아니라 이반을 위해서도 이런 이야기를 하는 거라고 주장해. 내가 얼마나 지쳤는지가 눈에 보인다고 강조해.

나는 그의 걱정에 짜증이 나고 그의 분석에 한 방 먹은 느낌이야. 지난 몇 주간 그는 우리 일상을 지휘하고 지배하는 사람이 되었고 나는 내가 무능한 부모처럼 느껴. 그는 이미 이반의 나이를 거쳐간 아이를 키웠으므로 내가 이 주제에 관해서 그만큼 권위를 주장하기가 어려워. 내가 아이들은 다 다르다고 아무리 주장해도, 내가 이반에게 장기적으로 좋을 거라고 생각하는 방식으로 키우고 있다고 아무리 말해도 내가 우리 둘 중 육아경험이 부족한 쪽이라는 사실은 변하지 않아. 하지만 우리는 같은 아이를 키우는 게 아니야. 두 아이의 기질이 같지 않고 타고난 유전자도 다르니까. 그가 자신의 딸을 본보기로 삼는 게 부당하다고 느껴져.

나는 목소리를 낮추고 언쟁을 매듭지으려고 해. 그의 짜증을 돋우지 않으려고, 그가 말한 걸 생각해보겠다고 약속해. 언쟁에 익숙하지 않아서, 내 양육 방식을 의심받고 비난받는 데 익숙하지 않아서, 나는 그의 말에 동의하는 것 외에는 이 싸움을 끝낼 방법을 찾지 못해. 그래서 이반에게 규율이 더 필요하다는 걸 안다고, 나도 내 태도를 고쳐보겠다고 말해. 최대한 그의 말을 수용하는 것처럼 보이려고 애쓰지만 내가 억지로 화를 누르는 게 보였을 거야. 게다가 수치심을 못 이겨 몸이 떨렸고. 내 약점이 드러난 것 같았거든.

왜냐하면, 그의 말이 맞으니까. 내게 이반은 어떤 의미에서 여전히 아기야. 자신도 모르는 사이에 상실을 겪은 아기. 그래서 나는 그것을 보충하려고 부단히 노력해. 내 아기는 생후 9개월에 부모를 잃는 걸 선택하지 않았어. 그러니 그 아이의 비위를 맞추면서 보상하는 걸 그만두라는, 그 아이가 안전하고 안정감을 느끼게 하는 걸로 보상하는 일을 그만두라고 말하는 사람은 그게 누구든 꺼지라고 해. 나 자신의 필요는 훗날로 미룰수밖에 없어. 나는 이미 그 사실을 받아들였어. 내가 이미 겪어야 했던 변화 이상을 요구하지 말라고. 내 삶에서는 이런 시기에 남자를 만나는 것 자체가 이미 아주 큰 변화야. 심지어 혁명적이기까지 해. 그런데 이제 그는 내게 내 아들을 어떻게 키우라고 감히 훈수를 두고 있어. 내 방식보다 더 나은 방식이 있다고 주장하면서. 그냥 한계를 조금 정해주면 된다고, 이반에게 조금더 엄하게 굴면, 그 아이를 안아주기 전에 조금 울게, 조금 칭얼대게 내버려두면 된다고, 혼자 노는 법을 배우게 내버려두면 된다고, 이반이 고개를 들이밀 때마다 곧장 반응하지 않으면 된다고, 늘 응석을 받아주고, 안아주고, 위로해주고, 두 팔을 벌리지 않으면 된다고 주장해. 그런 식으로 간섭할 거면 지옥으로나 꺼져. 지금 잘 먹히고 있는 방식을 유지하면 안 된다고 말할 거면 꺼져버려. 내가 실은 자랑스러워하는 몇 안 되는 것에 대해 사과하게 만들 거면 꺼져버려.

다툼은 타협으로 끝나. 그가 말한 걸 생각해보겠다고 약속하고 그는 조금 뒤로 물러나서 내가 조언을 구할 때만 하겠다고 약속해. 그리고 그는 나를 자신의 무릎 위에 앉혀. 내 얼굴 구석구석에 키스를 하고 손을 내 가슴에 올려. 내 심장은 여전히 크고 빠르게 뛰고 있어. "당신을 너무나 사랑해." 그가 속삭여. "당신은 내 가족이야. 당신과 이반 둘 다. 당신과 남은 평생을 함께하고 싶어. 알지?" 나는 그가 키스하도록 내버려둬. 싸움이 끝났다는 것에 안도하며. 또다시 싸우는 일이 없기를 바라며.

나는 어둠 속에 누워서 어떻게든 이반이 노래를 그만 부르게 하려고 애쓰고 있어. 시간이 늦었고, 우리가 침실에 들어온지 한 시간이 넘었어. 지금쯤이면 피곤해서 잠이 올 텐데. 곧 다음 아이를 재워야 하는 시간인데. 그 사실에 마음이 급해져. 나는 쉿 하고 이반에게 조용히 하라고 말해. 하지만 이반은 같은 노래를 세 번째 부르기 시작해. 나는 지금 당장 자지 않으면 이반을 두고 방을 나가겠다고 말해. 이반은 슬퍼져서 울기 시작해. 나는 이반에게 사과해. 화를 내서 미안하고 그런 식으로 협박해서 미안하다고 말해. "널 두고 가는 일은 없을 거야. 절대 그러지 않을게." 나는 이반의 머리를 쓰다듬으면서 이제 정말, 정말로 자야 할 시간이라고 속삭여. 밤이 깊었어. 내일은 일찍 일어나서 어린이집에 가야 해. 어린이집에 가야 한다는 말은 이반에게 전혀 위로가 되지 않아. 이반은 더 크게 울면서 어린이집에 가고 싶지 않다고 말해. 내일도 안 갈 거고, 앞으로도 영원히 안 갈 거라고. 어린이집에는 절대 가기 싫다고 말해. 나는 전략을 바꾸기로 해. 이반에게 잔잔한 이야기를 들려주면서 계속이반의 머리를 일정한 리듬으로 쓰다듬어. 효과가 있어. 이반이 가만히 내 이야기를 들어. 주머니에서 휴대폰이 울리지만 굳이 꺼내서 확인하지 않아도 누가, 무슨 메시지를 보냈는지 알아. 그가 내게 어떻게 되어가는지 묻는 거야. 어떻게 되고 있는지는 밖에서도 다 들려. 그냥 기다리고 있기가 힘들어진 거야. 얼른 자기 딸을 재우고 싶은 거야. 그 아이도 곧 자야 할 시간이니까. 오늘은 주중 저녁이고 우리는 아이들의 잠자리 일과를 아직 확실하게 정리하지 못했어. 두 아이를 동시에 재워보려고 했지만 거의 불가능한 프로젝트야. 그 아이는 이반보다 더 늦게 잠자리에 들어도 되지만 이반은 잠들기까지 오래 걸려. 두 아이를 모두 재우려면 한 번에 한 아이씩 재우는 수밖에 없었어. 이른 기상 시간, 함께 쓰는 침실, 잠을 자기보다는 밤새 깨어 있고 싶어하는 두 아이의 잠자리 일과를 차례로 실행에 옮기려면 시간이 많이 필요해. 그래서 나는 기다려. 그리고 머리를 쓰다듬어. 옆방에서 더 많은 메시지를 보내는 걸 주머니 속 진동으로 느껴.

드디어 이반의 숨소리가 깊어지고 나는 이야기를 속삭이는 걸 멈춰. 이반의 머리를 다시 한 번 쓰다듬고 정말로 잠들었는지 확인해. 그리고 최대한 빨리 침실을 빠져나와 거실로 돌아가. 그는 부엌 조리대 앞에 서서 당근 스틱을 썹고 있어. 짜증이 난 듯해. 자기가 보낸 문자를 받았느냐고 물어. 나는 문자들을 받았지만 주머니에 있는 휴대폰을 꺼낼 수 있는 상황이 아니었다고 말해. 나도 그에게 짜증이 났어. 왜냐하면 내가 이반을 재울 때마다 스트레스를 주기 때문이야. 마치 내가 세 살짜리를 정해진 시간에 맞춰 재울 수 있는 능력이 있는 사람인 것처럼, 아이를 재우는 게 다 내 마음먹기에 달린 일인 것처럼 구니까. 나는 이를 꽉 물고, 재우는 일이 제시간에 끝나지 않더라도 나로서는 계속 재우는 것 외에 달리 할 수 있는 일이 없다고 낮은 소리로 말해. 그는 요즘 들어 늘 제시간에 끝나지 않는 것 같다고 지적해. 이어서 이반이 평소보다 더 불안해하는 것 같다고 말해. 나는 그 말을 못 들은 척하면서 시계를 흘깃 봐. 거의 9시 반이 다 돼가. 하품이 나오는 걸 참아. 그가 그런 나를 보더니 딸에게 양치질을 하고 자러 갈 시간이라고 말해. 그 아이는 잠시 거부하지만 곧 포기해. 두 사람은 욕실로 사라져. 나는 소파에 누워. 식기세척기의 그릇들은 아침에 정리하면 돼. 지금은 너무 피곤해.

정확하게 뭐가 문제인지 말할 수는 없지만 나는 자주 스트레스에 시달려. 아마도 긴 휴가 뒤에 일상으로 돌아가야 해서인지도 몰라. 이반이 여전히 어린이집에 가는 걸 그다지 좋아하지 않고 매일 그 아이를 어린이집에 두고 출근하는 것에 죄책감을 느껴서인지도 몰라. 우리의 새로운 삶이 전환점을 맞이했기 때문인지도 몰라. 2인 가족에서 4인 가족이 되었고, 그런 변화로 빡빡해진 일상 때문에. 지켜야 하는 일과와 부족한 수면과 만들어야 하는 음식, 그리고 아이들이 있어. 데려다주고 데리고 와야 하는 아이들. 보살피고 소중히 대해야 하는 아이들. 되도록 투명하고 공평하게 관심을 나눠서 쏟아야 하는 아이들. 그렇지만 그 어느 아이도 충분히 관심을 받지 못하고 있어. 그냥 내가 익숙한 것보다 두 배로 더 많은 아이들에게 부모 노릇을 해야 하기 때문인지도 몰라. 그냥 여름휴가 기간과는 달리 하루에 주어진 시간이 충분하지 않기 때문인지도 몰라. 그와의 관계가 내가 나 자신과 주변 사람들에게 입 밖으로 내서 말하는 양상과 너무 다르게 흘러가고 있기 때문인지도 몰라.

요즘 내가 죄책감을 느끼는 사람들의 목록은 상당히 길어. 예전처럼 당신 부모님을 자주 만나지 못해서 죄책감이 들어. 그분들이 궁금해할 거라는 걸 알면서도 내 삶에서 벌어지는 일들을 공유하지 않아서. 나는 최근 들어 내 친구들과 거의 시간을 보내는 일이 없어서 죄책감을 느껴. 친구들의 초대에 답하지 않고 절대 가는 일이 없어서. 동료들과 점심을 같이 먹는 일이 없어서 죄책감을 느껴. 이반을 제시간에 데리러 갈 수 있도록 동료들보다 일찍 퇴근해야 하니까. 집에서는 이반의 요구에 응하느라 그의 딸아이의 요구가 희생될 때 죄책감을 느껴. 그리고 내가 그 아이에게 헌신하면 이반이 희생되니까 죄책감을 느껴. 내가 줄 수 있는 것보다 더 많은 시간과 힘을 자기에게 쏟길 바라는 누군가가 있는 것 같을 때 죄책감을 느껴. 내가 무엇에 대해 생각하건, 누구에 대해 생각하건, 그 생각들은 결국 죄책감으로 이어져. 나는 이반을 핑계로 침실에 들어가 문을 닫음으로써 억지로 휴식 시간을 확보하기도 해. 그럴 때면 이반의 잠자리 일과가 너무 길어져버리니까 죄책감을 느껴.

거실 소파에 누운 내 귀에 옆방에서 그가 딸에게 사랑한다고 속삭이는 소리가 들려. 그는 그 아이가 자신이 아는 최고의 존재이고, 자랑스럽지 않은 날이 단 하루도 없다고 말해. 그가 아이를 놀릴 때 아이가 까르르 웃는 소리가 들려. 아이가 그에게 등을 쓸어달라고 부탁하는 게 들려. 그리고 조용해져. 두 사람이 침실에 들어간 지 10분도 채 지나지 않았어. 그들의 잠자리 일과는 나와 이반의 잠자리 일과보다 짧고 단순해. 그리고 무엇보다 더 평화로워. 그는 아이의 등을 쓸어주면서 휴대폰으로 TV를 시청해. 나 같은 경우에는 이반을 재우느라 그렇게 오랫동안 힘겨운 시간을 보내고 나면 아무것도 하고 싶지 않아.

2016년 9월

9월의 어느 목요일 우리는 감라스탄에 있는 식당에서 약혼반지를 교환해. 그는 서로 맞잡은 우리 손을 찍어서 인스타그램에 올려. 그의 친구들과 지인들로부터 축하 댓글이 길게 이어져. 나는 내 친구들이 누군가에게 그 사진에 대해 듣게 될까 봐 두려워서 먼저 문자로 소식을 알려. 나 약혼했어. 어떤 이들은 즉각 답장을 했고, 몇몇은 대놓고 침묵해. 나는 신경 쓰지 않는 척하지만 신경이 쓰여. 그래서 내 사랑을 건배하는 걸로 보충해. 식탁 건너편 약혼자에게 키스해. 우리는 약혼반지를 보고 또봐. 여기 오기 전에 회사에서 그에게 사랑을 서약하는 편지를 썼어. 편지에서 나는 우리가 처음 만난 날에 대해 설명했어. 내가 그의 현관문 비밀번호를 곧장 암기했다는 걸, 그가 내 삶에 다시 색을 입혔다는 걸. 내가 적은 건 모두 진심이었어. 그는 편지를 읽고 울어. 몇 년 만에 처음으로 행복을 느낀다고 말해.

우리는 와인을 더 마시고 저녁을 먹어. 메인요리를 먹을 즈음에는 술에 취했고, 내가 어지럽다고 해서 8시 30분쯤 택시를 타고 집으로 향해. 나는 취하는 일이 잘 없는데 이상해. 이 모든 것이 아주 창피해. 복도에서 신발을 벗는데 구토감이 몰려와. 그가 거실에 준비해둔 꽃다발 옆 샴페인 병은 건드리지도 않고, 9시 30분쯤 그의 침대에서 잠이 들어. 다음 날 엄청난 숙취에 시달리며 깨.

약혼녀로서의 첫날은 자욱한 연기 속에서 휘청휘청 지나가. 회사에서 소파에 누운 채로 지내다 조퇴를 해. 이반을 어린이집에서 데리고 집에 도착하자마자 소파로 기어 올라가. 여전히 구토감이 올라와. 뭘 잘못 먹은 건 아닌가 생각해.

　토요일이야. 두통에 시달리고 있어. 우리는 또 싸웠어. 의견 충돌의 기미조차 없던 여름을 보낸 우리는 이제 의견 충돌의 파도에 잠겨 허우적대고 있어. 나는 그의 열정에, 그가 끊임없이 확인하는 것에, 내가 일하거나 친구와 있을 때 너무 자주 연락하는 것에 짜증이 나. 예측 불가능한 그의 감정 변화로 인해 너무 많은 시간과 관심을 쏟아야 하는 게 짜증이 나. 그의 관점에서 보자면, 그는 내 기질에, 자신이 우울할 때 나의 애정 표현이 서툰 것에, 말다툼할 때 내가 마음의 문을 닫아버리는 것에, 의견이 충돌할 때마다 내 얼굴에 드러나는 냉정함에 짜증이 나. 그는 내가 거의 언제나 예민한 상태라고, 비판을 받을 때마다 입을 꾹 다물어버린다고 말해. 나는 그의 기질도 받아주기가 만만치 않다고 맞받아쳐. 그의 감정 변화에 대처하는 건 마치 지뢰밭을 걷는 것 같다고 말해. 그가 너무 많은 시간과 관심을 요구한다고, 늘 어지르고 다닌다고, 설거지거리를 쌓아두고, 아파트 곳곳에 와인 잔을 놔둔다고 불만을 토로하면서 마치 내가 아이 둘이 아니라 셋을 돌보는 것 같은 기분이라고 말해. 그는 당연히 해야 하는 일들을 하는 것뿐이지 않느냐고 말하면서 요리는 자신이 거의 다 하고 나보다 장도 자주 본다고 지적해. 그러면서 우리는 계속 누가 더 투덜거리는지, 누가 먼저 저기압이 되는지, 누가 정당하게 화를 내는지를 두고 끝없이 언쟁을 벌여.

우리는 서로의 말을 인용하고 서로를 비난하고, 결국 애초에 왜 싸우기 시작했는지는 잊어.

그러다 잠시 무기를 내려놔. 일상으로 돌아가. 아이들과 함께 하는 매일의 일과로. 하지만 저녁 식사 자리에서 나누는 대화에는 날이 갈수록 걱정거리가 쌓여. 나는 필요 이상으로 욕실에 숨어들고, 예전보다 훨씬 더 오래 샤워를 해. 누군가 문을 두드리면 화들짝 놀라 곧 나간다고 소리쳐. 그리고 속으로는 욕을 해. 그가 조금은 속도를 늦춰줬으면 좋겠다고 빌고 있는 나를 발견해. 그게 당신이 한때 나에 대해 느낀 감정이라는 게 떠올라서 나도 모르게 서글퍼져. 당신과, 당신이 하던 샤워를 떠올려. 이미 한참 늦었고 전혀 도움이 되지 않는데, 문득 나는 당신을 이해해.

우리의 논쟁은 대개 아이들이 잠든 뒤에 시작돼. 늘 정리하고 결정해야 할 일이 있는 것 같아. 지난주부터 점점 더 우울해지고 있고 이제는 생리마저 늦고 있어. 임신 테스트를 해야 한다는 걸 알아. 하지만 미루고 있어. 내가 임신했을 리가 없다고 생각하면서. 우리는 조심했으니까. 하지만 날이 계속 지나가고 생리는 시작하지 않고 나는 계속 툴툴대고 결국 나는 임신테스트기를 사.

나는 화장실로 들어가고 그는 밖에서 기다려. 행운을 빈다고 말해. 나는 달리 선택의 여지가 있는 것은 아니지만 금방 나오겠다고 약속해. 너무 긴장해서 테스트기를 든 손이 덜덜 떨려. 마지막으로 이걸 산 게 3년 전이야. 그때는 이반을 기다리고 있었어. 그때는 엔스케데에 살고 있었고 그 화장실도 이 화장실만큼이나 비좁았어. 당신은 소파에 앉아 일하고 있었어. 나는 당신의 의심을 사지 않으려고 휘파람을 불면서 화장실로 향했어. 임신이라는 결과가 나오길 바랐어. 그런 결과가 나왔을 때 당신에게 말할 용기도 없었으면서. 이번에는 임신이라는 결과가 나오지 않기를 바라고 있어. 이번에는 화장실로 가면서 휘파람을 불지 않아. 이번에는 끝나자마자 나오겠다고 약속해. 지시사항을 읽고 그대로 해. 테스트기에 오줌을 눠. 숨을 멈추고 10까지 세. 그리고 30, 그리고 50까지. 테스트기에는 한 줄만 나타나. 두 줄이 아니야. 나는 다시 10까지 세. 최대한 천천히. 두 번째 줄이 나타나지 않아. 임신한 게 아니야. 나는 길게 숨을 내쉬면서 "다행이야"라고 내뱉어. 일어나서 여전히 떨리는 손을 씻어. 지난주 내내 나를 괴롭히던 구토감이 가라앉는 걸 느껴. 갑자기 숨쉬기가 쉬워져. 나는 문 앞에서 깊은 숨을 몇 번 더 들이마시고 내쉬어. 얼굴 표정을 정리하고 나가. 그는 거실에서 나를 기다리고 있어. 눈썹을 높이 올리며 질문하듯 나를 바라봐. "그래서?"

나도 모르게 미소를 지어. 그를 보는 내 입꼬리가 저절로 올라가. 정말 안심했거든. 그의 눈썹은 여전히 올라가 있지만 그는 내 미소에 미소로 답해. 행복해 보여. 아마도 내가 행복해 보이니까 그런 거겠지. 우리는 잠시 그렇게 애틋한 이해가 담긴 미소를 서로에게 보내. 내가 그에게 결과를 말하기 전까지는. 나는 한 줄만 나타난 테스트기를 가리켜. 그는 테스트기를 봐. 그리고 나를 봐. 그리고 마지막으로 다시 한 번 테스트기를 봐. 그런 중에 그의 얼굴에서 미소가 사라져. 그는 테스트기에서 고개를 돌려. 우리 발밑 바닥에 시선을 고정해. 나는 그에게 왜 그런지 물어. "내가 임신한 게 아니라는 건 좋은 소식 아니야?" 그는 대답하지 않아. 아무 말 없이 일어나서 나를 지나쳐 발코니로 나가. 의자에 앉아서 앞만 바라봐. 나는 그 뒤를 쫓아가서 문가에서. 그는 여전히 나를 보지 않아. 나는 기다려. 그는 아무 말도 하지 않아. 나는 다시 말을 걸어. 왜 그러느냐고 물어. 그는 지금 당장은 나와 말할 기분이 아니라고 말해. 잠시 혼자 있으면서 이걸 곱씹어봐야겠다고. 그제서야 나는 그가 내 미소를 임신했다는 뜻으로 받아들였다는 걸 깨달아. 그가 행복해 보였던 건 우리가, 그와 내가 함께 아이를 가졌다고 생각했기 때문이라는 걸. 우리가 그가 정의하는 그런 가족을 만들게 되었다고 생각했기 때문이라는 걸. 이제 그는 슬퍼. 아니면 화가 났어. 아니면 실망했어. 그리고 그런 것에 대해 나와 이야기하고 싶어 하지 않아. 나는 발코니 문 앞에서 우물쭈물 기다려. 그가 말하기를 기다려. 하지만 그는 침묵해. 아주 강렬한 기시감이 나를 휘감아. 엔스케데에서의 장면이 머릿속에서 재생돼. 그때는 내가 임신을 했고 당신은 나와 이야기하고 싶어 하지 않았어. 내가 당신에게 말했을 때 당신은 나와 눈을 마주치지 않으려고 했어. 침묵했고 사라졌어. 3년 뒤에 나는 이렇게 같은 장면을 반복해.

나는 상황을 수습해봐. 미안하다고 말해. "그런 뜻이 아니었어. 그냥 지금 당장 임신한 게 아니라서 다행이라는 말이었어." 나는 그를 이해시키려고 "지금 당장"이라는 표현을 강조해. "우리는 막 만났어. 지금도 가족을 꾸리려고 노력하고 있잖아. 막 약혼했고 아이들도 둘이나 이미 있어. 그것만으로도 충분히 벅차지 않아?" 나는 우리 사이에 흐르는 침묵 속에서 쩔쩔매. 내가 왜 용서받아야 하는지 정확하게 모르면서도 그의 용서를 구해. 내가 임신하지 않아서? 아니면 그 소식을 전할 때 미소를 지어서? 나는 더듬거리면서 말을 이어가. "우리는 지금 여기 있는 구성원들로 가족을 꾸리려고 노력하고 있잖아. 그러고 있는 것 맞지? 내가 지금 당장 임신한 게 아니더라도 말이야."

그는 여전히 나를 보지 않아. 여전히 내 질문에 답하지 않아. 그는 오직 혼자 있고 싶다는 말만 반복해. 침묵하는 건 그답지 않아. 그래서 겁이 나. 나는 미소 지었던 것을 벌충하려고 적절한 단어를 찾아 헤매. 바보같이 상처를 주고 만 아둔한 내 미소를 되돌리려고. 하지만 너무 늦은 것 같아. 내가 미소를 지은 것, 내가 임신이 아니라는 결과에 안도했다는 것이 그에게 너무 깊은 상처를 줘서 내가 무슨 말을 해도 되돌릴 수가 없어. 무겁고 불안한 마음으로 나는 다시 집 안으로 들어가. 돌아가서 아이들을 찾아. 아이들은 놀이방에 있어. 모험을 떠나려고 가방을 싸는 중이라고 자랑스럽게 선언해. 나는 아이들의 놀이에 참여하려고 애써. 집중할 수가 없어. 미소만 짓지 않았어도.

저녁 시간이 침묵 속에서 지나가. 무슨 말로 그를 위로해야 할지 모르겠지만, 아무래도 상관없는 게, 그는 여전히 나와 이야기하고 싶어 하지 않아. 하지만 아이들이 잠든 뒤에 결국 이야기를 해. 처음에는 낮은 목소리로 시작하지만 대화는 곧 논쟁이 되고 어느새 우리는 또 싸우고 있어. 그는 내 미소가 자신이 바라는 그런 관계를 이어갈 준비가 안 된 증거였다고 말해. 우리가 같은 꿈을 꾸고 있다는 걸, 같은 미래를 공유하고 있다는 걸 믿지 못하겠다고 말해. 그리고 내 사랑이 의심된다고. 그는 우리가 처음 만났을 때부터 자신은 아이를 더 갖고 싶고 그게 자기에게는 중요하다는 걸 내게 확실하게 밝혔다고 말해. 그리고 임신하지 않았다는 사실에 내가 안도한 것 또한 의심의 여지가 없다고. 그는 속은 기분이라고 말해. 내가 자신과 아이를 갖고 싶어 하지 않는다면서, 그러니까 결국 우리가 만나는 내내 거짓말을 했다면서 나를 비난해. 그는 앞으로 나를 믿을 수 있을지 모르겠다고 말해.

나는 그에게 나도 아이를 더 원한다는 걸 믿게 하려고 노력해. 그가 나를 믿기를 정말로 바란다고, 다만 지금 당장은 아니라고 말해. 만난 지 얼마 되지 않은 지금은, 우리가 서로의 아이에게 부모가 되는 법을 배우는 지금은, 이 모든 것이 아직 너무나도 낯선 지금은 때가 아니라고 말해. 나는 그가 생각하는 것만큼 내가 안도한 건 아니라고 하면서, 내가 임신했다면 당연히 아이를 낳아서 키우고 싶었을 거라고 말해. 그를 설득하려고 애쓰지만 계속 실패해. 한참이 지난 뒤 나는 설득하는 걸 포기해. 무슨 말을 해도 나를 믿지 않을 테니까. 내가 나 자신을 믿는지조차 확실하지는 않지만, 그 사람만큼은 나를 믿기를 원해. 그가 나를 떠나지 않기를 바라. 무엇보다 오늘 밤 내가 임신하지 않았다고 그가 떠나는 건 원치 않아.

며칠 뒤 나는 다시 변기에 앉아서 테스트기에 오줌을 누고 있어. 우리는 그의 아파트에 있고 아이들은 화장실 문밖에서 레고를 가지고 놀고 있어. 이번에는 디지털 화면이 있는 더 비싼 테스트기를 샀어. 이번 주 두 번째로 세면대 가장자리에 테스트기를 올려놓고 일어나서 손을 씻어. 기다려. 테스트기 화면이 곧 '임신' 또는 '비임신'이라고 깜빡일 거야. 지금 당장은 작은 화면에서 모래시계가 깜빡거려. 멈춰. 불이 꺼져. 2초, 3초, 4초, 5초. 나는 숨을 멈춰.

임신이 아니라는 결과가 나온 다음 날 아침 우리는 화해했어. 나는 테스트기를 화장실 쓰레기통에 깊숙이 찔러 넣었어. 우리는 다시는 그 주제로 이야기하지 않았어. 하지만 집안 분위기가 차갑게 가라앉았어. 우리는 며칠 동안 함께 웃지 않았어. 그는 점점 더 자주 자신만의 세계에 빠져 예전처럼 나와 대화를 나누지 않아. 아이들이 잠든 후에는 피곤하다면서 곧장 자러 가겠다고 말해. 나는 버림받을까 봐 두려운 마음과 내가 부당한 대우를 받고 있다는 마음 사이를 오가. 내가 정말 그에게 잘못한 게 있는지 의문이 들기 시작해. 왜 내가 그에게 계속 미안하다고 말해야 하는 거지? 이 모든 와중에 나는 다시 구토감이 올라와. 아직도 생리는 시작하지 않았어. 이렇게 엉망인 주도 없었어.

나는 숨을 멈춘 채 화면만 뚫어져라 쳐다봐. 모래시계가 더는 깜빡거리지 않아. 화면이 잠시 까맣게 변해. 그리고 나타나. "임신: 1-2주차." 나는 화면을 멍하니 바라봐. 아직도 숨이 쉬어지지 않아. 다시금 덜덜 떨리는 손으로 테스트기를 들어. 화면을 유심히 봐. 이 메시지를 모호한, 다른 해석의 여지가 있는 메시지로 만들어줄 무언가를 찾아 화면 구석구석을 살펴. 하지만 아무것도 없어. 내가 숨을 참고 있다는 것을 깨닫고 억지로 다시 숨을 쉬어. 나는 화장실을 나설 준비가 되지 않았어. 시간이 더 필요해. 그래서 물을 조금 틀어봐. 거울 속 나를 봐. 얼굴이 무표정해. 내면에서 어떤 일이 벌어지고 있는지 전혀 드러내지 않아. 나는 임신했어. 결국 임신이었어. 지금 내 안에 뭔가가 살아 있어. 테스트기를 쓰레기통에 버리고 그에게 절대 보여주지 않는다고 해도, 내가 임신한 건 변함이 없어. 우리는 만난 지두 달 됐어. 그리고 이제 나는 임신했어. 나는 눈을 크게 뜨고 거울 속 나를 쳐다봐. 미소를 지으려고 노력해. 입꼬리 주변 근육을 끌어올려보지만 눈은 그대로야. 여전히 무표정해. 눈을 찡긋하면서 거울을 향해 계속 미소를 유지해. 얼굴을 잔뜩 구기고

만 있는 것처럼 보여. 내 삶이 이렇게 흘러가서는 안 되는 거였는데. 지금은 아니야. 아직은 아니야. 진짜 같지가 않아. 이건 바람직하지 않아. 하지만 이게 현실이야. 나는 임신했어.

시간이 좀 걸려. 나는 아직 나갈 수가 없어. 그에게 결과를 알리는 순간 내 삶이 되돌릴 수 없는 변화를 겪게 되리라는 걸 알아서야. 여기서는 아직 모든 것이 평소와 같아. 여기서는 아직 그 변화가 시작되지 않았어. 여기서는 아직 그런 변화가 시작되지 않은 척할 수 있어. 하지만 이제 문을 두드리는 소리가 나. 그가 조심스럽게 노크해. 괜찮은지 부드러운 목소리로 물어. 나는 다시 변기에 앉아. 테스트기가 내 손에서 난 땀 때문에 축축해. 나는 변기에 앉은 채로 임신했다고 작은 목소리로 말해. 그는 내 말을 듣지 못해. 나는 다시 작은 목소리로 말해. 이번에는 조금은 더 크게. 잠시 침묵이 흘러. 그가 문을 열어.

그가 서 있어. 이번 주 두 번째로 내 표정을 읽고 있어. "이럴 줄 알았어." 내가 말해. "빌어먹을, 이럴 줄 알았다고." 나는 그를 봐. 그의 충격 받은 표정이 재빨리 다른 무언가로 바뀌는 걸 봐. 이번에 미소를 짓는 건 그야. 어쩔 수가 없나 봐. 그는 미소를 지어. 그 미소는 곧장 나를 향하고 있어.

이제 그가 나를 안아. 꽉. 그는 내 앞에 서 있고 내 턱이 그의 겨드랑이에 껴. 땀 냄새가 살짝 나. 그의 땀 냄새, 결코 단 한 번도 나쁘다고 생각한 적 없는 그의 체취가. 그의 땀 냄새조차 집 같은 냄새가 났어. 그런데 왜 지금은 그런 느낌이 들지 않는 걸까? 나는 숨을 들이마시고 그에게 제대로 안기려고 목을 뒤로 젖혀. 테스트기를 들고 있지 않은 손을 그의 등 쪽으로 보내. 이 자세에서는 내 목이 완전히 꺾여. 그가 내 귀에 대고 속삭여. "아름다운 나의 카롤리나." 키스를 해. "모든 게 잘될 거야." 또 키스를 해. 나는 그의 품에, 그의 두 팔과 그의 체취에 숨어들어. 그리고 마음을 추스르려고 노력해. 나는 그의 어깨에 대고 고개를 끄덕이지만 아무 말도 내뱉지 못해. 답을 할 수가 없어. 일어설 수가 없어. 그저 여기 변기 위에 앉아 있고 싶어. 그가 영원히 나를 안고 키스하게 내버려두고 싶어.

그때 아이들이 달려와. 화장실에서 뭔가 평소와는 다른 일이 벌어지고 있다는 걸 알아차렸거든. 아이들도 끼고 싶어 해. 아이들은 그가 나를 안고 있는 화장실로 밀고 들어와. 나는 여전히 기이한 자세로 몸을 구부린 채 변기 뚜껑에 앉아서 그의 품 안에 숨어 있어. 그의 딸이 기어 올라와서 안고 있는 우리 사이를 파고들어. 고양이 흉내를 내면서 빙글 돌아 내 팔 안에서 가르랑거려. 이반은 점점 불안해해. 그 아이 뒤에서 걱정스레 발을 동동 구르고 있어. 내 무릎 위에 올라올 틈을 찾을 수가 없어서 내 발치에서 점점 더 큰 소리로 칭얼거려. 화장실이 비좁게 느껴져. 본능적으로 나는 테스트기를 던져버리고 자유로워진 팔로 이반도 내 무릎 위에 올려. 땀이 흘러. 이곳은 너무 비좁아. 공간이 충분하지 않아. 우리는 넷뿐인데도 겨우 들어와 있어. 그런 생각만으로도 어지러워.

356

"자, 다들 주목." 내가 말해. "너무 비좁다. 차라리 밖에 있는 소파로 가는 게 어떨까?" 나는 다시 자동모드에 시동을 걸고 또다시 모두에게 충분한 공간이 주어지기를 바라는, 아무도 걱정하거나 실망하지 않기를 바라는 엄마가 되었어. 무엇보다 나는 그 누구도 내게 화를 내며 떠나지 않기를 바라.

"우린 아직 더 얘기해야 해." 조금 뒤에 이반을 재우려고 침실로 가는 길에 내가 속삭여. "물론 해야지." 그가 소파에서 답해. 내게 신뢰감을 주려는 말투였지만 순간 나는 짜증이 치밀어. "우리에게 시간은 많으니까." 그가 의미심장하게 덧붙여. "우리가 움직이는 속도로 볼 때 9개월은 영원이나 마찬가지니까. 다 잘될 거야." 그가 다시 한 번 약속해.

나는 억지로 고개를 끄덕여. 온 마음을 다해 그가 옳기를 빌어. 그의 말을 믿으려고 애쓰지만 확신이 들지 않아. 대신 나는 이반을 따라 침실로 들어가. 이반과 침대에서 서로 꼭 붙어 누워. 또 한 번의 잠자리 일과, 아마도 이것으로 천 번째가 되는 잠자리 일과가 시작돼.

이반이 잠이 든 후에야 눈물이 흘러. 침대 옆 전등 불빛에 비친 아이의 얼굴을 바라보는 동안 눈물이 내 배 속 쿡쿡 쑤시는 통증에서 방울방울 생겨나. 이반은 깊은 호흡을 하고 있어. 악몽이 시작되기 전까지는 아직 몇 시간 남았어. 이반의 평화로운 얼굴을 보는데 한쪽 뺨에 묻은 얼룩이 보이자 눈물이 솟아올라 폐가 묵직해져. 오늘 밤 씻기는 걸 잊었어. 어린이집을 다닐 때부터 꼭 안고 다니는 회색 원숭이 솜인형을 쥔 이반의 작은 손을 보는데 눈물이 목구멍까지 올라와. 이반의 등을 문지르다가 툭 튀어나온 기저귀에 닿았을 때, 곧 배변 훈련을 시작해야 한다는 걸, 이반이 이 가족의 막내일 날이 얼마 남지 않았다는 걸 깨닫자 결국 눈물이 밖으로 흘러. 나는 이반이 깨지 않도록 입으로 숨을 쉬어. 그리고 생각해. 작고 소중한 내 아가, 내가 너에게 무슨 짓을 한 걸까? 내가 너를 사랑하듯 다른 이를 사랑할 수 있을까? 이 모든 것에서 너는 네 자리를 찾을 수 있을까?

나는 울음을 멈추려고 노력해. 마음을 가라앉히려고, 최대한 조용하게 숨을 쉬면서. 지금 이반을 깨울 수는 없어. 그렇다고 이렇게 벌게진 얼굴로 이 방을 나가서 나를 사랑하는 남자에게 갈 수도 없어. 옆방에서 기다리는, 지금 이 순간 행복에 젖어 있는 그 남자에게. 잠에 취한 이반을 깨울 수도 없고, 기쁨에 취한 내 남자를 깨울 수도 없어. 나는 침실에 한참을 더 머물러. 이제 막 자리 잡기 시작한 우리의 저녁 일과를 계속 이어나갈 수 있도록 나 자신을 추슬러. 먼저 이반을 재워. 그런 다음 그의 딸과 조금 놀아줘. 그리고 그의 딸도 재워. 그런 다음 어른들이 조금 대화를 나눠. 오늘 밤도 그럴 거야.

오늘 밤이 다른 날 밤과 다른 점은 내가 대화의 시간을 전혀 기다리지 않는다는 거야. 내 안에서 일어난 일을 말로 표현할 준비가 안 됐어. 아직은 모르겠어. 왜 이렇게까지 마음이 아픈 건지. 왜 내 마음이 괴로운지 이유도 모르면서 그에게 상처를 입히거나 도발하고 싶지 않아. 나는 이 침실에서 이반 옆에 나를 가두고 영원히 나머지 세상으로부터 숨고 싶어. 하지만 그건 불가능해. 그래서 나는 마음을 다잡아야만 해. 이런 반응은 옳지 않아. 나는 다시 사랑을 선물받았어. 두 번째 기회를 얻었어. 아마도 그냥 겁이 난 것뿐일 거야. 물론 충격도 받았고. 내 두려움이나 죄책감 때문에 우리가 꾸리고 있는 것을 망칠 수는 없어. 그냥 이런 식으로 흘러간 것을 받아들여야만 해. 모든 것이 계획대로 흘러가는 건 아니니까. 인생은 그런 식으로 움직이지 않아. 이미 힘들게 그 사실을 배웠어. 그때의 교훈을 지금 적용해야 해. 이 상황에, 용감하고 유연하게, 적용해야 해. 울면서 누워 있기만 해서는 아무 데도 닿을 수 없어. 조심스럽게 침대에서 기어 나와 이반을 자기 침대로 옮겨. 나는 마지막으로 다시한 번 이반을 보면서 잠이 든 걸 확인해. 그리고 나가. 침실을 나서기 전 마지막으로 크게 숨을 들이마셔. 그리고 내 나머지 새로운 가족을 만나러 가. 우리는 이제 넷이고 곧 다섯이 될 거야.

길게 논의한 것은 아니지만 우리는 아기를 낳기로 했어. 대화 초반에 나는 되도록 애정을 담아 내 두려움과 불안감을 전하려고 노력했어. 내가 준비가 되지 않은 것 같다고, 이반에게 죄책감을 느낀다고 조심스럽게 말을 꺼냈어. 너무 조심스러웠나 봐. 실제로는 아무것도 논의하지 않았나 봐. 우리의 대화는 하나같이, 하나도 빠짐없이 같은 결론에 도달했어. 우리는 서로 사랑하고 함께 살고 싶어 해. 시기가 완벽하지는 않지만 삶의 모든 걸 미리 계획할 수는 없어. 우리에게 또 다른 기회가 주어질 거라고 어떻게 장담하겠어? 나는 나이가 많아. 적어도 가임 여성의 기준에서. 그리고 우리는 앞으로도 시간이 많을 거라고 확신하지 못해. 그에게는 아이를 더 많이 가지는 것이 중요해. 너무나 중요해서 내가 그걸 원하지 않는다면 나와 함께 살고 싶지 않을 거라는 생각을 할 정도로. 그리고 나는 생각해. 아니 희망해. 나도 이것을…… 좋은 일이라고 받아들일 수 있기를. 그래야만 해. 이 새로 태어날 아이가 아주 특별한 방식으로 우리 가족을 하나로 엮어줄 거야. 두 아이 모두 동생이 생겨. 우리가 줄 수 있는 모든 것 중에 둘을 가장 가깝게 묶어줄 연결고리야. 그리고 나는 이것에 익숙해질 시간이 7개월이나 더 있어. 그보다는 더 빨리 끝났으면 좋겠지만, 적어도 입덧이라도 끝나면 조금 나을 거야.

이번에는 몇 주 동안 입덧을 심하게 겪었어. 더는 어른 음식이 입에 맞지 않아. 내 식단은 샌드위치, 핫도그, 마카로니, 비스킷으로 구성돼. 생선 수프나 기름진 스튜가 저녁 식탁에 오르면 나는 먹지 않겠다고 말해. 이반이 잠들 때까지 기다렸다가 TV 앞에 앉아서 샌드위치를 몇 조각 먹어. 일찍 자러 가기 전에 뭔가 바보 같은 TV 쇼를 봐. 나는 기분이 좋을 때가 드물어. 계속 피곤하고 청소를 할 기운이 전혀 없어. 장을 보러 갈 준비를 하려면 몇 시간이고 쉬어야 해. 게다가 우리는 거의 매일 말다툼을 해. 나는 더는 기쁨을 주는 동거인이 아닌가 봐.

이반과의 관계도 나빠지고 있어. 내 죄책감은 줄어들지 않았어. 이반을 보기만 해도 눈물이 고여. 이전처럼 이반과 놀아줄 수가 없어. 이반이 칭얼대거나 고집을 부리면 금방 인내심이 바닥나. 잠이 들기까지 시간이 오래 걸리면 화가 나서 소리를 질러. 이반이 잠들면 바로 깨워서 용서를 구하고 싶어져. 이반이 자는 동안 어둠 속에서 이반을 멍하니 보며 소리 없이 입을 움직여 용서를 빌어. 다음 날 아침이 되면 모든 것이 반복돼.

나는 지금 이반에게 뭔가 멋진 일이 일어나고 있다고 스스로를 설득해. 더 큰 가족의 일원이 되는 거야. 사랑할 사람도 늘어나고 이반을 사랑하는 사람도 늘어날 거야. 이반에게도 아주 좋은 일이 될 거야. 내가 이걸 받아들이고, 이토록 덫에 걸린 것 같은 기분을 떨칠 수만 있다면. 뜻밖에도 갑자기 나를 휘감은 이런 무정함과 냉정함을 떨칠 수만 있다면. 그렇다면 모든 게 괜찮아질 텐데. 이 모든 것이 내게 달려 있어. 잘 안 되면 다 내 탓이야.

아직 아이들에게 알리기는 일러. 하지만 지난주에 나는 친구들과 가족들에게 말했어. 방어적인 만큼이나 그들의 인정을 바라는 문자를 보냈어. 답은 제각각이었어. 침묵부터, 걱정과 냉소, 넘치는 축하까지. 몇몇 친구는 너무 서둘러 결정한 것 같다고 대놓고 말했어. 우리가 만난 지 두세 달밖에 되지 않았고 미래에도 가족을 꾸릴 시간은 충분하다고 지적하면서. 한 명은 내게 직격탄을 날렸어. "도대체 왜 그렇게 서두르는 거야?" 나는 내가 이미 한 말을 반복하고 싶은 걸 참았어. 계획한 건 아니라고, 그냥 이렇게 된 거라고. 인생은 우리가 계획한 대로만 흘러가지 않는다고. 지금 우리는 주어진 상황에 최선을 다하는 거라고. 하지만 나는 아예 답을 하지 않는 쪽을 택해. 걱정하는 마음을 솔직하게 드러낸 친구들과 거리를 두고 있어. 그들의 걱정에 제대로 반박하기가 어려워. 내 걱정을 고스란히 되비추기 때문이야. 그래서 나는 그들에게 답하는 것을 피해. 왜냐하면 그럴듯한 답변이 하나도 떠오르지 않으니까. 그리고 침묵으로 일관하는 이들은 그냥 내버려두고 있어. 그들의 무응답이 바로 답이니까. 그들을 만날 기운이 없어. 다른 한편으로 나는 곧장 축하를 건넨 이들에게, 내가 어떤 결정을 하건 지지한다고 확답한 이들에게 더 많이 의지해. 전화로, 문자로. 만날 수 있는 시간을 좀처럼 낼 수가 없으니까. 만나지 못한 지 꽤 됐어. 기운 넘치는 두 아이와 그에 못지않게 기운 넘치는 한 남자, 두 채의 아파트, 정규직 근무, 끊임없는 구토감과 피로 때문에 소파에서 엉덩이를 떼기가 힘들어. 그래서 직접 얼굴을 마주할 기회가 잘 나지 않아. 이해심이 많은 친구들은 그것도 이해해.

나는 그가 나와 함께하는 미래를 기대하기 어렵게 굴어. 그렇다고 그가 노력하지 않았다고 비난할 수는 없을 거야. 그는 장을 보고 요리를 해. 내 산전 비타민제를 챙기고 인터넷에서 임신의 단계에 관한 글을 읽어줘. 무알코올 와인을 사다 놓고 내가 소파에서 쉴 수 있게 아이들을 데리고 공원으로 나가. 저녁에는 영화를 대여하고 그 앞에서 내가 잠이 들어도 신경 쓰지 않아. 그는 정말이지 아무것도 잘못하는 게 없어. 그런데도 나는 화가 나. 어쩌면 그래서 더 화가 나는 건지도 몰라. 마음속으로 나를 이런 입장에 밀어 넣은 그를 탓해. 그가 그렇게 성급하지 않았다면, 그렇다면 이게 우리 둘이 감당하기에는 아주 벅찬 상황이라는 데 동의했을 거야. 아이들을 더 낳아서 키우는 데 그렇게까지 집착하지 않았다면 이해했을 거야. 조금만 더 내 말에 귀를 기울였다면, 내가 어떤 신호를 보내고 있는지 더 관심을 기울였다면, 그렇다면 나는 지금 이토록 외롭지 않을 거야. 하지만 그는 그런 사람이 아니야. 그리고 그렇게 하지 않아. 그런 이야기는 듣고 싶지 않아 해. 계속 앞만 보고 전진해. 장을 보고, 요리를 하고, 식기세척기를 채우고 비우고, 내 비타민제를 사고, 아이들과 놀아주고, 내게 격려의 메시지를 보내고, 우리 가족의 새로운 구성원을 기다려. 나는 이 모든 것에 발언권이 전혀 없어. 그렇게 결정이 된 거야. 그러니 최선을 다해 익숙해지는 수밖에.

그런데 그럴 수가 없어. 나는 두렵고, 화가 나고, 걱정되고, 절망하는 일을 순서대로 반복해. 그리고 이런 감정을 처리할 곳이 없어. 그래서 침묵해. 그리고 도피해. 나 자신에게로 도피해. 점점 더 내 안으로 숨어들어. 이 상황은 내가 이전에 처했던 상황을 떠올리게 해. 정확히 말해 3년 전 일이야. 하지만 지금은 역할이 뒤바뀌었어. 내 의지와는 반대로, 내 삶에서 처음으로 내가 브레이크 페달이 됐어. 분위기에 찬물을 끼얹는 사람, 행동하기를 두려워하는 사람, 행동하고 싶은지조차 모르겠는 사람이. 나를 또는 그를 불쌍히 여기지 않을 때면, 나는 당신 생각을 해. 그리고 우리가 함께 보낸 마지막 날들에 당신이 어떤 기분이었을지를. 그러면 나 대신 당신이 한없이 불쌍해져.

끊임없이 피곤하다고 불평하면서도 밤에는 잠을 설쳐. 그가 구토감 때문이냐고 물으면 나는 그렇다고 답해. 사실은 누워서 내내 이반을 생각해. 이반이 악몽에 시달리면서 꿈속에서 울먹이면 나는 죄책감에 휩싸이고 이반을 안아서 우리가 자는 큰 침대로 데려오고 싶지만 그러지 않아. 이반은 이제 자기 침대에서 혼자 자는 데 익숙해져야 하니까. 아기가 곧 태어날 거니까. 이반을 우리 침대로 데려오는 대신 나는 이반 침대 옆 바닥에 누워. 그렇게 누워서 이반이 울면 손을 뻗어 등을 쓰다듬어줘. 다시 조용해질 때까지, 다시 잠이 들 때까지 끈기 있게 기다려. 그리고 이반이 꿈을 꾸지는 않는지 알아내려고 이반의 숨소리에 귀를 기울여. 요즘은 이반이 악몽을 자주 꿔. 나는 그것도 내 탓을 해. 매일 밤 거기 누워서 내가 그날 저지른 실수를, 내가 더 잘 대처할 수 있었던 모든 일들을 되짚어봐. 이 새 가족으로 더 천천히 합류했어야 해. 더 기다려야 했어. 아직 브레이크를 밟을 수 있을 때 브레이크를 밟아야 했어. 피임약을 먹었어야 해. 이반이 변화에 적응할 시간을 더 주었어야 해. 더 잘했어야 해. 지금은 말할 것도 없이 더 잘해야만 해.

2016년 10월

어느 날 아침 일어났더니 여름이 가고 가을이 됐어. 그리고 어느 날 아침 우리는 가끔은 따로 자는 게 우리와 아이들에게 좋을 거라고 말했어. 이반은 밤에 악몽을 꾸면서 가족 전체를 깨워. 우리 둘 다 지금 당장 일이 너무 바빠. 우리 아이들도 가끔은 따로 지내는 게 도움이 될 수 있어. 서로 보고 싶어 할 기회가 될 거야. 질투심, 우리의 시간과 관심을 두고 벌이는 경쟁에서 잠시 벗어날 기회. 우리는 아이들에게 무엇이 최선이지에 대해 이야기해. 하지만 사실은 우리에게 무엇이 최선인지에 대해 이야기하고 있는 거야. 요즘은 우리가 서로 솔직하게 이야기하지 않는 게 너무 많아.

그래서 이번 주에는 거의 매일 밤 각자의 집에서 자고 있어. 그는 지금 당장 일이 너무 바빠. 주어진 일을 제때 처리하려고 밤늦게까지 일해. 그리고 나는 이반이 잠들자마자 침대 위로 쓰러져. 그리고 그 외의 시간에도 함께 있기에 그다지 좋은 말벗이 아니기도 하고. 지금은 각자 알아서 살아가는 게 더 쉬울 거라고 합의해. 내가 이렇게 피곤한 동안에는.

인정하지는 않았지만 안도하고 있어. 이반과 내가 둘만 있을 때면 나도 조금 더 체력을 보존할 수 있고 잠시나마 내가 내 삶을 통제하고 있다는 느낌이 들어. 이반과 저녁으로 핫도그를 먹어도 아무도 그게 얼마나 영양가 없는 음식인지 지적하지 않아. 나는 이반에게 집중해. 이반과 웃어. 이반을 재우는 시간이 더 차분하게 지나가. 잘 준비를 하기 전에 이반에게 어디서 자고 싶은지 물어. 대개는 내 침대에서 자겠다고 해. 그래서 나는 이반이 잠든 후에도 다시 일어나지 않아. 휴대폰 불빛 아래에서 그 자리에 계속 누워 있어. 그리고 곧 내 두 번째 아이의 아버지가 될 남자에게 문자를 보내. 지금은 잘 거라고, 그러니 내일 이야기하자고. 그는 짤막하게 잘 자라고 답문자를 보내. 나는 그가 마음이 상한 거라고 짐작해. 직접 통화하자고 제안하지 않아서, 그가 보고 싶다고 말하지 않아서, 내가 내 안으로 숨어들어서. 하지만 나는 그런 말을 솔직하게 하지 않아. 밤늦게까지 또다시 계속되는 대화를 버텨낼 자신이 없어. 대신 나는 침대에 누운 채로 이반의 등을 문질러. 이반이 설핏 잠에서 깨 뒤척이다 내게 등을 돌리고 침대 끝으로 굴러갈 때까지. 깊은 한숨을 내쉬고 다시 잠을 청할 때까지. 또 하루가 지나가.

어제 우리는 산전 진료소에 갔어. 이번에는 내가 신체적으로도 정신적으로도 상태가 그다지 좋지 않아서 초기 초음파 검사를 신청했어. 검사 결과는 양호했어. 태아가 살아 있고 잘 자라고 있다고. 내 수치도 괜찮았어. 입덧은 거의 가라앉았어. 곧 다시 기운을 차리기 시작할 거야. 며칠만 기다리면 돼. 손 하나 까 닥할 수 없을 것 같은 이 피로감은 길게 잡아도 이삼 주면 지나 갈 거래. 모든 것이 예정에 맞게 진행되고 있고, 아무것도 걱정 할 게 없다고 조산사가 약속했어. 나는 고개를 끄덕이고 미소를 지었어. 그의 손을 잡고서 최선을 다해 안도하고 감사하는 표정 을 지어 보였어.

우리는 손을 잡고서 점심을 먹은 식당에서 지하철역까지 걸 었어. 거기서 헤어져서 동네의 끝과 끝에 있는 어린이집에 다니 는 각자의 아이를 데리러 갈 거야. 최선을 다해 쾌활하게 선언했 어. 당연한 결과야. 우리 하늘에 이제 먹구름은 없어.

내가 여전히 행복하지 않다는 점만 빼면 말이야. 그리고 우 리가 함께 보내는 시간 때문에, 내 모든 부족함 때문에, 이 삶의 밀도 때문에, 점점 더 사이가 벌어지고 오해로 점철되는 것 같 은 그와의 관계 때문에 나는 여전히 피로감을 느끼고 있어. 그 리고 이반에 대한 죄책감으로 여전히 속이 타들어가고 있어. 게 다가 나는 아직도 새엄마 역할을 제대로 소화해내지 못하고 있 어. 우리의 온전한 가족 프로젝트가 부담으로 다가오기 시작 해. 그리고 당신 부모님, 내 가족, 내 동료들, 내 친구들을 생각 하면 죄책감이 들어. 그리고 우리의 새로운 일상에는 늘 크고 작은 다툼과 논쟁이 이어져. 그런 것들만 빼면 우리 하늘에는 정말이지 구름 한 점 없어. 그러니 불평하는 건 용납될 수 없어.

그런데도 나는 불평해. 그리고 요즘은 나만 불평하는 게 아니야. 그는 나보다 자신이 더 큰 부담을 지고 있다고 느껴. 그래서 자기가 얼마나 피곤한지 내게 설명해. 그 무엇에서도 행복을 느낄 수가 없대. 그리고 나는 감사나 애정을 눈곱만큼도 표하지 않아. 그는 내가 우울증에 빠졌다고 생각해. 아마 그의 짐작이 옳을 거야. 하지만 무엇보다 나는 피곤해. 함께하는 우리 삶은 일주일 내내, 하루 24시간 내내 계속돼. 숨을 고를 여유가 전혀 없어. 나에겐 혼자 있을 시간이 주어지지 않아. 언제나 내게 무언가를 원하는 사람이 있어. 내 안에서 자라고 있는 것에 대해 생각할 때면 기대가 아닌 공포에 사로잡혀. 내가 여전히 그렇게 느낀다는 사실에 그는 상처를 받아. 그가 이해하지 못한다는 사실에 나는 상처를 받아. 나는 분노와 죄책감 사이에서 갈팡질팡해. 벼랑 끝에 몰렸다는 생각에 분노하고, 받아들이기로 했으면서도 이 상황을 받아들이지 못한다는 것에 죄책감을 느껴. 그를 경멸하면서도 또 불쌍하게 여겨. 나 자신을 경멸하면서도 또 불쌍하게 여겨. 자기혐오가 배와 함께 커져가. 그리고 이제 내 삶의 여러 시절로 확장돼. 나는 당신과 함께했던 나를 경멸해. 나는 그와 함께하는 나를 경멸해. 당신이 과거에 어떤 기분이었을지를 생각하며 속상해해. 내가 지금 당신이 느꼈던 그런 기분을 느끼고 있다고 생각하며 속상해해.

날이 갈수록 내가 해낼 수 없다는 생각을 해. 한 가지 생각이 지치지도 않고 점점 더 자주 튀어나와. 회사에서, 한창 회의

중에. 낙태 시술을 받아야겠어. 동료가 권한 와인을 거절할 때. 낙태 시술을 받아야겠어. 일정표를 들추면서 지금으로부터 6개월이 지난 아무 날이나 보면서. 낙태 시술을 받아야겠어. 이반이 나를 때리거나 바보라고 불러서 이반에게 화낼 때. 낙태 시술을 받아야겠어. 새로 태어날 손주를 위해 작은 스웨터를 뜨기 시작한 엄마와 통화 중에. 낙태 시술을 받아야겠어. 더는 연락을 주고받지 않는 걸 사죄하려고 당신 부모님에게 문자를 보내는 중에. 낙태 시술을 받아야겠어. 밤에 이반이 잠을 자지 않고 울면서 떼를 쓸 때. 낙태 시술을 받아야겠어. 잠이 들기 전에, 그리고 잠에서 깨자마자, 그 생각을 해. 이 온전한 가족 꾸리기 프로젝트를 더는 감당하지 못하겠어. 바보 같은 프로젝트야. 낙태 시술을 받아야겠어. 낙태 시술을 받아야만 해. 다만 문제는, 그렇게 생각하는 사람이 나뿐이라는 거야. 그리고 다른 누구에게도 감히 이런 생각을 말하지 못해.

나는 심리상담사에게 거짓말을 해. 우리가 말다툼을 할 때마다 내가 공황상태에, 진짜 공황상태에 빠진다는 걸 아무도 몰라. 심장이 튀어나올 듯 두근거리고 숨쉬기가 힘들어진다는 걸. 그래서 밤늦도록 구글에서 낙태를 검색하게 돼. 내가 휴대폰에 낙태 시술을 하는 진료소 전화번호들을 저장했다는 걸 아무도 몰라. 그건 금지된 생각이야. 그리고 나 역시, 그 생각을 도저히 실천에 옮길 수가 없어. 그건 우리가 지난 몇 달 동안 이룬 모든 것을 잃는 걸 의미하니까. 구체적으로 이야기한 적은 없지만 내가 우리 계획에서 이탈하면, 그들을 잃게 되리라는 걸 알아. 내가 낙태 시술을 받는다면, 그는 날 떠날 거야. 이반에게서 새 누나는 물론, 또 다른 아빠를 빼앗는 게 될 거야. 낙태 시술은 선택지에 없어. 그런데도 나는 그 생각을 멈출 수가 없어.

임신 초기인데도 바지가 점점 조여오고 나는 그게 싫어. 가슴이 아파서 살살 다뤄야 해. 내 몸은 첫 임신 때보다 훨씬 더 빨리 임신 상태에 뛰어드는 것 같아. 나는 퉁퉁 부었고 온몸이 아파. 아무도 나를 건드리지 못해. 나는 혼자 있기를 원해. 이반은 잔뜩 긴장해 있고, 그의 딸도 마찬가지야. 나는 보상하려고 노력해. 아이들과 놀아주려고 몇 분 동안 아이들을 간지럽혀. 아이들이 웃으며 내 위로 타고 올라와. 나는 배를 감싸고 아이들이 가슴 근처에 오면 "아야" 하고 소리쳐. 나는 균형 잡힌 현명한 부모와는 거리가 멀어. 이러다 무너져 내리는 건 시간문제야.

그러다 어느 날 정말로 그렇게 돼. 내가 아니라 그가. 어느 날 그가 회사에 있는 내게 전화를 걸어. 우리는 오늘 아침 언쟁을 벌이다가 팽팽한 침묵 속에서 각자의 하루를 시작했어. 그는 울고 있어. 내가 아이를 원하지 않는 게 너무나 확실하다고, 내가 그를 사랑하지 않는다고, 우리가 함께 꾸리는 삶을 살 준비가 되지 않았다고 말해. 그는 울먹이고, 소리를 질러. 더는 아무것도 중요하지 않다고, 그러니 낙태 시술이나 받으라고. 나는 그와 통화하는 내내 침묵해. 그를 달랠 말을 찾지 못해. 억지로라도 그의 말에 반박할 방법을 찾지 못해. 지금은 그럴 때가 아니야.

통화하는 동안 나는 회사 근처를 한 바퀴 돌아. 비가 내리고 있어. 모자로 휴대폰이 젖지 않게 가려. 나는 침묵한 채 걷고 또 걸어. 그가 울먹이는 동안 듣고만 있어. 그가 조용해져도 계속 침묵해. 회사 회의에 불참해. 그리고 또 다른 회의에 불참해. 나는 끝없이 쏟아져 나오는 그의 분노를 묵묵히 들어. 그는 너무나 슬퍼. 너무나 실망했어. 내가 그의 기대에 부응하지 못한다는 게 확실해. 그를 행복하게 하면서도 나 자신을 구하는 건 불가능해 보여.

마침내 내가 그의 말을 가로막아. 그래서 목소리가 높아져. 나는 먼저 그의 말이 맞다고 말해. 우리가 너무 서두른 것 같다고, 우리 관계에 대해 그렇게 생각하게 해서 미안하다고, 그가 원하는 사람이 되지 못해서 미안하다고, 아무것도 달라지지 않았지만 나도 정말로 노력했다고 말해. 그리고 우리에게 주어진 선택지를 다시 살펴봐야 할 것 같다고 말해.

그는 침묵해. 코 푸는 소리가 들려. 그는 그런 걸 원하지 않는다고 말해. "제발 나를 사랑한다고 말해줘." 그가 속삭여. 나는 오래 침묵하다가 말해. 몇 달 만에 처음으로 솔직하게 말해. "당신을 사랑해. 당신을 너무 사랑한 나머지 내 몸 구석구석 안 아픈 곳이 없어. 하지만 이건 못 하겠어. 미안해. 불가능해. 내가 할 수가 없어."

그날 오후 나는 몇 주 전부터 휴대폰에 저장해두었던 진료

소 한 군데에 전화를 걸어. 내 이름을 말하기도 전에 눈물을 왈
칵 쏟아져. 진료소에서는 다음 주 초에 시술 예약을 잡아줘. 전
화를 받은 여자는 내가 모순된 감정을 느끼는 것을 비난하는
것 같지 않아. 그리고 한 달 만에 처음으로 나는 내가 느끼는 감
정을 솔직하게 털어놓아. 전화를 끊을 즈음에는 울어서 얼굴이
붓고 다리에 힘이 빠져 서 있을 수가 없어. 전화를 받은 여자와
계속 통화하고 싶지만, 이 순간 그녀가 이 세상에서 이야기하고
싶은 유일한 사람이지만, 그녀는 내가 이름조차도 모르는 사람
이야.

화요일 아침 우리는 작별 인사를 하고 다시는 만나지 않아.
오늘 아침이 마지막인지는 아직 확실하지 않지만 설혹 마지막
이 아니라 하더라도 곧 마지막을 맞이하게 될 게 확실해. 지난
금요일에 전화로 그런 말을 뱉었을 때 나는 그게 내 진심이라는
것을 깨달았어. 도로 주워 담을 수 없다는 걸 깨달았어. 어떤
대가를 치러야 하든, 이것 하나는 명확해. 나는 준비가 안 됐고,
준비할 수가 없다는 것. 불가능해.

우리는 주말 내내 아이들을 돌보거나 요리를 하거나 잠을
자려고 몇 번 휴전한 걸 빼고는 내내 이 문제를 이야기했어. 때
로는 서로에게 다가갈 길을 찾았다가 결국 다시 찢겼어. 그는 분
노와 회피 사이를 오갔어. 눈에 슬픔을 가득 담고서 생각에 잠
겼어. 내가 낙태를 선택해도 곁에 머물겠다고 했다가, 또 내가

낙태를 한다면 떠날 거라고 말해. "나와 가족을 꾸리고 싶지 않다면, 나와 아이를 더 갖고 싶지 않다면, 그렇다면 우리는 미래에 같은 것을 원하지 않는 거야."

그러다 어제 저녁 그는 완전히 입을 다물어버렸어. 헤드폰을 끼고 소파에 앉아 앞만 멍하니 보거나 휴대폰만 들여다봤어. 내가 집 안을 돌아다니는 동안 단 한 번도 내 쪽을 보지 않았어. 대신 나는 바쁘게 움직였어. 부엌 조리대를 청소했어. 빨래를 널었어. 바닥에 널브러진 장난감을 주웠어. 싱크대 아래재활용 상자를 정리했어. 10시가 되자 해야 할 집안일이 떨어졌어. 그래서 침대에 누웠지만 잠이 오지 않았어. 그가 언제 들어올지 궁금해졌어. 마침내 그가 양치하는 소리가 들렸어. 하지만침실로 들어오지는 않았어. 시계를 보니 자정이 지났어. 그리고깜빡 잠이 들었다가 깨서 버릇처럼 그의 자리 쪽으로 손을 뻗었어. 그는 거기에 없었어. 나는 조용히 방에서 나왔어. 그는 여전히 소파에 앉아 헤드폰을 쓴 채로 자고 있었어.

내가 소파로 가서 그의 발치에 앉자마자 그가 깼어. 그는 혼란에 빠진 얼굴로 몇 초간 두리번거리다가 나를 봤어. 말없이나를 쳐다봤어. 나도 그를 봤어. 우리는 한동안 서로를 바라보면서, 한마디도 하지 않은 채 그렇게 앉아 있었어. 마침내 그가말했어. "미안해. 하지만 못 하겠어. 더는 못 하겠어." 나는 고개를 끄덕였어.

나는 그를 지그시 바라봤어. 눈물이 시야를 가렸어. 잠시 동안 그를 위로하고, 그에게 사과하고, 지난 며칠간 일어난 모든 일을 그냥 잊어달라고 말하고 싶었어. 하지만 그러지 않았어. 대신 소파에 앉아서 그를 바라봤어. 내가 사랑했던 남자. 나는 그를 보면서 우리 사이가 끝났다는 걸 깨달았어. 끝났어. 내가 먼저 고개를 돌려. 일어나서 다시 방으로 들어갔어. 조심스럽게 문을 열고 들어가서 똑같이 조심스럽게 문을 닫았어. 이반을 깨우지 않으려고 침대 속으로 미끄러지듯이 들어갔어. 베개에 머리를 대고 눈을 감았어.

아침이 왔고, 처음에는 두 아이 중 한 명이, 그리고 곧 두 아이 모두 일어나서 아침을 달라고 했어. 우리는 모든 것이 평소와 다를 것 없다는 듯이 행동했어. 암묵적인 합의하에 늘 하던 대로 했어. 아침을 차리고 양치질을 하고 코트를 입고 짝이 사라진 벙어리장갑을 찾았어. 우리는 아파트 입구에서 헤어졌어. 그는 굳이 내게 키스하려고 하지 않았어. 대신 허리를 숙여 이반의 뺨을 톡톡 두드리면서 말했어. "잘 가. 어린이집에서 즐거운 하루를 보내렴. 곧 다시 보자." 이반이 그에게 웃어 보이고 그도 미소로 답했어. 나도 그의 딸에게 인사를 하며 뺨을 두드리려고 하자 그 애가 얼굴을 돌렸어. 나는 잠시 허공에 손이 뜬 채로 있다가 이내 손을 흔들었어. 몸을 펴고서 마지막으로 그를 봤어. 하지만 나와 시선을 마주치지 않았어. 우리는 "잘 가", "나중에 얘기해"라고 말했고, 각자의 길을 갔어. 건물 입구 밖으로 사라지는 그의 등을 보면서 몇 초간 기다렸다가 그 뒤를 따라 나갔어. 여느 아침과 똑같이 흘러간 아침이었어. 그것이 마지막 아침이었다는 것만 빼고.

점심때 그에게서 전화가 와. 내가 낙태 시술을 받는다면 시술 중에 함께 있어주고 싶다고 말해. 하지만 더는 나와 살 수 없겠다고 말해. 그는 나를 만난 이후 내내 나를 사랑한 것처럼 오늘도 똑같이 나를 사랑한다고, 어쩌면 더 사랑하는지도 모른다고 말해. 하지만 더는 함께하는 미래를 믿지 못하겠다고 말해. 그는 마지막으로 정말로 이게 내가 원하는 건지 물어. "아니. 이건 내가 원하는 건 아니지만 내가 해야만 하는 거야. 나는 다시 엄마가 될 준비가 되지 않았어. 할 수 없어. 불가능해. 너무 빨라. 이렇게 짧은 기간 내에 그토록 많은 변화를 감당할 수가 없어." 나는 이대로 계속 앞으로 나가다가는 내가 산산이 부서질 것 같다고 말해. 그는 다시 한 번 말해. "그렇다면 우리에게 함께하는 미래는 없어." 그리고 일하러 가야 한다고 말해. 통화가 끝났어. 우리 관계도 끝났어.

처음에는 슬펐어. 그러다 화가 났어. 그러다 텅 빈 것 같았어. 그러다 다시 슬퍼졌어. 지금은 화가 난 상태야. 하지만 곧 바뀔 거라고 생각해. 하루 종일 그랬으니까.

몇 시간 뒤, 나는 이반과 놀이방에 앉아서 작은 차들을 견인차에 싣고 있어. 내 내면은 여전히 혼란스럽지만 최근에 끊임없이 연습한 덕분에 이반과 있을 때만큼은 나도 모르게 최악의 감정은 이반이 잠든 뒤로 미뤄둬. 오늘 저녁도 다르지 않아. 나는 울지 않아. 한숨조차 내쉬지 않아. 대신 우리는 늘 하던 대로 지내. 나는 잊지 않고 이반의 선물을 준비해. 이반이 농담을 하면 웃어. 이반이 말할 때 눈을 마주쳐. 저녁으로 이반이 제일 좋아하는 음식을 준비해. 후식으로 아이스크림을 줘. 우리는 바닥에 앉아서 아이스크림을 먹으면서 자동차를 갖고 놀아. 내 목소리가 단 한 번 갈라지는데, 그건 이반이 왜 나머지 가족이 여기 없느냐고 물어서야. 자기들 집에 있다고, 우리랑은 다음에 만날 거라고, 나는 최대한 침착하게 답해. 하지만 문장을 끝맺다가 내 목소리가 갈라져. 그리고 나는 쉬가 마렵다면서 화장실로 달려가. 화장실에서 최대한 숨죽여 울어. 거울 속 나를 응시하면서 열까지 세. 다시 나가. 우리는 계속해. 늘 하던 대로. 늘 했던 대로. 우리는, 나와 이반은 절대 멈추지 않아. 우리 사전에 멈춤이란 단어는 없어.

다음 주에 카롤린스카 병원에 낙태 시술 예약이 잡혀 있어. 시술은 20분 정도 걸릴 거야. 나는 그날 그가 함께 가길 바라는지 아닌지 아직도 결정하지 못했어. 며칠 내에는 알게 될 거라고 생각해. 다시는 그를 보고 싶지 않은 내가 있고, 지금 당장 내 옆에 있어주길 원하는 내가 있어. 그의 위로와 모든 사랑을 원하는 나. 그런 나는 무시하기로 해. 적어도 지금은. 내가 쥐어짤 수 있는 모든 힘을 짜내서 나는 스스로에게 말해. 여기 있지 않기로 결정한 사람을 갈망해서는 얻을 게 아무것도 없다고. 그가 이런 이유로 나를 떠났다면 나를 사랑했다고 할 순 없는 거라고. 어떻게든 헤쳐나가는 수밖에 없어. 이것보다 더한 상실도 겪었잖아, 안 그래? 나는 계속 살아나가는 방법을 알아. 시계를 보니 이반을 재울 시간이야.

침실 저쪽 끝에는 또 다른 침대가, 여전히 정리 안 된 텅 빈 침대가 놓여 있어. 나는 그 침대를 보고 싶지 않아. 하지만 시선이 그쪽으로 끌려. 베개 더미와 구겨진 담요 밑에서 솜인형 두 개가 보여. 양 인형과 소 인형. 이제 여기서 산 지 두 달이 되었어. 그 아이가 여기서 잔 첫날 밤 이후 매일 안고 잤는데. 오늘 밤은 인형들뿐이야. 오늘 아침 잠에서 깼을 때 그 아이는 오늘 밤도 여기서 잘 거라고 생각했을 거야. 이반도 그렇게 생각했겠지. 내 생각을 읽기라도 한 듯 이반이 그 누나는 어디 있느냐고 물어. 그 누나는 오늘 밤 자기 집에서 잔다고 말해. "왜요?" 이반이 물어. "다음에 만날 거야. 곧." 나는 약속해. "이제 자야지." 이반의 이마에 키스해. 나는 이반 옆에 가만히 누워서 어둠 속을 바라봐. 그 빈 침대의 그림자에 눈길을 주지 않으려고 애쓰면서. 오늘 밤 그는 그 아이가 우리에 대해 물으면 뭐라고 말할까? 내일도, 모레도 그들을 만나지 않을 때 나는 이반에게 뭐라고 말해야 할까? 우리가 무슨 짓을 한 걸까? 내가 무슨 짓을 한 걸까? 우리는 우리 아이들에게 어쩌다 이런 짓을 하게 되었을까?

처음 며칠 이반은 질문을 하고 또 해. 그 두 사람은 오늘 어디에 있어요? 왜 우리랑 같이 있지 않아요? 지금 그 집에 가도 돼

요? 내일은요? 왜 안 돼요? 언제 다시 볼 수 있어요? 그러다 질
문이 드문드문해졌어. 오늘 이반은 그 둘을 한 번도 언급하지
않았어. 이반은 어쩌면 그 또래에게 기대할 수 있는 것보다 더
많은 것을 이해하는지도 몰라. 그 둘에 대해 이야기하면 내가
불편해한다는 걸 알아챘는지도 몰라. 답을 할 때 내가 감정을
조절하려고 애쓰는 게 보였는지도 몰라. 이유가 무엇이건 간에
이반은 예전 한때 우리의 하루와 일주일을 채웠던 방문객들의
물결에 행복해하는 것 같아. 하루는 우리 엄마가 찾아와서 묵
어. 엄마와 이반은 소파에 앉아 동화책을 읽고 거실 전체에 기
찻길을 내. 또 하루는 당신 부모님이 이반을 데리고 그분들 댁
으로 가. 그곳에서 할아버지의 허락을 받고 지하실 커다란 작업
실에서 놀아. 그날 밤 집에 돌아온 이반은 할아버지 작업실에
있는 모든 도구와 장비에 대해 잠들 때까지 쉬지 않고 이야기
해. 또 하루는 당신 동생이 저녁에 들러. 우리는 이른 저녁을 먹
어. 당신 동생은 이반과 침대에서 뒹굴고, 비행기가 되어 즐거운
비명을 지르는 이반을 번쩍 들고서 온 집 안을 누벼.

그런 식으로 계속돼. 나는 매일 한 번에 하루씩 보내려고 노
력해. 당장 처리해야 하는 일들을 처리하면서. 설거지, 빨래, 청
소. 모두 간단한 것들이야. 이반을 돌보는 일도 간단해. 내 일도
간단해. 특히나 몇 시간이고 계속되는 사적인 전화 통화를 하
려고 몰래 빠져나가지 않아도 되는 지금은 더 그래. 나는 많은
일을 처리하고, 꼿꼿한 자세를 유지하고, 이반의 삶은 근본적으

로 이전과 달라진 것이 없어 보여. 하루하루가 쏜살같이 지나가. 나는 우리를 바쁘게 움직여. 시간이 지나가게 해. 지금이 그때로 바뀌길 기다려.

이반이 잠들면 나는 두세 시간 동안 집 안을 돌아다녀. 침묵이 선명하게 느껴지고 내 슬픔은 찌를 듯이 날카로워. 저녁에, 이반이 잠든 후에야 나는 스스로에게 잠깐 비통함에 잠기는 것을 허락해. 저녁이 되면 나는 그의 존재를, 우리의 대화를, 그와 함께하는 삶을 그리워해. 그의 딸을 그리워해. 그 아이가 내 거실 바닥에 어질러놓은 흔적을. 나는 연애 초기를 그리워해. 그와 막 사랑에 빠졌을 때를.

11시쯤 나는 스스로에게 방으로 가서 이반 옆에 누워도 좋다고 허락해. 우리가 별 탈 없이 또 하루를 보낸 것을 칭찬해. 스스로에게 강한 사람이라고, 좋은 부모라고, 옳은 일을 하는 사람이라고 말해. 내가 낼 수 있는 가장 성숙한 목소리로 이렇게 말해.

EPILOGUE

에필로그

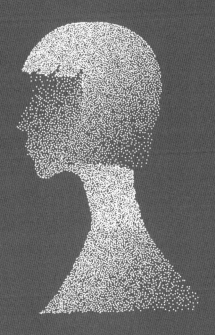

2016년 10월

어느 날 아침 잠에서 깨니, 당신이 죽은 지 꼭 2년이 되는 날이야. 이미 일어난 일과 앞으로 일어날 일 사이의 어느 날 한복판에서 갑자기 당신의 기일이 돌아와. 내가 침대에서 빠져나오기도 전에 벌써 휴대폰이 울려. 오늘 나를 위해 기도하겠다는 문자가 서너 개 도착해 있어. 자신들의 마음을 보내면서 내가 원하면 언제든 달려오겠다고 말해. 당신 어머니가 도움이 필요하면 알려달라고 말해. 오늘이나 곧 있을 시술 후나 이반과 있을 사람이 필요하면 주저하지 말고 연락하라고. 친구 하나가 이반의 어린이집이 끝난 뒤 다 같이 만나서 추모 언덕에 가지 않겠느냐고 물어. 그러면서 시간과 장소를 제안하고 나더러는 그냥 오기만 하면 된다고 말해.

처음 드는 생각은 그녀의 제안에 답하지 말자는 거야. 약속 시간이 다 될 때까지 기다렸다가 배려해줘서 고맙다는 답문자를 보내면 되니까. 거기에 함께 간다는 생각만으로도 견딜 수가 없어. 날씨는 나쁘고 나는 피곤해. 이반의 하루를 소소하게라도 즐겁게 보내게 해주는 것만으로도 벅차. 그리고 묘지를 방문하면 그런 흐름이 끊길지도 모른다는 생각이 들어. 무엇보다 어린이집 하원과 저녁 식사 사이 애매한 시간에 가야 한다는 거잖아. 이반은 분명 떼를 쓰고 빨리 지쳐버릴 거야. 게다가 며칠 전까지 내 몸 안에 다른 남자의 아이가 있었는데 그곳에 가는 게 부적절하게 느껴져. 애도하는 과부로는 완전히 실격한 기분이야. 오늘 내 존재로 당신의 하루를 망치지 않게 하는 게 당신을 가장 배려하는 거라는 생각이 들어.

하지만 이반을 어린이집에 데려다주고 회사에 도착하자 친구의 제안이 여전히 머릿속을 맴돌아. 오늘이 2주기야. 뭔가 특별한 걸 해야 해. 아마도 친구와 이반과 함께 묘지로 가서 당신을 위해 촛불을 켜는 게 좋은 기념이 되지 않을까? 당신이 거기 앉아서 나를 평가하지는 않을 테니까. 한 시간 동안 고민한 후에 친구의 문자에 답해. 오늘 거기서 만나자고, 늘 그 자리에 있어줘서, 그녀만의 방식으로 나를 지지해줘서 고맙다고 말해. 친구는 "어이, 그만해"라고 짧막하게 답해. 그리고 우리가 만날 시간과 장소를 다시 보내.

이반을 데리고서 어린이집 근처 지하철역에서 친구를 만나. 당신 동생도 함께 갈 거야. 퇴근 시간이 한창일 때 기찻길 옆에서 만나. 이반은 처음에는 탐탁지 않은 표정이다가 삼촌을 보자 햇살처럼 환해져. 우리는 함께 지하철을 타고 묘지로 향해.

창밖으로 예전에 살던 동네의 지하철역이 지나가. 나는 2년 전 오늘 우리가 살았던 아파트 건물을 보지 않으려고 시선을 돌려. 작년에 이사하면서 다시는 그 집에 돌아가지 않겠다고 맹세했고 아직까지는 그 맹세를 지키고 있어.

공기가 차. 하늘은 잿빛이야. 거의 1년 만에 처음으로 당신과 내가 몇 년 동안 저녁 산책을 하러 나오던 공원묘지에 왔어. 처음에는 이반 없이, 그러다 이반을 배 속에 품고서, 그러다 나중에는 당신이나 내가 이반을 아기띠에 안고서 왔었지. 오늘 이반은 나와 당신 동생 사이에서 양손을 잡고 걷고 있어. 이반은 자기가 날 수 있도록 들어 올려달라고 하고 우리는 그렇게 해줘. 이반은 날아오를 때마다 즐거운 비명을 질러.

이 장소는 이반에게 특별한 의미가 없어. 이반은 입구 왼쪽 커다란 예배당에서 열린 당신 장례식을 기억하지 못해. 당신을 애도하려고 모인 150명의 사람들도, 당신 없이 맞이한 첫 크리스마스에 스웨덴 전체가 〈도널드 덕〉을 보는 동안 내가 질척이는 보행로를 따라 자신의 유모차를 힘겹게 밀고 가던 것도 기억하지 못해. 여전히 가을이고 눈이 오려면 아직 몇 달 더 있어야 해. 나는 이 공원묘지가 처음부터 우리와 함께했다는 기묘한 감정에 휩싸여. 이곳이 아주 초반부터 우리를 불렀다는, 그리고 이렇게 우리가 모두 여기에 모였다는 생각이 들어. 다른 방식으로, 다른 모습으로. 하지만 우리는 여기 있어.

노을이 하늘을 물들이고 있어. 그래서인지 추모 언덕에는 우리뿐이야. 우리는 가져온 초를 꺼내고 이반은 친구가 초를 잔디 위에 올려놓는 걸 도와. 바람이 언덕을 휘감으며 올라가. 이 구릉에서 높이 솟은 유일한 언덕이라서 바람이 더 세게 불어. 나무는 보호벽이 되어주지 못하고 10월의 바람은 아직 차가워. 스카프가 펄럭거리고, 머리카락이 눈앞에서 이리저리 휘몰아쳐. 바람이 초를 향해서도 불어서 하나가 계속 꺼져. 내 친구가 그 초를 돌봐. 인내심을 갖고 불을 다시 붙여. 그리고 또 붙여. 친구는 돌아가며 초와 이반과 당신에게 재잘재잘 떠들어대. 나는 코트 깃을 더 단단히 여미고 얼굴 아래쪽 반은 스카프 속에 파묻어. 당신 동생이 내 옆에 서 있어. 어떻게든 몸을 덥히려고 청바지 주머니에 손을 찔러 넣고 있어.

이반은 어떤 상태냐면, 금세 촛불에 싫증을 내. 언덕 밑 잔디밭 쪽으로 눈을 돌려. 불이 붙지 않는 초만 바라보고 있는 대신 가파른 언덕을 달려 내려가고 싶어 해. 그 아이는 우리 쪽으로 와서 삼촌의 손을 잡고 성급하게 잡아끌면서 말해. "어서 가요, 지금 당장! 나랑 가요!" 당신 동생은 추모 언덕을, 그리고 우리 무리에 감도는 어색한 침묵을 벗어날 핑곗거리가 생겨서 안도한 눈치야.

내 친구는 조금 더 머물고 싶어 해. 나는 추위에 떨면서 그녀 뒤에 서 있어. 그녀가 촛불을 들고 촛불에 시선을 고정한 채로 바닥에 털썩 앉아. 옆에서 재잘거리던 이반이 사라지자 이제는 방해받지 않고 당신에게 곧장 말해. "사랑하는 악셀, 안녕. 보고 싶다. 우리는 너를 사랑해. 우리가 네 생각을 매일 한다는 걸 알아둬. 이반은 정말 멋진 꼬마 신사야. 네가 어디 있건 볼 수 있다면 좋겠다." 친구는 추모 언덕에서 촛불을 핑계로 당신과 이야기하는 것에 아무런 거리낌이 없어. 이 추모 언덕의 역할이 그런 거겠지.

나는 어떠냐 하면, 나는 단 한 음절도 내뱉지 못하겠어. 나 자신에게 초점을 맞추지 않고서는 머릿속에서 당신을 떠올릴 수가 없어. 지금 내가 무슨 말을 해야 할까? 뭘 해야 하는 걸까? 내 친구가 촛불을 들고 앉아서 당신에게 이야기를 하는데 나는 여기 서서 가만히 침묵하는 게 이상하지 않나? 반대여야 하지 않을까? 이제 내가 앞으로 나설 차례인가? 무슨 말을 하지? 우리는 여기 얼마나 오래 있어야 할까? 이반과 당신 동생은 어디로 갔을까?

내 시선은 촛불에서 추모 언덕과 예배당 사이에 있는 들판 쪽으로 옮겨 가. 이반과 당신 동생이 언덕 아래로 멀리 달려 내려가는 게 보여. 둘이서 예배당 쪽으로, 예배당 앞에 있는 커다란 십자가 쪽으로 가고 있어. 두 사람이 멀어질수록 윤곽이 점점 작아져. 당신 동생은 이반의 손을 잡고 있고 나는 그가 이반이 쫓아올 수 있게 천천히 뛰고 있다는 걸 알 수 있어. 두 사람은 무한히 펼쳐진 풍경에 놓인 작디작은 장난감처럼 보여. 두 사람이 멀어질수록 두 사람이 내는 소리도 점점 희미해져. 낮은 하늘과 예배당 밖 커다란 십자가가 서로 만나는 것 같아. 아름다운 광경이야. 신실하고 상징적이야. 당신 동생이 이반을 간질이는 게 보여. 이반은 잔디밭 위로 풀썩 엎어져. 당신 동생이 이반을 허공으로 던져 올려. 하늘을 향해 높이. 이반을 어깨에 태워. 이반은 발을 흔들어. 이반의 털모자가 잔디 위로 굴러떨어져. 이반의 즐거운 비명 소리가 여기까지 들려. 나는 긴장을 풀어. 이반은 아주 잘 지내고 있어.

내 친구가 조용해졌어. 여전히 고개를 숙이고서 눈은 촛불에 고정하고 있어. 그녀는 한 손으로 주변 잔디를 훑어. 이제 당신에게 하고 싶은 말을 다 한 모양이야. 일어서면서 끙 소리를 내. 두 손을 무릎에 대고 뒤를 돌아봐. 그러고는 내게로 와 두 팔로 나를 안아. 잠시 동안 나를 안고 가만히 있어. 나는 그녀의 등을 두드리면서 누가 누구를 위로하는지 혼란에 빠져. 아마도 서로를 위로하고 있는 거겠지. 나는 잠시 기다려. 그리고 부드럽게 우리의 포옹에서 몸을 빼. 나는 우리도 이제 가는 게 좋겠다고 말해. 내 친구는 내 뺨을 톡톡 두드려. 그렇게 할머니 같은 방식으로 내 뺨을 건드릴 수 있는 건 그녀뿐이야. 그리고 말해. "그래, 가자."

우리는 팔짱을 끼고서 추모 언덕을, 바람 속에서 위태롭게 흔들리는 촛불 두 개를 뒤로하고 발걸음을 돌려. 가파른 계단을 조심스럽게 내려가. 계단은 진흙과 작은 돌멩이들로 덮여 있어. 잔디는 젖었고 땅은 미끄러워. 내 친구는 팔짱을 풀지 않아.

간간이 균형을 잃고 내게 기대. 나도 마찬가지야. 우리는 천천히, 느긋하게 앞으로, 아래로 나아가. 이반과 당신 동생 가까이 가자 둘의 윤곽이 점점 커져. 이반이 웃고 있는 게 보여. 파란 모자는 여전히 잔디 위에 있어. 나는 생각해. 이반에게 곧 새 벙어리장갑을 사 줘야겠다고. 그리고 방수 바지도. 가을 옷을 전부 다 새로 사야겠다고. 요즘 부쩍 자라기 시작한 이반은 옷들이 대부분 너무 작아졌어. 내일 점심시간에 이반 옷을 사러 가야겠어.

친구가 침묵을 깨고 나를 우리가 있는 이 순간으로 다시 끌고 와. "괜찮아?" 물으면서 내 팔을 부드럽게 쓰다듬어. 나는 그 질문에 어떻게 대답해야 할지 모르겠어. 그래서 아무 말도 하지 않아. 대신 우리는 침묵 속에 계속 걸어. 그녀는 여전히 팔짱을 풀지 않았어. 내 눈은 여전히 이반과 당신 동생을 향해 있어. 친구는 내 침묵에 불만이 없는 듯해. 그래서 나는 그 질문에 대해 더 생각해봐.

내가 괜찮은지 나도 전혀 모르겠어. 아니, 사실은 아마도 괜찮은 것 같아. 그 말을 어떻게 해석하느냐에 따라서는 말이야. 나는 숨을 쉬고 있고 살아 있어. 건강하고 나와 이반이 하루하루를 보내게 할 정도의 체력이 있어. 늘 즐겁지는 않아도 적어도 버틸 수는 있어. 나를 걱정하고 내가 잘 지내길 바라는 친구들과 가족들이 있어. 직장이 있고 우리 두 사람이 살아갈 정도의 돈을 벌고 있어. 아직도 연애 전선은 엉망이지만, 그리고 아마도 한동안은 지금처럼 이렇게 놓쳐버린 사랑을 속으로 애도해야 하겠지만. 내가 그 상실을 극복할 수 있을까? 당연히 극복하겠지?

나는 이반이 삼촌과 웃는 모습을 봐. 여기서 몇 미터 떨어지지 않은 예배당에서 불과 약 2년 전 어느 날 자기 아버지의 장례식이 열렸다는 것을 까맣게 모른 채 여전히 매일 웃고 있는 나의 이반. 아마도 이반은 더는 우리와 함께하지 않는 다른 반쪽 가족을 그리워하겠지만 그 아이는 그런 그리움을 극복할 거야. 내가 도와줄 거야. 내가 살아 있는 한, 나는 계속 그 아이의 삶을 의미와 안전함으로 채울 거야. 아마 나는 당신에게 최고의 짝은 아니었는지도 몰라. 내 친구들에게 최고의 친구는 아닌지도 몰라. 최고의 언니, 최고의 딸, 최고의 며느리가 아닌지도 몰라. 하지만 이반에게서 나는 내 사명을, 내 존재의 이유를 찾아. 나는 내게 주어진 그 역할이 부끄럽지 않아. 나머지는 저절로 굴러갈 거야. 그렇지 않다 하더라도, 그것도 괜찮아. 그래서 결론은, 아마도 난 괜찮은 것 같아. 어느 정도는. 사실은 '괜찮다'가 내 상태를 가장 잘 표현하는 단어일 수도 있어.

나는 목소리를 가다듬고 친구의 질문에 뒤늦은 답을 해. "그래, 괜찮아." 그녀는 간단하게 "다행이야"라고 말해. 그리고 우리는 그 자리에 서. 내 눈은 이반을 봐. 우리는 이반에게서 몇 미터 떨어져 있지 않아. 하지만 이반은 아직 우리가 온 걸 눈치채지 못했어. 이반은 삼촌과 노느라 바빠.

나는 인생은 정말 이상하다고 생각해. 몇 년이 지나면 이날의 기억은 아주 멀게 느껴질 거야. 하지만 아마도 십자가 앞에 있는 이반과 당신 동생의 이 모습은 계속 남을 거야. 아마도 내가 또 다른 아이의 엄마가 될 뻔했다는 생각, 그저 될 뻔하기만 했다는 생각은 하루하루가 지날수록 점점 더 기이하게 느껴질 거야. 아니면 전혀 그렇지 않을지도. 모르겠어. 그저 다 잘되길 바라는 수밖에.

이제 이반이 내가 온 걸 알아챘어. 큰 소리로 나를 부르고 잔디밭을 가르며 달려와. "엄마, 엄마. 이거 좀 봐요." 이반이 유령처럼 생긴 나뭇잎을 발견했어. 눈과 입이 있는 곳을 가리켜. 이반이 멈춰 서서 물어. "이제 뭘 하면 돼요?" 나는 팔짱을 풀고 쪼그려 앉아. 잔디에 닿은 내 무릎이 젖어. 내 눈높이가 이반과 같아져. 이반의 뺨이 발그레해. 이반 머리카락 사이사이에 소나무 잎과 잔디가 삐죽삐죽 튀어나와 있어. 나는 이반의 머리를 쓰다듬고 집에 가서 저녁 먹을 시간이라고 말해. 이반은 우리가 뭘 먹을 건지 묻고 삼촌도 같이 먹어도 되냐고 물어. 나는 말해. "물론이지." 그리고 덧붙여. "뭘 먹을지는 네가 정해도 돼." 이반은 "똥소시지랑 엉덩이요"라고 말해. 그리고 자기 농담에 자기가 웃어. 고개를 돌려 삼촌도 그 농담이 웃기다고 인정하는지 확인해. 삼촌은 인정해. 나도 인정해. 그러고 나서 미트볼과 마카로니를 먹어도 되는지 물어. 나는 좋은 생각이라고, 미트볼은 오늘 먹기에 딱 좋은 요리라고 말해. 나는 이반 옆 잔디에 떨어져 있는 모자를 주워서 머리에 씌워줘. 다시 일어서. 손을 내밀어. 이반이 그 손을 잡아. 우리는 출발해.

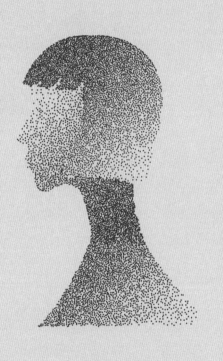

| 감사의 말 |

이반에게. 2014년 2월 내게 온 뒤로 내가 바쁘게 사는 이유가
된 내 아들. 내게 끝없는 근심을 안기고 하루도 빠짐없이 웃게
해주는 내 아들. 조건 없이 사랑하는 법을 가르쳐줘서 고마워.
무슨 일이 있어도, 나를 두고 떠나거나 내게 등을 돌리면 절대
로 안 된다. 그렇다고 부담 갖지는 말고.

내 친구들과 가족들에게. 내가 슬픔에 빠져 봐주기 힘들 정도
로 이기적으로 굴 때조차도 함께 해줘서 고마워. 그런 선행은
무조건 복이 되어 돌아올 거야. 적어도 그러길 바라. 당신들은
모두 복 받아 마땅한 사람들이니까.

내게 글을 쓰라고, 계속 쓰라고 조언하고 격려해준 모든 사람에
게. 나를 위로하려고 그냥 던진 말일 수도 있고, 어떻게든 그 어
두운 밤들을 보낼 소일거리라고 여겼을 수도 있지만, 그런 건 중
요하지 않아요. 덕분에 내 인생이 바뀌었어요. 감사합니다.

《당신이 잘 자라고 말할 때》는 '오토픽션'이다. 이 소설 주인공의 이름은 작가의 이름과 동일하며 이 소설의 내용은 작가가 직접 경험한 사건을 토대로 한다. 작가도 소설 주인공처럼 파트너와 갑작스럽게 사별했고, 아들과 둘만 남았고, 스웨덴 스톡홀름에서 산다. 다른 등장인물들의 이름은 나오지 않지만, 그리고 작가의 인터뷰를 보면 시간이나 장소, 일의 순서 등은 바꿨다고 하지만 이 소설은 거의 대부분 작가의 실제 경험을, 그리고 아마도 작가가 실제로 느끼고 생각한 것들을 담고 있을 것이다.

1부와 2부로 구성된 이 소설에서 특히 1부의 독특한 형식이 눈에 띈다. 1부는 파트너와 사별하기 전날에서 시작해 밤새 죽은 파트너를 발견한 이후 두 달간의 이야기(2014년 10월부터 2014년 12월까지)와 파트너를 만난 첫날에서 시작해 파트너와 사별하기 전날 밤까지 5년간의 이야기(2009년 4월부터 2014년 10월까지)를 번갈아 배치했다. 두 사람의 결말을 일찌감치 알게 된 독자로서는 이 둘이 사랑에 빠지고 연인이 되는 과거 이야기를 읽으면서 더 안타까운 마음이 들 것이다. 2부는 1부 이후의 이야기, 즉 2015년 1월부터 2016년 10월까지의 이야기를 다룬다. 홀로 아이를 키워야 하는 싱글맘으로서 겪는 어려움, 새로운 사랑을 만나면서 느끼는 당혹감, 환희, 그리고 죄책감 등이 나온다.

이 소설의 전제와 상황은 슬프지만, 심지어 결말도 슬프지만 결국 작가는 희망을 이야기하고 싶었다는 생각이 든다.《당신이 잘 자라고 말할 때》의 스웨덴 원제는《Låt oss hoppas på det bästa》이다. 우리말로 옮기면 '최선의 결과를 기대하자' 내지는 '다 잘되기를 빌어보자'이다. 작가가 때로는 너무 솔직하다 싶을 정도로 (일반적이라면 숨기고 싶을 만한) 속마음을 드러내면서까지 하고 싶었던 말은, 어떤 어려운 상황에서도 시간은 흐르고 그렇게 시간을 흘려보내다 보면 계속 살아나갈 수 있게 된다는 것 아닐까.

소설 속에서 작가는 자신의 비극을 두고 사람들이 느끼는 자각, 이를테면 "오늘 밤 자기 남편과 아이들을 조금 더 꼭 안아줄 것"이라는 이야기를 듣고 더 큰 슬픔을 느낀다. 방금 사별한 작가 입장에서는 그렇게 느껴질 수밖에 없을 것이다. 그러나 우리는 오늘 밤 사랑하는 이들을 한 번 더 꼭 안아주고, 사랑한다고, 고맙다고 말하자. 내일도 여전히 살아서 함께 만나리라고 믿는다 해도 말이다.

옮긴이 방진이

연세대학교 정치외교학과를 졸업하고, 같은 대학교 국제학대학원에서 국제무역 및 국제금융을 공부했다. 현재 펍헙 번역그룹에서 전문번역가로 활동하고 있다. 《지도에 없는 마을》《삶의 마지막 순간 우리가 생각해야 하는 것들》《인공지능 시대가 두려운 사람들에게》《소설 속 숨겨진 이야기》 등을 우리말로 옮겼다.

당신에게 잘 자라고 말할 때

2019년 10월 30일 초판 1쇄 인쇄
2019년 11월 12일 초판 1쇄 발행

지은이 | 카롤리나 세테르발
옮긴이 | 방진이
발행인 | 윤호권
책임편집 | 황경하
책임마케팅 | 정재영 · 임슬기 · 박혜연

발행처 | (주)시공사
출판등록 | 1989년 5월 10일(제3-248호)

주소 | 서울특별시 서초구 사임당로 82(우편번호 06641)
전화 | 편집 (02)2046-2817 · 마케팅 (02)2046-2883
팩스 | 편집 · 마케팅 (02)585-1755
홈페이지 | www.sigongsa.com

ISBN 978-89-527-3926-1 03850

이 도서의 국립중앙도서관 출판예정도서목록(CIP)은 서지정보유통지원시스템 홈페이지(http://seoji.nl.go.kr)와 국가자료종합목록 구축시스템(http://kolis-net.nl.go.kr)에서 이용하실 수 있습니다.(CIP제어번호 : CIP2019042306)